현대 동시의 특성과 기법

어른을 위한 어린이책이야기 12

현대 동시의 특성과 기법

2015년 7월 13일 1판 1쇄 인쇄 / 2015년 7월 21일 1판 1쇄 발행

지은이 이정석 / 펴낸이 임은주
펴낸곳 도서출판 청동거울 / 출판등록 1998년 5월 14일 제406-2011-000051호
주소 (413-120) 경기도 파주시 문발로 115 (파주출판도시) 세종출판벤처타운 103호
전화 031) 955-1816(관리부) 031) 955-1817(편집부) / 팩스 031) 955-1819
전자우편 cheong1998@hanmail.net / 네이버블로그 청동거울출판사

책값은 뒤표지에 있습니다.
잘못 만들어진 책은 바꾸어 드립니다.
지은이와의 협의에 의해 인지를 붙이지 않습니다.

First published in Korea in 2015 by CheongDongKeoWool Publishing Co.
Printed in Korea.

ISBN 978-89-5749-173-7 (03800)

이 도서의 국립중앙도서관 출판시도서목록(CIP)은 서지정보유통지원시스템 홈페이지
(http://seoji.nl.go.kr)와 국가자료공동목록시스템(http://www.nl.go.kr/kolisnet)에서
이용하실 수 있습니다. (CIP제어번호: CIP2015019422)

어른을 위한 어린이책이야기 12

현대 동시의 특성과 기법

이정석 평론집

청동거울

| 머리말 |

아동문학평론 영역의 세분화를 위해

첫 아동문학평론집 『생태주의 아동문학과 해학의 동심』(2009)을 펴낸 지 6년 만에 두 번째 평론집을 내게 되었다. 필자는 1983년 동시로 등단한 후 1998년부터 본격적으로 아동문학평론을 쓰기 시작하였는데 동화문학 영역보다는 주로 동시문학 영역에 더 관심을 갖고 평론을 썼다. 특히 『아동문학평론』, 『오늘의 동시문학』, 『열린아동문학』 등 전문 아동문학 계간지의 계평란 등을 맡아서 쓸 때는 오로지 동시 작품들만을 분석하여 발표하였다. 이제 아동문학평론도 일반문학평론처럼 동시문학 평론, 동화문학 평론, 동극문학 평론 등 좀더 전문적인 영역으로 세분화되어야 할 때가 되었다고 할 수 있다. 필자가 동화 관련 평론을 배제하고 굳이 『현대 동시의 특성과 기법』이라는 제목을 붙여 동시문학 평론집을 내는 이유다.

이 평론집은 전체 4부로 구성하였다. 제1부 현대 동시문학의 특성과 제2부 현대 동시문학의 기법은 앞에서 강조하였듯이 동시문학이 가지는 고유한 특성과 기법을 현재 왕성하게 활동하고 있는 동시인들의 여러 작품들을 통해 살펴보았다. 제3부는 현대 동시문학 영역에서 시대별로 소홀하게 다룬 관심거리나 쟁점 몇 가지를 여러 근거 자료를 제시하면서 파헤쳐 보았다. 제4부는 현대 동시문학의 대표적인 세 분의 문학 세계를 새로운 관점으로 접근해 보았다.

먼저 제1부 〈현대 동시문학의 특성〉에서는 다른 문학 장르에서 찾아

볼 수 없는 현대 동시의 내용적 특성 열 가지를 뽑아 보았다. 그중 「동시에서의 분단문학 양상」은 일반문학이나 동화와 비교해도 손색이 없을 만큼 완성도가 높은 분단문학 동시들을 살펴보면서 첫째 분단으로 빚어진 민족의 갈등과 모순의 현장 표현 작품, 둘째 분단을 극복하고자 하는 정서 표현 작품, 셋째 분단 현실의 해소를 위한 유익한 내면적 가치를 부여 작품 등 세 가지 양상으로 나누어 보았다. 그리고 「동시문학 속 노인의 삶과 죽음」은 아파트 위주의 주거 문화 변화로 인해 가족 내의 조부모 즉 노인의 소외 문제나 죽음이 시대에 따라 작품 속에 어떻게 반영되었는지를 살펴본 평론인데 한국사회의 물질화 속도와 노인의 소외 심화 정도가 정비례하고 있음을 동시문학에서 확인하였다.

제2부 〈현대 동시문학의 기법〉에서는 동시 창작에서 활용된 문학적 기교와 방법을 찾아보았다. 「동시의 은유」에서는 동시문학에서 가장 많이 그리고 가장 자주 활용되고 있는 은유법에 대해 분석하였다. 은유는 일부 작품에서 보여주고 있는 표현의 진부함과 구태의연함 때문에 독자들이 식상할 수 있는 위험성을 늘 가지고 있지만 오히려 참신한 은유는 동시 속성을 드러내기 좋은 기법임을 여러 작품을 통해 분석해 보았다. 또 낯설게 하기는 일반 시문학뿐만 아니라 동시문학에서도 매우 유용한 문학적 기법으로서 여러 작품을 통해서 모든 사물이나 현상을 어린이 눈으로 새롭고 보는 것과 동일함을 짚어 냈다.

제3부 〈한국 동시문학의 산맥을 찾아서〉는 1920년대부터 현대까지 동시문학에서 그동안 논쟁거리가 되었던 몇 가지를 살펴보았는데, 한국 최초 동시 「별쏭」과 「해에게서 소년에게」의 비교에서는 일반적으로 최초의 신체시로 알려진 최남선의 「해에게서 소년에게」(1908)를 최초의 동시로 재정립하려는 작금의 아동문학계 일부의 움직임에 대해 굳이 무의미한 재정립 시도보다는 오히려 손진태의 「별쏭」(1923)이 더 동시적 특성을 지닌 작품임을 여러 근거로써 증명하였다.

「시와 동시의 경계, 그 역사적 고찰」에서는 지금의 일반시와 동시는 독자나 대상의 이질성 때문에 그 경계가 분명하지만 근대시와 현대동시가 함께 출발한 1920년대에는 서구의 경우처럼 특별하게 문학적 경계를 지어 창작하지 않았다. 이를 정지용, 박목월, 윤동주, 박용철, 이상 등의 동시 작품을 토대로 살펴보았으며, 당시에는 시와 동시가 함께 공존하였다는 것을 알았다. 그리고 「목일신의 「자전거」와 그의 동요문학 특성」에서는 1930년대 대표적인 동요시인인 목일신의 동요문학 특성을 살펴보고, 동요 「자전거」에서 발견되는 1930년대 당시의 사회적 의미, 정확한 창작 시기 확인과 함께 현대 자전거문화 시대 속에서 그의 「자전거」가 유독 비난의 대상이 된 이유를 분석해 보았다.

제4부 〈현대 동시문학 작가 탐색〉에서는 어머니에 대한 그리움, 즉 모성애 추구로만 한정한 기존 김종상의 동시문학 연구 성과를 불교적

특성, 교훈적 성격, 동시조 창작 심혈 등으로 확장하였다. 또 문삼석의 첫 동시집인 『산골물』(1967)이 한국 현대 동시의 큰 물줄기로 자리매김한 연작시, 쉬운시, 맞장구시, 단형시, 간결시의 발원지임을 그의 많은 동시 자료와 분석을 통해 찾아내었다. 그리고 잘 알려지지 않아 생소한 해남시파라고 이름 붙여진 문학집단의 일원인 윤삼현의 동시문학을, 짙은 서정미와 문학적 감수성, 기발한 반전, 치열한 역사의식, 느림의 동심 추구 등의 측면으로 분석해 보았다.

이 평론집은 여러 전문 아동문학 계간지에 십수 년 넘게 발표한 평론들을 새롭게 고쳐서 모아놓은 땀의 소작물이다. 원래는 동시문학 창작론이라는 이름으로 계획한 뒤 의욕적으로 집필을 시작한 몇 가닥 초고가 있긴 하지만 결국 마지막 마침표를 찍지 못하고 지금까지 지지부진하게 세월만 뭉개고 있었다. 다행히 2013년 제57회 전라남도문화상(문학부문) 수상 지원금으로 이 평론집이나마 세상의 빛을 보게 되어 덕룡산 문성암 목탁소리마냥 마음이 평온할 뿐이다.

2015년 5월

이정석

| 차례 |

제2부 현대 동시문학의 기법

제3부 한국 동시문학의 산맥을 찾아서

제4부 현대 동시문학 작가 탐색

제1부 현대 동시문학의 특성

동시에서의 분단문학 양상

1.

아동문학 특히 동시에서 분단문학은 어떤 형태로 나타나고 있을까? 먼저 분단문학의 정의를 살펴보면 『문학비평용어사전』(국학자료원, 2006)에서는 분단문학(分斷文學)을 다음과 같이 정의하고 있다. '협의(狹義)의 분단문학은 분단으로 빚어진 민족의 모든 갈등과 모순을 파헤치면서 이를 극복하고자 하는 민중들의 사상과 정서를 담은 작품이나 그와 관련된 모든 문학 활동을 말한다. 따라서 분단문학은 보다 정제된 의미에서는 민족의 분단 현실을 통일의 터전으로 끌어올리는 데 유익한 내면적 가치와 힘을 내포하고 있는 문학이라고 할 수 있다.' 여기에서 언급하고 있는 분단문학의 세 가지의 핵심은 첫째 분단으로 빚어진 민족의 갈등과 모순의 현장 모습, 둘째 그것을 극복하고자 하는 민중의 사상과 정서 표현, 셋째 분단 현실의 해소를 위한 유익한 내면적 가치 부여라고 할 수 있다. 우리나라 분단문학은 소설, 시 등 일반문학에서는 1950년대 이후 최인훈의 「광장」, 박봉우의 「휴전선」 등 줄기차게 그 맥을 이어오고 있고, 아동문학 쪽 동화에서는 권정생의 「몽실언니」가 대표적이라고 할 수 있다. 분단문학 연구 영역에서도 아동문학과는 비교할 수 없을 정도로 일반문학이 활발하게 이루어지고 있다고 할 수 있다. 문학평론가 임헌영은 한 심포지엄(2012)에서 '분단문학, 통일문학을 넘어 남북통합의 문학이 돼야 하며, 과거의 통일 당위론이 남북한 사회통합론으로 전환했듯이 문학 역시 과거의 상처에서 벗어나 통합에 관심을 가져야 한다'고 주장하였다. 일반문학에서는 분단문학에서 통일문학으로 다시 남북통합문학을 강조하는 단계에 이루고 있는 것이다.

동시문학에서는 그동안 분단문학이 간간히 이어져 왔다고 할 수 있다. 실향민 출신 동시인 박경종을 비롯하여 신현득 등이 앞장서 왔다. 특히 신현득은 '민족 분단에 대하여 시작품에서 분노를 터뜨리기'로 다짐한 뒤 그의 동시집을 발간할 때마다 민족분단이나 통일에 관한 작품을 계속 발표하였다.

> 우리는 외세에 의해 민족 분단이 되어 나라를 둘로 나누어 놓고 있다. 당연히 분노해야 할 이 사실을 두고 분노하지 않는 사람이 있다. 그래서 나는 시작품에서 분노를 터뜨리기로 했다. 나는 조국통일을 주제로 한 많은 시작을 했다. 제1 동시집의 「여덟시 반」, 2집의 「바람과 휴전선」, 3집의 「휴전선에 선 감나무」, 6집의 「통일이 되는 날의 교실」, 10집의 「백두산 오르기」, 11집 「나뉘어진 나라의 깃발」, 13집 「삼팔선 긋기」, 14집 「통일이 되거든 우리」, 17집 「휴전선에 눈이 왔다」, 20집 「기관사 아저씨 딸기 드세요」 등에 분노를 쏟았다. 18세기에 독일, 오스트리아, 러시아가 폴란드를 3차에 걸쳐서 분할하여 마침내 그 주권을 삼켜버렸다. 이른바 '18세기의 죄악'이라 한다. 미·소에 의한 우리나라 분할에 대해서는 이름 지은 역사가가 없다. 그래서 이 변변치 못한 작가가 '20세기의 죄악'이라 이름 지었다.

신현득의 '분노'는 민족분단에 대한 분노, 외세에 대한 분노, 북한에 대한 분노, 분단 현실에 무관심한 아동문학인들에 대한 분노, 자신에 대한 분노 등이 포함되어 있다고 할 수 있다. 그의 대단한 민족 통일 의식을 확인할 수 있다. 이렇게 계획적으로 '조국통일을 주제로 한 많은 시작'을 한 동시인은 또 누가 있을까. 거의 유일무이한 경우가 아닐까 한다. 다른 측면으로 보면 동시를 쓰는 시인 중에서 분단 현실에 대한 작품을 한 편도 쓰지 않는 사람 또한 없을 것이다.

2.

분단문학을 그린 동시 작품들이 의외로 많으며, 완성도 면에서도 수준 높은 편이다. 서두 분단문학의 정의에서 분단문학의 세 가지의 핵심을 들었는데 동시에서도 동일한 모습을 보이고 있다. 첫째로 분단으로 빚어진 민족의 갈등과 모순의 현장 표현 작품, 둘째 분단을 극복하고자 하는 정서 표현 작품, 셋째 분단 현실의 해소를 위한 유익한 내면적 가치를 부여한 작품이 그것이다.

먼저 분단으로 빚어진 민족의 갈등과 모순의 현장을 표현한 작품이다. 실향민이었던 박경종의 경우가 대표적이다.

> 할아버지는
> 기차표를 사 오라고 하신다.
> 저! 함경도 홍원 가는 기차표를…….
>
> 나는 좋아라고
> 정거장으로 달려가니
> 하얗게 식은 난로가 날 기다리는데

서성거리는 여러 사람들 속에는
보따리를 든 할머님도
의자에 기대앉은 사람들도
다들 고향으로 갈 사람들인데

우리 할아버지 고향인
이북 홍원으로 가는
기차표는 팔지 않는다.

낡은 털모자를 쓰고
열심히 담배만 피우시는 할아버지도
이북 가는 기차를 기다리시는지
눈 내리는 창밖만 내다보고 앉았다.

나는
찌부러진 갓을 쓴
정거장을 뒤돌아보면서

내일도 나와 보고
또 모레도 나와 보고…….

—박경종, 「팔지 않는 기차표」 전문

파편을 맞은
아픈 가지로도

아기에게 주고 싶어
감을 익혀 들고

휴전선에 선
감나무.

언제
이 감나무 아래서
풋감을 줍다
포소리에 놀라
달아난 아기

지금
어디서
어른이 됐을 게다.

—신현득, 「휴전선에 선 감나무」 전문

박경종의 「팔지 않는 기차표」, 신현득의 「휴전선에 선 감나무」 등은 분단문학을 대표하는 상당히 낯익은 작품들이다. 「팔지 않는 기차표」와 「휴전선에 선 감나무」는 앞에서 언급한 분단으로 빚어진 민족의 갈등과 모순의 현장 모습이라고 할 수 있다.

녹슨 철모 곁에서
산나리꽃 피어요

아, 바람이 꽃을 보러

철조망을 넘나 봐요

안 돼요!

「지뢰밭」 팻말이
팔 벌려 막아서요

—전병호, 「휴전선 견학」 전문

전병호의 「휴전선 견학」은 제목에서처럼 직접 현장에서 긴장감이 감도는 휴전선과 철조망 그리고 지뢰밭을 눈으로 확인하면서 쓴 작품이다. 이 동시는 객관적인 위치에 서 있는 작가의 동심의 눈을 통해 남북 분단의 현장인 살벌한 휴전선에서 벌어지고 있는 민족의 아픔을 우회적으로 그리고 있다. '녹슨 철모', '철조망', '지뢰밭'이라는 시어의 이미지는 전쟁, 냉혹, 무서움, 죽음, 현실 등이다. 이와 대조를 이루고 있는 '산나리꽃', '바람'이라는 시어의 이미지는 평화, 따뜻함, 부드러움, 생명, 이상 등이다.

'산나리꽃'의 개화라는 아름다운 자연 현상과 그것을 스스럼없이 만나 감상하고 싶은 '바람' 앞을 가로막고 있는 것은 '지뢰밭 팻말'이라는 인위적 장벽이다. '산나리꽃'을 남북한 동족의 혈연으로 대치하고, '바람'을 가족 상봉이나 민족 통일에 대한 욕망이나 그리움으로 바꾸고, 또 '지뢰밭 팻말'을 냉혹한 정치적 이데올로기적 현실로 대입한다면 이 작품이 표현하고자 하는 것이 무엇인가를 명백하게 알 수 있을 것이다. 그래서 3연 '안 돼요'라는 절규에 가까운 외마디는 접근금지이라는 의미를 넘어 민족 통일에 대한 우리 스스로의 현실적 무기력감, 남북이 서로 마주할 수 없는 절망감이나 안타까움을 표현하고 있음을 알 수 있다.

6 · 25전쟁 때
다섯 살이던 할아버지

우리나라를 도우러 온
군인들 따라다니며 그러셨대.
—원 달러

올해 예순여덟 할아버지
캄보디아에 가니
다섯 살 아이들이 따라다니며
그러더래.
—원 달러

인도에서도
이집트에서도
고사리 손 내밀며 그러더래.

—설용수, 「원 달러」 전문

설용수의 「원 달러」는 6·25전쟁의 참화 속에서의 외국인에게 구걸한 할아버지의 경험이 시대를 넘어 계속되고 있음을 알려주는 작품이다.

그런데 이 동시에서의 아쉬움은 단순한 생존을 위한 구걸 행위의 동일성 또는 동질성을 이야기하고 있을 뿐 분단 현실의 아픔이나 전쟁 속 어린이들의 고통을 알려 주지 않고 있다고 할 수 있다. 다시 말하면 지은이의 창작 의도가 분명히 드러나 있지 않다는 것이다. '원 달러'는 할아버지의 어릴 때 경험이면서 현재 캄보디아, 인도, 이집트 어린이들의 현실을 표현하고 있는 제재이다. 문제는 할아버지의 구걸 경험이 인도와 이집트의 어린이와 동일하게 취급하고 있다는 점이다. 현재 인도와 이집트 아이들의 구걸은 6·25전쟁과는 전혀 다른 상황에서 이루어지고 있다는 것을 간과하고 있는 것이다. 지은이가 단순히 시대를 초월한 가난한 아이들의 구걸이라는 주제 부여로 창작했다면 6·25전쟁으로 고통을 받으면서 행한 할아버지의 '원 달러' 구걸은 무가치한 것으로 전락할 수밖에 없는 것이다.

이 작품 마지막에 민족 분단의 비극이나 슬픔이라는 할아버지의 말씀이 연으로 덧붙였더라면 더 좋지 않았을까. 또 인도와 이집트의 경우보다는 캄보디아 현실을 더 부각시켰더라면 우리의 6·25전쟁과 비교가 되어 훨씬 설득력이 있지 않았을까 첨언한다.

점박이물범이 사람에게
—들어오지 마
여긴 우리 수영장이야.

사향노루가 사람에게
—들어오지 마
여긴 우리 놀이터야.

산양이 사람에게
들어오지 마
우리 땅이란 말야.

초대장 보낼 때까지
가만히 좀 있어

—우점임, 「가만히 있어—비무장지대」 전문

우점임의 「가만히 있어—비무장지대」는 여러 동물들의 목소리를 통해 60여 년간 인간의 손길이 닿지 않는 천연 원시림에 가까운 비무장지대의 소중함을 노래하고 있는 작품이다.

이 동시는 생태 환경적 측면에서 시사하는 바가 크다. 앞으로 비무장지대를 통일 동산이나 관광지 개발, 평화공원 조성 등으로 추진하려는 움직임이 있는 것이 작금의 정치적 상황이다. 이 작품에서는 그런 일을 반대하는 입장에서 비무장지대의 생태 환경을 그대로 보전해야 한다는 창작 의도가 있다고 할 수 있다. 그러나 그런 정도의 의도라면 너무 단순한 것이 아닐까. 점박이물범, 사향노루, 산양의 동일한 하소연이나 주장은 작품 구조를 너무 평면적이게 만들고 있으며, '비무장지대'라는 부제가 가지는 의미의 무거움을 그냥 지나친 것이 그저 아쉬울 뿐이다. 예를 들면 남북 분단의 당사자인 남북한 사람들의 마음을 달래줄 비무장지대의 동물들 소원이나 목소리를 담았으면 어땠을까. 그랬더라면 분단문학으로 확장되었을 것으로 생각된다.

여우비 내린 날
휴전선에 가봐라
누군가
조심조심
휴전선을 깁고 있다.

썰뚝 잘라놓은
휴전선을
일곱색 고운 실로
한 땀 한 땀
깁고 있다.

—한석윤, 「휴전선의 무지개」 전문

한석윤의 「휴전선의 무지개」는 휴전선 남북으로 피어난 무지개를 통해 분단의 현실적 비극을 극복하고 싶은 심정을 노래한 작품이다. 살벌함과 긴장감이 깔려 있는 휴전선의 현실상황에 칠색 고운 빛의 무지개를 끌어들이는 독특한 서정성이 돋보인다.

이 동시에서 1연 1~2행 "여우비 내린 날/휴전선에 가봐라"을 잘 읽어보면 여우비가 내리는 상황을 독자 스스로 상상해 보라고 권유하고 있음을 알 수 있다. 말하자면 지은이가 독자의 상상을 돕기 위해 설정한 독특한 문학적 장치이다. 이후의 서정적인 시행과 2연은 자연스럽게 독자의 가슴속으로 다가올 수밖에 없는 것이다. 이 작품에서 노래한 것처럼 무지개의 일곱색으로 남북의 갈라진 분단의 선을 기우고 때울 수 있다면 얼마나 좋겠는가. 이 작품은 둘째의 분단을 극복하고자 하는 정서 표현을 어린이 입장에서 접근한 것이라고 할 수 있다.

경의선 철길 가의
코스모스,
지나가는 가차를 향해
손을 흔든다.

중간에서 돌아오지 말고,
임진강 건너
신의주까지 잘 다녀와야 한다고
자꾸, 손을 흔든다.

—손광세, 「철길 가의 코스모스」 전문

손광세의 「철길 가의 코스모스」도 둘째의 분단을 극복하고자 하는 정서 표현을 어린이 입장에서 접근한 작품으로, 흔들리는 코스모스를 통해 남북의 철길 복원, 남북한의 통일에 대한 간절한 염원을 그린 동시이다.

기차가 지나가면서 생기는 바람 때문에 마구 흔들리는 철길 가의 코스모스를 통일의 의지를 담은 인격체로 표현하고 있는 점에 고개가 끄덕여진다. '손을 흔든다'처럼 시상이 참신하지 않는 면도 있지만 전체적으로 작품 흐름이 매끄럽다고 할 수 있다.

육십 년 앓는 허리에
철조망 가시 박혀 있다.

그 사나운 가시가
침으로 바뀐다면

엎드린 우리 한반도가
훌훌 털고 일어날까.

—신현배, 「침」 전문

신현배의 「침」은 남북을 가로막았던 철조망 가시를 훌훌 걷어내어 분단 시대를 끝내고 싶은 소망을 표현한 동시조이다.

초장에서 '육십 년 앓은 허리'가 된 이유는 '철조망 가시' 때문이라고 제시되어 있다. 이 허리 병을 낫게 할 수 방법은 '침'을 놓아 주는 것이다. 그렇다면 그 침은 어디서 구하는가. 바로 허리 병을 생기게 한 '철조망 가시'를 활용하는 것이다. 날카로운 바늘 역할을 할 수 있다는 점에서 '철조망 가시'와 '침'은 문학적으로 치환이 가능한 소재들이다. 문학적 상상력이 돋보인다고 할 수 있다. 종장에서 '훌훌 털고 일어날까'는 두 가지 의미가 포함되어 있다고 할 수 있다. 하나는 통일 조국이 될 것이라는 의미, 다른 하나는 현재도 경제력이 우수한 편인데 통일이 되면 세계의 다른 나라와 견주어 결코 뒤지지 않을 조국이 될 것이라는 의미이다. 이 동시조도 둘째의 분단을 극복하고자 하는 정서 표현을 어린이 입장에서 접근한 것이라고 할 수 있다.

슬픈 일일수록
새들은 빨리 용서할 줄 안다.

우리보다 더 힘들게 살면서도
언제나 우리보다
더 먼저 용서하는 새들

지난 일을 잊기 위해
새들은 소총 소리 들리는 숲을 찾아와
거기에다 편안한 집을 짓는다.

지뢰가 흩어진 숲속을
우리보다 더 먼저 찾아와

탄탄하게 집을 짓고
따스한 알을 낳는다.

—권영상, 「비무장지대 2」 전문

빨간 색연필로
책상에 금 그어놓고
짝이랑 눈 흘기며 싸운다.

철가시덩굴 너머로
눈 뒤룩대며 서 있는
총부리들이랑
뭐가 다르지?

그러나 우리는
다 안다
서로 좋아한다는 것을

사랑은
나누면
이어진다는 것을

—채들, 「사랑」 전문

권영상의 「비무장지대 2」도 박영종이나 신현득의 작품처럼 낯익은 동시라고 할 수 있다. 이 「비무장지대 2」와 채들의 「사랑」은 세 번째 기법인 분단 현실의 해소를 위한 유익한 내면적 가치 부여가 드러난 작품이라고 할 수 있다.

「비무장지대 2」는 남북한이 서로 총을 마주대고 대치하고 있는 휴전선 안 비무장지대에서 평화롭게 알을 낳고 사는 새들을 대조적으로 보여줌으로써 우리 민족 스스로가 어떤 일을 해야 하는지를 보여주고 있는 작품이다. 위험천만한 지역에서 살면서 인간들에게 보여주고 있는 새들의 진지한 몸짓은 무엇을 의미하는가. 용서와 화해! 그것이다. 미움과 증오의 결과는 여전히 21세기 지구촌 곳곳에서 벌어지고 있는 전쟁이나 테러 등으로 인한 살육과 파괴뿐 아닌가. "슬픈 일일수록/새들은 빨리 용서할 줄 안다."는 인간들에게 주는 경구이며 금언이다.

「사랑」은 옆 짝꿍과의 싸움이나 남북한 동족 간의 싸움에서 진실한 화해를 위해 상호간이 사랑해야 함을 노래한 작품이다. 이 동시에서 눈에 띄는 것은 짝꿍과 남북한 모두 '서로 좋아한다'는 당위적 사실을 시행으로 삽입하였다는 것이다. 짝꿍과 나는 같은 반 친구라는 동질성, 남북한은 한민족이라는 민족의 동일성을 부여하고 있는 것이다. 그래서 마지막 연의 시어 '사랑'의 등장이 무척 자연스럽다. 즉 통일을 억지로 강요하지 않고 원래 상태로 회복이나 회귀를 권유하는 자연스러움이 있다는 것이다. 이런 작품 전개의 논리성은 당연히 독자들에게 공감을 주고, 작품의 질을 일정하게 높이고 있다고 할 수 있다. 이 작품에서 2연에 쓰인 '철가시덩굴'은 참 부드러운 시어라고 할 수 있다. 강렬한 인상을 지닌 '철조망' 쓰지 않는 것으로 인하여 작품 전체 분위기가 바뀌고 있는 것이다. 또 이 작품에서 1연의 '짝'과 대구를 이루는 것은 2연의 '총부리들'이다. '짝'은 인격체인 사람이지만 '총부리들'은 비인격체인 쇠덩이다. 마땅히 남북한 군인이나 주민이 등장해야 함에도 불구하고 '총부리들'이 시어로 쓰인 것은 상징적이며, 비대칭적 대구라고 할 수 있다.

「비무장지대 2」의 핵심어인 '용서'나 「사랑」의 주제어인 민족 동질성 회복을 위한 '사랑'은 남북한 민족통일을 위한 중요한 전제 조건으로, 속성이 다른 용어이지만 두 작품의 지향점은 동일하다고 할 수 있다. 아울러 분단 문학을 극복한 통일 문학의 작품임을 알 수 있다.

3.

동시문학에서 보여주고 있는 분단문학의 모습은 특별히 거창하지 않다. 몇 작품을 뺀 앞의 동시들은 소박하지만 동심이 잘 드러나 있으며, 서두 분단문학의 세 가지 핵심을 그대로 보여주고 있다고 할 수 있다.

박경종의 「팔지 않는 기차표」, 신현득의 「휴전선에 선 감나무」, 전병호의 「휴전선 견학」은 첫째의 분단으로 빚어진 민족의 갈등과 모순의 현장 모습을 보여주는 작품이고, 한석윤의 「휴전선의 무지개」, 손광세의 「철길 가의 코스모스」, 신현배의 「침」은 둘째의 분단을 극복하고자 하는 정서 표현을 어린이 입장에서 접근한 것이라고 할 수 있으며, 권영상의 「비무장지대 2」, 채들의 「사랑」은 셋째 분단 현실의 해소를 위한 유익한 내면적 가치 부여를 주고 있는 작품이라고 할 수 있다. 특히 동시문학은 어린이를 대상으로 하기 때문에 분단문학 쪽보다는 통일문학 쪽을 지향하고 있음을 알 수 있다.

여기서 하나의 시어 때문에 분단문학으로 해석되는 작품이 있다. 김숙분의 「철조망과 나팔꽃」이 그것이다. 참으로 우수한 작품이다.

철조망 손엔
가시가 돋혀 있었습니다.

'다칠라….'
모두 다 인상을 쓰며
그 앞을 지나쳤습니다.

철조망은
외로웠습니다.

어느 따스한 봄날
조그맣고 여린 손이
철조망을 꼬옥 붙잡았습니다.

나팔꽃
덩굴손이었습니다.
"넌 내가 무섭지 않니?"
"당신이 아니었다면 난 일어설 수 없었어요."

철조망은
다른 손도 내밀었습니다.

—김숙분, 「철조망과 나팔꽃」 전문

이 작품에는 강렬한 의미의 시어 '철조망'이 등장한다. '철조망'은 중의적인 시어이다. 남북한을 가로막고 있는 가시철조망으로 분단의 상징인 휴전선이면서 겉모습이 무시무시하여 접근하기 힘든 존재라는 의미를 가지고 있다.

이 '철조망'은 남북한을 가로막는 철조으로 해석하는 것이 더 자연스럽다. 남의 접근을 완강히 거부하는 무생물 '철조망'을 가운데 두고 살아가는 남북한이 적극적으로 마음의 문을 열고 서로에게 손을 내미는 꿈을 꾸게 하는 작품으로 해석할 수 있다. 철조망과 나팔꽃도 서로의 마음의 문을 열어 어울린 것처럼 말이다.

동시인들은 앞에서 언급한 신현득의 '분노'를 잊지 말아야 한다. 편한 동시 쓰기보다는 '분노'하면서 분단문학 아니 통일문학 창작에 열성을 다해야 하지 않을까.

동시문학의 교훈성

1.

공자는 논어 위정편에서 '시경 삼백 편은 한마디로 생각에 사악함이 없다(詩三百 一言以蔽之曰 思無邪)'고 하였는데, 이는 문학의 윤리적 효용론의 대표적 시각이다. 여기서 사무사(思無邪)의 무사(無邪)의 의미는 사악하지 않다, 간사하지 않다, 치우치지 않다, 기울어지지 않다는 것인데, 그 중심의 기준은 사회 구성원의 공통적인 판단이나 도덕적 가치라고 할 수 있다. 즉 논의의 초점은 '무사(無邪)'라고 한 시 작품이 아니라 '무사(無邪)'의 준거가 되는 사회의 윤리성이라는 것이다. 이런 사회의 기준에 맞게 문학이 존재해야 한다는 것이 문학의 기능 중, 이른바 교훈설인 것이다.

문학을 실용적 관점[1]에서 접근할 때 쾌락설과 함께 논의되고 있는 것이 교훈설이다. 이런 교훈설의 이론적 토대는 고대 수사학의 이론에서 출발하였다고 할 수 있다. 교훈설은 인간의 윤리적 교화나 인간 본질의

---

1 시의 실용적 관점의 접근에 대해서는 이승훈, 『시론』, 고려원, 1990, 28~37쪽. 참조할 것.

확인을 목적으로 논의되는 문학의 측면이다. 특히 아동문학은 인격 수양이나 사회 성원으로 편입시키기 위한 학습의 과정에 있는 아동이라는 대상을 삼는 문학이므로 교훈설의 도입은 매우 자연스러운 현상이라고 할 수 있다. 아동문학은 '아동'이라는 수식어가 붙어 있다는 점에서 이미 교육성이나 교훈성을 내포하고 있는 것이다.

그러나 여기에서 새삼 불거지는 것은 근본적인 아동문학 작품의 존재가치 문제이다. 예술적, 미적 가치를 중요시할 것이냐 아니면 윤리적, 교육적 가치를 중요시할 것이냐가 그것인데 순수 문학 쪽에서 살펴보면 예술성이라는 미적 가치를 당연시할 수 있지만 문학 교육 쪽에서 살펴보면 윤리성이라는 교육적 가치를 더 중요시할 수 있다. 나아가 이런 두 특성을 활용하는 형태를 취하다 보면 고전적 개념의 문학당의설(文學糖衣說)이 자연스럽게 나올 수 있다. 문학당의설이란 먹기 어려운 쓴약의 표면에 달디단 설탕을 바르는 알약처럼 문학도 교훈성을 속알갱이로 삼고 예술성을 겉면으로 포장해 독자들에게 주어야 한다는 이론이다. 문학의 교훈성을 위해 예술성을 포장지로 사용하는 것인데, 문학을 하나의 방편으로 도구화하였던 것을 알 수 있다. 문학당의설은 문학보다는 사회윤리를 더 중요시했던 근대 이전의 시대상으로 생각된다.

그런데 1960년대 이후부터 한국의 아동문학가들에게는 문학작품의 교육적 효용보다는 예술성을 당연시하는 인식이 정착되었다고 할 수 있다. 문학에서의 교훈성은 일차적인 목적이 아니라 이차적이거나 부수적일 수밖에 없다는 것이다. 다시 말하면 문학성이 높은 작품을 쓰는 것이 창작 태도의 기본이라는 것이다. 물론 교훈성을 완전히 배제하고 예술성이 짙은 작품만을 쓰는 것은 굉장히 어렵다. 또한 문학당의설의 논리대로 예술성으로 겉포장이 된 의도적인 교훈 작품 역시 쉽게 창작할 수 없기는 마찬가지다. 어쨌든 발표되는 동시를 읽어 보면 의외로 교훈적인 작품들이 꽤 많다는 것을 발견할 수 있다.

2.

분명 교육성이나 교훈성은 아동문학의 한 특징이라고 할 수 있다. 그러나 교육적인 효과를 노리고 교훈성을 너무 강조하다 보면 작품의 질이 떨어지고, 교훈적 시어들이 생경하게 씹히기도 하여 구호적인 성격을 지닌 작품으로 전락할 수 있다.

이재철은 이런 교육적 아동문학의 발생 동기를 두 가지로 정리하고 있다.[2] 그 하나는 아동문학의 본질에 대한 작가의 그릇된 선입관에서 오는 경우와 다른 하나는 시대적 상황에 처한 작가의 의도적 자각 내지는 사명감에서 오는 경우라는 것이다. 비록 1950년대 아동문학의 특징에 대해 서술한 내용의 일부이지만 현재에도 상당히 유용한 시사점을 던져주고 있음을 발견할 수 있다. 앞의 경우는 작가의 무지의 결과로, 뒤의 경우는 다분히 작가의 의도적인 노력이나 사명감의 결과로 그런 작품들이 양산된다는 것이다. 현재 활동하고 있는 아동문학가들은 앞의 경우보다는 뒤의 경우에 더 해당한다고 볼 수 있다. 교훈적인 내용을 의도적으로 삽입하여 교육적 효과를 보기 위해 그런 류의 작품을 생산하고 있다고 할 수 있다. 반복하면 현재 아동문학가들도 뻔히 문학성이 더 중요하다는 사실을 인식하면서도 교훈적 작품을 쓴다는 것이다.

결국 여기에서 가장 큰 문제는 교훈성 때문에 예술성을 놓치고 만다는 점이다. 그렇다면 교훈적인 주제를 강하게 표현하면서 예술성도 일정한 수준을 유지할 수 없을까? 교훈성과 예술성이라는 두 마리의 토끼를 다 잡을 수 없을까? 앞에서 언급하였듯이 창작의 기본 태도는 문학성 높은 작품을 쓰는 것이라고 할 수 있다. 그러므로 교훈적 주제는 문학성에 자연스럽게 녹아 있어야 한다는 것이다. 지금까지 발표된 수많은 작

2 李在徹, 『韓國現代兒童文學史』, 一志社. 511~513쪽.

가의 동시들 중에는 문학성이 뛰어나면서 교훈적 주제가 물 흘러가듯 녹아든 작품들이 얼마든지 있다. 그중에 기억나는 것은 권영상의 작품이다.

—밀어 드릴까요?
마을 할아버지의 짐수레를 보고
지나치기가 미안했다.
—누군진 모르겠다만.
그 말에 짐수레에 손을 얹고
천천히 밀었다.
한참 만에 할아버지가 물었다.
—아버지가 누구신고?
나는 머뭇거렸다.
—그럼, 뉘 집에 사시는고?
—대추나무집요.
내 대답에 흘끔 돌아다보시던 할아버지가
—허, 참. 정수 그 사람.
그러신다.
할아버지가 말하는
정수 그 사람은 우리 아버지다.

—권영상, 「돌아오는 길에」 전문

권영상의 「돌아오는 길에」는 동네 늙은 할아버지의 짐수레를 밀고 있는 소년의 모습이 보인다. 교훈적 주제가 강렬하게 보이지만 이 작품 어디에도 웃어른에 대한 공경심, 남을 돕는 마음을 가져야 한다는 시어가 없다. 이처럼 교훈성은 작품 속에 자연스럽게 녹아 있는 것이 가장 바람직한 형태라고 할 수 있다. 그와 반대로 의도적인 교훈적 시어를 배치한 시도 많이 있다. 조병화의 「해마다 봄이 되면」이 그중 하나다.

해마다 봄이 되면
어린 시절 그분의 말씀
항상 봄처럼 부지런해라.
땅 속에서, 땅 위에서,
공중에서
생명을 만드는 쉼 없는 작업.
지금 내가 어린 벗에게 다시 하는 말이
항상 봄처럼 부지런해라.

해마다 봄이 되면
어린 시절 그분의 말씀
항상 봄처럼 꿈을 지녀라.
보이는 곳에서,
보이지 않는 곳에서
생명을 생명답게 키우는 꿈.
봄은 피어나는 가슴.
지금 내가 어린 벗에게 다시 하는 말이
항상 봄처럼 꿈을 지녀라.

오, 해마다 봄이 되면
어린 시절 그분의 말씀
항상 봄처럼 새로워라.
나뭇가지에서, 물 위에서, 둑에서

솟는 대지의 눈.
지금 내가 어린 벗에게 다시 하는 말이
항상 봄처럼 새로워라.

—조병화, 「해마다 봄이 되면」 전문

중학교 국어 교과서에 실렸던 조병화의 시를 읽어 보면 시인의 의도가 무엇인지를 금방 알 수 있다. 교훈적인 시어가 길 위에 튀어나온 나무뿌리처럼 드러나 있다. 교육적 효과를 위해 '부지런해라', '꿈을 지녀라', '새로워라'는 세 가지를 어린이나 청소년들을 향해 의도적으로 쓰고 있는 것이다. 더욱이 교훈의 말씀을 반복적으로 사용하고 있으며, '~라'는 명령형을 사용하고 있다. 학교에서 이 시를 배웠던 과거의 학생들은 많은 교훈을 받았을는지는 모르겠으나 학생들이 느꼈던 시적 감흥에 대하여서는 부정적인 생각을 지울 수 없다.

오늘도 마음의 출석부엔
아이들의 빈자리가 많다.

고사리 같은 손목을 쥐고
걸음마를 익히던 아이들인데,
무릎 가로 돌아오는 아이가 적다.

아이들의 교문은 네거리에 있다.
끝간데 없는 그 길가에서
놋쇠로 만든 종을 두들기며
아무리 손풍금을 울려도
오락실 문턱만큼

교실을 설레지 않는다.

무엇이 우리의 아이들을 데불고 갔나?

사랑은 주어도
생각은 심지 말자.

방황의 길목에서
이제는 교문을 바로 세우자.

큰 흐름 앞에서
우리는 강바닥에 누워
이끼 낀 자갈이 되자.

길 잃은 꽃게 한 마리
끌어안고 돌아가는
바다가 되자.
더 많은 교실이
아이들 뒹구는
뻘밭이 되어야 한다.

—최남호, 「빈자리」 전문

최남호의 「빈자리」는 진정한 학교의 부재, 사랑이 가득한 가정의 부재를 막기 위해 우리가 해야 할 일이 무엇인가를 노래하고 있는 작품이다. 그는 컴퓨터 오락실에 가 있는 아이들의 현실에 초점을 맞추고 있다. 그리고 아이들의 교문은 학교에 있지 않고 화려한 도시의 네거리에 있다고 진단한다. 설레임이 없는 학교, 사랑이 없는 가정으로 아이들이 돌아오게 하려면 어떻게 해야 하는가? 그는 "사랑은 주어도/생각은 심지 말자"라고 하였다. 그리고 '교문을 바로 세우자', '이끼 낀 자갈이 되자', '바다가 되자', '뻘밭이 되어야 한다'고 교훈적인 말씀을 이 작품을 읽은 독자나 어른들에게 직접적으로 던지고 있다. 청유형 '~자'와 조건형 '~어야 한다'의 형태는 독자들에게 편안함보다는 동참을 요구하거나 적극적인 행동을 유도한다.

너는 아느냐
저 아름다운 생명의 신비를

알에서 애벌레
그리고 번데기에서
탈바꿈하는 곤충의 한살이

아름다움은
몇 꺼풀 허물 벗으며
거듭 새롭게 태어난다는 걸

얘들아! 우리 나비처럼 살자.

—조무근, 「발견 19」 전문

조무근의 「발견 19」는 몇 번의 허물 끝에 아름다움을 보여주는 나비처럼 우리 인간도 새롭게 태어나자고 교훈을 주고 있는 작품이다. 4연 '얘들아! 우리 나비처럼 살자'는 지은이가 독자들에게 들려주는 교훈적인 말씀이다. 그는 나비의 탈바꿈하는 변태 과정에서 생명의 신비로움을 '발견'하고 독자들이나 아이들에게 허물을 벗으며 살자고 권유하고 있는 것이다. 이 작품도 앞 작품처럼 청유형 '~자' 형태를 사용하여 적극적인 행동을 유도하고 있다.

조무근의 다른 작품도 있다. "길을 간다/실핏줄처럼/얼킨 길을//새들은 자유롭게/하늘 지름길로 날고//등짐 진 달팽이는/긴 여행길//자벌레는 제 몸뚱일/재면서 가는데//살아 있는 건/모두 다/제 갈길 있는 걸까//오늘도 나는/실핏줄 미로를 헤맨다//질러서도 가 봤다가/돌아서도 가 봤다가"(조무근, 「길 1」 전문). 이 작품은 「발견 19」와 상당히 차이가 있음을 알 수 있다. 새나 달팽이, 자벌레가 가는 제 갈길을 우리도 가야 한다는 교훈이 드러난 작품이지만 교훈성이 겉으로 많이 드러나 있지 않다. 교훈적 주제 표현이 좀더 세련되어 있음을 알 수 있다.

넓은 품으로 고기를 안아 주다가
파도가 되었다가
소금밭에 밀려 와
낮게 누운 바다는
하늘로 날아가며
눈부신 껍질을 남겨 두었다.

바다는 다시 살아
무 배추 순을 죽여 김치 맛 내주고
국에 뿌려서 간을 맞추고
썩지 않도록
절임을 하며
푸르게 살아 숨쉬고 있다.

—이재성, 「소금」 전문

이재성의 「소금」은 음식을 썩지 않게 하는 소금을 노래하고 있는 작품이다. 이 작품은 우리들에게 음식을 썩지 않게 하는 소금과 같은 존재가 되어야 한다는 교훈을 은근히 던지고 있다. 2연 마지막 행의 '푸르게 살아 숨쉬고 있다'는 시구에서 교훈을 찾을 수 있다. '푸르게 살아 숨쉬'는 소금은 단순하게 만들어진 결정체가 아니라 바다가 하늘로 날아가며 남겨둔 '눈부신 껍질'이라는 것이다. 1연의 소금이 만들어진 과정이 서정적으로 나타나 있다. 그런데 비유적이고 서정적인 1연에 비하여 2연은 조금 평범한 서술형으로 이루어져 있어 1연과 균형감을 잃고 있음을 발견할 수 있다. "무 배추 순을 죽여 김치 맛 내주고/국에 뿌려서 간을 맞추고/썩지 않도록/절임을 하며"의 시구는 소금의 역할을 단순한 문장 형태로 서술하고 있는 것이다.

> 빨강 하양 코스모스꽃이 나란히 나란히 피어 있었습니다. 그들의 세상은 둘이 아닌 하나이고자 하였습니다. 하나가 되어 바람도 맞기도 하면서 푸른 하늘 아래의 가을볕을 마음대로 즐겼습니다. "우리의 마음은 언제나 하나야!" 그러나 그들의 몸은 하나가 아닌 둘이었습니다. 그것이 너무너무 안타까웠습니다. 마침내 겨울이 오고, 봄, 여름 그리고 가을이 왔습니다. 빨강 하양 코스모스꽃이 피었던 자리에 전에 보지 못한 전혀 다른 색깔의 꽃이 피어 있었습니다. 빨강도 하양도 아닌 연분홍 코스모스꽃이 무리 지어 피어 있었습니다. 둘이 아닌 하나의 온 세상이 된 것입니다.
>
> —구재기, 「세상은 하나」 전문

구재기의 「세상은 하나」는 서로 이질적인 집단들이 한데 어울려 살면 하나의 공동체를 형성할 수 있다는 교훈을 주는 작품이다. 강렬한 주제의식을 강렬한 시어로 풀어내지 않고 오히려 부드럽고 가냘픈 코스모스꽃을 이용해 소화시키고 있다. 서로 다른 색깔을 가진 꽃들이 함께 어울리면 공통의 색깔을 가질 수 있다는 시적 착상은 가까이는 내 이웃과 함께 협동하는 공동체 의식을 가져야 한다는 의미부터 지구상의 다른 인종끼리의 화해, 인간과 자연의 조화라는 의미까지 광범위하게 적용할 수 있는 상징성을 내포하고 있다. 더 나아가 우리 민족에 있어 가장 중요한 남과 북의 화해와 민족 공동체 형성이라는 깊은 의미도 짚어 낼 수 있다는 것이다. 빨강과 하양의 화학적 결합이 연분홍색으로 완성되고 있다. 빨강+하양→분홍이라는 물감 배합의 당연한 결과가 더 논리성을 유지하고 있다. 남한의 독특한 삶의 방식과 북한의 독특한 생활의 양식의 결합은 새로운 민족의 삶의 형태가 생길 수 있다는 것이다. 남한과 북한의 독선과 이기, 아집이 허용되지 않는다는 것도 알 수 있는 것이다.

이 작품 속에는 화해와 조화를 위해 필요한, 중요한 하나의 조건이 있음을 발견할 수 있다. 그것은 화해와 조화는 어떤 물리적 힘이나 제삼자의 존재로 이루어지는 아니라 '우리의 마음은 언제나 하나야!'라는 서로의 열린 마음이 있어야 한다는 것이다. 분단된 우리 민족의 화해도 남북한 국민들의 열린 마음, 서로를 인정하는 마음에서부터 출발해야 된다는 교훈을 이 작품에서 새삼 일깨워 주고 있는 것이다.

이 동시에서 보듯이 지은이가 강조하고 싶은 교훈을 작품 속에 굳이 직설적인 시어를 사용해서 노래할 필요는 없다. 구재기의 「세상은 하나」처럼 작품 속에 내재된 교훈을 누구나 읽으면 손쉽게 찾아내어 가슴에 새길 수 있는 것이다. 즉 교훈성은 작품에 자연스럽게 녹아 스며 있어야 바람직하다는 것을 알 수 있을 것이다.

낮은 곳을 찾아가는
그의 발걸음은
가볍다.

그는 넓은 바다에 도착하면

이름도 그냥 주어버린다.

—오순택, 「강물」 전문

오순택의 「강물」은 전체 2연 5행으로 된 짧은 작품이지만 깊은 의미가 내재된 동시라고 할 수 있다. 남을 위해 봉사하는 사람의 자유로움이라든지 낮게 흘러가는 강물의 여유로움이라든지 욕망 속에 버둥거리는 인간에 대한 역설이라든지 자연 순리에 대한 교훈 등 다양한 해석과 감상을 할 수 있는 작품이라고 할 수 있다. '낮은 곳'의 원관념은 희생과 봉사로써 나의 진정한 모습을 찾을 수 있는 의미있는 장소이며, '넓은 바다'는 공동체의 공간, 완전한 인격체의 공간, 화합의 유토피아, 죽음의 세계라고 할 수 있으며, '강물'은 수도자, 수행자, 인격자이며 더 넓게 해석한다면 개성을 가진 모든 인간을 지칭하고 있다고 할 수 있다.

시인이 독자들에게 주고 싶은 교훈은 결국 인간 자신의 아집과 독선을 버리도록 권유하고 있는 것이라고 할 수 있을 것 같다. 나를 버리고 낮은 곳을 찾아가는데 어찌 가벼울 것이며, 입신양명하기 위해 살고 있는 사람들에게 어찌 이름까지 잊어버리라는 것인가? 불가능할 것 같지만 시인은 그렇게 은근히 교훈을 주고 있는 것이다. 이 작품도 직접적인 교훈의 말씀을 들을 수 없다. 작품 속에 자연스럽게 스며든 교훈을 겨우 찾을 수 있을 뿐이다.

3.

아동문학의 특수성에 비춰보면 교육성이나 교훈성은 매우 자연스럽다고 할 수 있다. 하지만 교육성이나 교훈성을 문학작품 속에 투영시킬 때 어떤 형태로 집어넣어야 하는 문제에 대하여서는 작가들에 따라 다양한 방식을 취할 수 있다. 교훈적인 시어를 직접적으로 사용할 수도 있으며, 은유적이고 상징적인 시어를 사용하여 교훈적인 내용을 암시할 수도 있을 것이다.

그러나 교훈적인 시어를 직접적으로 사용하는 작품은 주제 표현이 너무 강렬하여 문학성을 획득하기에 실패하기 쉽다고 할 수 있다. 자연스러운 작품의 전개 속에 슬며시 녹아든 교훈이야말로 가장 작품다운 작품이 될 것이라고 여겨진다.

동시의 전통문화 수용

동시에는 그 작품을 창작한 동시인의 모든 것이 포함되어 있다. 그가 경험했던 유년 시절의 기억, 특정한 사건에 대한 미추(美醜), 자연현상에 대한 경이로운 감흥, 성장 과정에서 맺어진 수많은 인간관계뿐만 아니라 동시인의 가치관, 역사 인식, 종교나 사상, 문화 경험 등까지를 내포하고 있다. 그가 가지고 있는 문화 배경지식이나 역사적 배경 등이 동시 작품 속에 녹아들어 있다고 할 수 있다. 이런 모든 것들은 동시인들이 자신의 구조화된 스키마 속에서 무의식적으로 작품에 반영하거나 의도적으로 창작 과정에서 수용하기도 한다.

특히 동시인들은 망각 속에 묻혀가는 것이 안타까워서 되살려야 할 한국의 전통문화에 대해서는 의도적으로 작품 속에 수용하여 창작하기도 한다. 우리나라 전통문화는 자손 대대로 이어온 우리의 말과 글 그리고 풍속, 사상, 음식, 음악, 주거, 학문 등을 말하는데 보통 정신문화, 유형문화, 생활문화로 나누며, 정신문화에는 민속놀이, 세시풍속, 효사상, 한의학, 민요 등이 있고, 유형문화에는 건축물, 전적, 고문서, 회화, 조각, 공예품 등이 있으며, 생활문화로는 된장, 김치, 전통차 등의 먹거리와 한복, 한지, 한옥, 도자기, 옹기, 오일장 등 살림살이가 있다. 이런 전통문화 중에서 동시인 자신에게 필요한 소재나 제재 또는 주제를 찾아 작품 속에 수용, 반영하여 창작하는 것이다.

동시 창작에서 한국의 전통문화는 대체로 다음과 같은 세 가지 형태의 기법을 통해 수용된다고 할 수 있다. 첫째는 한국 전통문화의 대상 하나를 선택하여 그것을 통째로 작품화하는 경우이다. 세시풍속이나 전설, 민담, 신화 등의 설화, 건축물 등을 동시 속에 그대로 재현하거나 현대화하는 방법이다. 둘째는 한국 전통문화를 작품의 배경으로 사용하여 역사적 사실이나 배경지식, 배경 설화를 통해 창작하는 경우이다. 이때는 독자나 감상자가 작품의 배경을 알아야 깊은 이해가 가능하며, 창작자가 독자를 위해 특히 아동을 위해 각주를 달기도 한다. 셋째는 소재 등을 통해 간접적으로 수용하는 경우이다. 민요 한 구절, 전통문화 용어 하나 등 소재로 활용된 한국 전통문화는 배경지식을 반드시 들춰내고 알아야만 이해할 수 있는 것은 아니다. 간접적으로 한국 전통문화를 슬쩍 던져주어 독자들의 시적 감흥을 높일 수 있는 방법이라고 할 수 있다.

첫째, 한국 전통문화의 대상 하나를 선택하여 그것을 통째로 작품화하는 경우이다. 전설이든지, 세시풍속이든지 하나를 선택하여 동시 작품화하는 방법이다.

그 나비는 아직 살아서 있다.
숙영이와 양산이가 날 받아 놓고
양산이가 먼저 그만 이승을 뜨자
숙영이가 뒤따라서 좇아가는 서슬에
생긴 나빈 아직도 살아서 있다.

숙영이의 사랑 앞에 열린 무덤 위,
숙영이의 옷 끝을 잡던 식구 옆,

붙잡히어 찢어진 치마 끝에서

난 나비는 아직 살아서 있다.

—서정주, 「숙영이의 나비」 전문

미당 서정주의 「숙영이의 나비」는 나비 한 마리의 환생을 통해 완성하지 못한 젊은 남녀의 슬픈 사랑을 노래하고 있다. 이 작품의 핵심은 '나비는 아직 살아서 있다'라는 시구에 있다. 즉 '아직 살아서 있다'에는 젊은 남녀 사랑의 영속성이나 시대 초월성, 나비 설화의 현대적 수용, 불교적 윤회성 표현 등 여러 의미가 내포되어 있다고 할 수 있다.

현대 문학 중 나비가 등장하는 작품은 굉장히 많다. 음악가 윤이상의 삶을 그린 윤정모 소설 「나비의 꿈」, 헤르만 헤세의 성장소설 「나비」, 김기림의 「바다와 나비」, 공재동의 동시 「나비야」 등 꽤 있다. 하지만 여기서 우리 독자들의 관심을 끄는 것은 이 작품에서처럼 나비와 관련된 배경 설화이다. 「숙영이의 나비」와 관련된 배경 설화는 신이담에 속하는 민간설화이며, 특정 이야기 속에 나비가 설화 모티브로 등장되는 경우가 보통이다. 작자 미상인 고대소설 「양산백전」이나 무속설화, 구전되는 호접설화(蝴蝶說話) 등과 관련 있다. 이 나비 설화는 중국의 4대 설화 중 한 가지인 유명한 〈양산백축영대설화〉에서 영향을 받았음을 알 수 있다. 한국사전연구사에서 간행한 『국어국문학자료사전』을 보면 함경도에서 채록된 '문굿'이라는 다음과 같은 무속설화가 있다.

양산백이라는 소년과 추양대라는 소녀가 어렸을 때 은하사에 가서 공부를 하였다. 추양대는 남장을 하고 있었으므로 양산백은 그가 여자인 줄 몰랐다. 양산백이 열여섯 살, 추양대가 열다섯 살 때 강가에 가서 목욕을 하다가 비로소 추양대가 여자인 줄 안다. 양산백이 추양대에게 청혼하니 추양대는 부모의 허락을 받아야 한다고 집으로 갔다. 추양대는 부모에게 양산백의 청혼을 말하였으나 부모는 거절하고 다른 곳에 혼인을 정하였다. 양산백은 추양대가 다른 가문과 혀혼한 사실을 알고 죽고 만다. 한편, 시집을 가던 추양대는 도중에 양산백의 묘 앞에 이르자 금비녀를 빼어 묘를 가르고 묘 속으로 뛰어들었다. 묘는 곧 다시 합쳐지고 추양대의 나삼자락이 밖으로 나와 찢겨지니 나비가 되어 펄펄 날아갔다.

미당 서정주의 「숙영이의 나비」는 이런 나비설화에 대한 현대적 수용이라고 할 수 있으나 설화와 작품을 비교해보면 서정주의 참신한 여타 작품에 비하여 특별한 시적 변용이 이루어지지 않았음을 알 수 있다. 서정주의 「숙영이의 나비」처럼 '나비'가 작품의 제재로 등장한 동시 작품이 최종득의 「하얀 나비」이다.

할머니 장례식 끝나고
절에 기도하러 갔습니다.

법당에 앉아
할머니 생각하는데
하얀 나비 한 마리
날아들었습니다.

작은 날개 하늘거리며
우리 식구 머리 위를
자꾸자꾸 맴돌았습니다.

부처님께 절하다 말고
엄마도 아버지도
하얀 나비만 쳐다보았습니다.

하얀 나비,

천천히

하늘로 날아갔습니다.

—최종득, 「하얀 나비」 전문

최종득의 「하얀 나비」는 돌아가신 할머니의 영혼이 미물인 하얀 나비로 환생하여 자손 앞에 나타남을 보여주고 있다. 이 작품은 서두에 언급한 기법 중 세 번째의 소재 등을 통해 간접적으로 수용하는 경우이지만 나비 설화와 관련이 있기에 여기서 살펴보는 게 옳을 것 같다. 이 「하얀 나비」에는 맑은 영혼은 하얀 나비가 된다는 민간 설화가 수용되어 있으며, 불교의 연기설 또는 윤회의 인과성이 드러나 있다. 작품 속 엄마와 아버지가 본 것은 곤충인 나비가 아닌 것이다. 나비로 되살아난 할머니의 하얀 모습이며, 죽음은 곧 끝이 아니라 새 생명으로서 환생하여 윤회한다고 믿는 것이다.

이와 관련한 배경 설화도 여러 가지 전해지고 있다. 중국의 신화에서도 죽은 자의 영혼은 나비가 된다고 서술되어 있다. 운남성에서 대대로 살아 내려오는 소수민족인 묘족(苗族)들은 나비가 집 안으로 날아들면 조상이 왔다며 음식을 차려내는 풍습을 아직도 지키고 있다고 한다. 우리나라 아랑 전설에는 나비가 된 아랑의 혼이 등장한다. 정조를 지키려다 죽임을 당하고 대숲에 버려진 밀양부사 딸 아랑이 자신을 죽인 통인(관청 심부름꾼) 주기의 상투에 앉아 범인을 지목하고 그 억울한 죽음에 대하여 원한을 푼다는 설화이다. 또 지난 2009년 서거한 노무현 전 대통령과 관련된 나비 이야기도 있다. 노 대통령 서거 당시 어느 신문 기사에 다음과 같이 내용이 실려 있었다. 봉하 마을의 빈소에 놓여진 영정 사진에 하얀 나비 한 마리가 앉았다가 사라졌는데 이를 본 대부분 사람들은 노 대통령이 나비가 되었다고 말했다는 것이다.

목련 꽃잎 툭 툭 툭 떨어진다
탐스럽게 피워 놓고 매정하게 떨어뜨리네

목련꽃은 북쪽바다 산을 사랑한 공주가
못 이룬 사랑 때문에 죽어서 피어난 꽃이라는데,
슬퍼 보이는 꽃잎
눈물이었나봐
눈물이 마르고 말라
누렇게 떨어진 것일 거야.
슬픔이 크면 눈물도 큰가 봐
눈물 한 방울 한 방울이
저렇게 큰 걸 보면.

—오한나, 「눈물꽃」 전문

동시 「눈물꽃」은 목련꽃 설화를 작품화한 것으로, 환하고 탐스럽게 피었다가 커다란 눈물방울로 툭 떨어지는 목련 꽃잎에 대한 안타까운 마음을 표현한 작품이다. 이 작품에서 눈에 띄는 것은 떨어지는 목련 꽃잎 하나하나를 큰 눈물방울로 보고 있다는 점이다. 당연히 목련꽃에 대한 배경 전설과 관련이 있지만 꽃잎과 눈물의 연결이 매우 자연스럽다는 것이다. 하지만 역설적으로 이 눈물방울이 작품의 약점으로 작용하고 있다는 것도 간과해서는 안될 것이다. 그것은 슬픈 목련꽃 전설에 지나치게 의지하다 보니 '떨어진다', '슬퍼', '눈물이 마르고 말라', '못 이룬', '죽어서', '누렇게', '슬픔', '눈물 한 방울 한 방울' 등과 같은 시어 사용이 작품 전체를 부정적이고 어두운 분위기로 몰아가고 말았다는 점이다.

박고개 오막살이
병든 아버지와 살던 달미는
고개 너머 부잣집에
밥 벌러 갔네.

비단옷 마님
나붓나붓 나서며
가래떡 성둥 썰어
떡국 끓여 놓아라

모락모락 끓여 놓고
말뚝잠 든 새
뒷집 개 들어와
홀랑 먹어치웠네

솥 빈 걸 본 마님
네가 훌부셔 먹었구나
여윈 달미를 때려
대문 밖에 내쳤네

먼발치로 오막살이 보이는
밤나무 아래
아버지 진지 어쩌나
달미 휘청 쓰러졌네

다음해 초여름
하얀 밤꽃 그늘에
새가 날아와 울었네
떡국, 떡국, 개개개.

—주미경, 「뻐꾸기가 떡국떡국 우는 까닭」 전문

동시 「뻐꾸기가 떡국떡국 우는 까닭」은 '구비문학 대계에서 이야기를 가져옴'이라고 부기되어 있는 작품으로 처음부터 동시 창작 동기를 개인적인 경험이 아니라 책에 실린 구비문학이라고 밝히고 있다. 그래서인지 이 작품에는 구비문학에 전승된 설화를 작품화하였을 뿐 아쉽게도 시인의 현대적 해석이나 새로운 접목이 나타나 있지 않다고 할 수 있다. 이 작품의 배경 설화에는 '떡국새 전설'과 '풀국새 전설' 등이 있다. 이 작품 배경은 떡국새 전설이며, 죽은 며느리의 원통한 넋이 떡국새(뻐꾸기)가 되어 날아가며 이 작품의 마지막 시행처럼 '떡국, 떡국, 개개개'하고 자신의 무죄를 주장하고 있다는 것이다.

이 나라 한가운데
사대문 그 중심에서

여전히 품위 지키며
사뭇 당당한 근정전

용상은
비었는데도
위엄이 서려 있어요

백성은 곧 하늘이라
떠받든 팔작지붕

앞면 옆면 각 다섯 칸
절개 곧은 저 기둥들

"여봐라"
임금님 목소리가
아련히 울려와요

—조두현, 「근정전—경복궁에서 6」 전문

달빛이
함박눈처럼 쌓인 우수영 마당에
굴렁쇠 하나가
서서히 일어선다.

돌아보자 돌아보자
한 바퀴
다도해를 돌아보자.

두 개로 갈라지고
네 개로 달리고
다시 하나로 뭉쳐지고

강강술래

강강술래

발 그림자가 어지러워서일까
보름달이
저 혼자 흔들리고.

휘몰이 장단에
별빛마저 물결에 스러지면
굴렁쇠만
가슴에 환하게 남고.

—이정석, 「우수영 강강술래」 전문

조두현의 동시조 「근정전—경복궁에서 6」과 필자의 졸작 「우수영 강강술래」는 우리나라 문화재 건축물인 서울 경복궁의 근정전과 전남 해남 우수영 민속놀이인 강강술래를 작품화하였다.

「근정전—경복궁에서 6」은 품위 있고 당당한 근정전의 아름다운 모습을 그리고 있으며 주로 근정전의 건축적인 특징을 노래한 작품이다. 「우수영 강강술래」는 남도 민속놀이 강강술래의 과정 중 진양조 가락에서 출발하여 휘모리 가락까지 속도가 빨라지는 것과 원의 형태 변화에 초점을 둔 작품이다.

둘째, 한국 전통문화를 작품의 배경으로 사용하는 경우이다. 배경지식을 함께 이해함으로써 동시 작품을 더 깊게 감상할 수 있다.

학이 날아옵니다
저 학은 작년 봄 정자나무가 하늘 높이 날렸던 새입니다
사뿐히 내려앉은 학을 부메랑처럼 쥐고 있는 나무

학은 참 큰 새지만
던졌다하면 최소한 시베리아까지 날려 보내는 나무
저 힘센 나무가 마을 어귀에 버티고 있어
백년도 넘는 동안 우리 마을에
한 번도 도둑이 든 적 없다는 이야기
자랑스러운 이야기에
오늘도 아침 해가 쾅!
인장을 찍습니다

—원무현, 「우리마을 정자나무」 전문

원무현의 「우리마을 정자나무」는 장생불사, 부귀공명, 부자마을, 풍요를 상징하는 학과 그 학이 깃들여 사는 정자나무(주로 느티나무)에 얽힌 자랑스러운 '우리마을'이야기를 하고 있다. 물론 이 동시의 제재는 '우리마을 정자나무'이며, 주제는 마을을 지키는 수호신 같은 정자나무의 위대함이라고 할 수 있다. 이 작품의 주된 문화적 배경에는 '백년도 넘는 동안 우리 마을에/한 번도 도둑이 든 적이 없다는 이야기'라는 전설과 시베리아까지 날아가는 학의 모습이다. 이 작품에서 시도한 참신한 점은 시베리아까지 날려 보낼 수 있는 학을 '부메랑'으로, 자랑스런 마을에 매일 떠오르는 아침 해를 '인장'으로 표현했다는 것이다.

한국민족문화백과사전에서 학은 순수한 우리말로 두루미라고 하며, 두루미목 두루미과에 속하는 겨울철새 조류로 선학, 단정학 등으로도 불린다고 서술되어 있다. 흔히 전래동화나 전설 속의 신선을 형용하는 말로 사용된다.

초승달
반달

보름달
뒤집으면
다시
차는
모래시계

한달에 한 번씩
비워졌다 채워지는
은빛 모래시계.

오작교 기다리는 견우 직녀
일 년 내내
열두 번 뒤집어 보는
모래시계 달님.

—강인석, 「모래시계」 전문

1
오작교 짧은 만남
작달비 눈물바람…….

까치 소리에도 마냥
들뜨기만 하던 내가

올해는
강 건너 불구경하듯
덤덤하구나, 짝꿍아!

2
애틋한 옛 전설 속
주인공은 못 되어도

예사로운 짝이라서
얼마나 다행이니?

언제든
마음만 먹으면
만날 수 있는 우리는.

—박경용, 「칠석날 무렵」 전문

강인석의 「모래시계」는 매달 초승달→반달→보름달→하현달→그믐달로 변화하는 달의 모습을 모래시계에 비유하고 이 모래시계를 견우와 직녀가 서로 상봉하기 위해 일년 열두 번을 간절하게 뒤집어 본다는 것이다. 매일 모양이 변하는 달님을 모래시계에 비유하고 있는 점은 참신하다고 할 수 있지만 이 작품의 제재가 '달님'인 것이 분명하다면 제목으로 쓰인 '모래시계'보다는 '달님'이 더 어울리지 않을까 한다. 작품의 시점을 견우와 직녀 입장에서 달님을 모래시계로 여기거나 달님의 입장에서 견우와 직녀를 위해 모래시계로 되었다고 시상 전개를 했더라면 제목도 자연스럽게 정해지지 않았을까 여겨진다.

박경용의 동시조 「칠석날 무렵」은 내가 좋아하는 여자 친구가 같은 반 그것도 짝꿍이 된 사실이, 칠석 무렵 일 년에 겨우 한 번밖에 못 만나는 견우와 직녀보다 얼마나 기쁘고 고마운지 또 얼마나 다행인지를 고백하는 작품이다. 연시조로 된 이 작품은 마지막 2연 종장까지 읽어야만 작품의 재미를 느낄 수 있으며, 짝꿍과 함께 있다는 시적 자아의 기쁜 현실에 고개를 끄덕일 수 있다. 견우직녀의 처지와 일상적으로 만나는 '우리'를 대조함으로써 매우 완성도가 높은 작품으로 끌어올리고 있음을 알 수 있다.

이 두 작품의 배경 설화는 너무나 유명한 견우직녀 설화이다. 두 작품 속에 배경 설화와 관련된 시어는 오작교, 견우와 직녀, 작달비, 짧은 만남, 일 년 등이다.

지구상에 남아있는
가장 오래된 책 다라니경
닥종이로 만들었지.

지구상에
금속활자로 찍은
가장 오래된 책 직지심경
닥종이에 찍었지.

우리나라 닥종이와 책
그이 둘은
천생연분이었지.
찰떡궁합이었지.

—「찰떡궁합—책에 관한 명상 5」 전문

졸작 「찰떡궁합」은 '무구정광대다라니'에 대한 배경지식과 '직지심경'이나 '직지심체요절'에 대한 역사적 지식, 그리고 '닥종이'이나 '찰떡궁합'이라는 단어에 대한 이해가 있다면 훨씬 재미있게 느낄 수 있다고 할 수 있다.

셋째, 소재 등을 통해 간접적으로 수용하는 경우이다. 전통문화의 용어나, 민요 한 구절 등을 작품 속에 활용함으로써 다양한 작품을 창작할 수 있다. 전통문화에 대한 구체적인 지식이나 이해가 없어도 작품을 감상할 수 있다.

푸른 산새소리가
들리지 않아도 좋아.

고추밭 매다가
땀방울로 옷소매가 젖은
늙은 목포댁
긴 목을 축이고,

쟁기질 끝에
육자배기 가락이 신나던
털보 아재
더운 가슴을 식히고,

때로는
개구리도 한 모금 하겠지.

아암, 어둔 밤길에 달빛 같은 것……
날개옷 선녀들이
내려오지 않아도 좋아.

—「마을 샘터」 전문

따스한 봄바람이 불어오면
꼬옥
시집 보내주마고 했는데,

폭풍우 속으로 고깃배를 타신
늙은 아버지.

아리 아리랑.
아리 아리랑.

투—욱
만발한 동백꽃이 떨어져도
오시지 않고,

바닷가 언덕에 선 누나
또—옥
붉은 눈물
몇 방울 또 떨어지네.

쓰리 쓰리랑
쓰리 쓰리랑

—「아리랑 동백꽃」 전문

가까운 이에게서 이런 말을 듣고 싶다.
—넌 된장 같은 녀석이야.

다 떠나버린 뒷자리만을
말없이 지키는
종가집 맏며느리 같은.

꽹과리, 징 소리에
파묻혀 버린
풍물패 끄트머리 소고 춤사위 같은.

그리하여 또 다른 세대를 위해
바람에 날리는
하얀 민들레 홀씨 같은

누군가에게서 이런 말을 듣고 싶다.
—넌 된장 같은 사람이야.

—「된장 같은」 전문

졸작 「마을 샘터」, 「아리랑 동백꽃」, 「된장 같은」은 각기 '육자배기', '날개옷 선녀', '진도아리랑', '된장' 등 한국 전통문화의 한 가지이다.

지금까지 한국의 전통문화 수용 형태 세 가지를 살펴보았다. 그러나 아무리 한국의 고유한 전통문화적인 특성이 반영된 작품이라도 설교적이거나 과거 회상조로 흐른다면 참신성이 떨어져 독자들의 외면을 받을 수밖에 없다. 하지만 북, 장구, 꽹과리 등의 전통 악기들이 현대적인 감각으로 화려하게 되살아난 사물놀이, 난타 등이 있는 것처럼 동시의 전통문화 수용도 새롭고 현대적인 기법을 도입할 필요가 있다.

송아지가 아프면 온 식구가 다 힘 없제
외양간 등불도 밤 내 잠 못 이루제.
토끼라도 병나면 온 식구가 다 앓제
순덕이 큰 눈도 토끼처럼 발개지제.

—손동연, 「송아지가 아프면」 전문

「송아지가 아프면」은 어린이를 위한 「농가월령가」라고 평을 받고 있는 손동연의 『뻐꾹리의 아이들』의 365편 연작 동시 중 초등학교 교과서에도 실린 한 작품이다. 『뻐꾹리의 아이들』은 남도의 정겨운 마을 '뻐꾹리'를 배경으로 삼아 농촌 삶의 희로애락을 노래한 명편이다. 아부지, 엄니, 나락, 을매나, 그라제잉, 소쿠리와 같은 남도 사투리, 4행 구성, 민요조의 가락, 논농사와 밭농사에 사용한 농사 도구까지 우리 전통 문화를 고스란히 현대적으로 되살리고 있다. 이 연작 동시에서도 앞에 제시한 세 가지의 형태가 그대로 보이고 있어 동시에서의 전통문화 수용의 좋은 예라고 할 수 있다.

불교적 상상력과 동시문학

1.

흰 달빛
자하문

달 안개
물소리

대웅전
큰 보살

바람소리
솔소리

범영루
뜬 그림자

흐르히
젖는데

흰 달빛
자하문

바람소리
물소리.

—박목월, 「불국사」 전문

남들은 자유를 사랑한다지마는, 나는 복종을 좋아하여요.

자유를 모르는 것은 아니지만, 당신에게는 복종만 하고 싶어요.

복종하고 싶은데 복종하는 것은 아름다운 자유보다 더 달콤합니다. 그것이 나의 행복입니다.

그러나 당신이 나더러 다른 사람을 복종하라면, 그것만은 복종할 수가 없습니다.

다른 사람에게 복종하려면 당신에게 복종할 수가 없는 까닭입니다.

—한용운, 「복종」 전문

박목월의 「불국사」나 한용운의 「복종」은 불교적 색채가 드러난 작품이지만 신앙 고백 형태의 작품은 아니다. 「불국사」는 극히 절제된 언어와 교묘한 시행 배열로 시각적 이미지와 청각적 이미지를 동원하여 불국사의 선적(禪的)인 정적(靜寂)을 드러내고 있고, 「복종」은 '당신'이라는 시어를 사용하여 다양한 의미를 내포하도록 장치하여 복종의 절대적 가치를 부여하고 있다.

「불국사」나 「복종」처럼 종교적 색채야 얼마든지 지닐 수 있지만 자기 종교에 대한 신앙을 강요하는 듯한 작품은 조금은 생각해 볼 문제라고 할 수 있다. 동시문학에서도 마찬가지이다. 불교나 기독교 등 종교적 색채가 정제되지 않은 신앙 고백 형태를 띠게 되면 종교적 입장을 달리하는 감상자에게는 묘한 거부감을 줄 수 있다는 것이다. 무척 조심스럽게 접근해야 하는 영역이라고 할 수 있다. 그런데 한명순의 「성당 가는 길」을 읽어 보면 제목에서부터 가톨릭교의 색채가 강하게 드러나 있지만 딱히 거부감을 주지 않으면서 종교와 인간의 조화가 잘 어울리는 동시임을 알 수 있다.

좁은 골목 입구에서 만난
젊은 장님 부부 한 쌍.
한 손으로 지팡이를 잡고
다른 한 손으론
영영 놓지 못할 것처럼
또 다른 한 손과 깍지를 끼고 있다.
지팡이는 땅을 꼼꼼히 더듬으면서
십자가가 세워진 성당을 향해 걸어가고,
그 지팡이를 따라
장님 부부가 다정히 걸어가고
그 뒤로 성경책을 든 내가
천천히 따라가고 있다.
내 뒤로는 반드시
보이지 않는 하느님이
살금살금 따라오고 계실 거라 생각하면서…….

—한명순, 「성당 가는 길」 전문

한명순의 「성당 가는 길」은 내용적으로 일자 직선식 전개 방식을 취하고 있다. 이 작품의 외부에 노출된 전체적인 초점은 시적 화자인 '나'가 바라보는 장님부부에 있지만 내부적으로 감추어진 핵심적인 초점은 따스한 종교적 길이다. 성당-지팡이-장님부부-나-하느님 순으로 일렬로 성당 골목길에 서 있는 형태를 유지하고 있다. 성당을 향해 더듬거리는 지팡이 그리고 그 뒤를 따라가는 장님 부부와 성경을 든 내가 있고 제일 뒤에 서서 감싸 안은 하느님까지 지극히 아름다운 행렬이다. 신을 향한 흩트림 없는 믿음의 행렬에서 짙은 종교적 향취를 느낄 수 있다.

자나 깨나 할머니는
성경책만 읽으신다.

감자밭 감자 캐듯
책 이랑을 더듬으며

굵다란
감자알 같은
굵은 말씀 캐내신다.

가다가는 한번씩
그 이랑 되돌아가

이삭 감자 주어내듯
놓친 말씀 다시 줍고

마음의

광주리 찬 듯
눈을 지긋 감으신다.

—서재환, 「우리 할머니」 전문

기도하는 마음은
빈 그릇이 되어요

씻고 닦아서
깨끗한 그릇

기다리는 복도
두려운 꾸지람도
달게 받기 위한
그릇 하나.

아무 흠도 없고
티도 없이

하느님이
쓰실 수 있게

깨끗이
비워야 해요

기도하는 그 시간
닦는 내 손길

경건해져요

—배소현, 「빈 그릇 하나」 전문

천 년쯤 살았으면
목청도 녹슬 만한데

울리는 그 소리만은
하늘빛을 닮았다.

날마다 하늘을 깨워
그렇게 맑은가 보다.

검버섯이 끼어 있는
구릿빛 얼굴인데

절에 사는 큰스님은
범종 소리를 닮았다.

날마다 범종을 깨워
그렇게 맑은가 보다.

—신현배, 「범종」 전문

빗방울이 연잎에만 떨어지면
아름다운 구슬이 됩니다.

연잎은 떨어진 빗방울 많다 싶으면

스스로 몸을 기울여
귀한 구슬 쏟아버립니다.

가질만큼 갖고
그 이상 되면 미련없이 버립니다.

"적당히 가져라."
그렇게 속삭이며
그렇게 마음을 비웁니다.

—조무근, 「연잎은」 전문

서재환의 「우리 할머니」와 배소현의 「빈 그릇 하나」는 기독교적 색체가, 신현배의 「범종」과 조무근의 「연잎은」은 불교적 색체가 드러나 있다. 네 작품은 비교적 완성도가 높은 작품들이다.

동시조 「우리 할머니」에서 지극정성으로 성경책 읽는 할머니의 모습을 감자를 캐는 행위에 비유한 것은 매우 참신하고 적절하다고 할 수 있으며, 참다운 신앙인의 모습이 자연스럽게 녹아 있음을 알 수 있다. 「빈 그릇 하나」는 기도하는 마음을 '깨끗한 그릇'으로 표현하고, "하느님이 쓰실 수 있게/비워야 해요" 하는 것에서 기독교적 신앙을 적극적으로 나타내고 있다고 할 수 있다. 동시조 「범종」에는 하늘빛을 닮은 범종소리가 늙은 노스님의 얼굴까지 맑게 만들었다는 불교적 색채를 띤 작품으로, 스님을 통한 신앙의 모습이 은근하게 나타나 있다. 「연잎은」은 물방울을 밀어내는 연잎의 특성에서 마음을 비워내는 불교적 교리를 추출하는 것은 매우 신선하다고 할 수 있다. 연잎과 불교는 밀접한 관련이 있다는 점을 감안하면 충분히 이해할 수 있을 것이다.

2.

동시인 중에 불교적 색채가 강한 작품을 발표한 이는 박용열(1929~)이라고 할 수 있다. 1959년 경향신문에 동시 「노을」이 당선되고, 동아일보에 「푸른 감」이 입선됨으로써 문단에 나온 그는 한때 오대산 월정사에서 탄허 스님을 은사로 모신, 승려이기도 하였다. 동시집으로 『엄마』, 『고요』, 『고요 속에』 등이 있으며, 현재 구십이 가까운 나이임에도 불구하고 불교에 관련된 '고요' 연작시를 계속 발표하고 있다. 최근(2014) 세워진 그의 시비는 오대산 월정사 선재길에 있다. 신춘문예 당선작인 「노을」(고추잠자리 날던 푸른 하늘에/고추같이 빠알간 노을이 떴다.//나뭇잎이 우수수/지는 두메에/애기중이 울리는 저녁 종소리//까마귀 사라지는/고개 저 쪽에/감빛처럼 익어가는 노을이 졌다.)은 허동인의 평처럼 '가을을 나타내는 고추잠자리, 고추, 감빛과 같은 붉은색 계통의 시어들이 노을을 연상시키면서 푸른 하늘과 상대적으로 색깔 대비를 이루고 있음이 아주 인상적'이다. 이 작품에 대하여 박용열이 저녁 종소리를 '만물이 되돌아가는 귀의하는 소리'로, 고개 저쪽을 '주검 너머 피안'으로 메모하고 있음을 볼 때 이승의 번뇌를 버리고 피안의 세계로 귀의하는 자신을 은연중에 그리고 있음을 알 수 있다.

구름 한 점
없는
보름밤에

나무 그림자
석탑 그림자
처마 끝 풍경 그림자.

검은

그림자만

자꾸

그리다가

허공 같은

빈 연못 속에

밝은 달

하나를

그려 놓았다.

—박용열, 「고요 83」 전문

「고요 83」은 박용열의 불교적 상상력이 잘 드러난 작품이다. 밝은 보름밤에 '그림자'만 있는 것이 아니라 연못 속의 '밝은 달'도 있다는 것을 노래하고 있는데 '그림자'는 진짜의 모습이 아닌 허상을 말하고, '밝은 달'은 존재의 실체나 진면목을 말하고 있다. 해탈이나 깨달음에 대해 거울로써 입장 차이를 밝힌 육조 혜능과 신수의 선시를 떠오르게 한다. 또한 방황하는 인간의 본성을 발견하고 깨달음에 이르기까지의 과정을 그린 심우도(尋牛圖)가 떠오른다. 이 작품은 허상과 실상을 대조하여 실체의 밝음과 아름다움을 그리고 있다고 할 수 있다.

박방희(1946~)도 동시집 『날아오른 발자국』(2013)을 통해 불교적 상상력이 뛰어난 동시들을 많이 발표하였다. 그는 스스로 불교 신자는 아니라고 밝혔다. 그래서인지 이 작품집에서는 불교적 상상력, 동심을 불교적 소재나 제재로 활용한 실험성이 더욱 돋보였다. 그는 이 동시집으로 한국아동문학상(2013)을 받았는데, 그의 수상 소감 중 눈길을 끄는 부분이 있었다. "동시의 장점이자 강점은 단순함과 명쾌함입니다. 동시 창작은 어린이가 세상과 사물을 인식하는 방식인 감각과 직관에 의지하기 때문입니다. 머리가 아니라 가슴으로 쓰는 동시는 당연히 독자와 쉽게 소통할 수 있습니다. 동시야말로 복잡한 삶을 살아가는 현대인에게 딱 맞는 문학입니다. 또 그 건강한 정서와 내용으로 물질문명에 병든 현대인을 치유하는 문학이 될 수 있습니다."라는 대목이다. 그는 동시문학을 인간소외와 물질 만능주의에 매몰되고, 복잡한 인터넷이나 스마트폰 등에 얽혀 찌들어진 삶을 사는 '현대인을 치유하는 문학'으로 정의하고 있음을 알 수 있는데, 동시문학이 그런 현대인의 마음을 치유할 수 있는 까닭은 '단순함과 명쾌함' 그리고 '감각과 직관'의 문학이라는 특성을 가졌기 때문이라는 것이다. 이런 그의 문학적 접근 태도는 일반적으로 동시문학의 특성을 말하는 데 중요한 단서를 제공하고 있다. 즉 동시문학은 단순함과 명쾌함을 보여주는 중요한 장르이며, 동시인의 감각과 직관으로 창작된다는 점을 정리하고 있다.

또한 그가 불교적인 입장에서 작품을 창작한 이유에 대해서도 다음과 같이 언급하였다.

> 이번 동시집에서 주로 다룬 불교적인 소재나 내용은 우리 고유의 전통과 관계있는 것들이고, 동양사상 또한 우리 민족 정서의 일부라 믿습니다. 나아가, 직관을 통한 발견이나 깨달음의 동시는 불가의 선시와 맥이 통한다고 생각합니다. 어린이나 도를 깨우친 선사들은 단순함, 천진무구함에 있어 한통속일 테니까요. 그래서 불가에서는 어린이를 천진불이라고 하고 그리스도께서는 너희가 어린아이처럼 되지 않고는 천국에 들어갈 수 없다고 하셨습니다. 말하자면 동심 천심 불심이 하나이거나 적어도 동류항일 거라는 생각입니다.

그는 과감하게 '깨달음의 동시는 불가의 선시와 맥을 통한다'고 하였다. 왜냐하면 선사들의 천진함은 어린이의 순진함이 동일하다는 것이다. 다시 말하면 동심을 표현하는 데 불교적인 소재나 내용이 크게 제한을 받지 않는다는 것이다.

물방울들은
어디서든
몸을 둥글게 말고
삼삼오오
생각에 잠긴다.

이윽고
한 생각 다 차올라
둥글어지면
미련 없이, 툭
떨어진다.

—박방희, 「물방울 나한들」 전문

푸른 바리에 빛은

새벽 이슬 한 방울

부처님께 올리는

아침 공양이라네.

—박방희, 「연잎 공양」 전문

연잎에
가부좌 튼
물방울 하나.

객객, 경을 외던
청개구리도
참선에 든다.

고요가 첩첩
졸음도 첩첩
낮잠에 드시는데

툭!
죽비로 내려치는
빗방울 하나.

퐁당,
놀란 청개구리
연못으로 뛰어들고

순간!
깨우침의 법열이
겹겹 동그라미로 번져난다.

—박방희, 「연잎 위의 참선」 전문

박방희의 물방울은 불교의 일그러짐이 없고 부족함이 없는 완전한 상태의 일원상(一圓相)과 통한다. 벽암록 제69칙에 다음과 같은 이야기가 나온다. 남전, 마곡, 귀종 세 분 선사가 혜충 국사의 가르침을 받기 위해 찾아가던 중에 남전이 갑자기 길바닥에 큰 동그라미를 그렸다. 그러자 귀종은 그 동그라미 안에 앉아 버렸고, 마곡은 큰 절을 했다. 이것을 본 남전이 혜충 국사를 만나지 않고 되돌아가겠다고 선언하였다. 이 이야기에서 세 분 모두가 혜충 국사를 만나기 전에 동그라미로써 이미 진리의 원만함을 터득하였음을 보여주고 있다. 남전이 귀로를 택한 행동은 해골 물로 대오각성한 원효 대사의 일화와 일맥상통한다고 할 수 있다.

「물방울 나한상」, 「연잎 공양」, 「연잎 위의 참선」에 쓰인 물방울들은 남전 스님의 동그라미 즉 일원상과 동일하다고 할 수 있다. 즉 각각의 물방울이든지 여러 개의 물방울이 모여 하나의 큰 물방울이 되든지 완전, 원만, 원융을 이룬 상태를 말하는 것이다. 당연히 '각각의 것이 그 입장을 유지하면서 완전하게 일체가 되어 서로 융합하여 장애가 없는 것'(『불교대사전』, 홍법원. 2001, 1910쪽)을 말하는 원융(圓融)도 물방울의 의미에 포함된다.

「물방울 나한상」에서는 물체가 일정한 무게를 가지면 자유 낙하하는 만유인력법칙을 활용하여 생과 사를 초월해 더 배울 것이 없는 부처(=나한)로 완성되어 낮은 곳으로 떨어지는 물방울을 노래하고 있다. 「연잎 공양」에서는 새벽녘 커다란 연잎에 모인 이슬방울을 부처님 전에 올리는 '아침 공양'으로 표현하고 있다. 이 물방울도 부처님께 드리는 공양이기 때문에 순수하고 깨끗한 완전한 상태의 이슬 한 방울인 것이다.

「연잎 위의 참선」에서는 연잎 위의 '물방울 하나', '빗방울 하나', '겹겹 동그라미' 등 여러 가지 물방울이 등장한다. 이 물방울들은 불교의 일그러짐이 없는 완전한 일원상을 추구하는 주체적 생명체들이다. 앞의 남전 스님이 그린 동그라미와 이 동시의 '겹겹 동그라미'는 진리의 완전함 그리고 '깨우침의 법열'을 동일하게 표현하고 있음을 알 수 있다. 1연의 '물방울 하나'는 용맹 정진하는 참선 수행자라고 할 수 있으며 4연에서는 이 수행자가 수마를 몰아내는 죽비 같은 '빗방울 하나'로 인하여 5연에서 활연대오하는 선지식으로 거듭나고 있다. 이 작품에서 가장 눈에 띄는 것은 청개구리가 퐁당 연못에 뛰어드는 순간과 수행자가 대오하는 순간을 동일한 시점으로 처리하고 있다는 점이다. 수행자의 '깨우침의 법열'을 청개구리의 동심원 물결로 확인시키고 있는 것이다.

결국 이 물방울은 확철대오하는 선지식, 불교의 완전무결한 일원상, 부처님 공양물, 생과 사를 초월한 나한 등 주체적인 생명체로 진화 재탄생되고 있는 것이다.

이 동시집 『날아오른 발자국』에서 보여준 그의 불교적 상상력은 참신하다. 앞에서 인용한 동시 「연잎 위의 참선」과 아래의 동시 「하늘 가람」이 대표적이다. 「연잎 위의 참선」은 앞에서 보았듯이 물방울이 담긴 연잎, 그 연잎에 앉아 있다가 빗방울에 놀라 연못에 뛰어드는 청개구리 등 찰나에 일어난 사건(?)을 놀라운 불교적 상상력으로 완성한 작품이다. 「하늘 가람」도 마찬가지다. 저문 하늘, 보름달, 별, 은하수 등은 여느 작품에서나 볼 수 있는 평범한 소재들이다. 그러나 그의 뛰어난 불교적 상상력을 동원해 비범한 작품으로 환골탈태 변모시킨 것이다.

저문 하늘에
막 떠오르는
보름달

갓 지어 바친
대웅전
한 채.

밝고 환한
별 하나
적멸보궁으로 떠오르고

암자 가는 길에
놓인
징검다리 별,

듬성듬성
은하수를 건넌다.

—박방희, 「하늘 가람」 전문

「하늘 가람」은 평범한 어느 날 밤하늘의 풍경을 통도사나 불국사와 같은 어마어마한 사찰의 가람 배치로 바꾸어 놓은 작품이다. 보름달→대웅전, 환한 별→적멸보궁, 별→암자 가는 징검다리, 은하수→암자 가는 시냇물로 환치시켜 놓고 있다. 적멸보궁은 보통 석가모니 부처님의 진신사리를 봉안하고 있는 곳으로 법당 바깥이나 뒤쪽에 사리탑이나 계단을 설치하고 있는데 이 작품에서는 "밝고 환한/별 하나"를 적멸보궁으로 표현하고 있다.

하늘 높이
떠오른 연이
한 번 더 솟구쳐 오르는
순간

바람이

툭, 연줄을 끊고
공중 속으로
연을 방생한다.

가오리
한 마리
살아 헤엄쳐 갔다.

—박방희, 「방생」 전문

이쪽에서 저쪽까지 더하고 덜함 없이

모두를
한 아름에
그득 품어 안으면

젖 물고
잠든 아기처럼
못 물은 고요하다.

—박방희, 「둑」 전문

나비는
색을 가리지 않네.
그저 꽃이면 되네.

꽃도
나비를 가리지 않네.

그저 나비면 되네.

―박방희, 「나비와 꽃」 전문

「방생」, 「둑」, 「나비와 꽃」은 불교의 심오한 교리를 보는 듯하다. 박방희가 의도한 것인지 알 수 없지만 「방생」은 탐진치 삼독을 끊는 면에서, 「둑」은 어디에도 치우치지 않는 중도(中道)의 면에서, 「나비와 꽃」은 자비 사상 면에서 불교 사상이 강하게 스민 작품이라고 할 수 있다.

「방생」에서는 연을 하늘로 띄우기 위해서는 나와 연결된 연줄이 있어야 하지만 하늘에 오른 연에게 연줄은 하나의 구속과 속박의 끈이 되고 만다는 것을 보여준다. 살아 있는 '가오리'가 되기 위해서는 내가 가진 탐욕을 칼로 싹둑 잘라야 하는 것이다. 「둑」에서는 양단의 것을 버리고 더하고 덜함이 없는 중도의 상태로 존재하면 둑 안의 모든 물체들은 평온 고요하다는 것이다. 「나비와 꽃」에서는 다른 사람들과 기쁨을 같이하고 슬픔도 같이하는 무조건적인 사랑 즉 자비심을 보여주고 있다. 요즘은 자비심이 가득한, 배려와 나눔이 절대적으로 필요한 시대라고 할 수 있다.

지금까지 살펴본 것처럼 박방희의 불교적 상상력은 '통쾌하게 고정관념을 깨는' 참신함과 어울려 기존의 아동문단에 커다란 충격과 놀라움을 주고 있다고 할 수 있다.

차안과 피안의 세계

1.

인간은 꿈꾸기를 좋아한다. 그리고 그 꿈의 세상은 지금 우리가 사는 이곳에는 없다고 생각한다. 그래서 인간들은 저 멀리에 있는 세상을 더 그리워한다. 더 행복한 삶과 더 좋은 낙원은 언제나 그곳에 있다고 생각한다. 그곳을 천국, 천당, 극락이라고 불러도 좋다. 아니 파라다이스, 유토피아, 이어도, 율도국, 무릉도원, 이상국, 도원향이라 해도 좋다. 그러면서도 그 꿈은 언젠가 우리 곁으로 다가올 것이라고 믿는다. 때문에 눈물과 고통이 뒤따르는 현실에서도 좌절하지 않고 꿋꿋하게 살아가는 것이다.

우리가 사는 세상 즉 현실의 세계를 통틀어 차안(此岸)의 세계라 하고, 저 멀리에 있는 세상 즉 이상과 꿈의 세계를 통틀어 피안(彼岸)의 세계라 한다. 하지만 예토의 땅 차안과, 정토의 땅 피안은 절대적인 세계는 아니다. 모든 인간은 피안의 세계를 꿈꾸지만 서로 똑같은 내용의 피안의 꿈은 아니다. 모든 인간이 꿈꾸는 피안의 세계는 천차만별, 각양각색이다. 어쩌면 서로의 모습을 피안의 세계로 생각하고 꿈꾸고 있지 않을까?

말하자면 피안의 세계는 상대적인 세계인 것이다. 우리 차안의 모습이 어떤 사람에게는 피안의 세계가 될 수 있으며, 다른 사람의 차안의 모습이 우리에겐 피안의 세계가 될 수 있는 개연성이 있다는 말이다.

문학도 차안의 세계에서 피안의 세계만을 추구하는 것은 아니다. 차안의 세계에서나 피안의 세계에서나 또는 중간의 강에서 한쪽 아니면 양쪽으로 문학의 촉수를 뻗치고 있는 것이다. 그러면 아동문학에서도 과연 차안의 세계와 피안의 세계가 있으며, 또 있다면 그런 세계를 어떻게 그리고 있는가?

2.

우리는 누구나 어려운 시대에 살고 있다고 생각한다. IMF 사태(1997), 세계 금융 위기(2008), 세월호 참사(2014) 등 사회적, 국가적으로 아슬아슬하게 위기의 시기를 넘기고 있다. 그뿐만 아니라 가정적, 개인적으로 수많은 위기와 고통, 아픔의 세월 또는 상대적인 빈곤감이나 박탈감을 이겨내고 있다. 이런 시대에 무슨 희망과 꿈을 꾸는가. 찬란한 태양은 다시 떠오른다고 할 수 있는가. 꿈을 이룰 수 있는 피안의 세계는 있는 것인가. 하여튼 막연하게나마 우리는 건강한 미래, 화려하고 아름다운 미래를 꿈꾼다. 비록 오지 않더라도 멋진 이상의 세계를 그린다. 그런 세계가 피안의 세계인 것이다. 문학에서도 아무리 절망하는 시대라 할지라도 희망의 꿈을 꾼다. 아니 피안의 세계에 대한 꿈을 솔솔 꾸고 있다.

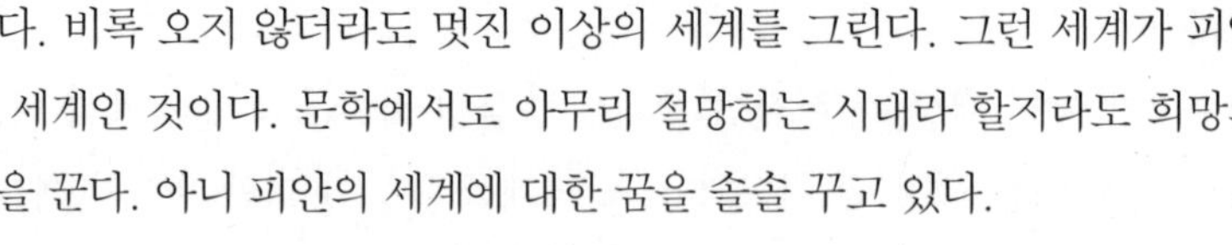

① 차안, 피안 세계의 일반적 구조

이 표는 차안과 피안의 세계를 구조화한 것이다. ⓐ차안의 세계에서 ⓒ피안의 세계를 가려면 ⓑ고통의 강을 건너야 한다. ⓐ→ⓒ라는 순방향은 현실에서 그리워하는 피안의 꿈이다. 현실 개개인에게는 언제나 간단하게 순방향뿐이다. 하지만 모두에서 인간의 삶은 피안과 차안이 언제나 상대적이라고 했다. 나의 삶의 모습이 타인에게는 선망의 대상으로서 피안의 세계가 될 수 있으며, 다른 사람의 아름다운 모습이 나의 눈에는 피안의 모습으로 각인될 수도 있는 것이다. 그렇기 때문에 문학에서는 꼭 이런 ⓐ→ⓒ의 순방향만을 추구하지 않는다. ⓒ→ⓐ라는 역방향도 추구하고 또 ⓐ←ⓑ→ⓒ의 양방향도 추구한다.

우리들의 사랑을 위하여서는
이별이, 이별이 있어야 하네.

높았다 낮았다 출렁이는 물살과
물살 몰아갔다 오는 바람만이 있어야 하네.

돌아서는 갈 수 없는 오롯한 이 자리에
불타는 홀몸만이 있어야 하네.

직녀여, 여기 번쩍이는 모래밭에
돋아나는 풀싹을 나는 세이고……

허이연 허이연 구름 속에서
그대는 베틀에 북을 놀리게.

눈썹 같은 반달이 중천에 걸리는

칠월 칠석이 돌아오기까지는

검은 암소를 나는 먹이고
직녀여 그대는 비단을 짜세.

—서정주, 「견우의 노래」 전문

이 시는 견우와 직녀가 사랑을 성취하기 위해서는 많은 기다림과 괴로움과 고통이 있어야 한다는 내용의 작품으로, 견우와 직녀가 서로 반대편에서 슬픔을 참아야 하는 차안의 세계에 서 있는 것이다. 견우와 직녀가 함께 피안의 세계로 가는 것이 아니라 서로가 차안의 세계이면서 피안의 세계이다. 차안의 세계에 있는 견우에게는 이별의 강인 은하수를 건너 저편에 있는 직녀를 분명 피안의 세계에 있는 존재라고 할 수 있으며, 차안의 세계에 자신이 있다고 생각하는 직녀에게는 견우가 있는 곳이 피안의 세계가 분명한 것이다. 피안의 세계는 이렇게 상대적인 것이다.

그러므로 이 작품은 ⓐ←ⓑ→ⓒ의 양방향을 추구하고 있음을 알 수 있다. 또한 이 시는 단순히 견우, 직녀의 사랑만을 노래한 것은 아니다. 인간의 진리의 터득을 위한 인내심을 노래하고 있다고 할 수 있다.

이런 의미에서 미당 서정주의 「국화 옆에서」도 "한송이의 국화꽃을 피우기 위해/봄부터 소쩍새는/그렇게 울었나 보다."에서처럼 '국화꽃'으로 대표되는 피안의 세계로 향하고 싶은, 차안의 세계에서 살고 있는 인간의 무한한 인고를 그리고 있다고 할 수 있다. 「국화 옆에서」는 앞 ①의 구조도로 분석하면 ⓐ→ⓒ의 순방향 작품이라고 할 수 있다.

3.

그러면 동시에서는 피안의 세계를 어떤 형태로 나타내며, 과연 어떤 방향으로 나아가고 있는가? 동시에서는 일반시와 같이 복잡하지는 않다. 현실의 인간들이 추구하는 형태 즉 차안의 세계에서 피안의 세계로 나아가는 형태 ⓐ→ⓒ의 순방향과 ⓒ→ⓐ의 역방향 두 가지가 있다. 즉 ⓐ→ⓒ의 순방향은 고달픈 현실에 서서 희망적인 미래(피안의 세계)를 읊은 형태이며, ⓒ→ⓐ의 역방향은 아름다운 미래에 서서 과거를 되돌아보면서 희망과 꿈을 잃지 않도록 하는 형태라고 할 수 있다.

하얗게 눈 덮인 날
매화나무 잔가지에
참새네 가족이 한 줄
오들오들 열렸습니다.

엄마, 아빠, 배고파 배고파 배고파
아기 참새들이 칭얼댑니다.
말이 무거워, 말들이 무거워
가지가 휘청거립니다.

그렇구나, 그렇구나
들쥐네처럼 창고가 있어야 했어
아빠 참새가 후회를 합니다.

참아라, 참아라, 또 참아라!
우린 창고가 없지만 아가야

저 푸른 하늘을 날 수 있잖니?
엄마 참새가 하늘을 봅니다.

참새네 겨울은 춥지만
봄은 곧 올거라고
꼭 오고 말거라고
가지마다 꽃눈들이 속삭입니다.
가지마다 잎눈들이 반짝입니다.

—정진채, 「참새네 겨울」 전문

이 동시는 추운 겨울이 계속되는 날, 따뜻한 봄날 하늘을 힘차게 나는 모습을 그리면서 현재의 고통을 인내하고 기다리는 참새 가족을 표현한 작품이다. 이 동시의 시적 화자나 참새네 가족 모두는 ⓐ차안의 세계인 겨울 한가운데 서 있음을 알 수 있다. 참새네 가족이 그리고 있는 이상의 세계, 피안의 세계는 마음껏 날 수 있는 봄의 하늘이다.

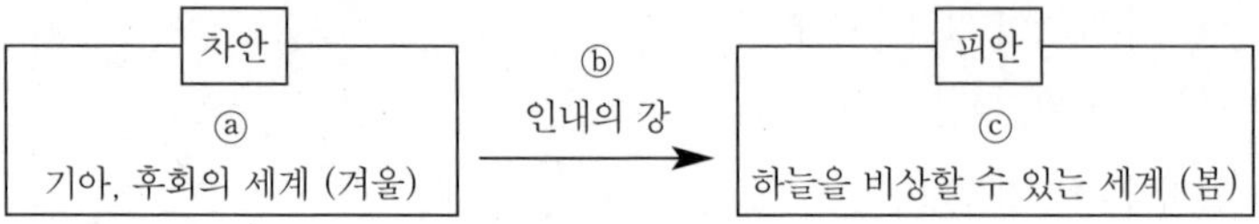

② 「참새네 겨울」 구조

참새네 가족의 겨울(차안의 세계)은 배고픔과 후회만 있는 현실이다. 그리고 참새네가 꿈꾸는 미래(피안의 세계)는 파란 하늘로 비상할 수 있는 봄날이다. ②의 구조를 살펴보면 ⓐ→ⓒ의 순방향이라는 것을 알 수 있다. 지금 참새네 가족에게 이 겨울은 기다릴 수 있고 인내할 수 있는 것이다. 봄이 곧 올 것이므로.

그런데 이 동시의 지은이는 찬란한 봄(피안의 세계)이 도래할 것이라는 확신을 독자들에게 심어 주기 위해 중요한 두 가지를 설치해 놓았다. 하나는 '매화나무, 꽃눈, 잎눈'이라는 시어요, 다른 하나는 '꼭 오고 말거라고' 시구이다. 참새네 가족을 왜 매화나무에 매달려 있게 하였을까? 현명한 독자들은 처음 시행부터 이미 추운 겨울은 오래 가지 않을 것이라는 느낌을 받았을 것이다. 그리고 '꼭 오고 말거라고'라는 시행에서는 자신에 찬 확신감까지 가졌을 것이다.

겨우내 눈을 머리에 이고
칼바람을 온몸에 휘감고
피어난 제비꽃

알까
제비꽃이 겪은 겨울을

알까
제비꽃이 피어난 그 마음을

제비꽃은
겨울을 견디었기에
보라색 얼굴로 함초롬히
웃고 있는 것이다.
겨울이 채 물러가지 않은
이른 봄
양지녘.

—김원석, 「제비꽃」 전문

가을부터였을까
여름부터였을까
실눈 살몃 뜨고 세상 바라본 것이

찬바람 속
덮인 눈
그 무게를 이고
뿌리를 살찌우고
여린 햇살 손잡고
초록 잎 지어
하늘 받쳐 온 냉이

참기 어려운 겨울
작은 몸으로 견디어 내기가
얼마나 힘들었을까

어디 겨울이 쉬운 고개인가

아직은 서릿발이 솟는 밭이랑
가끔 노랑나비가 보이는 때
언 땅 곳곳을 풀어 놓은 냉이, 냉이, 냉이, 냉이

그래서 봄은 오고
오는 봄처럼 가슴은 녹는데

내가 사는 우리 마을은

언제나 봄볕이 들까

—이창건, 「냉이」 전문

꽁꽁 언 땅바닥에
겨우내 납작 엎드린
민들레, 사방팔방
화살촉 같은 잎사귀.

앉은 자리 그대로
살얼음, 눈 서리 뒤집어쓴 채
밟혔다, 얼었다, 녹았다, 찢겼다 하며.
하고 싶은 말 고스란히
땅 속 긴 뿌리에 꾹꾹 다져 넣고.

오그라든 잎에 차근차근
엷은 겨울 햇살 감아 두고.

봄비 뿌리자 뿌리가 꿈틀.
민들레 꽃대.
어여차! 쑤욱 힘차게 일어서더라.

길가에 돌 틈에 밭둑에 민들레꽃.
작은 외침처럼 와아
피어나는 민들레꽃.

노란 꽃 하얀 꽃, 작은 열쇠처럼

이른 봄을 열더라.

고 작은 민들레꽃 피어나.

—이미애, 「고 작은 민들레꽃 피어나」 전문

김원석의 「제비꽃」, 이창건의 「냉이」, 이미애의 「고 작은 민들레꽃 피어나」는 소재만 다를 뿐 한결같이 어렵고 아픈, 춥고 배고픈 계절을 막 벗어난 이른 봄에 대한 작품들이다. 세 편의 동시가 겨울을 이긴 꿋꿋한 존재를 노래하고 있다. 제비꽃, 냉이, 민들레꽃!

이들 세 작품 속의 시적 화자는 ⓐ차안의 세계보다는 ⓒ피안의 세계 쪽에 서 있다. 모진 겨울을 이겨내고, ⓑ고통의 강을 넘어 이제 이상과 꿈이 활짝 핀 피안의 세계에 도달한 것이다. 이들 작품은 모두 ⓒ→ⓐ라는 역방향의 형태로 전개되어 있다. 이 형태의 시상 전개에서 초점은 ⓒ피안의 세계에서의 행복감이나 만족감의 내용보다는 자연스럽게 ⓑ고통의 강을 넘어온 인내와 기다림의 내용이 된다.

김원석의 「제비꽃」은 절제된 시어가 돋보이는, 간결한 작품이다. 물론 1연 1, 2행의 내용이 '겨우내' 시어와 관계없이 현재적인 상황의 진술일 수도 있기에 애매하게 해석될 소지가 있어 좀 거슬리긴 하지만 2연과 3연의 '알까'라는 짧은 의문형이 독자들에게 겨울의 고통(2연)과 그 뒤의 기쁨(3연)을 길게 생각하게 하는 시간을 주고 있다. 이 작품의 초점은 ⓑ고통의 강을 넘어온 인내와 기다림이라는 사실을 쉽게 알 수 있다.

이창건의 「냉이」도 '참기 여려운 겨울'을 '작은 몸으로 견뎌낸' 냉이를 그린 작품으로 이 작품의 초점도 3연과 4연의 ⓑ고통을 이긴 인내와 기다림임을 알 수 있다. 그럼에도 불구하고 이 작품이 산만하게 느껴지는 것은 다음 두 가지에서 기인한다. 첫째로 시 전체에서의 무의미한 1연이다. 물론 이창건 시인의 의도는 있을 것이다. 냉이가 '참기 어려운 겨울'을 이겨낸 것은 지난 가을이나 여름부터 '실눈을 뜨고 세상 바라본' 여유와 느긋함 또는 오래전부터 다져온 각오를 표현하고자 했을 것이다. 하지만 2연만으로도 냉이의 모습은 충분히 표현되었다고 할 수는 없을지……. 이 시 전체를 읽고 나면 1연의 존재가치가 뚜렷하지 못한 것은 분명해진다. 둘째는 사족 같은 마지막 6, 7연이다. 이 두 연으로 말미암아 초점이 '냉이'에서 '우리 마을'로 바뀐다는 점이다. 이 작품의 주제는 겨울을 이겨낸 냉이인가, 아니면 시련이 끝나지 않은 우리 마을인가. 이 작품에 대한 창작의 핵심 의도는 마지막에 있는 것을 알지만 제목 등을 미루어 보아 이 두 연이 없어도 5연의 3행 '언 땅 곳곳을 풀어 놓은 냉이, 냉이, 냉이, 냉이'가 훌륭한 결구가 될 수 있다는 것이다.

이미애의 「고 작은 민들레꽃 피어나」도 고통스런 겨울을 이겨내고 힘차게 피어나는 민들레꽃을 노래한 작품이다. 이 작품은 앞의 두 작품과는 다르게 ⓑ시련기와 ⓒ꽃피는 과정이 동일한 비중으로 다루어진 점을 볼 수 있다. 하지만 이 동시도 산만한 느낌을 주고 있는 두 가지가 있는데 하나는 1연에 설정한 민들레 외에 5연에 또 다른 민들레가 있다는 점이다. 같은 민들레라고 할 수 있지만 독자에게는 서로 다른 민들레라고 인식하고 산만하다는 느낌을 받을 것이다. 그리고 1연 "사방팔방/화살촉 같은 잎사귀"를 빼도 상관없는 시구이며, 5연에서 1행을 빼고 나머지 2, 3행을 4연에 붙이면 어떨는지……. 또 하나는 3연은 2연의 시적 긴장과는 상관없다는 점이다. 시의 집중도를 높이기 위해 삭제하면 좋을 듯하다.

삼월 오후
뜰 앞 목련꽃 어루만지던
아기 바람이
열린 창으로 살금살금 들어온다.

휠체어에 앉은
긴 머리 소녀
바람에게 묻는다.
—목련꽃이 뭐라든?
—겨울이 너무 길더래.
—또?
—봄햇살 아래 살아 있는 게 기쁘대.

귀밑머리 쓸어 올리는 소녀 귀를
아기 바람이 간질이며
—네 아버지 오늘 출근했다며? 너도 좋지?

한 송이 목련으로 벙그는
소녀 마음.

—이석장, 「바람이 전한 말」 전문

이 동시는 봄햇살이 환한 ⓒ피안의 세계에서, 지나간 ⓐ차안의 세계를 회상하면서 즐거움과 행복 속에 있는 소녀를 읊은 작품이다. 이 작품 속에서 ⓑ고통의 강에서 혹독한 겨울을 이겨낸 것은 목련과 아버지와 신체 부자유아인 소녀이다. 그런 겨울을 이겨냈기 때문에 봄햇살을 맞이하는 소녀와 목련의 기쁨은 더욱 크다고 할 것이다.

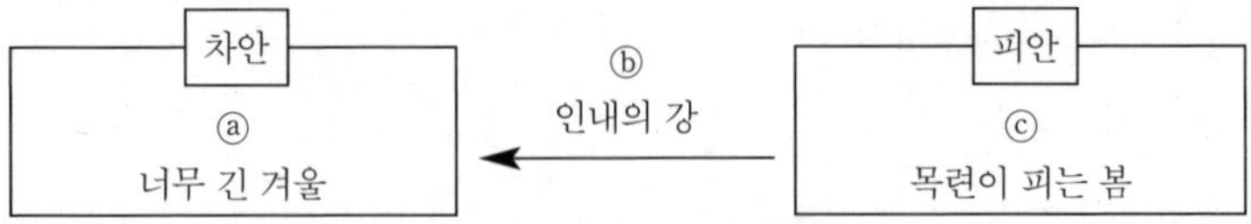

③ 「바람이 전한 말」 구조

③의 구조처럼 이 작품은 ⓒ→ⓐ라는 역방향의 형태를 가지고 있다. 앞에 언급한 네 편의 작품과는 다른 점이 있다. 그것은 지나간 혹독한 겨울에 대한 내용이 '겨울이 너무 길더래'라는 시구로 압축되어 있다는 점이다. 굳이 말하지 않더라도 활짝 핀 목련, 창문을 넘어온 바람, 마음이 환한 소녀, 다시 회사에 출근하시는 아버지에게서 독자들은 이들에게 어려운 겨울이 있었음을 충분히 짐작할 수 있다. 시의 함축미가 돋보인다고 할 수 있다.

이 작품의 핵심 부분은 마지막 4연에 있다. 이 작품에 나타난 기쁨과 즐거움, 환한 봄 햇살, 아름다운 목련, 들썩이는 분위기 등이 온통 4연에 집중되어 있다. 목련의 기쁨이 소녀에게로 밀려오고, 다시 회사에 취직된 아버지의 기쁨이 소녀에게로 쌓인다. 결국 소녀의 마음은 환하게 피어난 목련꽃이 되는 것이다. '목련=소녀의 마음'이라는 등식이 성립하고 있다. 자연과 인간의 감정이 동일한 상태가 되는 감정이입법이 사용되고 있는 것이다. 여기서 재미있는 것은 신체부자유아의 그늘이 전혀 보이지 않는다는 것이다. 보통 정상적인 어린이보다는 의도적으로 비정상적인 어린이를 설정함으로써 기쁨과 즐거움을 배가시킨 것이 아닐까 여겨진다. 그런 연유로 바람의 역할도 매우 적절한 것이었다고 할 수 있다.

그리고 이 작품 속에 나오는 소녀의 아버지가 회사에 다시 출근하는 모습을 그린 것은 매우 시사성이 높은 착상이라고 할 수 있을 것이며 이 작품을 읽는 독자들에게 어떤 희망의 메시지를 전달하고 있는 것이 아닌가 여겨진다.

소리, 그 울림의 끝자락

당나라 시인 가도(賈島)의 오언율시 「제이응유거(題李凝幽居)」를 알 것이다. 문장을 다듬는 일을 '퇴고(推敲)'라고 한 고사성어의 배경 작품이다. "이웃이 드물어 한적한 집(閑居隣竝少)/풀이 자란 좁은 길은 거친 뜰로 이어져 있네(草徑入荒園)/새는 연못가 나무에 잠들고(鳥宿池邊樹)/스님이 달 아래 문을 두드리네(僧敲月下門)"의 4행에 대하여 당송팔대가의 한 사람인 한유(韓愈)가 가도에게 왜 '밀다(推)'보다 '두드린다(鼓)'를 추천했을까. 이 작품 4행의 '두드린다(鼓)'는 잠든 새를 깨울 수도 있고, 또 고요한 작품 분위기까지 해칠 수 있다. 하지만 끝내 조용하게 '밀다(推)'를 쓰지 않았던 것은 사립문을 꽝꽝꽝 두드리는 소리가 시끄러움으로 인해 그 울림의 끝은 오히려 무서운 적막감, 정적감이 몇 배로 확대될 수 있기 때문이다.

> 이곳이 누구네 숲인지 나는 알 듯도 하다
> 그러나 그는 마을에 있어
> 내가 여기에 와 멈추어 서서
> 눈 덮여가는 숲을 보는 것을 알지 못하리라.

내 작은 조랑말은 뭔가 이상해하네
가까운 곳에 농가도 없고
얼어붙은 호수뿐인 깊은 숲에 와 멈추어 선 것을.
일년 중 가장 그윽히 어두운 날 저녁에
조랑말은 방울을 한번 짤랑거려본다
뭔가 잘못된 것이 아니냐는 듯이
그 외의 다른 소리라고는
숲을 쓸어가는 부드러운 바람과 하늘거리는 눈송이뿐.
숲은 아름답고 저물었고 깊은데
그러나 나는 지켜야 할 약속이 있어
잠들기 전에 가야 할 먼 길이 있다
잠들기 전에 가야 할 먼 길이 있다.

—로버트 프로스트, 「눈 내리는 저녁 숲가에 멈추어 서서」 전문

로버트 프로스트의 「눈 내리는 저녁 숲가에 멈추어 서서」에도 조랑말 방울소리, 부드러운 바람 소리, 들릴 듯 말 듯 내리는 눈송이 떨어지는 소리가 나온다. 이 작품에는 정적인 분위기 속에 팽팽한 긴장감이 흐르고 있다. 새로운 삶을 위해 먼길을 떠나는 사람의 고뇌와 엄숙감이 충만해 있기 때문이다. 이때 딸랑거리는 조랑말 방울소리는 긴장감을 누그러뜨리고 시적 유연함과 서정성을 높여주는 역할을 하고 있다. 앞의 한시에서는 적막감을 극대화하기 위한 두드림(鼓)이었다면 이 작품에서는 긴장감을 낮추기 위한 흔들림(방울鈴)이라고 할 수 있다.

가도의 '문 두드리는 소리'와 프로스트의 '조랑말 방울소리'! 이 두 소리는 독자들에게 진한 울림과 긴 여운을 남긴다. 문학의 깊은 맛이란 바로 이런 게 아닐까. 채근담에는 '바람이 대숲에 불어오면 소리가 나지만 바람이 지나가면 대숲에는 소리가 남지 않는다(風來疎竹 風過而竹不留聲).'라

는 멋진 문장이 나온다. 한 가지에 집착하지 말라는 의미를 지닌 경구이다. 문학 작품 속에 이런 시구가 있다면 이 '바람 소리'도 독자의 마음에 감동의 여운으로 오래 남아 있게 될 것이다.

1970년대 편물집 단칸방에
누나들이 무릎 맞대고 밤새 가랑가랑 연애 얘기하는 것처럼
비가 오시네.

나 혼자 잠든 척하면서 그 누나들의
치맛자락이 방바닥을 쓰는 소리까지 다 듣던 귀로, 나는
빗소리를 듣네.

빗소리는
마당이 빗방울을 깨물어 먹는
소리

맛있게, 맛있게 양푼 밥을 누나들은 같이 비볐네.
그때 분주히 숟가락이 그릇을 긁던 소리
빗소리

삶은 때로 머리채를 휘어 잡히기도 하였으나
술상 두드리며 노래 부르는 시간보다
목 빼고 빗줄기처럼 우는 날이 많았으나

빗소리 듣는 동안……

연못물은 젖이 불어
이 세상 들녘을 다 먹이고도 남았다네.
미루나무 같은 내 장딴지에도 그냥, 살이 올랐다네.

—안도현 「빗소리 듣는 동안」 전문

보통 사람들의 슬픔과 한과 눈물이 쌓인 삶의 모습을, 참 긍정적이고 넉넉하게 풀어놓은 수작이다. 안도현의 「빗소리 듣는 동안」에는 시적 화자인 '나'의 경이적인 청각 능력이 나타나 있다. 누나들의 도란거리는 소리, 치맛자락 끄는 소리, 빗소리, 수저로 양푼 긁는 소리, 빗방울 마당에 떨어지는 소리, 싸우는 소리, 술상 두드리는 소리, 목 빼고 우는 소리, 노래 부르는 소리 등 평범한 일상의 소리를 곳곳에 배치하면서 각 소리에다 건강한 생명력을 불어넣고 있다. 그러나 시적 화자 '나'는 작품 속의 소리 축제에 직접 참여하지 않고 있다. 다만 타자화된 관망자로 경청하고 있을 뿐이다. 청각을 통해 인간의 본능인 관음증이라는 은밀한 훔쳐보기 호기심까지 보여주고 있다. 작품 속에 등장하는 수많은 소리가 시적 화자 '나'의 귓전에 울린 후 그 끝자락에는 무엇이 남아 있는가. 바로 마지막 연에 던져준 '내 장딴지에도 그냥, 살이 올랐다'는 건강한 생명력의 획득이다. '빗소리'도 마찬가지이다. 그 울림의 끝은 "연못물은 젖이 불어/이 세상 들녘을 다 먹이고도 남았다"는 풍요한 자연을 만들었다는 것이다.

고등학교 시절 현대문학 시간에 배웠던 김광균의 「설야」를 기억한다. "어느 먼 곳의 그리운 소식이기에/이 한밤 소리 없이 흩날리느뇨."로 시작되는 「설야」를 읽다가 3연 "머언 곳에 여인의 옷 벗는 소리."에 이르러 어떤 충격에 숨이 턱 막혔던 경험! 시각의 청각화, 즉 공감각적 심상이 드러난 시구! 눈 내리는 모습을 육감적으로 표현한 시인의 기발한 상상력에 대하여 무한의 찬탄과 경외를 보냈던 적이 있다. 나중에 홍만중의 해학 민담집 『홍엽지해』에 실린 백사 이항복 이야기와 관련되어 있음을 알게 되었지만, 절창 시구 "머언 곳에 여인의 옷 벗는 소리."처럼 시인들은 푸른빛 칼날 같은 예민한 청각을 가진 존재이구나 하는 생각을 가지게 되었다. 「설야」의 시적 화자는 사그락사그락 눈 내리는 소리만 듣고 있으나 스스로 소리를 내지 않고 있다.

"산비들기 구구구/숲속에서 구구구/산 넘어간 엄마를/기다리며 구구구//들 넘어간 아빠를/기다리며 구구구/뒷동산 숲속에서/구구구 구구구"(목일신, 「산비들기」 1, 2연)에서처럼 동시에는 직접적으로 청각적 심상을 이용하거나 간접적인 다양한 방법으로 소리들을 많이 활용한다. 이런 청각적 시어는 일반시보다 동시에서 훨씬 더 활용도가 높다고 할 수 있다. 소리는 낭송의 음악적인 효과뿐만 아니라 감동의 여운, 상상력의 배가 등 여러 가지 긍정적인 작용을 한다.

다음 동시들은 모두 일정한 소리를 활용하면서도 중간에 소리의 멈춤이나 끊김을 통해 시상 전개에서 앞부분과 뒷부분에 서로 다른 풍경을 보여주고 있다.

민들레꽃은 참 이상해요
쪼그만 꽃인데요,
그냥 지나쳐 가면
자꾸만 뒤따라오며
노란 병아리소리를 내요.

삐악삐악
삐악삐악

분명 민들레꽃인데요,

내가 멈추고 뒤돌아보면
저도 발걸음을 멈추어요.
병아리소리도 멈추어요.

—서재환, 「참 이상해요」 전문

서재환의 「참 이상해요」는 가슴에 남아 있는 노란 민들레꽃의 강한 인상을 소리로 환치시켜 표현한 작품이다. '삐악삐악' 노란 병아리 소리는 시적 화자의 가슴에 남아 있는 상상의 소리이고, '민들레꽃'은 현실의 '쪼그만 꽃'이라는 것이다. 즉 시각적 현실(노란 꽃)을 청각적 상상(소리)으로 바꾸고 있다고 할 수 있다. 이 작품에서도 「설야」처럼 시각의 청각화 즉 공감각적 심상이 나타나 있다.

이 작품의 특징은 시적 화자가 환청으로 들었던 병아리 소리를 직접 확인하고자 '멈추고 뒤돌아'봄으로써 서로 다른 문학적 풍경을 연출한다는 것이다. 걸음을 멈추고 뒤돌아보면 병아리 소리를 들을 수 없고, 걸으면 다시 병아리 소리가 들린다. 그래서 이 작품의 제목이 '참 이상해요'이다. 귀신과 관련된 여름철 납량물 같은 느낌이 들지만 민들레꽃에 대한 강한 인상이나 감동이 자연스럽게 환청 같은 병아리 소리를 창조했다고 할 수 있다.

밭고랑에 심어놓은
옥수수 대가 움직인다
옥수수 밭도 흔들린다
서걱서걱 소리도 푸르게 흩어진다

뚝!
옥수수를 따는 그순간

옥수수 밭 모든 움직임이
일시정지!

—이묘신, 「옥수수밭」 전문

이묘신의 「옥수수밭」은 아무 일 없이 푸르고 건강하게 쑥쑥 자란 옥수수를 사람들이 느닷없이 따가는 것에 대해 경악과 긴장을 보여주는 작품이다. 반생명적인 행태에 대한 옥수수밭 전체의 저항의 몸짓이라고 할까.

이 작품에는 두 가지 소리가 등장한다. 서걱거리는 옥수숫대 소리, 뚝 옥수수 따는 소리가 그것인데 서석거리는 소리는 평화로운 분위기를 대변하는 것이라고 한다면 '뚝' 소리는 생명 파괴, 긴장 조성을 알려주는 것이라고 할 수 있다. 그렇다고 해서 서로 대립적인 관계가 성립하는 것은 아니다. 다만 '뚝' 소리는 평화스러움이 깨졌다는 일종 신호탄이요, 양쪽 경계를 삼을 수 있는 중간 철조망이라고 할 수 있다. 이 '뚝' 소리, 울림의 끝은 '일시정지'는 시구에 모두 포함되어 있다. 분노, 경악, 파괴, 긴장 등 돌변한 옥수수밭 분위기가 자리하고 있다.

이 작품 마지막 행 '일시정지!' 이후의 시끄럽고 복잡한 옥수수밭의 모습은 과감히 생략하여 독자 상상의 몫으로 돌리고 있다. 그런 연유로 인해 1연 '서걱서걱 소리도 푸르게 흩어진다' 시행 속에 나타난 평화스런 분위기가 선명하다. 이른바 청각의 시각화로 안정적인 분위기임을 보여주고 있다.

여름 저녁
들길을 들어서는데

요란하던 개구리 소리

한순간에
딱 멈췄어요.

누굴까
누굴까

개구리들이
가슴 콩닥콩닥
가만히 귀 기울이고 있는가 봐요.

한여름 밤
들깨 꽃 같은 별들
반짝반짝 쏟아지는 들길

나도 가만히
발걸음 멈추고

콩닥콩닥
개구리 소리를 기다렸어요.

—차영미, 「한여름 밤」 전문

차영미의 「한여름 밤」에도 소리의 멈춤이 등장한다. 시적 화자인 '나'가 '개구리 소리' 속으로 뛰어듦으로써 개구리 소리의 단절 현상이 일어난다. 이 동시는 개구리와 인간의 긍정적인 감정 교류 또는 상호 배려하면서 기다리는 마음이 드러난 작품이다. 이 작품처럼 인간들의 모든 행위가 자연을 위하고, 자연과 인간이 공존하는 것에 초점이 맞추어진다면 얼마나 좋겠는가.

이 작품에는 네 가지의 소리가 등장한다. 내가 들길 걸어가는 소리, 개구리 소리, 개구리 가슴 뛰는 소리, 내 가슴 뛰는 소리 등이다. 이 소리 중에 시적 화자의 들길 걸어가는 소리가 개구리 소리를 멈추게 하고 있다. 그러나 이 멈춤으로 인해 대립적인 결과나 부정적인 면으로 나타나는 것은 아니다. 나는 나대로, 개구리는 개구리대로 상대방의 마음을 배려하는 모습을 보여주고 있다.

이 작품 전체 7연 중 가장 중요한 연은 5연이다. "한여름 밤/들깨 꽃 같은 별들/반짝반짝 쏟아지는 들길"은 이 작품의 완성도를 높여주는 생명수와 같다.

미루나무 한 그루가
저무는 햇살을 받아
제 키의 갑절도 더 되는
긴 그림자를 땅바닥에 드리웠다.

나뭇가지 사이로 지나가는
바람 소리 차가운 저녁
어느덧 하늘에는 칼날 같은 초승달이 뜨고

—욱아,
—욱아,
마을에서는 저녁연기 대신
나를 부르는 할머니 목소리가
실안개처럼 피어올랐다.

—공재동, 「저녁 무렵」 전문

공재동의 「저녁 무렵」은 농촌 시골 마을의 정겨운 모습을 표현한 목가적인 작품이다. 이 작품의 분위기는 매우 차분하고 조용하다. 동양화 한 폭을 보는 듯하다. 이런 분위기 속에서 할머니가 손자 부르는 소리는 매우 이질적이다. 그러나 서두에서 언급한 가도(賈島)의 오언율시 속 '두드린다(鼓)'처럼 분위기를 더욱 고요하고 만드는 것은 '할머니 목소리'이다. 이 작품의 시적 화자 '나'는 미루나무 그림자와 같이 회색의 평면적인 실루엣으로 처리되어 있다. 이런 처리 방식으로 인해 할머니 목소리가 더 도드라진다. 주인공이 시적 화자가 아니고 할머니 목소리이기 때문이다.

이 작품에 등장하는 소리는 바람 소리, 할머니 목소리 두 가지이다. 이 중 작품의 핵심을 이루는 것은 할머니 목소리에 있다. 바람 소리는 이 작품의 분위기를 쓸쓸하게 또는 차갑게 만드는 소재일 뿐이다. 할머니가 "—욱아/—욱아" 부르는 순간 그 시끄러움 때문에 동네 대숲에 깃든 새들이 놀라 푸드덕거릴 수 있지만 그 소리가 멈추고 난 뒤끝은 한적한 시골 마을을 더욱 적막에 휩싸이게 한다. 물론 할머니의 목소리는 '실안개'같이 낮고 부드럽다. 그렇지만 작품을 다시 낭송해 보면 결코 낮은 소리로 들리지 않는다. 시골 마을이 너무 조용하기 때문이다. 이 부분도 청각의 시각화라는 공감각적 심상이 드러나 있다.

순천 할매집
담장 아래 앉아
개미집을 들여다본다.

개미집을 쿡 쑤셔 놓고
화들짝 놀라 와글거리는
개미를 본다.

눈은 개미를 보고 있지만
귀는 담장 너머에 가 있다.

"다연아, 다연아!"
순천 할매 목소리를 지나서
"네, 할머니!"
대답하는 다연이 목소리를 만난다.

"이름이 다연이구나.
안녕, 만나서 반가워.
난 김수철이야."
혼자서 중얼중얼
다연이 목소리와 첫인사를 한다.

—정진아, 「첫인사」 전문

정진아의 「첫인사」는 이웃 할매집에 놀러온 여자아이에 지대한 관심을 두는 남자아이의 모습을, 담장 너머 들려오는 두 사람의 목소리를 통해 표현하고 있는 작품이다.

이 작품에서는 시구 '담장 너머'가 소리를 멈추는 효과, 공간을 분리하는 효과를 충분히 발휘하고 있다. 담장 안의 풍경과 담장 밖의 풍경은 너무 다르다. '순천 할매'의 손녀 부르는 정겨운 소리, 밝고 명랑하게 대답하는 '다연이 목소리'가 함께 있는 공간은 담장 안이다. 그곳은 시적 화자인 나 '김수철'이 절실하게 함께 참여하고 싶은 이상적인 공간이다. 그러나 담장 밖은 괜히 '개미집을 쿡쿡 쑤셔' 보는, 재미없고 외로운 현실적인 공간이다.

담장 안과 담장 밖을 현실적으로 분리하는 것은 '담장'이라는 실체물이지만 순천 할매, 다연이의 정겨운 공간과 김수철의 고독한 공간으로 심리적 분리하는 것은 할머니나 다연이의 목소리이다. 시적 화자인 나 김수철의 모습을 더 처량하고 외롭게 만드는 것은 분명 담장 안의 두 목소리라 할 수 있다. 그러나 다연이의 목소리와 첫인사하는 김수철의 적극적인 모습이 무척 의젓하게 느껴진다.

동시문학 속 노인의 삶과 죽음

1.

우리나라에서 2000년을 분기점으로 그동안 일부 상징적으로 남아 있던, 엄숙하고 권위적인 가부장제도가 대규모 아파트촌 형성, 핵가족 정착 등 도시화 물결의 여파로 뿌리째 뽑히고 말았다. 엄밀히 말하면 1988년 서울올림픽 개최 이후부터 승용차 보급, 편리한 가전제품의 공급으로 인한 여성의 가사 탈피, 개인용 컴퓨터 사용 확산 등으로 전통적인 가정 붕괴가 시작되어 2000년 들어 그 결과의 실체를 드러냈다고 할 수 있다. 뒤집어 말하면 70, 80년대 한국 근대화의 역군이라 일컬었던 부모 세대들이 노인으로 주저앉으면서 가정과 사회의 어르신으로서 존경, 봉양과는 거리가 먼, 고립과 질병에 찌든 거추장스러운 존재로 전락하고 말았다고 할 수 있다. 더욱이 의료 분야의 비약적인 발전으로 수명이 길어져 노인 1인 가구 수가 대폭적으로 늘어남에 따라 경제적인 어려움과 함께 사회적인 여러 문제가 발생하게 되었다.

삼성경제연구소가 내놓은 '고령화 시대의 노인 1인 가구' 보고서에 따르면 가구주 연령이 65세를 넘는 고령 가구가 지난해 말 298만 가구에 달했다. 2000년 173만 가구에서 10년 사이 72%나 급증한 수치다. 고령 가구 중 노인 혼자 사는 1인 가구도 2000년 54만 가구에서 2010년 현재 두 배에 가까운 102만 가구로 큰 폭으로 늘었다. 전체 고령 3가구 중 1가구는 홀로 사는 노인 1인 가구인 셈이다. 보고서는 2030년이 되면 1인 노인 가구가 234만 가구로 확대돼 우리나라 전체로 보면 10가구 중 1가구는 노인 1인 가구가 될 것으로 진단했다. 이처럼 1인 노인 가구가 급증하고 있지만 독거노인 10가구 중 8가구(76.6%)는 빈곤 상태에 놓여 있는 것으로 조사됐다. 우리나라 전체 빈곤율이 14.6%인 것과 비교하면 독거노인 빈곤율이 과도하게 높은 것으로 스웨덴의 6배, 미국의 2배, 경제협력개발기구(OECD) 회원국 평균의 2.5배 수준이다.

—매일경제(2011.11.15)에서

이 기사 내용과 함께 우리나라는 2000년에 65세 노인 인구가 전체 인구의 7%로 이미 '고령화 사회(Ageing Society)'에 진입했으며, 2020년경에는 노인 인구 비율이 14.4%에 달해 고령사회(Aged Society)로, 2026년경엔 20%를 넘어 초고령사회(Post-aged society)에 도달할 것으로 예측되고 있다.

이런 가정과 사회의 변화에 따라 아동문학도 그 영향을 받을 수밖에 없었다. 특히 2000년 이후 동시문학에서도 이전의 인자한 할아버지, 따스한 할머니 등의 인간적인 노인의 모습보다는 현실에 적응하지 못하는 노인, 소외되고 외로운 노인 등 쓸쓸하고 안타까운 모습을 표현한 작품이 증가하게 된다.

시선을 돌려 2000년 이전 동시문학 속에서 가족 내 할아버지, 할머니의 모습은 어땠을까. 다음은 우리나라 많은 사람들이 지금도 애창하고 있는 국민 동요이다.

예솔아!
할아버지께서 부르셔
예!
하고 대답하면
너 말고 네 아범

예솔아!
아버지께서 부르셔
예!
하고 달려가면
너 아니고 네 엄마

아버지를
어머니를
예솔아–
하고 부르는 건

내 이름 어디에
엄마와 아빠가
들어 계시기
때문일 거야.

—김원석, 「예솔아」 전문(1985)

80년대에 창작된 김원석의 「예솔아」는 삼대가 함께 사는 가정을 그리고 있는 대표 동시라고 할 수 있다. 이 작품에 대하여 김현숙[1]이 '세대로 이어지는 가족의 정이 흠뻑 드러난 일상 풍경을 간결한 선으로 고스란히 담아내고, 꽃 한 송이 나비 한 마리 들어 있지 않은데도 동심이 흠씬 묻어난다.'고 한 것처럼 이 작품 속에는 대가족의 평온하고 행복한 가정이 잘 나타나 있으며, 또 할아버지의 목소리 저변에는 가족 내 어른의 권위가 깔려 있음을 알 수 있다. 이것은 한 가정과 집안의 부권(父權)이 실재하고 있다는 방증일 것이다.

그렇다면 이런 할아버지의 권위가 21세기에 들어와 사회적 노인 문제로 변질된 시점에서 할아버지의 모습은 어떻게 변했을까. 2000년부터 2012년까지 발행된 아동문학 격월간지, 계간지 등 아동 관련 잡지에 실린 동시들 중에서 가족 속의 할아버지와 할머니, 일반 노인의 삶에 대한 작품을 찾아보았다. 계간지 『아동문학평론』, 『오늘의동시문학』, 『시와동화』, 『열린아동문학』, 격월간 『아동문예』 등에 수록된 작품을 그 대상으로 삼았다. 노인과 관련된 작품의 빈도는 높지 않았으나 일정한 변화의 흐름을 읽을 수 있었다. 김원석의 「예솔아」와 같은 위엄을 지닌 할아버지의 모습은 거의 사라지고 가족들에게 동화되지 못하고 사회적으로 배려받지 못하는 노인들의 안타까운 현실을 나타나고 있었다.

2.

노인 또는 할아버지와 할머니는 나이든 늙은이, 어르신이라는 동일한 대상을 지칭하는 단어이다. '노인'이라는 용어는 연령을 기준으로 중립적, 사회적인 단어라고 한다면 '할아버지'나 '할머니'는 가족 내 관계를 나타내는 주관적, 혈연적인 단어라고 할 수 있다. 물론 동시문학 속에는 사회적인 단어인 '노인'이라는 시어는 거의 쓰이지 않는다. 작품의 시적

1 김현숙, 「동심을 바탕으로 한 문학과 일상의 두 대화」, 『한국현대아동문학 작가 · 작품론 Ⅱ』, 청동거울, 2001. 385~399쪽.

화자가 대부분 동심을 소유한 아이들이기 때문에 가족 내에서 또는 가족 밖 외부의 늙은이에게도 모두 '할아버지'나 '할머니'가 시어로 쓰인다.

앞에 나열한 여러 아동 잡지를 살펴본바, 2000년 이후 노인을 지칭하는 '할아버지'나 '할머니'라는 시어가 상당한 의미 변화를 일으키고 있다는 것을 발견할 수 있다. 2000년대 전반기와 2010년 앞뒤 시기를 비교하면 시대적 차이가 확연히 드러난다. 즉 2000년대 전반기에는 가족 내 맹목적인 사랑, 인자, 용서, 너그러움, 포용과 같은 이미지를 지닌 할아버지, 할머니 모습이 그려진 반면 2010년 앞뒤 시기는 가족 밖 소외, 근심, 가난, 고통 속 외톨이 노인으로 전락해버린 할아버지, 할머니 모습이 나타난다. 전자의 경우 가족 간 소통이 이루어지는 일체적 공간이라고 한다면 후자의 경우 가족과는 별개로 격리된 이원적 공간이라고 할 수 있다. 여기에서 말하는 공간은 형이상학이나 과학에서 말하는 공간이 아니라 시적 상상력 속에서 활동하고 구현되는 시작품 속의 공간이다.[2]

2003년에 발표된 작품 오하룡의 「아기의 우주」와 백민의 「할머니 무릎에 누우면」은 가족과 함께 어울리는 할아버지, 할머니가 등장한 예시이며, 2007년 작품 남호섭의 「가을」과 2012년 작품 이옥근의 「횡단보도에 갇힌 할머니」는 가족과 관계없는 타자화된 노인인 할아버지, 할머니가 등장한 예시이다.

"에미야, 이놈, 젖 좀 먹여라?"
아기 안고 어르는
할아버지 음성
아기 포대기처럼 부드럽다.

2 김은자, 『현대시의 공간과 구조』, 문학과 비평사, 1988. 16쪽.

"예, 아버님!"
아기 안고 젖먹이는 엄마 얼굴
활짝 핀 살구꽃처럼 아름답다.

―오하룡, 「아기의 우주」 전문(2003)

할머니 손은 잠가루
하늘에서 눈꽃송이가
소올솔 내리듯
할머니 무릎에 누우면
할머니 손끝이 닿으면
손끝마다
매달린 잠가루가
소올솔 내려옵니다.

내가 힘들어
염치코치 없이 달려들 때도
자장자장 자장노래로
등을 다독여 주시면
등을 긁어 주시면

봄날 아지랑이가
솔솔 피어오르듯
보슬비가 꽃잎에
사알살 내려 앉듯
할머니 손끝에 매달린 가루는

또

사알살 뿌려줍니다.

—백민, 「할머니 무릎에 누우면」 전문(2003)

오하룡의 「아기의 우주」와 백민의 「할머니 무릎에 누우면」에는 가족에게 한없이 인자하고 따뜻한 사랑을 베푸는 할아버지와 할머니가 등장한다. 전통적인 가정에서 볼 수 있는 전형적인 모습이다. 이런 할아버지와 할머니의 모습이 2000년대 전반기까지만 나타나고 그 이후에 사라지는 현상은 결코 아니다. 현실적으로 가족 제도가 지속되는 한 계속 유지되는 인간의 삶의 일부분이다. 다만 할아버지와 할머니가 동시 작품의 초점에서 주변으로 밀려나고 있다는 것이다.

「아기의 우주」는 아기에게 할아버지와 어머니가 크나큰 우주일 수 있음을 말하고 할아버지의 손자 사랑을 표현하고 있다. 아기와 할아버지, 어머니는 가족 간 소통이 원활하게 이루어지는 하나의 공간, 일체적 공간에 존재한다. 작품 「할머니 무릎에 누우면」은 할머니의 무릎에서 포근히 잠드는 아이의 모습이 그려져 있는 작품이다. 이 동시 또한 할머니와 내가 무한한 사랑 공간에서 일체적으로 존재한다. 특히 재미있는 것은 할머니의 손을 '잠가루'로 표현한 점이다. 할머니 무릎을 베고 누우면 할머니의 손이 등을 다독여 주고, 등을 긁어 주고 하다 보면 저절로 편안한 잠을 자는 것이다. 할머니의 손은 잠을 불러주는 수면제와 같은 역할을 하고 있는 것이다. '할머니의 손=잠가루'라는 은유적 표현과 "봄날 아지랑이가/솔솔 피어오르듯"이나 "보슬비가 꽃잎에/사알살 내려 앉듯"의 직유적 표현들이 이 작품을 떠받들고 있음을 알 수 있다.

시골 갔다 오던

버스가 갑자기 끼이익!

섰습니다.

할머니 자루에
담겨 있던
단감 세알이
통, 통, 통,
튀어 나갔습니다.

—남호섭, 「가을」 전문(2007)

깜빡이며 재촉하던
초록빛 신호가 꺼지자
성질 급한 차들의 빵빵대는 소리

놀란 할머니
길 가운데 섬이 되었다.

건너야 할 길은 먼데
아직 중간도 못 갔는데

횡단보도 흰 창살에
꼼짝없이 갇혀 버린 할머니

차들이 지날 때마다
유모차에 실린 배춧잎도
파르르 떤다.

—이옥근, 「횡단보도에 갇힌 할머니」 전문(2012)

남호섭의 「가을」과 이옥근의 「횡단보도에 갇힌 할머니」는 여러 가지 면에서 앞의 「아기의 우주」와 「할머니 무릎에 누우면」에 대비되는 작품이다. 2010년을 전후로 발표된 「가을」과 「횡단보도에 갇힌 할머니」는 할머니의 개인적인 감정을 배재시키면서 시적 화자의 객관적인 시선으로 노인의 현재 상황만을 제시하고 있다. 또 「가을」과 「횡단보도에 갇힌 할머니」의 시적 화자는 시적 화자대로, 할머니는 할머니대로 소통과 공감이 없는 두 개의 별개 공간에 각각 존재하고 있음을 알 수 있다.

「가을」 속의 할머니는 도시에 사는 자녀들을 위해 무거운 단감 자루를 소중하게 안고 차에 탔는지 모른다. 그러나 이 작품 속에는 그런 늙은 할머니의 당황스런 속마음을 헤아리고 위로해 주는 주변 사람은 없고, 통통통 바닥을 굴러가는 노란 단감이 있을 뿐이다. 소외된 노인을 홀대하는 시대적 특성이 고스란히 반영된 작품이라고 할 수 있다.

「횡단보도에 갇힌 할머니」는 할머니의 딱한 처지를 통해 부유와 빈곤, 다수와 소수, 물질과 인간, 문명과 원시, 빠름과 느림, 냉정과 여유, 중심과 변방, 도시와 시골, 젊은이와 노인 등 이분법적 사고에서 전자로만 경도된 비인간적인 현대사회의 병리현상을 우회적으로 비판한 작품으로 소외된 노인들의 현주소를 상징적으로 보여주고 있다고 할 수 있다.

문학이 시대를 반영한다는 명제는 동시문학에서도 적용된다. 2010년 전후로 할아버지와 할머니가 위엄 있는 집안 어른이라 할지라도 핵가족 중심의 가정에서는 고령의 노인으로서 거추장스런 존재로 전락하고 말았다는 것을 알 수 있다. 「가을」와 「횡단보도에 갇힌 할머니」의 할머니를 통해, 타자화된 노인들에 대한 특유의 무관심이 횡행하는 세상으로 변했음을 확인할 수 있다.

3.

앞부분에서 할아버지와 할머니가 가족의 일원으로서 소통과 공감을 하는 가족의 공간을 일체적 공간이라고 하고, 가족의 냉대와 무관심으로 내팽개쳐진 노인으로서 격리되어 생활하는 공간을 이원적 공간이라고 정의하면서 2000년 이후 동시문학에서는 시대의 흐름에 따라 할아버지와 할머니의 삶이 급격하게 일체적 공간에서 이원적 공간으로 바뀌고 있음을 살펴보았다. 이 글에서는 어린이 시적 화자가 격리된 이원적 공간에서 생활하는 노인들의 삶에 어떻게 접근하였는지 더 구체적으로 살펴보고자 한다.

21세기 들어서면서부터 한국사회에서 노부모 봉양이니, 경로효친이라는 말은 사어(死語)가 되어가고 있으며, 듣기도 부끄러운 노부모 학대, 노인 유기(遺棄) 또는 방기(放棄) 현상이 여반장으로 일어나고 있다. 그래서 통크족(TONK族 Two Only, No Kids)이 생겨났는지 모른다. 자신들만의 오붓한 삶을 즐기려는 노인 세대로, 전통적인 할아버지와 할머니의 역할을 거부하고 자녀들과 따로 사는 게 마음이 편하다고 여기는 새로운 노인상이다. 속담에도 무자식이 상팔자라고 있지 않던가. 그러나 이런 통크족은 어디까지나 경제적 여유가 있는, 극히 일부 도시 노인들의 이야기일 뿐 대부분의 노인들은 자식들의 부모 봉양 기피로 인한 절망적인 삶, 가난과 병환에 시달리는 배우자 수발, 사별이나 이혼으로 고독한 생활 영위, 이혼한 자녀의 손자손녀에 대한 양육 뒷감당, 고령 노인들의 직접적인 농사 참여 등 옛날보다 고통을 더욱 많이 짊어지고 있다.

아직도 누어 계실까?
기척 없는 할아버지.

빠꼼히 열린 문틈으로
살그머니 훔쳐본다.

창가에
아, 외다리로 서셨네
두루미처럼 가볍게.

요 며칠 새에 부쩍
말수 줄어든 할아버지.

짙은 흑백사진 같은
옆모습 흰머리에

비껴든
저녁 햇살 한 줌이
아, 왕관인 양 얹혔네.

—박경용, 「문틈」 전문(2005)

우리 할머니는 등이
굽어서
기역자 닮았다.

지팡이 대신
아기도 태우지 않은
낡은 유모차를 버팀목 삼아
조심조심 발을 떼다

—아이구 아이구,
숨차구먼!

가쁜 숨을 몰아쉴 때마다
아기 대신 앉은
감자, 강낭콩, 아욱이 웃어 주지만
난 눈물이 핑 돈다

오른발 왼발
간신히 내디딜 때마다
뒤따르던 햇살 한줌이
할머니 등을 살포시 어루만져 주지만
그래도 난 슬프다

—신현신, 「우리 할머니」 전문(2007)

우리 반 다섯 명
방학하면 여기저기
놀러 간대요.

대구 외갓집에 간다고 좋아하는 현영이
"우리 외갓집은 인천인데."
"난 안동이야."

그 옆에서 우물쭈물 말 못하는
얼굴 까만 정사랑

"넌 안됐다. 외갓집이 필리핀이라서."

그래도 사랑이는 나보다 낫다.
내가 외갓집 가고 싶다고 하면
화만 내는 할머니
엄마 아빠 이혼하면
외갓집도 나랑 헤어져야
하나 보나.

—박혜선, 「외갓집」 전문(2007)

박경용의 「문틈」, 신현신의 「우리 할머니」, 박혜선의 「외갓집」은 가족 간 소통과 공감이 사라진 이원적 공간에서 격리되어 살아가는 노인들의 삶을 그린 작품들이다.

「문틈」은 병환으로 고생하는, 외롭고 쓸쓸한 고령의 할아버지를 그리고 있는데, 시적 화자인 손자는 흑백영화를 관람하듯 '문틈'으로 할아버지를 살펴보고 있다. 할아버지가 기거하고 있는 방은 나머지 가족과는 별개의 공간이다. 할아버지의 공간은 흑백의 공간이요, 황혼의 공간이다. 손자의 공간은 작품 속에 나와 있지 않지만 분명 아름다운 색깔의 공간일 것이다.

「우리 할머니」는 노동력을 상실했으면서도 밭일을 한 후 고단한 몸으로 귀가하는 할머니의 안타까운 처지를 노래한 작품이다. 이 동시에서도 할머니의 고단한 삶의 공간과, 할머니를 따라오는 구경꾼 손자의 공간이라는 이질적인 두 공간이 존재하고 있다. 할머니와 손자 사이에 사랑과 공감, 소통의 강이 흐르지 않고 있기 때문에 마지막 행 '그래도 난 슬프다'라는 눈물 나는 시구도 감동을 일으킬 수 없다. 차라리 할머니는 감자, 강낭콩, 아욱 등과 감정교류가 활발히 되고 있다고 말할 수 있을 것이다.

「외갓집」은 필리핀 외가를 갈 수 없는 다문화 가정의 아이보다 더 슬픈, 부모 이혼으로 외가를 아예 잃어버린 아이의 상실감을 노래한 작품이다. 이 동시에서도 할머니 삶의 공간은 버려진 손자를 돌보아야 하는 부차적 공간이며, 희미한 회색의 공간이다. 비교적 간결한 이 동시 속에는 무척 많은 이야기들이 담겨 있다. 첫째는 한 학급이 다섯 명뿐인 소규모 학교로 폐교 직전의 수준이 되고 만 현실을 보여주고 있다. 둘째는 필리핀, 베트남 등 동남아시아 여성들을 맞이하는 다문화 가정의 탄생과 그들 사이에 태어난 코시안 아이들의 부적응 등을 보여주고 있다. 셋째는 부모의 이혼으로 미아가 되어버린 결손 아이의 문제를 담고 있다. 젊은 부부의 이혼율 증가로 말미암아 시골 농촌에는 조손 가정이 늘어나고, 직계존속 할머니라는 이유로 어린 피붙이의 무한 양육 책임까지 지워지는 안타까운 현실을 보여주고 있다. 4연에 할머니는 왜 화를 내고 있는가. 할머니의 일이 많아서일까, 아니면 아이가 미워서일까. 아니면 손자의 뜻을 받아줄 수 없어서일까. 여기서 외가에 갈 수 없는 아이(시적 화자) 처지도 안타깝고 불쌍하지만 오히려 그런 아이를 키우는 할머니 처지가 슬프고 불쌍하다. 이 작품에서 한 구석 작은 삽화처럼 처리된 할머니의 모습이 이 작품의 주제보다 더 큰 슬픔으로 다가와 가슴을 후려치고 있다.

옆집 할머니는
오늘도 점심밥을 반이나 남겨서
멸치국물에 밥을 말아
고양이 '순이'에게 준다.

할머니와 '순이'는 한 식구다

그릇도 같이 쓰고
이불도 같이 덮는다

순이는 세 살 때 하늘나라로 간
할머니의 딸 이름이라고 했다.

—류경일, 「한 식구」 전문(2011)

어머!
할아버지도
휴대폰으로 게임을 하시나봐
손가락으로 휴대폰을 누르시며
저렇게 좋아하시는 걸 보면.

눈을 찡긋거리시며
한참을 들여다보다가는
금세 눈웃음 짓고 너털 웃으시며
저렇게 좋아하시는 것 보면
게임에 폭 빠지신 것 같아.

도대체 어떤 게임일까?
할아버지 마음을 쏙 빼놓은 게임은.

살며시 뒤로 다가가 들여다보니
휴대폰 화면에 웬 아이가
벙싯거리며 웃고 있네.

아, 할아버지는
아기게임을 좋아하는구나.

—황연옥, 「어떤 게임일까」 전문(2011)

은행 담벼락에
종이 상자를 접착테이프로 이어 붙여
겨우겨우 칼바람을 막은
조그만 집.

참깨, 콩, 팥, 마늘, 생강 따위를
맨땅에 늘어놓고 하는 할머니가
주인이다.

사 주는 사람도 없는데
종일 좁은 곳에 웅크리고 앉아
콜록콜록 기침을 하던 할머니.

오늘은 종이 상자집이 텅 비었다.
무슨 일일까
무슨 일일까

핼쓱한 할머니 얼굴 떠올라
자꾸자꾸만 뒤돌아보며 걷는다.

—박예분 「종이 상자집」 전문(2012)

류경일의 「한 식구」와 황연옥의 「어떤 게임일까」와 박예분의 「종이

상자집」은 2010년 이후에 발표된 작품으로 반려동물이나 스마트폰, 도시 빈민 등 시대적 이슈를 제재로 삼아 노인들의 삶을 그리고 있다.

「한 식구」는 가족과 사별한 쓸쓸한 할머니가 반려동물 고양이와 함께 애써 현실에 적응해가는 모습을 그리고 있는 작품이다. 그러나 이 동시에서 나타나는 공간은 공감과 소통이 부재한 이원적 공간이다. 시적 화자는 '옆집 할머니'의 공간에서 일어난 일들을 객관적으로 담담하게 전달하고 있다. 옆집 할머니의 공간은 타인의 공간이며 쓸쓸한 공간이다. 외로움을 이겨내고, 따뜻한 정을 잃어버리지 않기 위해 고양이를 딸처럼 기르는 옆집 할머니에게서 고단한 노인의 삶을 발견할 수 있다. "그릇도 같이 쓰고/이불도 같이 덮는다"는 시행에서 이 작품 속 고양이를 할머니가 하나의 인격체로 인정하고 있음을 알 수 있는데 이것은 개나 고양이를 반려동물로 삼는 현실의 한 현상을 반영하고 있다고 할 수 있다.

「어떤 게임일까」는 할아버지가 휴대폰에 저장된 손자의 사진을 보면서 즐거워하는 모습을 그린 작품이다. 휴대폰을 들고 있는 할아버지의 공간은 자신의 감정 속에 빠진 내면적 공간이며, 시적 화자는 할아버지의 움직임이나 표정을 소상히 전달하는 실재적 공간이다. 이 두 공간은 서로 교류할 수 없는 이질적인 공간이다. 아기 사진을 '아기게임'으로 재미있게 표현하고 있지만 처음에 '어떤 게임일까' 하고 오해할 만큼 두 공간은 격리되어 있다고 할 수 있다. 이 작품은 휴대폰의 기능을 익혀 활용하면서 최신 시대 흐름에 맞춰 가는 할아버지의 적극적인 모습이 잘 드러나 있다. 이런 동시류는 2010년 이전에는 발견되지 않았던 새로운 형태로, 변화하는 시대상을 잘 반영한 동시라고 할 수 있다.

「종이 상자집」은 노상 좌판대에서 콩 등 농작물들을 파는, 병든 할머니의 고통을 그린 작품이다. 이 동시에서 눈에 띄는 것은 추위를 막기 위해 설치한 '종이 상자집'이다. 이 종이 상자집이 할머니의 생활 공간이며, 현실 사회와 격리된 폐쇄 공간이며, 가난의 공간이다. 이 작품의 시적 화자는 할머니가 부재한 텅빈 상자를 보며 그냥 지나치는 아이이다. 마지막 시행 "자꾸자꾸만 뒤돌아보며 걷는다."는 것처럼 할머니에게 피상적인 연민을 가진 행인이고 관객일 뿐이다. 할머니 좌판대를 지나 도로 하나를 넘거나 신호등이 바뀌면 할머니 존재 자체를 망각해버리는 구경꾼이다. 따라서 시적 화자의 공간은 할머니의 공간과 소통할 수 없는 양지의 공간이며, 윤기가 흐르는 공간이다.

2000년 이후 동시문학에 나타난 노인들의 공간은 대부분 현실에서 격리된 모습으로 존재하고 있음을 알 수 있다. 가정과 사회의 어르신을 '할아버지', '할머니'라고 정답게 부르면서도 실상은 앞에서 살펴본 바와 같이 소통과 동화, 존경과 사랑이 가득한 일체적 공간에서 폐쇄적인 공간으로 내몰리고 있다는 것이다.

4.

동시문학의 독자나 수용 대상을 인지 발달이 미숙한 아동이라고 편협하게 규정할 필요는 없지만 몇몇 제약 조건이 붙는 것은 당연하다. 아동의 교육적인 측면을 고려하여 비속어, 폭력, 성애 장면 등 사회적으로 문제가 되는 것은 시어나 시적 상황 등에서 제외시키고 있는 것은 사실이다.

그중 죽음에 대해서는 금기시 대상은 아니지만 창작의 어려움이나 동기 부여가 되지 않아서였는지 그동안 작품으로 발표된 경우는 거의 없었다고 할 수 있다. 그러나 2000년 이후 동시문학에서는 인간의 죽음, 가족 내 할아버지와 할머니의 죽음 등이 제재나 소재로 서서히 그 모습을 드러내고 자리를 잡고 있다. 이것은 장례식장의 일반화와 납골당, 화장, 수목장이나 해양장까지 현대 장례문화의 변화에 기인한 것이지만 분명히 아동들에게도 인간의 일회적인 삶에 대한 적극적 수용이 필요하며, 인간의 죽음에 대하여 매우 자연스러운 접근이나 긍정적인 사생관의 형성을 위해 가족이나 이웃들의 죽음을 담담하게 받아들일 수 있도록 도와줄 때가 되었다고 할 수 있다. 그래서인지 죽음을 앞둔 노인들의 삶, 할아버지와 할머니 죽음에 대한 자연스런 수용, 화장과 수목장의 도입 등 현대적인 장묘문화의 시대적 흐름을 표현하는 작품들이 상당히 많아지고 있다.

죽음은 단순하게 이승에서 저승으로 공간의 이동을 의미하는 것은 아니다. 죽음은 한 생명의 소멸과 단절로 그치지 않고 타인에게 극도의 공포감이나 무서움을 안긴다. 이렇게 어른들에게도 감당하기 힘든 죽음에 대한 문제를 더욱이 아동문학적으로 표현하기가 그리 쉬운 일이겠는가. 그래서 일반적으로 동시문학에서는 삶과 죽음을 따로 분리하지 않고 동일한 공간으로 처리하고 있다. 즉 이승의 공간과 저승의 공간이 공존하는 통합적 공간으로 표현하고 있다는 것이다.

우리 할머니가
산 속 마을
작은 무덤 집으로 이사 간다

산에 사는 짐승들
풀꽃들은 참 좋을 거다
할머니랑 함께 살 수 있어서
날마다 할머니가 들려주는
옛날 이야기 들을 수 있어서

재미난 이야기 먹으며
무럭무럭 자라고
할머니의 자장가 들으며
토실토실 살찌고

정말로 좋을 거다
오늘부터
우리 할머니의
손자, 손녀가 될 수 있어서

—이성자, 「참 좋을 거다」 전문(2003)

할아버지 산소에 가면
풀벌레, 풀벌레 소리.
할아버지는 아직도
시를 읊고 계시는가

이승서
채 못 다 부른 노래
쏟아내고 계신다

—송재진, 「성묘」 전문(2004)

이성자의 「참 좋을 거다」와 송재진의 「성묘」는 할머니와 할아버지의 죽음에 대해 긍정적으로 접근한 작품이다.

「참 좋을 거다」에서는 죽음으로써 생기는 새로운 할머니의 존재 공간으로 '산 속 마을'을 설정하고 있다. 할머니의 또 다른 세계, 즉 산 속 마을에서 새로 생긴 손자 손녀들에게 이야기를 해주는 할머니의 적극적인 역할을 그리고 있다. 이 작품의 초점은 할머니 무덤 주위에서 사는 풀꽃과 짐승에 맞춰져 있다. 특히 이 작품에서 '이사'라는 시어가 주는 의미는 크다. 슬픔, 눈물, 이별, 소멸, 단절 등의 부정적인 죽음이라는 의미보다는 변환, 평범, 이동, 변경, 연속 등의 긍정적인 죽음이라는 의미가 내포되어 있다. 삶과 죽음이 공존하는 통합적 공간을 그리고 있는 것이다. 그러므로 「참 좋을 거다」는 죽음을 슬프고 단절된 생의 마감으로 해석하는 것을 뛰어넘어 새로운 삶의 영위, 다른 공간의 이동으로 인간 존재의 영속성을 표현하고 있다. 할머니가 살아 계실 때는 손자들과 함께 생활하였으며, 돌아가신 뒤에는 풀꽃과 짐승들과 함께 생활하고 있다고 할 수 있다. 그러나 할머니의 사후(死後) 공간은 지은이가 만들어 놓은 추상적인 공간이 아니라 풀꽃이나 짐승들과 함께 살아가는 현실적 공간이라는 점을 놓쳐서는 안 된다. 한편으로 공존이 불가능한 기묘한 공간 구성이지만 한편으로 보면 저승과 이승의 공간이 공존하는 통합적 동심의 공간이라고 할 수 있다. 어린 시적 화자는 떠나버린 할머니를 원망하거나 원통해하지 않고 있다. 오히려 '정말 좋을 거다'라고 한 것처럼 할머니와 함께 사는 풀꽃, 짐승들에게 부러움을 표시하고 있다. 불교적인 색채가 진한 작품이라고 할 수 있다.

「성묘」는 할아버지 산소 주위에서 울고 있는 풀벌레를 통해 돌아가신 할아버지에 대한 사무친 그리움을 표현하고 있는 동시조이다. 이 작품 역시 할아버지 산소는 죽음의 공간이 아니고 할아버지 노랫소리가 들리는 통합적 동심의 공간이다. 생전에 할아버지가 시인이었을까, 아니면 노래를 좋아했을까. 반복적인 시어가 사용된 초장 2행 '풀벌레, 풀벌레 소리'는 그만큼 풀벌레 소리가 요란하다는 의미도 있고, 할아버지에 대한 그리움이 깊다는 의미도 포함되어 있다고 할 수 있다.

우리 할아버지는 참나무가 되셨어요

나무로 집 짓는 목수였던 할아버지
나무에게 평생 빚지고 사셨다고요
이젠 그 빚 갚고 싶다고요
할아버지 돌아가시며 참나무가 되셨어요

키가 작으셨던 우리 할아버지 대신
이젠 키 큰 참나무가 할아버지 이름표를 달고
수목원 숲 속에서 나무가족과 함께 살아요

사진 속의 할아버지 보고 싶은 날
참나무 할아버지 찾아가요

할아버지! 부르며 참나무 할아버지에게 안기면
언제나 할아버지에게서 나던 나무 향기가 나고요
꼭 안아주시던 할아버지 품처럼 따뜻해져요

—정일근, 「참나무 할아버지」 전문(2007)

정일근의 「참나무 할아버지」는 수목장이라는 새로운 장묘문화에 대하여 긍정적인 접근을 시도하는 작품이다. 이 작품을 읽어보면 죽음이란 무섭고 두렵기보다는 따스하고 그냥 보통 사람들의 일상적인 일이라고 여겨진다. 할아버지와 동격이 된 참나무를 안으며 따스함을 느끼는 손자처럼 독자들에게 수목장을 긍정적으로 받아들일 수 있게 만들고 있다. 겸손하고 관용적이며 인과응보적인 사고의 소유자인 할아버지의 인품이 고스란히 느껴지는 작품이다. 할아버지의 존재 공간은 죽음의 수목 공간이 아니라 통합적 공간이라고 할 수 있다.

하얀 재로 남으신 할머니
바다에 묻었다.

그 날부터 바다는
그냥 바다가 아니다.

철썩철썩 파도 소리는
할머니 목소리
짭조름한 갯내음은
할머니 냄새

그 날부터 바다는
할머니가 보고 싶으면
찾아가는

할머니가 계시는
푸른
집이다.

—박선미, 「바다」 전문(2011)

우리 마을 어른들은
죽어서도 모여 사네

경희네 할아버지
상철이네 할머니

엊그제
새로 와 묻힌
영동이네 할아버지

옹기종기 앉은 무덤
또 하나의 이웃 마을

수군수군 도란도란
얘기 소리 들려오고

오늘은 흰 눈을 덮고
달덩이처럼 환하네.

—서재환, 「겨울 뒷동산」 전문(2011)

박선미의 「바다」와 서재환의 「겨울 뒷동산」은 2010년 이후에 발표된 작품으로 수목장에 이어 바다장(해양장)이나 공동묘지를 그리고 있다. 「바다」에서의 독특한 해양장의 친근한 접근과 「겨울 뒷동산」에서 이웃과 함께 살고 있는 공동묘지의 친근함을 보여줌으로써 동시문학의 죽음에 대한 의식 확장, 죽음에 대한 자연스러움과 긍정성, 다양한 장묘문화 이해를 표현하고 있다.

「바다」는 죽음의 공간을 바다로 확장시킨 작품으로, 화장 후 남은 할머니의 유해인 하얀 뼛가루를 바다에 뿌리고는 바다의 청각적 이미지와 후각적 이미지를 할머니와 대응시키면서 바다와 할머니의 동일화를 통해 할머니의 그리움을 표현한 동시이다. 이 작품에서 돋보이는 것은 '파도 소리=할머니 목소리', '갯내음=할머니 냄새'의 은유가 결국 '바다=할머니 푸른 집'이라는 결론을 내리고 있다는 점이다.

「겨울 뒷동산」은 보통 죽음의 공간 중 가장 으스스하다는 고정관념을 가지게 하는 공동묘지에 대한 작품으로 공동묘지를 무섭다고 인식하기 보다는 오히려 친밀하고 정답게 살아가는 인간 세상으로 표현하고 있다. 또한 눈이 덮인 추운 겨울 달빛 속 무덤의 모습이지만 오히려 웃고 떠들고 살아 숨쉬는 생명의 공간으로 승화시키고 있는 작품이라고 할 수 있다. 이 작품에서 중요한 역할을 하고 있는 시어는 의태어 '옹기종기', '수군수군', '도란도란'과 밝은 분위기를 만드는 '달덩이'이다. 이들 시어는 죽음의 공간 공동묘지를 생동적 분위기, 긍정적 분위기, 유쾌한 분위기로 전환시키고 있다.

숲에 가면 할아버지가 있어요. 작년에 상수리나무 아래 수목장을 지냈죠. 할아버지는 도토리묵을 참 좋아하셨는데 땅속에서도 도토리묵 실컷 먹고 싶다면서 상수리나무를 고르셨죠.

우리 식구는 할아버지가 보고 싶을 때면 숲으로 가요. 봄바람이 나뭇잎을 간질이는 소리는 할아버지가 즐겨 부르던 노래 같고 시원한 나무 그늘은 여름날 내게 해주던 손 그늘 같아요.

도토리가 톡톡 머리위로 떨어지면 장난으로 가끔 내게 꿀밤을 먹이던 할아버지 손길이 생각나요.

"할아버지, 안녕히 계세요. 눈 내리면 또 올게요. 그땐 눈싸움해요."

'잘 가라 천선아'

할아버지가 백 개도 넘는 나뭇잎 손을 흔들고 있어요.

—오한나, 「숲에 가면」 전문(2014)

2014년에 발표된 오한나의 「숲에 가면」도 앞의 작품 「참나무 할아버지」처럼 수목장을 그리고 있다. 앞의 작품은 무겁고 경건한 분위기의 수목장 형태를 표현하고 있는 반면 「숲에 가면」은 즐겁고 경쾌한 소풍처럼 가족들의 편안한 성묘 모습을 보여주고 있다. 이 작품에서는 수목장을 간단히 배경지식으로 처리하고 있음을 알 수 있다. 그만큼 수목장이 점차 장례문화의 한 형태로 자리잡아가고 있다는 증거일 것이다.

「숲에 가면」은 할아버지의 죽음에 대한 슬픔보다는 '상수리나무 아래 수목장'을 한 후 저승의 할아버지와 이승의 우리 식구들 사이에 펼쳐진 정겨운 소통을 더 소중하게 표현하고 있는 작품이다. 이 작품에서 할아버지와 같은 인격체로 볼 수 있는 시어가 상수리나무, 상수리 나뭇잎 소리, 상수리나무 그늘, 도토리, 상수리 나뭇잎 손 등이다. 마지막 연 "백 개도 넘는 나뭇잎 손을 흔들고 있어요" 속에 드러난 것은 할아버지에 대한 가족들의 진한 그리움, 또는 할아버지를 다시 찾아뵙겠다는 가족들의 마음다짐이다. 이 작품에 잘 어울리는 멋진 표현이라고 할 수 있다.

5.

2000년 이후 한국동시문학 속에서 노인들의 삶의 공간이 소통하는 일체적 공간이 되지 못하고 격리와 소외로 이어지는 이원적 공간으로 변질된 것은 첫째 도시 아파트에 몰려 사는 대부분의 가정들이 할아버지나 할머니와 함께 살지 않아 생기는 가족 이기주의의 현실을 반영하였기 때문이며, 둘째 젊은 세대 위주의 시대상에 따라 노인 천대와 같은 사회적 현상 때문이라고 할 수 있다. 즉 극단적인 개인주의, 배금주의 사상이 만연된 사회에서 일어날 수밖에 없는 필연의 결과라고 할 수 있다.

또 노인들의 죽음을 작품의 소재나 제재로 선택하여 인간의 죽음에 대한 긍정적인 수용 등 수준 높은 동시들이 상당수가 되었다. 죽음의 공간이 산골, 공동묘지, 숲 등으로 확장되고 있으며, 아울러 매장과 수목장, 해양장까지 장묘문화의 다양함을 보여주고 있다.

그런데 노인들의 삶의 공간에 관한 작품 중에서 소외 노인들의 이원적 공간을 표현하고 있는 시대적 흐름과는 다른 양상을 보여준 작품이 있었다. 전병호의 「비님이 오시는 날」과 권오봉의 「할아버지 걸음」에서는 공감과 소통이 나타난 가족 일체적 공간이 등장한다.

비님이 오시네
비님이 오시네.

빗소리에 자주 방문을 열고
할머니가
대문 밖을 내다보실 때

오래 전에 돌아가신 할아버지가
논에 다녀오시듯
마당으로 조용히 들어서는 비

마루에도 오르지 않고
바랭이꽃 밟으며 마당을 건너
뒤곁 텃밭으로 돌아가는
비는 자꾸
할아버지 발자국 소리를 낸다.

상추, 고추, 배추, 토마토 모종이

금세 파릇파릇 시든 잎을 펴는
뒤꼍 텃밭에서는
비 맞으며 김을 매시는지
할아버지 호미 소리가 늦도록 들려왔다.

—전병호, 「비님이 오시는 날」 전문(2007)

할아버지 모시고
동네 한 바퀴 도는 길.

자작자작
오늘은 더 조심스러운
할아버지 걸음.

걸음걸이 이상하지만
우습지 않다.
거북이처럼 느리지만
나는 답답하지도 않다.

폴짝폴짝 뛰어 가며
재롱을 피우다
저만큼 앞서가
한참을 기다리다
남은 길
할아버지 꺼칠한 손잡고
나란히 걷는다.

—권오봉, 「할아버지 걸음」 전문(2011)

「비님이 오시는 날」은 시적 화자의 서술 공간과 할머니 상상의 공간은 서로 동심원을 이룬 일체적 공간이고, 「할아버지 걸음」에서 할아버지의 운동 공간과 손녀의 행동 공간은 서로 동일한 일체적 공간이다. 그래서 「비님이 오시는 날」에서는 할아버지에 대한 간절한 그리움을, 「할아버지 걸음」에서는 가족의 따스함을 더 깊게 느낄 수 있다.

「비님이 오시는 날」은 기다리던 비를 맞으며 논둑과 벼의 생육 상태를 살펴보고, 텃밭 각종 채소들을 갈무리하는 할아버지 모습을 빗소리에서 찾아내는 작품으로, 반가운 비를 통해 할머니의 할아버지에 대한 그리움을 잔잔하게 표현하고 있다. 이 작품은 시적 화자인 내가 할머니를 관찰하면서 시상을 전개하는 형태를 취하고 있다. 하지만 전체적 내용은 할머니의 고백으로 해석할 수 있다. 그렇다면 1연 "비님이 오시네/비님이 오시네" 하고 부르는 반가운 노래는 누구의 목소리인가.

이 작품에서 눈에 띄는 것은 표면적으로 나타난 할머니의 모습과 심층적으로 숨겨진 할머니의 모습이 다르다는 것이다. 작품 속에 등장하는 할머니의 역할은 매우 단순하다. 즉 2연에서 빗소리를 듣고 자주 방문을 열어 대문 밖을 내다보는 행위만 서술되어 있다. 그러나 한 겹을 들어내고 안을 살펴보면 할머니가 반가운 빗소리를 할아버지의 발자국 소리로 환치해서 듣거나 환청에 빠져 있다는 사실이다. 결국 빗소리를 통해 '오래 전에 돌아가신 할아버지'에 대한 할머니의 그리움을 절절하게 표현하고 있음을 알 수 있다.

할머니의 속마음을 손자인 내 입(시적 화자)을 통해 쏟아냄으로써 간절함과 감동성을 동시에 얻고 있음을 알 수 있다. 소설의 시점으로 말하자면 1인칭 관찰자 시점이라는 점이다. 주요섭의 「사랑손님과 어머니」에서 서술자 옥희(나)가 어머니의 감정 기복 등 심리 변화를 세심하게 기술하였듯이 말이다. 여기에서 '시적 화자↔반가운 비'의 관계가 '할머니↔그리운 할아버지'의 관계로 중첩적 동치 관계로 나타나 있다. 이렇게 전병호의 「비님이 오시는 날」의 초점을 할머니에 맞추면 할머니의 마음 속에 깔려 있는, 배우자가 없는 빈자리의 쓸쓸함과 허전함 그리고 슬픔도 발견할 수 있다.

「할아버지 걸음」은 동네 걷기로 재활운동 하고 있는 할아버지의 손을 잡는 손녀의 따뜻한 마음, 웃어른에 대한 공경하는 태도 등이 잘 드러난 작품이다. "자작자작/오늘은 더 조심스러운"의 시행처럼 답답하기 그지없는 할아버지를 앞서거니 뒤서거니 하는 천진난만한 손녀의 모습이 이 작품을 생동감 있게 만들고 있다.

사회현실과 동시문학

어린이는 독립된 인격체로서 존엄성을 부여받은 생명체이다. 하지만 자유 의지로써 현실과 대상을 판단하고 행동하기 어려운 존재이기 때문에 가정에서나 사회에서 항상 종속적인 위치에 처해 있기 마련이다. 가끔 부모의 욕망을 실현하기 위한 도구나 부속물로 전락하기도 하고, 사회적인 사건의 피해자로 희생당하기도 한다.

학교 급별 과외 비율은 초등학생이 82.5%, 중학생 81.4%였으며 고교생은 다소 낮은 74.0%로 나타났다. 학생들의 과외 비율은 2001년 70.0%, 2006년 76.0% 등 지속적으로 높아지고 있다.

이같이 각 가정에서 학생 자녀에게 과외를 시키는 이유로는 46.8%가 '남들보다 앞서나가기 위해서'라고 답했다. 이어 '학교 수업을 잘 따라가지 못해서(18.4%)','남들이 대부분 하기 때문에 안 하면 불안해서(17.1%)'라는 응답이 뒤를 이었다.

—연합뉴스(2012.5.18.)

2012년 최근 우리나라 어느 도내 학생들의 과외 실태에 대한 뉴스이다. 초등학교 어린이들의 과외 비율 82.5%라는 통계 수치는 어떤 의미를 지니고 있을까. 역설적으로 부모가 느끼는 미래 사회에 대한 불안감 지수일 수도 있다. 또는 부모의 자식에 대한 욕망지수일 수도 있다. 과외 학습을 스스로 결정한 초등학교 어린이들의 숫자가 이 비율에 과연 포함되어 있을까. 과외뿐만 아니라 학교 폭력, 자살, 흡연, 가출, 성범죄 등까지 어린이들이 일으킨 개인적 또는 사회적 문제는 단언하건대 어린이의 자기결정권에 의해 발생한 사건은 한 건도 없을 것이다.

이런 시대에 살고 있는 동화작가나 동시인을 포함한 아동문학가의 역할은 무엇인가? 과외나 학교 폭력, 자살 등 수많은 개인적·사회적 문제에 짓눌려 살고 있는 현재 어린이들의 고민이나 아픔을 어루만져 주는 아동문학의 진지함은 어떤 것일까? 50년 전 1965년 5월 어느 지방신문에 기고한 이원수의 글을 인용하고자 한다.

> 이러한 시대(=앞부분에서 입시준비 교육 등 열거함)에 있어 아동문학가가 쓰는 작품이 가지는 사회적 의의는 실로 중요하다. 이 모든 부정적인 사태 속에서 작가는 어떤 이야기를 써야 할 것인가. 아동을 꿈의 세계로 끌고 가는 동화라 해서 현실생활과 관계없는 장난감의 나라로 데려가서 그들을 즐겁게 해줄 수 있다고 생각할 수 있을까. (중간 줄임) 아동문학가는 그들의 작품으로써 현실에 관여하며 살아가는 아동의 자태를 바른 눈으로써 보고 그리며 그 현실이 부정적인 것일 때 그것을 강력히 배격하고 저항하는 정신으로써 작품을 써야 할 것이다.
>
> —이원수아동문학전집 30 『아동문학론』, 312쪽(웅진출판, 1984)

또 이원수는 아동문학이 현실에 눈 감고 그냥 즐겁게만 해준다는 것은 어린이들에게 마약을 주는 것과 다를 바 없다고 하였다. 현실에 적응하며 살아가는 어린이의 모습을 아동문학가의 바른 관점으로 작품을 써야 한다는 것이다. 이원수의 주장을 달리 말하자면 어린이들의 현실을 무시한 아동문학은 존재가치가 없다는 것이다.

요즘 발표되는 동시를 보면 어린이들의 현실을 외면한, 혀끝으로 내뱉는 가볍고 달콤한 작품이 상당히 많다. 현실을 그대로 직설적으로 문학적 장치도 없이 토설한 동시 작품도 문제이지만 너무 지엽적이고 단순한 것을 일회성 패스트푸드처럼 슬쩍 던져주는 동시 작품도 문제라고 할 수 있다.

동시문학에서 어린이들과 관련하여 부조리한 사회현실의 모습을 고발하고 그리는 것이 그리 쉬운 일은 아니다. 앞서 인용한 이원수의 주장처럼 '그 현실이 부정적인 것일 때 그것을 강력히 배격하고 저항하는 정신으로써 작품을' 쓰기가 그리 녹록하지 않다는 것이다.

중학생 교과서까지 선행학습을 한 아이는
오학년 수행평가에서 늘 올백이다
공부를 왜 열심히 하냐고 물으면
그래야 대학 간다고 하고
대학엔 왜 가야 하냐고 물으면
그래야 좋은 직장에 간다고 한다
좋은 직장엔 왜 가냐고 물으면
그래야 돈을 많이 번다고 한다.

무슨 과목이 제일 좋으냐고
무엇을 전공할 거냐고
너의 꿈은 무어냐고
아이에게 다시 물었더니.
별걸 다 물어본다는 표정으로 대답하였다

—그런 거 없어요. 엄마가 시키는 대로 하면 된대요

—김정신, 「뇌만 쓰는 아이」 전문

김정신의 동시 「뇌만 쓰는 아이」는 물질만능 사회, 아이들의 인격 말살 시대, 아이들의 감성이 매몰된 사회, 주체적 판단력을 상실한 마마보이 사회라는 한국 현대사회의 특성을 그대로 보여주는 작품이라고 할 수 있다. '뇌만 쓰는 아이'의 회색 미래가 얼마나 암담할 것인지, 그래서 그런 아이가 왜 되지 말아야 하는지를 역설적으로 보여주고 있다.

이 작품에는 시인의 주관적인 감정을 철저히 배제하고 객관적인 상황만을 제시하고 있다. 차가운 주제 전달 효과가 매우 큼을 알 수 있다. 하지만 1연의 점층적 긍정성보다는 반복적인 형태 시구 배치의 지루함으로 인해 무엇인가 부족하다는 느낌을 주고 있다. 그것은 일상적인 문장 어투에서 생겨난 것이 아닐까. 또 이런 아이의 장래에 대한 시인의 고민도 보이지 않는다는 점도 지적하고 싶다.

곽재구 시인의 「대인동 부르스」를 읽어 보면 광주의 집창촌 대인동 뒷골목의 어두운 사회 현실의 모습이 보이는데 앞의 동시 작품에서 부족한 점이 무엇인지 알 수 있을 것이다.

추석달이 밝은데
비인 거리에 너는 그림자를 띄웠느냐
콜타르 먹인 전신주 아래
다리 꼬고 턱 받치고 꼭 그렇게
눈물 나는 모습으로 서서 너는 다시
이 거리의 슬픔으로 가을 달맞이꽃이 되려느냐
부평에서 반월에서 구로동에서
이름도 얼굴도 때묻은 젖 큰 가시내들은

고향이라고 명절이라고 다들 밀려오는데
전세버스의 차창마다 깨꽃 같은 그리움은 피었는데
네가 설 땅이 꼭 한 곳뿐이라고
너는 그 전주 아래 슬픔의 뿌리를 내리고 굳었느냐
그 무슨 한맺힌 기다림의 씨앗이라도 뿌렸느냐
어색하게 스타킹을 신고 원피스를 입고
사과 광주리 설탕 한 포 입어보지 못한
어머니의 겨울내복을 사 들고
아버지의 소주와 동생의 운동화와 그림물감을 사 들고
저렇듯 돌아오는 때절은
가시내의 웃음소리가 그리웁지 않느냐
추석 달빛은 찬데
대인동 골목마다 찬 달빛은 출렁이는데
굳어 버린 너의 몸 위에 누가
창녀라고 낙인을 찍겠느냐
누가 한 오리 저주의 그림자를 드리우겠느냐
가까운 고향도 눈에 두고 갈 수 없어서
마음만은 언제나 고향 식구들 생각이 뜨거워서
홀로 들이켠 수면제 가슴 젖어오는데
추석 달빛은 차고 어머니는 웃고
너는 뜬 두 눈으로 달맞이꽃으로
대인동 골목마다 죽어서 살아 있는 눈물이 되었구나.

—곽재구, 「대인동 부르스」 전문

「대인동 부르스」에는 추석 무렵 손님을 기다리는 대인동 뒷골목 창녀의 슬픔과 눈물이 흐른다. 특히 이 작품에는 광주에서 자신의 몸을 상품화하여 살아가는 창녀라는 직업여성과 뚜렷이 대비되는 부평 등 산업체 공장에서 일하는 젊은 여성 노동자가 등장한다. 그러나 단순 노동을 반복적으로 투여하는 이른바 '공순이'보다 사회적 천대와 멸시를 당하는 창녀가 더 절망적으로 보이는 것은 가족과 정을 나눌 수 있는 '추석달'이 떴기 때문일 것이다. '전세버스'로 고향에 내려갈 수 있는 '젖 큰 가시내'들에게는 그리움을 풀 수 있는 가족의 '웃음소리'가 있지만 그런 인간적인 만남마저 가질 수 없는 창녀의 현실이 독자들의 마음에 더 아프게 다가올 수밖에 없다. 완성도 높은 작품이라고 할 수 있다.

결국 문학작품에서의 서정성 획득은 그 작품의 수준을 가늠할 수 있는 가장 중요한 판단 기준이라고 할 수 있음을 알 수 있다.

우리말을 좀 알게 된
다문화 가정의 친구가
자판기 앞에서 말했어요.

"자판기가 파는 과자
칸쵸, 씨리얼, 칙촉, 쥬볼스,
모두 이름이 왜 이렇지?
이것은 한국 과자인데."

"자판기에 있는 음료수
랩시, 밀키스, 콜라, 핫식스,
모두 이름이 이게 뭐야?
여기는 대한민국인데."

나는 친구에게 말했지요

"너, 글로벌이 뭔지 알지?
지금은 지구마을
인간 가족의 시대잖아."

그렇지만 친구가 한 말이
내 머릿속을 떠나지 않고
자꾸 맴도는 것은 왜일까요.

—김종상, 「자판기 앞에서」 전문

김종상의 동시 「자판기 앞에서」는 다문화 친구를 통해 각성하게 된, 외래어나 외국어에 오염된 우리말에 대한 자기성찰이 드러난 작품이다.

사실 우리가 쓰는 우리말의 현실은 질식사하기 직전이라고 할 수 있다. 인터넷이나 휴대폰에 쓰는 우리말은 외래어 수준을 넘어 어떤 이의 말대로 지구 밖의 외계인이 쓰는 '외계어' 수준이라는 자조적인 표현에 맞아 떨어지는 현실이고, 광고물이나 상품은 아예 외래어의 영어 알파벳 아래 작은 한글로 병기할 정도로 주객이 전도되어 있으며, 대중음악의 가사도 의미가 애매모호한 외국어가 뒤죽박죽 섞여 있는 것이 요즘 사회현실이다.

이 작품 속에 등장하는 다문화 가정 친구가 '이름이 이게 뭐야?'라고 지적하는 우리말의 현실에 대해 4연 "너, 글로벌이 뭔지 알지?/지금은 지구마을/인간 가족의 시대잖아."라는 말이 변명처럼 들리고, 시적 화자인 '나'가 구차하게 느껴진다. 결국 자신의 정체성을 잃어버리는 일이기 때문이다. 그래서 5연에서 우리말에 대한 진지한 고민, 자기 성찰을 유도하는 것이 자연스럽다.

2012년 8월 15일 나는 의자에 앉아 있어요. 오늘로 264일째 여기, 일본 대사관 앞에 앉아 있지요. 난 눈을 감은 적이 한 번도 없어요. 입술을 움직인 적이 없어요. 입을 꼭 다문 채 눈을 크게 뜨고 길 건너편을 뚫어지게 바라보고 있지요. 내가 여기에 처음 앉게 된 날, 얼굴에 주름살이 가득한 할머니들이 나를 꼭 껴안아 주었어요. (중간 줄임) 한달 전 비가 주룩주룩 내리던 날, 경찰관 아저씨가 내게 우산을 씌워 주었어요. 저들을 바라보았어요. 난 이제 알아요. 내가 혼자가 아니라는 것을, 내 옆 빈 의자에 누군가 늘 함께 앉아 있다는 것을 알아요. 저들이 나를 똑바로 알아볼 때까지, 저들이 마침내 고개 숙여 잘못을 빌 때까지, 여기에서 저들을 낱낱이 지켜보고 있어요.

—신형건, 「위안부 소녀상의 일기」 전문

신형건의 동시 「위안부 소녀상의 일기」는 위안부 소녀가 일본 정부의 반성과 속죄를 기다리며 직접 일기 형식으로 쓴 작품이다. 위안부 소녀상은 천진난만한 어린 소녀들에 대한 인간 살인의 역사고발이며, 「위안부 소녀상의 일기」는 시인으로서 외면할 없는 중대한 현실 고발인 것이다. 고백 형식의 일기체로 처리되어 있는 이 작품에서 자신의 내면의식이나 절절한 자기 고백 등이 잘 나타나 있다고 할 수 있다.

일제강점기에 일제가 저지른 죄악 중에 가장 악질적인 것 중 하나인 우리나라 부녀자를 강제로 끌고가 위안부라는 이름 아래 성노예 생활을 강요한 일본군의 반인륜적 범죄에 대해 마땅히 일본 정부의 속죄가 필요함에도 아직까지 반성은커녕 그런 만행을 인정하지도 않고 있는 것에 분노하지 않는 우리나라 국민은 없을 것이다. 어느 인터넷 블로그에서 "소녀의 눈을 보는 순간 그 눈에 서린 아픔과 분노가 내 마음 깊은 곳으로 날것 그대로 들어왔다. 소녀상은 위안부 할머니들의 분노와 고통을 보여줄 뿐만 아니라 소녀의 눈이 그 분들의 빼앗겨버린 지나간 세월과 다시는 가질 수 없는 어린 소녀시절의 꿈을 바라보는 듯하여 더욱 마음이 아프다."는 위안부 소녀상에 대한 자기 감상을 읽어본 적이 있다. 한국인이라면 누구나 공감할 수 있는 것이 아닐까 한다.

이 작품 마지막 부분에서 "저들이 나를 똑바로 알아볼 때까지, 저들이 마침내 고개 숙여 잘못을 빌 때까지, 여기에서 저들을 낱낱이 지켜보고 있어요."는 위안부 소녀의 단호하면서 흔들리지 않는 강한 의지의 고백이 드러나 있다고 할 수 있다.

들어가기 힘들다는
고등학교에 붙은 우리 형

학원에서 밤늦게까지
고등학교에 배울 내용
미리 공부한다.

방학인데도
형 얼굴
보기가 힘들다.

형 이름만
학원 정문 현수막에
크게 보인다.

—이준식, 「합격해도」 전문

이준식의 「합격해도」는 특수목적고등학교인 외국어고나 과학고에 합격한 형의 얼굴을 방학이 되었어도 쉽게 볼 수 없는 어처구니없는 사회현실을 표현하고 있는 작품이다. 서두에서 인용한 과외 열풍에 대한 통계에서처럼 입시에 내몰린 아이들의 안타까운 현실, 학교보다 학원 공부에 치중하는 현실, 따뜻한 정이 길러질 수 없는 현실이 눈에 들어올 뿐이다.

이 작품도 앞의 「뇌만 쓰는 아이」처럼 객관적 사실을 그대로 표현함으로써 주제 전달 효과가 매우 크다고 할 수 있다. 4연 "형 이름만/학원 정문 현수막에/크게 보인다."에서 출세 지향적, 자식을 입신양명시키려는 부모의 욕망도 크게 보이고 있다.

동물농장
좁은 철망 안에
사슴 한 마리
바깥 내다보고 있다

겅중겅중 뛰어가
넓은 초원에서
놀고 싶은 모양이다

쫑긋 귀를 세우고
가만히 기다리고 있다
꼭꼭 닫힌 철문
활짝 열리길

꼭 내 모습 같다
학원 우리에 갇혀
바깥 내다보는.

—정갑숙, 「사슴」 전문

정갑숙의 「사슴」은 학원 공부에 얽매인 '나'의 처지가 "동물농장/좁은 철망"에 갇힌 동물의 처지와 다를 게 없음을 표현한 작품이다. 이 작품은 서정적인 제목과는 다르게 개성과 감성을 포기한 오로지 성적 경쟁에서 승리하기 위해 학원에 내몰린 아이들의 우울한 현실을 고발하고 있다.

이 작품에서 눈에 띈 것은 3연까지 전개된 동물농장 안의 사슴 이야기에서 4연 학원우리에 갇힌 아이들의 이야기로 뒤바뀌져 반전을 가져온다는 점이다. 동물농장의 사슴과 학원우리의 아이의 현실은 동일하다. 동물농장의 사슴은 철망 안에 갇혀 살고, 학원우리의 아이는 성공의 사회 울타리, 교육제도의 철망에 갇혀 살고 있는 것이다. 동물농장의 사슴이 '넓은 초원'을 꿈꾸고 있는 것처럼 학원우리의 아이도 부모와 사회의 간섭, 감시에서 벗어난 자유로운 시간, 마음껏 뛰어놀 수 있는 운동장과 같은 공간을 꿈꾸고 있을 것이다. 아마도 다음 권영상의 「빈둥빈둥」의 나무나 새처럼 '빈둥빈둥거리며' 살고 싶지 않을까 싶다.

바람 부는 날
숲에 가 보면 안다.
나무들이 온종일 빈둥거린다.
빈둥빈둥 빈둥거린다.
바람 부는 날에는
새들도 바람을 타며 하늘 모퉁이를
빈둥거리며 논다.

—그렇게 놀아서 나중에 뭐가 되려고!

아무도 그런 말 안 한다.

—권영상, 「빈둥빈둥」 전문

권영상의 「빈둥빈둥」은 자유롭게 자연을 만끽하면서 살아가는 나무나 새들에 빗대어 아이들에게 씌워진 사회적 굴레를 점잖게 비판하고 있는 작품이라고 할 수 있다.

이 작품에 대해 박희순이 『오늘의동시문학』(2012)의 〈내가 읽은 요즘의 좋은 동시〉에서 언급한 것처럼 "놀며 성장하는 어린이들의 본성을 오히려 교육이 억누르고 있다. 그 어린이들이 이젠 논다는 것에 대하여 죄의식까지 갖는 지경이 되어버렸다. 잠자는 시간도 줄여서 공부해야 한다는 강박관념을 갖게 된 어린이들에게 시인은 걱정 말고 놀라고 한다."는 작품 감상을 자연스럽게 가질 수 있다. 이처럼 시적 화자의 주요 시선은 나무들과 새들에게 가 있지만 현실의 안타까운 우리 아이들 처지가 불현듯 떠오르는 것은 2연 "—그렇게 놀아서 나중에 뭐가 되려고!"라고 강한 메시지를 품고 있는 시구 때문이다. 속박과 경쟁, 비정함과 냉혹함이 가득한 아이들의 현실을 직설적으로 동시작품에 내뱉는 것보다 「빈둥빈둥」처럼 서정성, 비유 등을 통해 완곡하게 보여주는 것이 문학적으로 더 어려운 작업이 아닐까 여겨진다.

매일 우리가 겪고 만나는 사회현실은 어른들도 감당하기 힘든 부분이 너무 많다. 거기에 더하여 자기 결정력이 현저히 떨어지는 아이들임에랴.

다시 언급하지만 동시문학이 서두에서 언급한 이원수의 주장처럼 '그 현실이 부정적인 것일 때 그것을 강력히 배격하고 저항하는 정신으로써 작품' 쓰기를 할 필요가 있다.

시대의 아픔과 문학적 감수성

1.

T.S.엘리어트가 「황무지」에서 '4월은 잔인한 달'이라고 한 것은 봄의 생명력을 노래한 반어적인 표현이다. 그러나 2014년 대한민국의 4월은 정말 잔인한 달이 되었다. 수학여행 고교생을 포함한 삼백 명 정도의 생명을 수장시킨 세월호 참사 때문이다. 화물 과적의 여객선, 승객의 안전을 나 몰라라 한 선원 등 참으로 부끄러운 사고였다. 황인숙 시인은 어느 신문에서 "무늬만 여객선인 여객선, 무늬만 선장인 선장!…… 아, 그런데 바다는 무늬만 바다가 아니고, 생명은 무늬만 생명인 게 아니지 않은가!"라고 절규하였다.

우리가 매일 경험하고 목격하는 현실의 대부분은 반복적이고 느슨하며 평범하지만 일부는 세월호 참사처럼 갑작스런 사고나 사건의 충격으로 인해 매우 특별하기도 하다. 문학은 이런 일상과 비상이 교차하는 현실적인 삶, 즉 우리들의 살아가는 이야기를 그 대상으로 삼는다. 작가는 당대의 현실과 불가분의 관계를 맺고 있으며, 작품 역시 작가가 직접 체험하거나 관찰한 현실을 반영할 수밖에 없는 것이다. 이때 문학에 있어

가장 중요하게 작용하는 것은 바로 작가가 현실을 바라보는 미적 관점 또는 독특한 문학적 감수성이라고 할 수 있다.

여기서 4·19세대인 신동엽과 80년대 등단한 동시인 윤삼현을 예로 들어 보겠다. 신동엽의 4·19와 관련된 작품 중에는 그리운 사람에 대한 부활을 소망하고 있는 서정시 「산에 언덕에」(1963)가 있다. "그리운 그의 얼굴 다시 찾을 수 없어도/화사한 그의 꽃/산에 언덕에 피어날지어이.//그리운 그의 노래 다시 들을 수 없어도/맑은 그 숨결/들에 숲속에 살아갈지어이.//쓸쓸한 마음으로 들길 더듬는 행인아.//눈길 비었거든 바람 담을지네./바람 비었거든 인정 담을지네.//그리운 그의 모습 다시 찾을 수 없어도/울고 간 그의 영혼/들에 언덕에 피어날지어이." 얼마나 서정성이 풍부한가! 시구 '울고 간 그의 영혼'을 보면 이 작품의 배경이 4·19혁명임을 알 수 있다. '4·19정신의 정수로부터 획득한 이념적 힘을 형상화한 작품' 또는 '사회 현실을 정면으로 다룬 1960년대 참여문학의 대표작'이라고 찬사를 받고 있는 「껍데기는 가라」와는 다르게 이 작품은 부드러운 느낌을 준다. 신동엽의 시비에 새겨진 이 작품은 1960년대 격랑의 소용돌이에 휘말려 소멸된 선량한 사람들에게 보내는 따뜻함과 진지함, 그리움이 짙게 깔려 있어 역사성과 함께 신동엽의 문학적 감수성이 잘 나타나 있다고 할 수 있다.

동시인 윤삼현의 작품 중에도 4·19를 배경으로 삼은 「참꽃」(1987)이 있다. "올봄도/소리없이 온 산을/물들였구나//슬픔을 먹고/환하게 살아난 꽃//그날 형은/서울에서부터/하얀 상자 속에 담겨/동구를 들어섰다.//내밀던 동화책 대신/사월의 용기를 자랑하듯/검은 사진틀 속에서 웃고 있었지.//해마다 봄이면/형이 잠든/해피골짝 참꽃은/빛깔을 더해/붉은 입술을/내밀고 있다." 이 작품에서는 4·19혁명 때 희생된, 시적 화자의 형을 직접 등장시켜 더욱 생생한 역사적 현장감을 느낄 수 있는데, 윤삼현의 역사의식과 함께 붉은 진달래꽃과 피 흘린 형을 연관짓는 문학적 상상력과 감수성을 엿볼 수 있다.

세월호 참사 이후 여러 계간지에는 이와 관련된 시나 동시들이 상당히 많이 실려 있었다. 온 국민이 엄청난 충격을 받았는데 작가들이라 해서 뭐가 다르겠는가. 먼저 『푸른사상』(2014년 여름호)에서 시 「단원 나비」을 읽어 보았다. 모더니즘의 대표적인 시인 김기림의 유명한 「바다와 나비」의 형식을 빌려온 작품이었다. "아무도 그에게 수심(水深)을 일러준 일이 없기에/흰 나비는 도무지 바다가 무섭지 않다.//청(靑)무우 밭인가 해서 내려갔다가는/어린 날개가 물결에 절어서/공주처럼 지쳐서 돌아온다.//삼월(三月)달 바다가 꽃이 피지 않아서 서글픈/나비 허리에 새파란 초생달이 시리다." 이 작품에서는 판단력이 미숙한 어린 나비의 실수를 통해 인간이 가진 순진한 꿈의 좌절과 냉혹한 현실 인식이 드러나 있다. 이희섭의 「단원 나비」도 「바다와 나비」처럼 아직 미성숙하고, 아직 꿈이 여물지 않은 단원고등학교 학생들을 나비로 표현하고 있다.

> 아무도 어린 나비들에게 수심을 일러준 적 없어
> 도무지 바다가 무섭지 않았다
>
> 나풀거리며 날고 있을 때
> 순식간에 기우는 바다
>
> 어린 나비들의 날개가 젖어 들어갔다
> 그대로 있으라
> 그대로 있으라
> 두려운 눈망울 속으로 차오르는 바다

사월의 관매도는 나비가 흘린 눈물바다
어린 날개가 절어 공주처럼 지쳐서라도
이제 무거운 바다를 털고 다시 날아라

세월이 춥다
초승달빛이 서서히 물에 잠긴다

—이희섭, 「단원 나비」 전문

「단원 나비」는 남해 바다에 수장되어 꿈이 산산이 부서진 청년들의 갑작스런 죽음을 애도하고 추모하고 있는 작품이다. 특히 이 작품에서 드러난 시인의 문학적 감수성은 바로 시어 '그대로 있으라'의 반복적 서술에 있다. 물론 선내 방송에 나간 안내말이긴 하지만 이것을 통해 시인이 가진 감수성을 풀어 나가고 있다. 이 작품에서는 김기림의 「바다와 나비」에서 바다로 돌진하는 나비 행동의 능동성 같은 것이 왜 애초부터 불가능하였는가에 초점이 맞추어져 있다. 학생들에게 탈출의 기회조차도 허락하지 않았던 세월호 선장의 상황판단 잘못으로 인해 단원고 나비들의 꿈이 영원히 박탈되었던 것이다. 시구 '두려운 눈망울 속으로 차오르는 바다'에서 그려진 나비들의 비극적인 최후가 어떤 것인지 그저 전율할 뿐이다.

2.

감수성(感受性, susceptibility)은 외부 세계의 자극을 받아들이고 느끼는 민감한 성질을 말한다. 문학적 감수성은 외부의 사물이나 상황을 작가 자신만의 감동과 정서로써 문학적으로 새로운 의미를 부여하고 해석하는 데에서 드러난다고 할 수 있다. 세계 13위 정도의 경제 강국이라고 자만심에 빠진 한국의 약점과 치부를 일거에 노출시킨 세월호 참사에 대해 당연히 몇몇 동시인들도 문학적 감수성을 풀어 창작의 대열에 합류하였다.

정진아의 「세월호, 아픔 · 1」과 「세월호, 아픔 · 2」, 윤삼현의 「4월의 바다로 보내는 인형」, 정용원의 「동시를 읽고 자란다면」, 박선미의 「똑같다」, 안학수의 「할머니의 눈물」, 배익천의 「4월 바다」 등 7편이었다. 이 작품들은 어린이 시각으로 우리 시대의 아픔을 그려내었다고 할 수 있다.

기도를 묶습니다.
단원고등학교 정문에

—제발 돌아와 줘.
—살아만 있어 주렴.

간절한
붉은 마음 들고 와서
노란 리본 묶고 갑니다.

—정진아, 「세월호, 아픔 · 1」 전문

툭하면 눈물이냐며 야단치던 아빠가

끔찍한 침몰 소식에 몰래 눈물 훔쳐낸다.

—울지마.
아빠를 안아준다.

토닥토닥 달래준다.

—정진아, 「세월호, 아픔 · 2」 전문(『아동문학평론』, 2014. 여름호)

정진아의 「세월호, 아픔 · 1」과 「세월호, 아픔 · 2」는 각각 이야기가 하나씩 담겨 있다. 앞은 단원고등학교 정문을 찾아간 이야기, 뒤는 여객선 침몰 소식에 눈물 흘리는 아빠 이야기이다.

앞은 학교 정문에 노란 리본을 묶으면서 학생들이 생존해 있기를 기도하고 있는 작품으로 시상은 그저 평범하다고 할 수 있다. 이 작품이 평범하게 보이는 것은 시적 화자를 어른으로 선택했기 때문이다. 2연 "—제발 돌아와 줘/—살아만 있어 주렴"의 종결어미 '~줘, ~주렴'이 국어 공손법의 네 가지 중 손아래 사람에게 쓰는 아주낮춤의 '해라체' 형식을 취하고 있어 시적 화자가 어른임을 알 수 있다. 이 시적 화자로 인해 기도의 간절함이 좀 부족하게 느껴진다.

뒤는 평소와는 상반된 아빠의 눈물 모습을 제시한 뒤 오히려 어린 자녀에게 위로를 받는 상황을 보여줌으로써 충격적이고 비정상적인 현실을 잘 반영한 작품이다. 이 작품에는 두 사람의 눈물이 제시되는데 '툭하면 눈물이냐며'의 눈물은 아이의 목표 달성을 위한 감성의 무기 또는 투정이지만 '몰래 눈물 훔쳐낸다'는 눈물은 아빠의 분노와 슬픔을 분출시키는 이성의 응답 또는 반성이라고 할 수 있다. 마지막 연의 "아빠를 안아준다/토닥토닥 달래준다"는 아이의 행위는 수수방관자로서 동정심 때문이 아니라 아빠의 슬픈 심정에 공감하고 있다고 할 수 있다.

얼마나 추우세요
지난밤에 물살이 더 세어졌다 하는데요
얼마나 외로우세요
캄캄한 물속에 그렇게 오래 갇혀 있으니

두려움에 떨고 있나요?
조금만 기다리세요
언니 오빠
지금 따뜻한 인형을 만들고 있어요

꼼지락 꼼지락
자투리천이지만, 서툰 솜씨지만
부지런한 제 손 보이나요?
꼼꼼히 바느질하고 솜도 몽실몽실 넣고 있어요
파란 날개도 달아 놓을 거예요
제비처럼 날아가 추위도 외로움도 덜어주라고

갈색 털실로 머리를 땋고
오빠 언니 좋아할 노란 바둑 무늬 옷을 입히고 있어요
오똑한 코에
동글동글 예쁜 눈이 반짝 살아나고 있어요

인형에게 속삭이고 있어요
어서 진도 팽목항으로 달려가
언니 오빠들 꼬옥 품어주렴.

—윤삼현, 「4월의 바다로 보내는 인형」 전문

윤삼현의 「4월의 바다로 보내는 인형」은 여객선에서 빠져 나오지 못하고 바닷물 속에 가라앉아 생사를 알 수 없는 언니 오빠들의 참혹한 현실에 대해 따뜻한 인형을 만듦으로써 자신의 고통을 이기고, 언니 오빠들의 극적 생환을 기원하는 대화체 형식의 작품이다.

이 동시가 여타 작품에 비해 상당히 눈에 띄는데 그 이유는 온 나라가 여객선 침몰로 인해 충격에 빠져 있는 상황에서 주위의 격렬한 감정 반응에 휩쓸리지 않고 절제와 진지함을 유지한다는 점, 바로 '인형 만들기'라는 슬픈 감정을 최대한 억제할 수 있는 봉제 작업을 시상에 도입하였기 때문이다. 슬픔을 우회적으로 접근하는 수법이 시인의 문학적 감수성에서 비롯된 것이 아닐까 한다. 즉 인형 만들기는 엄청난 사고에 대한 너무 소극적 접근이어서 약점이 되지 아닐까 싶지만 이 점이 오히려 상황을 객관적으로 바라볼 수 있는 장점이라 할 수 있다는 것이다. 다만 인형 만들기 과정을 너무 자세하고 지루하게 묘사함으로써 긴장도가 적어져 다소 눈에 거슬린다고 할 수 있다.

동요 동시를 읽고 자란 선장이라면
배가 침몰되어도 승객 먼저 구할 거야
그런 다음 제일 늦게 탈출할 거야.

배가 바닷속에 가라앉는 시간
바지 속 젖은 돈을 꺼내 말리진 않을거야.
그까짓 돈보다 사람이 더 중요한 줄 알 거야

꽃다운 목숨 수백명을 죽여놓고
도망친 배 주인은
분명 어릴 적 동요 동시를 읽지 않았을 거야

남이야 죽든 말든
나만 잘 살겠다는 사람 아닌 사람

동심도 천심도 불심도 없는 동물이지.

우리나라 어린이들 모두
동요 부르고 동시 낭송하며 자란다면
개미, 참새 목숨도 귀히 여기는
사람다운 사람 될 거야

—정용원, 「동시를 읽고 자란다면」 전문

정용원의 「동시를 읽고 자란다면」은 특이하게도 세월호 침몰과 동시 암송이나 낭송 등 문학 교육과 연결하면서 시대의 아픈 문제를 해결하고자 시도하고 있다. 아동문학인으로서 아동문학의 중요성 내지 필요성을 약간 견강부회적으로 강조하고 있는 듯하지만 기계 중심의 세상이나 황금 만능주의에 대한 준엄한 질타이면서 인간 중심의 사고, 따뜻한 동심이 얼마나 중요하고 필요한지 알려주고 있다.

절에 다니는 할머니
부처님께 절을 올렸다
성당 다니는 엄마
하느님께 기도드렸다

세월호 실종자
차가운 바닷물 속에서
살아서 돌아오길 바라는 마음
똑같다고
아빠는
할머니 따라 추모제도 참석하고

엄마 따라 추모미사도 참석했다

릴레이선수 뽑혔다고
팔짝팔짝 뛰며 좋아하던
울보 내 동생
어린이날 체육대회 취소되어도
눈물 흘리지 않고
꾹 참았다

수학여행 못가서 섭섭하겠다고
이모가 준 용돈
성금으로 보냈다.
나는

—박선미, 「똑같다」 전문

박선미의 「똑같다」는 세월호 실종자들의 무사 귀환을 위한 여러 행사에 동참하는 가족 구성원의 간절함과 진정성이 잘 묻어나는 작품이다.

동시 제목 「똑같다」는 단순한 '동정심(同情心)'의 동일성과는 전혀 다른 성격의 '공감(共感)'의 동일성을 지니고 있다고 할 수 있다. 필자가 어느 글에서 강조하였듯이 동정(sympathy)은 그냥 불쌍하게 여기거나 이해하는 정도라고 한다면 공감(empathy)는 그 당사자와 벌어진 상황에 대해 자기와 동일시하는 행동적 경향이 강하다고 할 수 있다. 할머니, 엄마, 아빠의 적극적 종교 활동, 체육대회 취소에 대한 어린 내 동생의 이해, 수학여행 용돈을 성금으로 보낸 나 등 가족 모두 자신의 처지에 맞는 최선의 행동을 보여주고 있는 점에서 능동적 공감 형태를 보이고 있다.

이 작품에서 돋보이는 것은 가족 각각의 활동 모습을 동일한 시행 구성으로 처리하지 않았다는 점이다. 더욱이 2연의 아빠 활동을 전개하면서 "살아서 돌아오길 바라는 마음/똑같다"라는 주제를 슬쩍 끼워 넣고 있다. 참으로 개성적인 시행 구성의 작품이라고 할 수 있다.

"훨훨 날어댕길 애기들
저냥 물속이 두구 워째 못 끄낸댜
아흔 다 된 나두 못 죽는디……"

세월호 사고를 보다가 자꾸
혼자 볼을 훔쳐 댄 우리 할머니
벌겋게 눈가 주름까지 닦아졌다

왠지 할머니도 안쓰럽다.

—안학수, 「할머니의 눈물」 전문

안학수의 「할머니의 눈물」은 세월호 사고를 할머니의 시각으로 바라보면서 오래 살고 있는 늙은 할머니와 대비하여 젊은 청년들의 죽음을 더욱 비극적으로 그리고 있는 작품이다.

이 작품에서 드러난 특징은 두 가지로 들 수 있다. 첫째, 할머니의 말투 속에 깔려 있는 안타까운 심정과 절실함이 잘 드러나 있다. 이 작품의 토속적인 할머니 사투리는 시골구석에 사는 아흔에 가까운 늙은이까지 세월호에 대한 동질의 슬픔을 가지고 있음을 보여주고 있다고 할 수 있다. 둘째, 시적 화자가 제3자의 위치에서 세월호 사고를 관찰하고 있다는 점이다. 시적 화자는 할머니의 슬픔을 기록하는 소년이다. 그러나 그 소년은 결코 무감각, 무감정, 무표정 등으로 서 있지 않다. 마지막 3

연 '왠지 할머니도 안쓰럽다'에서 조사 '~도'는 나열이나 첨가의 의미로 시적 화자까지 포함하고 있으므로 시적 화자의 슬픔도 할머니처럼 깊고 동일함을 보여주고 있다.

4월의
개울물 강물은
꽃잎
예쁜 꽃잎을 안고 흐르고

4월의 팽목항 바다는
꽃보다 예쁘고 푸르른 나무 안고
몸부림친다.

이 예쁜 꽃을,
이 푸르른 나무를
어찌하라고!

바다야 바다야
팽목항 바다야
그 나무는 네가 키울 나무
이 나라를 떠받칠 나무란다.

—배익천, 「4월 바다」 전문

배익천의 「4월 바다」는 『어린이문예』의 〈어린이문예 생각〉이라는 첫 꼭지에 실린 글이다. 동시로 쓴 권두언이라고 할 수 있다.

이 작품은 미래의 동량지재가 될 젊은 단원고 학생들을 꽃보다 더 예뻐고 푸른 나무로 표현하면서 그들의 죽음을 매우 안타깝게 그리고 있다. 4연의 '그 나무는 네가 키울 나무'에는 바다가 학생들을 키운다는 의미는 별로 들어 있지 않다. 다만 나라의 큰 기둥이 될 학생들을 죽음에 빠트리지 말아달라는 반어적, 강조적인 표현이라고 할 수 있다. 그리고 이 작품을 읽고 나서 메아리처럼 남는 시구가 있다면 4연의 "바다야 바다야/팽목항 바다야"일 것이다. 이 시구의 애절한 말투 때문인데 실종자 부모님들이 자식의 이름을 목 놓아 부르는 절규와 동일하다고 할 수 있다.

3.

앞에서 살펴본, 세월호 침몰 사고를 배경으로 삼은 7편의 작품에는 각 동시인의 문학적 감수성이 개성적으로 나타나 있다. 정진아의 「세월호, 아픔 · 1」과 「세월호, 아픔 · 2」에서는 눈물을 흘리는 아빠를 달래주고 안아주는 아이의 모습을 통해, 윤삼현의 「4월의 바다로 보내는 인형」에서는 우회적으로 인형 만들기를 통해, 정용원의 「동시를 읽고 자란다면」에서는 바른 인성 함양이나 인간 중심의 동시 낭송을 통해, 박선미의 「똑같다」에서는 가족의 처지에 맞는 최선의 행동을 보여주는 능동적 공감을 통해, 안학수의 「할머니의 눈물」에서는 할머니의 시각을 통해, 배익천의 「4월 바다」에서는 푸르른 나무를 키우는 바다를 통해 그들만의 문학적 감수성을 보여주고 있다.

세월호 침몰과 동일한 사회적인 문제를 작품의 배경으로 삼은 것은 아니지만 민감한 국제 정치적인 문제를 동시 영역에서 다룬 작품이 있었다.

꼬옥 꼬옥 꼬옥
앞 사람들이 밟고 간 자리에
흰 줄이 생겨요
이 줄 위해서 떨어지면 안 돼요
눈 덮인 히말라야를 넘어서 다람살라에 닿을 때까지

총알이 우리를 쫓아왔어요
너무 빨라서 도망칠 틈도 없었지요
총이 지르는 비명이 하늘에 터지자마자
맨 뒤에 따라오던 아이가 휘청 무릎을 꿇었어요
또 한 번 비명이 터지고 아이는 푹 쓰러졌지요

아이가 쓰러진 흰 눈위에 밝은 꽃잎이 피었어요
꽁꽁 얼어붙은 눈이 녹을 만큼 뜨거운 꽃잎이었지요

뒤돌아보면 안돼요
자꾸 눈물이 나니까요
울면 얼굴이 얼어붙을 거예요
난 왜 그 아이의 이름도 물어보지 않았을까요
우리는 발가락이 얼어붙는 추위도
길을 감추는 어둠도 함께 견디며 걸어왔는데……
난 저 붉은 꽃에 이름도 지어주지 못했어요
내가 앞만 보고 줄타기를 하는 동안
아이는 흰줄에 대롱대롱 매달려서
이름 없는 꽃이 되었어요

—신지영, 「붉은 꽃」 전문

신지영의 「붉은 꽃」은 중국에 지배당하고 있는 티벳을 탈출하여 인도 다람살라에 있는 달라이라마 망명정부의 난민촌으로 가다가 총을 맞고 붉은 피를 쏟으며 숨져가는 티벳 어린이의 슬픈 현실을 그린 작품이다.

이제 동시문학도 가끔은 박선미의 「똑같다」나 신지영의 「붉은 꽃」 등처럼 시대의 아픔을 외면하지 말고 문학적 감수성으로 한편으론 노래하고, 한편으론 치유해야 하지 않을까 한다.

현대 동시문학에서 '달'의 형상화 방법

1.

역사적으로 인간과 희로애락을 함께 누려온 대표적인 자연물이 있다면 단연 달이 아닐까. 달은 무생물이지만 형태 변화의 순환성, 우주 천체로서의 이상성, 농어업과 관련된 인류 문화와의 밀접성 때문에 우리 인간들에게 무한한 상상력과 꿈을 주면서, 또 반대로 시대에 따라 변하는 인간의 욕망들이 고스란히 투영된 존재라고 할 수 있다.

삼국사기 백제본기 의자왕 조에 나오는 "백제는 둥근달/신라는 초승달(百濟同月輪 新羅如新月)"처럼 국가의 흥망성쇠를 예언하는 대상으로 달이 참요(讖謠)로 활용되기도 하고, 충담사가 지은 향가 「찬기파랑가」 "열치매 나토얀 다리"처럼 천상과 지상을 연결하는 매개체인 달이면서 원만한 인격을 지닌 기파랑의 숭고함이 반영된 존재로 그려지기도 하였다. 또 "달하 노피곰 도드샤"로 시작되는 고려 속요로 전해지는 백제의 노래 「정읍사」처럼 달을 통해 행상 남편의 안전을 비는 여인의 심정을 형상화하는 서정적인 대상이 되기도 하였다. 교과서에도 나온 당나라 시인 이백의 유명한 오언절구 「정야사(靜夜思)」를 보면 "머리맡에 흘러든 달빛(牀前看月光)/땅에 내린 서리인가(疑是地上霜)/고개 들어 달을 바라보다가(擧頭望山月)/고향생각에 고개 숙여지네(低頭思故鄕)."에서 달은 고향을 그리워하는 매개체로 사용하기도 하였다.

우리나라의 전래동요를 보더라도 달이 중요한 제재로 쓰였음을 알 수 있다. "달아달아 밝은 달아/이태백이 놀던 달아/저기저기 저 달 속에/계수나무 박혔으니/옥도끼로 찍어내어/금도끼로 다듬어서/초가삼간 집을 짓고/양친부모 모셔다가/천 년 만 년 살고지고/천 년 만 년 살고지고" 구전동요로 작사자가 누구인지 알 수 없는 작품이지만 우리 선조들의 달에 대한 상상력과 효 의식을 엿볼 수 있다.

순이가 달아나면
기인 담장 위로
달님이 따라오고.

분이가 달아나면
기인 담장 밑으로
달님이 따라가고.

하늘에 달이야 하나인데……

순이는 달님을 데리고
집으로 가고.

분이도 달님을 데리고
집으로 가고.

—조지훈, 「달밤」 전문

보름달 둥근달 동산위에 떠올라
어둡던 마을이 대낮처럼 환해요
초가집 지붕에 새하얀 박꽃이
활짝들 피어서 달구경하지요

—윤석중, 「둥근달」 1연

환하고 밝게 살려거든
둥근 마음 가지라 합니다.
둥근 마음 가지려거든
환하고 밝게 살아라 합니다.

—허동인, 「보름달이 나보고」 전문

조지훈의 「달밤」, 윤석중의 「둥근달」, 허동인의 「보름달이 나보고」는 현대 동시 중 달과 관련된 대표적인 작품이다. 조지훈의 「달밤」은 달이 뜬 현실의 단일한 공간을 무한 확장시킨 동심의 심리적 공간이 돋보인 작품이고, 윤석중의 「둥근달」은 보름달이 뜬 시골 밤의 아름다운 서정성이 드러난 작품이다. 허동인의 「보름달이 나보고」는 보름달의 원형에서 성격의 원만성과 삶의 건강성을 교훈적으로 제시하고 있다. 윤석중은 「둥근달」과 함께 동요로 작곡된 달과 관련된 작품으로 "달 달 무슨 달 쟁반같이 둥근 달"의 「달」, "애들아 나오너라 달 따러 가자"의 「달따러 가자」, "아가야 나오너라 달맞이 가자"의 「달맞이」 등이 있다.

이처럼 예로부터 달은 현실초월성, 윤회성, 재생성, 순환성, 심미성, 서정성, 풍요성, 소망성의 이미지와 함께 동심성을 포함하고 있다. 김수희의 전북대 석사학위 논문(2006)에서 지적하였듯이 달의 이미지는 조선시대 선비들의 도와 멋 또는 유가적 충절, 음풍농월, 강호가도의 친자연성 등도 있다. 결국 전통 한국 사회는 달 중심론의 문화가 있었으며,

현대에 이르러 변화된 달의 심상은 근대 이전의 천상의 달이 지상의 달로, 초월적인 달이 인간적인 달로서 이어져 온 것이라고 할 수 있다. 동시문학도 민요나 전래 동요처럼 동경의 대상, 이상적 존재에서 현대 동시에서는 심리적으로 친근한 대상, 재미있는 놀이의 도구 등 사적인 공간으로까지 끌어들이고 있음을 알 수 있다.

2.

현대 동시문학에서 드러난 '달'의 형상화 방법을 정리하면 대체적으로 네 가지 형태로 나눌 수 있다. 첫째, 달을 부분적인 소재로 활용한 경우와 둘째, 달을 직접적인 제재로 활용한 경우, 그리고 셋째, 달과 그의 공간을 동시에 활용하는 경우, 다음 넷째, 달을 상상적 매개체로 활용한 경우 등이 그것이다. 앞에서 언급한 작품 중에서 달을 대상으로 직접적인 제재로 활용한 경우는 윤석중의 "달 달 무슨 달 쟁반같이 둥근 달"의 「달」이고, 달과 그의 공간을 동시에 활용하는 경우는 조지훈의 「달밤」, 윤석중의 「둥근달」, 「달따러 가자」, 「달맞이」 등이며, 달을 상상적 매개체로 활용한 경우는 전래동요 "달아달아 밝은 달아"나 허동인의 「보름달이 나보고」라고 할 수 있다.

지금부터 7편의 동시들을 통해 현대 동시문학에서 나타난 '달'의 형상화 방법을 구체적으로 살펴보고자 한다.

첫째로 달을 부분적인 소재로 활용한 경우로 박지현의 「한가위 고향 잃은 사람들」을 들 수 있다.

우리들에겐
이 가을

귀뚜라미 소리가
무심코 들리지 않는 까닭은

보고픈 그들의 목소리가
처량한 울음소리로
젖어오고 있기 때문이어요.

우리들에겐
이 밤
저 달이 유난히 밝아
쳐다보여지는 까닭은

멀리 두고 온 부모형제
그리운 빛깔로 떠오르고 있기 때문이어요.

우리들에겐
이 명절
오곡백과 풍성한
팔월 한가위 때만
눈시울이 뜨겁게 달아오르는 까닭은

차례 상 차릴 때마다
통일이 목구멍으로 넘어가지 않는
쓰린 아픔으로 저려오기 때문이어요.

—박지현, 「한가위 고향 잃은 사람들」 전문(한국동시문학회, 제13회 세미나 자료, 2014.11.)

「한가위 고향 잃은 사람들」은 한가위를 맞아 남북 이산가족들의 슬픔을 그리면서 통일을 염원하는 작품이다. 1연과 2연에서는 추석 무렵에 우는 가을 귀뚜라미 소리라는 청각적 이미지를 끌어들여 헤어진 가족의 슬픈 목소리를 표현하고 있고, 3연과 4연에서는 밝은 한가위 보름달이라는 시각적 이미지를 활용하여 부모형제에 대한 그리움을 빛깔로 나타내고 있다. 5연과 6연은 주제가 드러난 부분으로 팔월 한가위라는 민족 명절을 통해 통일을 염원하고 있다. 즉 이 작품 속에서 달은 단순히 북쪽 부모형제를 그리워하는 시각적 이미지로만 부분 활용된 경우라고 할 수 있다.

둘째로 달을 직접적인 제재로 활용한 경우로, 직접 달을 대상으로 달 자체의 형태나 운동성을 비유적으로 표현하는 방법을 말하는데 윤삼현의 「초승달」과 이정인의 「하현달」이 이에 해당한다.

> 웃고 있다
>
> 하회탈
>
> —윤삼현, 「초승달」 전문

> 산 너머로
> 별 하나 길게 떨어지는 걸 봤다
>
> 저 봐, 느슨해진 달시위
>
> 누가 잡아당겼지?
>
> —이정인, 「하현달」 전문

윤삼현의 「초승달」과 이정인의 「하현달」은 재미있게도 초승달과 하현달 각각의 형태적 특징을 찾아 달을 직접 노래하고 있다. 초승달은 달의 오른쪽 부분이 둥근 형태를 지니고 있고, 하현달은 반달로 달의 왼쪽 부분이 둥근 형태를 지니고 있는데 두 작품은 이런 독특한 특징을 살려 개성적으로 표현하고 있다.

윤삼현의 「초승달」은 초승달과 하회탈의 웃는 모습이 동일하다는 은유적인 표현이 돋보인 2연 2행의 아주 짧은 작품이다. 안동 하회마을에 전해오는 여러 하회탈 중 양반 탈, 선비 탈, 중 탈, 이매 탈 등의 공통점은 웃는 모습이 너무 재미있고 과장되게 만들어졌다는 것이다. 특히 이 탈들은 눈썹과 눈꼬리, 입의 모양이 자연스런 곡선으로 형상화되어 있어서 보는 사람들에게 편안함과 즐거움을 주고 있다. 그런 의미에서 「초승달」에서 초승달은 하늘에 떠 있는 하회탈이라는 것이다.

이정인의 「하현달」은 반달 형태의 하현달을 활로, 별똥별을 화살로 비유한 참신한 상상력이 돋보인 작품이다. 이 작품 속에 나오는 하현달은 팽팽하게 시위를 당긴 모습이 아니라 이미 화살이 날아가 버린 '느슨해진 달시위'이라는 것이다. 그러니까 길게 꼬리를 보이면서 사라지는 별똥별과 느슨해진 달시위의 모습을 그린 이 작품은 실제로는 1초도 못 되는 순간적으로 일어난 우주의 모습을 포착한 동시라는 것이다. 말하자면 빠르게 사진기 셔터를 눌러도 거의 잡을 수 없는 찰라의 모습을 동시 작품으로 표현하고 있는 것이다.

참고로 푸른문학상(2010)을 수상한 이정인에게도 동시 「초승달」이 있다. "두 끝이 뾰족한/초승달//말간 하늘에 생채기 낼까 봐/별들의 초롱초롱한 눈을 찌르게 될까 봐//조금/조금/살찌운다.//자꾸/몸이/둥글어간다."는 4연 10행의 작품이다. 이 작품도 마찬가지로 직접적으로 달을 대상으로 삼았다는 것이다. 이 작품은 초승달 양쪽 끝의 날카로움에 초점을 맞추고 있다. 달이 둥글게 차오르는 이유를 하늘과 별을 다치지 않게 한다는 참신한 논리는 이 작품의 완성도를 높이고 있다. 윤삼현의

「초승달」은 초승달의 둥근 현에 눈길이 가 있다면 이정인의 「초승달」은 초승달의 날카로운 양 끝에 눈길이 머물러 있다고 할 수 있다.

'달'의 형상화 방법 중 마지막 네 번째로, 달을 상상적 매개체로 활용하고 있는 경우이다. 주로 달을 통해 다른 소재나 제재, 주제를 노래한 것으로 다만 달의 형태적 특성을 매개로 사용하거나 달의 밝은 모습을 거울로 사용하거나, 운동성의 특성을 통해 새로운 대상을 노래한다는 것이다. 김미영의 「달감자」, 문성란의 「달과 바다」, 유영갑의 「달」, 윤삼현의 「추석달」 등 네 편이 이에 해당하며, 우연하게도 한 계간지에 모두 실려 있었다.

땅 속 마을에도
달이 뜨나 봐

감자 얼굴이
둥근 걸 보면

감자 속살이
환한 걸 보면.

—김미영, 「달감자」 전문

나가도
너무 멀리 가지 말고
약속한
그곳까지만
가 봐

나가도
너무 오래 있지 말고
약속한
그 시간까지는
돌아 와

달과 한 약속을
바닷물은
오늘도 잊지 않고 지킨다

밀물 썰물

—문성란, 「달과 바다」 전문

하늘 창에 걸어둔
움직이는 사진틀

시골 계신 할머니가
지팡이 짚고
웃으며 다녀가시고,

출장 가신 아빠가
서류 가방 들고
웃으며 다녀가시고

오늘밤엔
내 짝꿍 혜경이도

책 한 권 들고
배시시 웃으며 다녀갔다.

—유영갑, 「달」 전문

추석달은 집이다
밤하늘에 떠오른 집이다
오순도순 포근한 고향집이다

삽을 든 논두렁의 아버지가 보인다
쿵, 쿵, 떡방아 찧는 뒷마당 어머니가 보인다
자장자장 아기 잠재우는 할머니가 보인다
헛기침하며 사립문 들어오는 할아버지가 보인다

추석달은 바퀴다
잘 구르는 바퀴다
뿔뿔이 흩어진 삼촌, 고모, 이모, 형, 누나
고향집에 실어 나르는
환한 고향길의 바퀴다.

—윤삼현, 「추석달」 전문

김미영의 「달감자」은 둥근 달의 모습을 지닌 감자를 표현하고 있고, 문성란의 「달과 바다」는 밀물과 썰물의 모습을 달과 바다의 관련지어 그리고 있다. 또 유영갑의 「달」은 달을 사진틀이라는 매개체로 활용하여 그리운 사람들을 상상하고 있으며, 윤삼현의 「추석달」 또한 추석달을 쳐다보면서 고향집을 상상하고 있다. 이 네 편의 동시 모두는 달을 직접적으로 노래한 것이 아니라 달을 통해 달 너머에 존재하는 새로운 것을 탐구하고 있다고 할 수 있다.

김미영의 「달감자」는 밤하늘에 뜬 보름달의 둥근 형태를 빗대어 땅 속 어두운 곳에 자라는 감자를 노래하고 있다. 이 작품의 제목을 마땅히 '감자'라고 해야 되지만 '달감자'라고 한 것은 달과 관련된 감자임을 강조하고자 하는 작가의 의중이 반영된 제목이라고 할 수 있다. 이 작품에서 재미있는 것은 둥근 달에서 동그란 감자를 찾아내듯이 환한 달의 모습에서 감자 속살도 환하고 하얄 것이라고 유추하고 있다는 것이다.

문성란의 「달과 바다」는 밀물과 썰물의 주기성을 달과 바다의 약속으로 표현한 작품이다. 이 작품의 제목은 엄밀히 말해 '밀물과 썰물' 또는 '바닷물'이라고 해야 옳다. 더 좁혀 '밀물 썰물'이 타당하다고 할 수 있다. 왜냐하면 달과 바다를 노래하는 것이 아니라 바닷물의 밀물과 썰물 모습을 그리고 있기 때문이다. 이 작품에서 핵심은 멀리 가지 않겠다는 바닷물의 약속, 나가도 오래 동안 머물지 않고 시간에 맞춰 돌아오겠다는 바닷물의 약속이다. 이 약속은 만조와 간조의 주기성을 가지고 있는 바다의 자연적 현상, 즉 밀물과 썰물의 특징을 드러내고 있다고 할 수 있다.

유영갑의 「달」은 달을 사진틀이라고 비유하면서 시적 화자 자신이 그리워하는 사람을 상상하는 작품이다. 시골에서 사시는 할머니, 출장 가신 아빠, 내 짝꿍 혜경이 등은 밤이 되면 보고 싶은 그리운 사람들이다. 그때마다 사진틀 같은 하늘의 둥근 달을 쳐다보는 것이다. 결국 달을 쳐다보면서 상상의 날개를 펴고 사진첩을 보듯 그리운 사람들을 찾아가는 것이다.

윤삼현의 「추석달」도 유영갑의 작품처럼 달을 은유적으로 표현하면서 고향집을 상상하고 있는 작품이다. 이 작품은 직접 표현 대상으로 삼은 앞 윤삼현의 「초승달」과 상당히 차이가 있는 동시이다. 달을 은유적으로 동일하게 처리하고 있지만 이 작품에서는 보름달에 나타난 추석의 고향집을 상상하면서 하나하나 표현하고 있다는 것이다. 어쩜 보름달을 거울로 삼아 상상하고 있다고 할 수 있다. 1연에서는 추석달이 집으로 보인다는 것이고, 3연에서는 추석달이 바퀴로 보인다는 것이다. 바퀴는 시적 화자가 고향집을 빨리 가고 싶어 하는 심리적 급박성을 표현하고 있다고 할 수 있다.

3.

일제 강점기에서부터 지금까지 아동문학가 또는 동시인으로 이름을 올린 분들 중에서 달에 대한 작품을 쓰지 않은 사람은 거의 없을 것이다. 「반달」의 동요시인 윤극영, 현재 초등학교 6학년 1학기 듣기 교과서에 실린 "너도 보이지./오리나무 잎사귀에 흩어져 앉아/바람에 몸 흔들며 춤추는 달이."(「달」 1연)의 이원수 등 참으로 셀 수 없이 많다. 달을 형상화한 많은 동시를 살펴보면 앞에서 분류한 대로 대체적으로 네 가지 방법으로 나눌 수 있다. 그러나 이 네 가지 중 어느 경우가 가장 우수한 형태라고 단정 짓기는 어렵다.

끝으로 앞에서는 동요나 동시를 살펴보았는데 '달'을 형상화한 동시조가 있어서 한 편 소개하고자 한다.

얄미운 생쥐가
하늘에도 사나 봐요.

낮에는 숨었다가
밤만 되면 야금야금

둥근 달
다 갉아먹고
손톱만큼 남겼어요.

—서재환, 「초승달」 전문

서재환의 동시조 「초승달」이다. 이 동시조는 직접 달을 대상으로 형상화한 작품이다. 초승달을 손톱에 비유한 작품이지만 밤과 생쥐를 등장시킨 참신성이 드러난 동시라고 할 수 있다. 아쉬운 것은 "밤만 되면 야금야금" 또는 "둥근 달/갉아먹고"라는 시구로 미루어 보아 생쥐의 반복적 행위로써 시적 전개의 논리성을 유지해야 한다면 제목이 '초승달'보다는 '하현달'이나 '그믐달'이 되어야 하지 않을까.

제2부 현대 동시문학의 기법

낯설게 하기
반전의 묘미
동시 제목에 대하여
동시의 시적 화자 분류
동시의 은유
언어유희 기법

낯설게 하기

1.

출근길에 보았던 울창한 가로수들이 퇴근길에 몽땅 없어진다면 어떤 느낌을 받을까? 아마 모르긴 해도 사람들은 두 가지 태도를 보일 것이다. 하나는 너무 낯선 나머지 놀란 눈으로 도로를 두리번거리며 긴장하거나 충격을 받을 것이다. 또 다른 하나는 오히려 어떤 시원한 기분과 산뜻한 감흥을 가질 수 있을 것이다. 이런 외부 변화에 대한 거부 반응 또는 적극적 수용 반응은 인간을 포함한 모든 동물들의 공통적인 특성이라고 할 수 있다. 다수의 사람들은 급격한 외부의 환경 변화를 원하지 않는 것이 사실이다. 낯익은 일상적 현상이나 습관을 지속적으로 영위하기를 원한다. 왜냐하면 낯선 현상으로 말미암아 기존의 공간이 파괴되면 전혀 다른 세계에 새롭게 적응해야 하기 때문이다.

그러나 인간의 내면적 변화는 누구나 적극적으로 추구한다. 정체된 개인의 삶이 권태 속에 지속되면 탈출을 꿈꾸게 된다. 프로스트가 「가지 않는 길」에서 노래하였듯이 가지 않는 낯선 길에 대한 기대와 희망을 가진다. 이런 이유로 사람들은 새로운 인식의 세계를 위해, 생활의 활력을 위해 모험을 즐기며 배반도 감행하게 되는 것이다.

현대사회에서는 이런 일련의 새로운 인식 추구라는 인간의 심리적 특성을 자극하기 위해 예술, 건축, 상업 등 사회 전반에서 의도적으로 과장된 낯선 모습을 이용한 경우가 아주 많이 있음을 볼 수 있다. 그 예로 의류회사이면서 전혀 의류광고를 하지 않는 베네통 사의 광고를 들 수 있다. 처참한 피투성이 보스니아 병사의 시체, 원색적인 수녀와 신부님의 입맞춤, 발가벗은 임산부의 모습 등의 광고는 너무 엽기적이고 충격적이어서 지금도 많은 사람들의 뇌리에 생생하게 박혀 있을 것이다. 누드 컴퓨터도 그렇고, 철골 구조가 보이는 건물이 그렇고, 안이 들여다 보이는 찻집도 그렇다. 즉 이런 기법은 기계적으로 기억되고 인식된 현상과 사물을 생소하고 낯선 것으로 바꾸어서, 대상을 새롭게 또는 정확하게 접근할 수 있도록 하고 있는 것이다.

문학에서는 낯설게 하기(defamiliarization)라고 하는데 이것은 러시아 형식주의자인 쉬클로프스키에 의해 정립된 개념이다. 일상화되어 있는 우리의 지각이나 인식의 틀을 깨고 대상이나 사물의 모습을 낯설게 하여 그것의 본래의 새로운 모습을 찾는 것을 말한다. '고정관념 깨기', '삐딱하게 보기', '시치미 떼기' 등은 낯설게 하기와 동일한 의미로 쓰인 용어라고 할 수 있다. 이 개념을 자세히 살펴보면[1] 첫째 대상을 그 이름으로부터 해방시켜 순수한 자체의 경험적 차원에서 묘사되고, 둘째 대상을 비일상적인 시각으로 제시하며 대상과 주체의 거리를 극대화하여 바라보고, 셋째 현미경적으로 대상을 바라보고, 넷째 매우 완만한 행위의 체계로 대상을 바라보고, 다섯째 대상을 매우 낯선 다른 대상과 병치함으로써 주의하지 못했던 대상의 특성을 날카롭게 부각시키고, 여섯째 원인과 결과라는 인습적 기대를 역전시킨다.

---

1 이승훈, 『시론』, 고려원, 1990, 89쪽.

낯설게 하기는 기존의 것에 대한 새로운 시각의 해석이며, 이것은 결국 궁극적으로 독자의 기대를 무너뜨리는 문학가의 창조적 능력에서 산출된다고 할 수 있을 것이다. 낯설게 하기는 난해성과 직결되는 점도 있지만 문학적 대상을 새롭게 볼 수 있다는 장점도 있다. 쉬클로프스키는 "예술의 목적은 사물들이 알려진 그대로가 아니라 지각되는 그대로 그 감각을 부여하는 것이다. 예술의 여러 테크닉은 사물을 낯설게 하고, 형태를 어렵게 하고, 지각을 어렵게 하고, 지각하는 데 소요되는 시간을 증대시킨다. 지각의 과정이야말로 그 자체로서 하나의 심미적 목적이며 따라서 되도록 연장시켜야 하는 것이다. 예술이란 한 대상이 예술적임을 의식적으로 경험하기 위한 한 방법이다. 이런 의미에서 대상 자체는 별로 중요하지 않다"[2]고 하였다.

쉬클로프스키에 따르면 일상적으로 친숙한 것들은 사람들의 주의를 끌지 못한다는 것이다. 그렇기 때문에 예술은 사람들의 주의를 끌기 위해 일상생활을 재현하는 것이 아니라 오히려 일상의 모습을 일그러뜨려 낯설게 만들어야 한다. 바꾸어 말하면 낯설게 하기는 곧 이상하게 만들기라고 볼 수 있는 것이다. 시에서 운율이 예술적으로 느껴지는 것도 일상 언어의 억양을 일부러 일그러뜨려 우리의 습관화된 청각을 자극하기 때문이다. 그러므로 예술이란 여태껏 보지 못했던 새로운 것을 보여주는 것이 아니라 우리가 지금까지 습관적으로 보아왔던 것을 지금까지와는 달리 낯설게 보여주는 것을 말하는 것이다.

2 김윤식, 『문학비평용어사전』, 일지사, 1991, 312쪽에서 재인용.

2.

낯설게 하기는 동시인들에게도 매우 유용한 문학 이론이라고 할 수 있다. 그러나 이런 낯설게 하기가 동시문학을 난해하게 하는 것은 결코 아니라고 본다. 어찌 보면 낯설게 하기는 시적 대상을 뒤집어 보기 등과 같이 새롭게 보는 하나의 방법이라고 할 수 있다. 낯설게 하기를 매우 단순하게 표현한다면 어른들의 논리적 속성을 배격한, 어린이들의 순수한 눈으로 바라보기라고 할 수 있다. 즉 모든 사물이나 현상을 새롭게 보는 것을 '낯설게 하기'라고 말할 수 있다. 박두순이 『아동문학평론』지(1990년 봄호)에 언급하였듯이 '낯설게 하기'는 비유를 본관념과 유사한 것으로 보조관념을 쓰지 않고 완전히 상상할 수 없는 대상을 끌어들여 보조관념을 쓴다든지, 시적 대상을 완전히 뒤집어 놓고 새롭게 해석을 한다든지, 이질적인 요소를 결합시켜 전개한다든지 하는 것을 말한다.

동시문학은 어린이의 순수한 마음을 표현하는 문학이다. 어린이의 마음은 보이는 그대로를 말하는 순수하고 아름다운 모습을 가지고 있다. 어린이의 때묻지 않은 마음은 어른들과 다르게, 늘 새롭게 세상을 바라본다. 어른과 다르게 본다는 것을 어렵게 표현하여 낯설게 하기라고 해도 무방할 것이다. 사실 많은 동시 작품 속에 낯설게 하는 표현들이 상당히 있음을 발견할 수 있다.

사람들도 지하수처럼
흘러흘러 다니는 곳

가리킨 화살표 따라
오고가는 깊은 땅속

한 마리 곤충이 되어
더듬이를 앞세운다.

—조두현, 「지하철 갈아타는 곳」 전문

산들이
초록빛 녹음 테이프
재생 버튼을 누르네.

그래서 야~호 하고
부를 때마다

야~호 하고
똑같이 대답하네.

—강현호, 「메아리」 전문

갑작스런 화살 공격이다.
적들은 보이지 않고
나무와 풀들,
화들짝 놀라 움츠린다.

얼마 뒤 햇살 나면
아까보다 쌩쌩한
나무와 풀들,

옳지! 예방주사였구나.

—양재홍, 「소나기」 전문

조두현의 「지하철 갈아타는 곳」이나 강현호의 「메아리」나 양재홍의 「소나기」는 동시에서 보이는 낯설게 하기의 한 예라고 할 수 있다.

동시조 「지하철 갈아타는 곳」은 제목에서처럼 가장 인위적이고 문명적인 지하철 타는 곳을 노래하면서, 인위적인 것과는 먼 자연적인 요소를 끌어들이고 있다. 지하철은 인간의 이동이나 수송에 가장 편리한 도구이면서 인간적인 면이 거의 없는 차가운 기계이다. 지하철 타는 곳도 마찬가지이다. 주로 색깔과 문자와 화살표로 표시된 계단이나 승강장은 그저 딱딱한 콘크리트 구조물이다. 이런 무생물적이고 도시 문명적인 시설물에 드나드는 인간을 자연적인 '한 마리 곤충'으로 표현하는 것은 이질적인 소재를 대조적으로 드러냄으로써 신선함을 추구하는 낯설게 하기의 한 방법이라고 할 수 있다. 있는 그대로의 자연의 모습을 지닌 '지하수, 한 마리 곤충, 더듬이'는 인위적인 콘크리트의 '깊은 땅속', '화살표'와 어울릴 수 없는 낯선 시어인 것이다.

「메아리」는 「지하철 갈아타는 곳」과는 대조적인 상황을 설정하고 있음을 볼 수 있다. 푸른 산 속, 메아리, 야~호 등은 가장 자연과 잘 어울리는 소재들이다. 배경을 이루고 있는 시적 구조물은 푸른 나무들이 숲을 형성하고 있는 자연인 것이다. 이런 산과 숲을 찾아가 자연을 만끽하고 동화되어 가는 것이 인간이며, 세속의 때를 벗고 산행하는 묘미는 산속에서 부르는 '메아리'가 아닌가. 그런데 이런 자연 속에 느닷없는 '녹음 테이프'나 '재생 버튼'은 무엇인가? 물질적이고 비자연적인 첨단 문명기기에 사용되는 '녹음 테이프'나 '재생 버튼'은 독자들을 지극히 낯설게 하는 시어들인 것이다. '메아리'는 산행을 즐기는 사람들이 자연과 나누는 은밀한 대화라고 할 수 있는데 그 '메아리'를 똑같은 소리로 반복되는 녹음기 테이프로 표현하여 '재생 버튼'을 눌러 나올 수 있는 기계음으로 표현하였으니 독자들에게 얼마나 낯설게 만들고 있는지를 알 수 있을 것이다.

「지하철 갈아타는 곳」은 지하철 타는 곳이라는 무생물적이고 인위적인 배경에 곤충이라는 자연물을 배치하여 낯설게 하고 있으며, 반대로 「메아리」는 초록빛 산이라는 자연의 배경에 녹음 테이프라는 인위적인 기계를 도입하여 낯설게 하고 있는 것이다.

「소나기」는 나무와 풀들이 살아가는 숲 속에 갑작스럽게 쏟아지는 소나기를 표현하면서 살벌한 전투적인 시어들을 끌어오고 있다. 자연에서 나무와 풀은 소나기와 잘 어울리는 관계를 갖는다. 식물들은 물을 흡수하면서 성장한다. 그러므로 나무와 풀은 소나기와 함께 말 그대로 자연인 것이다. 이런 조화로운 자연 현상을 지은이는 낯선 비자연적인 시어로 해석하고 있는 것이다. '화살 공격'이나 '적', '예방주사'는 인위적인 시어들이다. 그것도 날카롭고 금속적이며, 살벌하고 전투적인 면을 일부러 보여주고 있다. 그런데 여기서 한 가지 지적할 것이 있다. 그것은 마지막 연에 사용된 '예방 주사'라는 시어가 내용 전개상 잘 어울리지 않는다는 점이다. 앞 연에 사용된 살벌한 시어 '화살 공격'이나 '적'의 격에 맞는 전쟁과 관련된 시어가 와야 한다는 것이다. 만약 그런 시어가 적당히 떠오르지 않는다면 차라리 '영양주사'가 더 어울리지 않을까 한다.

「소나기」도 「메아리」와 마찬가지로 소나기 내리는 평화로운 자연에 대해 '화살 공격' 같은 전투적인 시어를 씀으로써 독자들을 상당히 낯설게 만들고 있다고 할 수 있다.

모기만 '앵앵' 대냐?
세상이 세상이
앵앵대는 걸!

꽃은 피고 지고
강물은 흘러가도

세상에 사람들
앵앵앵앵
모두가 잘났어, 앵!

그렇고 그런 게지
뭘?

자다 깬 방실 아기도
앵!

세상 흉내 내며
우는 걸!

—최향숙, 「앵!」 전문

최향숙의 「앵!」은 낯설게 하기와는 다른 삐딱하게 보기의 한 예라고 할 수 있다. 이 작품을 읽다 보면 시적 분위기에 칼날이 날카롭게 세워져 있음을 알 수 있다. 그것은 '앵앵'이라는 부사가 가지는 도발적이고 비타협적이며, 부정적인 의미 때문이라 할 수 있다. 의성어 '앵앵'은 여러 가지로 사용된다. 모기가 피를 빨아먹기 위해 인간을 비롯한 동물들을 공격할 때 나는 기분 나쁜 소리이기도 하고, 느닷없이 황당한 일을 당해 깜짝 놀라서 내는 소리이기도 하며, 촌각을 다투며 급한 환자를 태우고 가는 앰블런스의 소리이기도 하다. 또 듣기 싫은데 누군가 계속 떠들고 있을 때나 무리한 요구를 하며 악을 쓸 때 부정적으로 표현하여 '앵앵거린다'고 한다. 이 작품은 세상을 삐딱하게 부정적으로 보고 있다.

그리고 이 작품은 '앵앵대는 모기→앵앵대는 세상→앵앵대는 인간→

앵앵대는 아기'라는 논리적 구조를 가지고 있다. 지은이 눈의 초점은 3연의 '모두가 잘났어, 앵!'과 4연 "그렇고 그런게지/뭘?"에 있다고 할 수 있다. 탐욕으로 부패한 세상의 고리에서 함께 부패하지 못한 자신의 무능함을 나무라기도 하고, 다른 세상 사람들을 싸잡아 백안시하는 태도가 보이기도 한다. 그러다 보니 마지막 연처럼 '방실 아기'가 부정적인 세상 사람들과 동일 존재로 전락하고 마는 결과를 빚게 된다. 동시가 모두 천사주의를 지향할 필요는 없지만 거꾸로 적개심과 반항심을 갖게 하는 적대주의도 꼭 좋은 것은 아니라고 할 수 있다.

3.

권영상(1953~)의 이야기시집 『신발코 안에는 생쥐가 산다』(1999)는 낯설게 하기 기법의 대표적인 작품집이다. 그는 서문에서 어린이 독자들에게 다음과 같이 제안한다.

> "자, 모든 고정 관념을 버리자구. 시는 엄숙한 것만이 아니거든. 시는 고상한 것만이 아니라구. 뭔가 주려고 하는 시는 딱 질색이야. 그런 거는 너무 많이 들었잖아. 고상한 체 하는 것도, 분위기 잡는 것도 질색이야. 그런 것은 어른들한테나 던져 주라구. …… 그래서 나는 남들과 똑같은 시를 쓰지 않기로 했어. 그 많은 시들 중에서도 내 빛깔의 시를 지키기 위해서. ……"

그의 선언 속에 들어 있는 '엄숙한 것, 고상한 것, 뭔가 주려는 것, 분위기 잡는 것'이 바로 고정적인 일상, 낯익은 사고이며, 시인이 깨뜨려야 하는 대상으로 파악하고 있는 것이다. 바로 낯설게 하기를 요구하고 있는 것이다.

고정관념을 깨뜨리는 행위, 즉 낯설게 하기는 인식의 대전환이나 발상의 전환을 전제로 한다. 그의 작품집을 읽다 보면 그가 얼마나 파격적인 생각을 하고 있는지 또 기계적인 인식의 틀을 얼마나 과감히 깨뜨리고 있는지 알 수 있다. 어? 하고 읽다가 보면 아! 하고 고개를 끄덕일 수 밖에 없다.

> 길거리에 누어 놓은 예쁜 강아지 똥, 아기가 떨어뜨린 밥풀 몇 알, 생선뼈 서너 마디……. 그런 게 다 내 밥이야. 그러니 내 밥을 건드리지 말아줘. 공중을 날다가도 배가 고프면 나는 제일 먼저 거기에 가 내리지. 내 밥이니까. 더럽지 않냐구? 천만에. 이 세상 그 무엇도 그보다 부럽지 않다구. 그걸 먹으면 집 안 마당을 아흔아홉 바퀴나 돌 수 있어. 거위 등을 타고 온종일 놀 수 있어, 그러니 제발 내 밥을 건들지 말아 줘. 그게 내 소원이야. 웃기지 말라구? 그래. 파리인 내 마음을 네가 어떻게 알겠니!
>
> —권영상, 「누구에게나 다 소원이 있다」 전문

권영상의 「누구에게나 다 소원이 있다」는 사람들이 인식하는 강아지 똥에 대한 경도된 사고를 파리의 입장에서 여지없이 깨뜨리고 만다. 앞의 낯설게 하기 개념에서 말한 비일상적인 시각으로 제시하며 대상과 주체의 거리를 극대화하고 있음을 알 수 있다. 더러움이란 다만 인간만이 가지는 주관적인 생각과 태도일 뿐이다. 주체자의 비일상화는 고정관념을 버려야만 생기는 것이다.

중국 역사에서 고정관념을 깨는 행위로 생명을 구한 훌륭한 인물이 발견된다. 송나라 때 『자치통감』을 지은 대학자 사마광이다. 사마광이 어렸을 적 친구들과 물이 가득 찬 큰항아리 주위에서 놀다가 한 아이가 항아리에 빠져 모두 당황했는데 사마광이 침착하게 돌로 항아리를 깨서 그 구멍으로 친구를 구출했다는 것이다. 빠진 아이를 물 항아리 위에서

건지지 않고 돌로 항아리를 깬 후 항아리 옆구리에서 구하는 사마광의 행위 속에 기계적인 사고의 위험성과 참신한 발상의 위대성이 극명하게 대조되어 있음을 발견할 수 있는 것이다. 고정관념을 벗어던지면 인간의 정결한 '밥'과 파리의 맛있는 '강아지 똥'은 동일한 가치를 지닌 대상이 되는 것이다.

사물함을 열어 보곤 깜짝 놀랐어. 연필이랑 책이랑 다 없어진 거야. 크레파스랑 삼각자까지도. 알고 봤더니 악어가 먹어치운 거야. 글쎄, 그 녀석이 책상이며 의자며 칠판이며 선생님 출석부까지 다 먹어치운 거야. 우리 반만이 아니야 옆반까지 먹어치우는 거야. 교장실의 소파도, 운동장의 국기봉도, 국기봉 위의 국기까지도.

우리 교실을 먹고 있어요! 악어가!

일학년 애들이 파래가지고 소리쳤어.

그 날 그 일을 다른 학교 친구들한테 말했더니 뭐라는지 알아? 그 악어 즈네 학교로 좀 보내 달래. 글쎄 말이나 되는 소리니? 왜? 악어가 우리 학교를 아직 덜 먹었잖아.

—권영상, 「악어가 왔어」 전문

「악어가 왔어」는 앞의 작품과는 또 다른 의미를 내포하고 있다. 낯설게 하여 재미있게만 끝내지 않고 어떤 메시지를 던지고 있는 것이다. 즉 학교를 먹어 치우고 파괴하는 악어를 오히려 다른 학교로 못 가게 하는 것은 자유와 개성을 박탈하는 '학교'라는 획일적인 일상의 틀을 몽땅 깨버리고 싶은 어린이들의 생각을 표현이며, 사회제도 개혁이라는 강한 메시지가 있음을 부인할 수 없다. 앞 서문의 제안 속에 '뭔가 주려는 것'을 배제하겠다고 하였지만 이렇게도 읽혀진 것을 어찌하랴.

아래층에 할머니 집이 있다면 좋겠다. 그 아래층에 아이스크림 가게가 있다면 더욱 좋겠다. 그 아래층에 치킨집이 있고, 그 아래층에 중국집이, 그 아래층에 만화가게, 그 아래층에 수박밭이 있다면 정말 좋겠다.

바다에서 헤엄치다 싫증나면 수박 하나 먹고, 수박 먹다 싫증나면 만화책 보고, 만화책 보다 배고프면 자장면 먹고, 치킨 먹고. 쓱쓱쓱 입 문지르고는 아이스크림 먹고, 할머니 집에 올라와선 옛날 이야기 듣고, 옛날에 옛날에 도깨비가 있었는데 대추나무에 올라가 대추를 따먹다가……. 할머니 무릎 베고 스르르 잠들 수 있다면 좋겠다. 참 좋겠다.

—권영상, 「할머니 무릎 베고 스르르」 전문

어린이들의 고정적인 일상을 깨뜨리는 것 중의 하나는 아마 「할머니 무릎 베고 스르르」가 아닐까. 어찌 보면 어린이 유토피아라고 할 수 있으며, 인간 세상을 닮은 가장 완벽한 어린이 천국이라고 할 것이다. 이 동시는 일자 상승식 구성 방법을 구사하고 있는 것으로, 작품 속에 나오는 세계는 바다의 세계(1층)→수박의 세계(2층)→만화의 세계(3층)→자장면의 세계(4층)→치킨의 세계(5층)→아이스크림의 세계(6층)→가족의 세계(7층, 8층)로 구분지을 수 있다. 자연(1층, 2층)과 인간(7, 8층)과 물질(4층, 5층, 6층), 그리고 정신(3층, 7층)이 조화롭게 어울린 절대적인 세계를 꿈꾸고 있음을 볼 수 있다. 마지막 '좋겠다'의 반복적 표현에서 어린이들의 소망이 얼마나 간절한지를 알 수 있다.

반전(反轉)의 묘미

"실은 딴 거야. 똑같이 생긴 목걸이를 변전해서 사 주었지. 그 빚을 갚느라고 십 년이나 걸렸지. 그것 때문에 고생만 하고 우리는 빈털털이가 되었어. 하지만 끝난 일이야. 난 기뻐."

포르스티에르 부인은 걸음을 멈추면서 말했다.

"그럼 내 것 대신에 새 목걸이를 사 주었단 말이지?"

"그럼, 넌 그걸 몰랐을 거야. 네 목걸이하고 똑같은 거였으니까."

그녀는 기쁜 미소를 지었으며, 자랑스럽게 천진해 보였다.

포르스티에르 부인은 그녀에게 다가가 두 손을 꼭 쥐고 말했다.

"얘 이 일을 어쩌지. 내 목걸이는 가짜였어. 단돈 오백 프랑도 안 되는 가짜였는데……."

—모파상, 「진주 목걸이」 중 마지막 부분

나귀가 걷기 시작하였을 때 동이의 채찍은 왼손에 있었다. 오랫동안 아둑시니 같이 눈이 어둡던 허생원도 요번만은 동이의 왼손잡이가 눈에 띄지 않을 수 없었다. 걸음도 해깝고 방울 소리가 밤 벌판에 한층 청청하게 울렸다. 달이 어지간히 기우러졌다.

—이효석, 「메밀꽃 필 무렵」 중 마지막 부분

모파상의 「진주 목걸이」와 이효석의 「메밀꽃 필 무렵」은 공통점이 있다. 각 작품의 마지막 부분에서 지금까지 독자들에게 주었던 이야기의 흐름을 한순간에 바꾸고 있다는 점이다. 「진주 목걸이」는 주인공이 잃어버린 친구의 진주 목걸이가 가짜였다는 충격적인 장면을 보여줌으로써 십 년 동안의 고통이 허영의 산물이었음을 적나라하게 제시하고 있다. 「메밀꽃 필 무렵」은 왼손잡이인 허생원이 동이가 자신과 같은 왼손잡이임을 알아차리는 마지막 장면을 보여주면서 부자(父子)의 운명적인 해후를 독자들에게 놀랍게 던져 주고 있다.

이와 같이 소설에서 사건의 흐름이 전혀 예기치 않은 방향으로 급전직하하거나 전환하여 독자를 놀라게 하면서 주제를 강조하는 기법을 반전(反轉)이라고 한다. 반전은 아리스토텔레스가 언급한 바 있는 것처럼 황당무계한 돌발적인 결과가 아닌 줄거리 구성의 논리적 필연성이나 개연성을 벗어나지 않으면서 독자들에게 놀라움을 주는 것이라고 할 수 있다. 예상치 못하는 기발한 사건의 전환이나 결말을 이끌어 내면서 놀라움의 효과를 주는 것이다. 오 헨리의 「마지막 잎새」나 셰익스피어의 「로미오와 줄리엣」, 고전소설 「춘향전」에서도 극적인 반전을 통해 문학의 즐거움과 묘미를 보여주고 있다.

반전은 소설과 같은 산문 문학의 전유물이 아니다. 영화의 미스테리물이나 추리물에서도 관객의 허를 찌르는 결말을 자주 발견할 수 있으며, 또한 시문학에서도 쉽게 활용되고 있는 기법 중의 하나라고 할 수 있다. 시상에 따라 4단 구성인 기－승－전－결에서 '전'이 바로 전환이나 반전을 의미하며 시인의 문학적 역량을 드러내는 부분이다. 또한 '전'은 작품 전개상 시적 긴장을 유지시키는 중요한 역할을 하고, 시인의 개성이나 참신성을 엿볼 수 있다고 할 수 있다.

이렇게 시문학에서의 반전은 독자들에게 놀람이나 낯설음을 안기면서 문학적 향기를 발산하는 하나의 기법이라고 할 수 있다.

밤차를 타면
아침에 내린다
아아 慶州驛

이처럼 막막한 地域에서
하룻밤을 가면
그 안존하고 잔잔한
영혼의 나라에 이르는 것을.

千年을
한가락 微笑로 풀어버리고
이슬 자욱한 풀밭으로
맨발로 다니는
그 나라
百姓. 고향사람들.

땅 위와 땅 아래를 분간하지 않고
연꽃하늘 햇살 속에
그렁저렁 사는
그들의 항렬을. 姓받이를.

이제라도
갈까 보다
무거운 머리를
車窓에 기대이고
이승과

저승의 강을 건너듯
하룻밤
새까만 밤을 달릴까 보다.

무슨 소리를.
발에는 足枷.
손에는 쇠고랑이.
귀양온 영혼이
무서운 刑罰을.

—박목월, 「思鄕歌」 부분

—긴 세월을 오랑캐와의 싸움에 살았다는 우리의 머언 조상들이 너를 불러 「오랑캐꽃」이라 했으니 어찌 보면 너의 뒷모양이 머리채를 드리인 오랑캐의 뒷머리와도 같은 까닭이라 전한다—

아낙도 우두머리도 돌볼 새 없이 갔단다.
도래샘도 띠집도 버리고 강 건너로 쫓겨 갔단다
고려 장군님 무지무지 쳐들어와
오랑캐는 가랑잎처럼 굴러 갔단다

구름이 모여 골짝 골짝을 구름이 흘러
백 년이 몇백 년이 뒤를 이어 흘러갔나.

너는 오랑캐의 피 한 방울 받지 않았건만,
오랑캐꽃
너는 돌가마도 털메투리도 모르는 오랑캐꽃

두 팔로 햇빛을 막아 줄게

울어 보렴 목놓아 울어나 보렴 오랑캐꽃

—이용악, 「오랑캐꽃」 전문

박목월의 「思鄕歌」나 이용악의 「오랑캐꽃」에서도 반전의 기법이 사용되고 있음을 볼 수 있다. 「思鄕歌」을 살펴보면 1연~5연까지는 고향 경주가 그리워서 직접 쫓아가고자 하는 주인공의 욕망이 드러나 있지만 돌연히 6연에서는 고향에 갈 수 없는 현실적인 막막한 모습이 반전의 기법으로 나타나 있다. 차꼬라고 하는 '족가'나 '쇠고랑'이 더욱 향수를 간절하게 만들고 있다. 「오랑캐꽃」은 옛날 고려 장군에게 쫓겨가는 '오랑캐'와 오랑캐의 뒷머리를 닮은 '오랑캐꽃'(제비꽃)을 동일한 운명의 존재로 설정해 놓았는데 옛날의 '오랑캐'는 고려 장군으로 대표되는 우리 민족에게 쫓겨가지만 거꾸로 일제치하의 고통받는 우리 민족의 신세는 영락없이 쫓겨가는 오랑캐와 같은 '오랑캐꽃'이 아니냐 하는 것이다. 시대 상황에 의한 처지의 반전인 것이다. 그래서 저절로 오랑캐꽃의 울음, 즉 우리 민족의 울음으로 전이되어 나타나고 있다.

「思鄕歌」은 상상과 현실의 상황 반전으로 고향의 그리움을 오히려 절절히 나타나고 있고, 「오랑캐꽃」은 오랑캐를 쫓아냈던 우리 민족 처지의 반전을 통해 일제강점기의 아픔을 표현하고 있다.

반전의 묘미는 갑작스런 변화나 예상을 뛰어 넘는 기발한 결말에 있다고 할 수 있다. 이런 반전의 묘미를 던져주는 동시 작품은 그리 흔하지 않다. 동시인 누구나 반전의 기법을 활용할 수 있는 것은 아니기 때문이다. 반전의 상황이 참신해야만 그 작품이 생명을 가질 수 있다고 할 수 있다.

딩동

누구세요?

교회에서 왔는데요
—교회 안 나가요

딩동
누구세요?
신문 좀 보시라고요!
—신문 보고 있어요

딩동
누구세요?
어머니 계세요?
—뭐 때문에 그러시는데요?
솜틀집에서 왔는데요

—어머니 안 계세요

딩동
누구세요! 아무도 없어요!
나야 나, 문 열어! 뭐 하고 있어!
에이씨, 엄마구나
딸깍!

—권오삼, 「누구세요」 전문

권오삼의 「누구세요」는 혼자 집을 지키다가 겪을 수 있는 모습을 반전의 기법으로 처리하여 약간은 가볍고 약간은 익살스럽게 어린이의 천진함을 표현하고 있다.

1연부터 3연까지는 괜히 문을 열어 주면 혹시 낭패라고 당하지 않을까 하는 어린이의 순진함이 드러나 있다고 할 수 있다. 만일 4연도 앞 연과 같은 비슷한 소재로 상황을 보여주면서 마무리했다면 작품은 그저 그런 동시로 전락하였을 것이다. 4연에서 엄마를 등장시킴으로써 갑작스럽게 상황이 반전되면서 시적 긴장감도 생기는 것이다.

여기서 시상을 전개하면서 상황 반전의 연이나 행을 어느 위치에 배치하느냐 하는 것을 생각할 필요가 있다. 반전은 충격적으로 긴장(緊張)을 주는 것이라고 할 수 있기 때문에 독자들이 충분히 마음을 느슨하게 풀고 있을 때 던져 주는 것이 가장 효과적일 것이다. 그러므로 전반부에서부터 전개된 시상에 따라 독자들의 정서적 감정이 이완 상태가 되도록 만들 필요가 있다고 할 수 있다. 「누구세요」가 왜 3연까지 반복적 형태의 시상 전개가 되었는지 알 수 있을 것이다. 결국 반전(反轉)은 독자들의 정서적, 감정적인 허를 찌르는 기법이라고 할 수 있다.

1.
연탄 한 장
구멍은
열아홉 개입니다.

한 장을 더 얹으니
구멍은
삼십팔 개.

삼팔선,
우리 나라의
허리와 같은 숫자.

2.

구멍을

잘 맞춰야

불길이 확! 삽니다.

한 몸 되어

활 활 활!

타오르는 그 연탄처럼

남과 북,

우리들도

그랬으면, 그랬으면…….

3.

하얗게 다 타고도

꽉! 붙어

안 떨어지는

그 연탄,

함께 으깨어

눈길 위에 뿌립니다.

오고 갈

남북 형제들

미끄러지지 않도록.

—손동연, 「연탄처럼」 전문

손동연의 「연탄처럼」은 연탄의 속성을 이용하여 남북 화합이나 평화적인 남북 통일에 대한 소망을 담은 동시조이다. 검은 연탄에서부터 타고 남은 연탄재가 되는 시간적 과정에 따라 전개된 작품이다. 각 작품마다 동일하게 종장에서 연탄의 일반적 속성을 우리 민족 문제로 반전시켜 소망을 표현하고 있다. 시상의 반전이 참으로 신선하게 느껴지는 작품이다. '연탄'과 '남북 통일'은 관련성이 너무 먼 제재이다. 하지만 이처럼 이질적 요소의 결합이야말로 신선하고 참신한 감동을 주면서 문학적 완성도가 높은 작품으로 만들 수 있다.

연탄은 2장을 붙여야만 구들장을 덥히고, 방의 따뜻함을 유지할 수 있다. 1번이라고 붙여진 첫째 작품에서는 두 개 연탄의 구멍을 합치면 38선과 같은 숫자가 된다는 것이다. 우리나라의 8·15광복과 6·25전쟁 그리고 남북분단의 역사와 관련 있는 숫자가 아닌가. 2번이라고 붙여진 작품에서는 구멍이 잘 맞아야 연탄불이 잘 타는 것처럼 우리 남한과 북한이 동일한 면부터 찾아 동질성을 회복하자는 것이다. 3번이라고 붙여진 작품은 연탄재를 이용하여 미끄러지지 말아야 한다는 것인데, 어떠한 외부적 난관이 있더라도 서로 돕고 신뢰하자는 민족적 결속의 의미가 들어 있다고 할 수 있다. 현재 한반도 남북통일 문제는 한민족 내부 갈등보다는 강대국들의 국제적 힘에 의해 좌지우지되고 있는 현실 때문에 시어 '눈길'이 주는 의미는 꽤 고통스럽고 가슴 아픈 것이 아닌가 한다.

툭!
알밤이 떨어졌다.

툭!
가을이 떨어졌다.

호주머니에 가득
가을 하늘을 채웠다.

툭!툭!

풀섶에
아이들의 웃음소리가
떨어지고 있었다.

—이상현, 「가을 스케치」 전문

이상현의 「가을 스케치」는 알밤을 주우면서 느끼는 가을의 풍요로움을 나타내고 있다.

이 작품에서는 급전직하의 반전은 아니지만 자연적 소재(1~3연)에서 인공적 소재(4~5연)로 반전이 이루어지고 있다고 할 수 있다. 알밤(1연)→가을(2연)→하늘(3연)로 이어지는 자연적 소재가 점층적으로 확대되어 가다가 5연에 이르러 추상적인 소재인 '어린이들의 웃음소리'로 반전시켜 결말을 짓고 있다. 만일 5연에서도 3연에 이어, 강이나 들판 등의 자연적 소재가 또다시 등장하면 시적 긴장도가 떨어진 뿐만 아니라 작품의 완성도도 현격히 떨어질 수밖에 없다고 할 수 있다. 알밤이 떨어진다는 것은(1연) 가을이 익어 떨어진 것이며(2연), 그 알밤을 주어 호주머니에 가득 채우면(3연) 아이들의 기쁨이 넘쳐 웃음소리가 떨어질 것(5연)이라는 시상 전개의 논리적 필연성도 유지하고 있음을 볼 수 있다. 아울러 4연 '툭!툭!'은 1연이나 2연의 '툭!'과는 다른 성격을 지닌 의성어라고 할 수 있다. 1연이나 2연은 알밤 떨어지는 자연적인 소리라고 한다면 4연은 아이들의 웃음소리가 풀숲으로 떨어지는 추상적인 소리라고 할 수 있다.

동시 제목에 대하여

1.

2001년 중문학을 전공하고 있던 대학 교수 한 분이 『공자가 죽어야 나라가 산다』는 이름으로 책을 낸 적이 있다. 지금도 한국인의 생활이나 의식을 지배하고 있는 유교문화를 뒤집어 본 책이었는데 상당히 도발적인 제목 때문인지는 모르지만 한동안 이 책이 베스트셀러가 되었다. 정호승의 다섯 번째 시집 『사랑하다가 죽어버려라』(1997)도 굉장히 충격적인 제목을 달고 있다. 이 제목은 시집 속에 들어 있는 작품 「그리운 부석사」의 한 구절에서 취했다. 출간 당시 출판사에서는 『사랑하다가 죽어버려라』라는 제목에 대해 난색을 표했지만 정호승 시인의 고집대로 시집이 나왔고 10만 부가 넘게 팔렸다고 한다.

소설가, 시인, 아동문학가나 출판사 편집인 등은 책의 제목과 작품의 제목을 붙일 때 독자들에게 뚜렷한 인상을 주기 위해 고민을 많이 한다. 물론 책의 가치를 높이는 것은 내용이나 작품이지만 상품의 포장지 같은 역할을 하는 제목도 신경을 쓸 수밖에 없을 것이다. 같은 값이면 다홍치마라고 하지 않던가. 상업적인 냄새가 물씬 나는 이야기라고 일축

할 수 있다. 하지만 작품도 좋으면서 독특한 작품의 제목에다가 책의 제목까지 튄다면 일석이조(一石二鳥) 아니 일석삼조(一石三鳥)라고 할 수 있지 않을까.

즉 『공자가 죽어야 나라가 산다』나 『사랑하다가 죽어버려라』의 경우처럼 동시인들도 동시집이나 동시 작품에 제목을 붙일 때는 단순히 소재로 제목을 삼아야 할지 또는 주제를 암시하는 제목을 새로이 찾아야 할지 등 심사숙고할 필요가 있다는 것이다.

사랑하다가 죽어버려라
오죽하면 비로자나불이 손가락에 매달려 앉아있겠느냐
기다리다가 죽어버려라
오죽하면 아미타불이 모가지를 베어서 베개로 삼겠느냐
새벽이 지나도록
麻旨(마지)를 올리는 쇠종소리는 울리지 않는데
나는 부석사 당간지주 앞에 평생을 앉아
그대에게 밥 한 그릇 올리지 못하고
눈물 속에 절 하나 지었다 부수네
하늘 나는 돌 위에 절 하나 짓네

—정호승, 「그리운 부석사」 전문

저렇게 많은 중에서
별 하나가 나를 내려다본다.
이렇게 많은 사람 중에서
그 별 하나를 쳐다본다.

밤이 깊을수록

별은 밝음 속에 사라지고,
나는 어둠 속에 사라진다.

이렇게 정다운
너 하나 나 하나는
어디서 무엇이 되어
다시 만나랴.

—김광섭, 「저녁에」 전문

정호승의 「그리운 부석사」는 '사랑하다가 죽어버려라'는 시구 때문에 강한 인상을 주는 작품이다. 이 시구 속에는 사랑을 하려면 죽음을 마다하지 않고 삶을 모두 던질 수 있어야 한다는 역설적인 의미가 담겨 있다. 진정 사랑하는 '그대에게 밥 한 그릇 올리지 못하'는 자신의 모습을 차갑게 절규하고 통탄하고 있다. 여기서 시인이 작품의 제목에 '그리운' 이라는 관형어를 왜 붙였는가 한번쯤 따질 수 있어야만 이 작품을 제대로 감상할 수 있다고 할 수 있다. 어쩌면 부석사의 비로자나불이나 아미타불을 통해 부족한 나의 사랑을 터득하였기에 부석사가 '그리운' 것인지 모른다.

김광섭의 「저녁에」는 널리 알려진 작품에 비하여 참으로 평범하게 붙여진 제목이다. 그러나 "어디서 무엇이 되어/다시 만나랴"의 시구가 빛나는 이 작품에서 '별 하나'와 만나고, "이렇게 정다운/너 하나 나 하나"의 숙명적 운명을 성찰할 수 있게 한 동기는 '어둠'을 만들어 주는 「저녁에」 있다고 할 때 그저 평범한 제목이 아님을 알 수 있다.

이처럼 시제(詩題)는 작품을 감상하는 비밀의 열쇠이면서 시인의 삶의 관점이나 사고의 향방을 가늠할 수 있는 방향타가 된다고 할 수 있다. 그런 의미에서 발표된 동시 중에서 동시 제목이 주는 다양한 의미를 따져 보면서 동시인의 생각이나 삶에 대한 태도를 살펴보는 것도 꽤 유용하리라.

2.

동시인이 작품을 창작할 때 제목을 붙이는 일반적인 방법은 작품 속에 쓰이는 주된 소재를 이용하거나 작품 전체 내용을 관통하는 시어, 재미있거나 금방 눈에 띄는 시구, 작품 전체의 주어, 은유나 상징적 의미를 지닌 시어, 시인이 강조하고 싶은 시어, 주제가 되는 문장을 사용하는 등 다양하다. 동시 제목을 붙이는 일반적 원칙은 있을 수 없으나 성인 시와 비교할 때 동시의 제목은 너무 쉽게 붙이는 경향이 있다는 느낌을 지울 수 없다. 앞의 정호승의 「그리운 부석사」, 김광섭의 「저녁에」처럼 제목이 작품의 의미와 유기적인 관계를 유지하도록 장치되고 있음을 볼 때 단순하게 붙이는 동시의 제목이 작품의 수준까지 저하시키고 있다고 할 것이다. 또 어느 동시인의 작품집 속에서 동일한 제목으로 쓴 두 작품을 발견하기도 하였는데 이것은 시제에 대한 시인의 깊은 고민이 부족한 것 아닌가 한다.

짙은 가을빛에 묻어나는
그리움을
짧은 날개에 잔뜩 품어 온
귀뚜라미가

소녀의 방
창틈 사이로

또르르르

또르르르

한 잠도 못 자게
불어넣고 있다.

—박지현, 「소녀의 방」 전문

옷을 갈아입는 할머니
앞가슴이 평평하다
오학년인 나도 브래지어를 하는데
할머니는 맨가슴이다

아래로 축 늘어진
할머니의 젖가슴은
쪼옥 빨아먹어서
껍질만 남은 홍시처럼 생겼다

진종일 밭에서 일하고
때 되면 밥 짓고 저녁에는 빨래하면서도
아버지 작은아버지 고모들
모두 젖 물려 키우셨다는 할머니

할머니는 맨가슴으로 오셨다
시골에서 농사지은
참깨와 들기름 고춧가루 검정콩을
젖처럼 물려주려고 오셨다

—김은영, 「할머니의 젖가슴」 전문

캐나다기러기, 홍부리황새, 큰고니, 왜가리, 거위, 흑두루미, 청둥오리, 재두루미, 비둘기, 참새, 까치……서로 다른 것들이 좁은 연못에서 함께 산다. 덩치가 커도, 힘이 세어도 얕보지 않는다. 말이 다르고 얼굴이 달라도 함께 어울려 살아간다. 이상한 눈으로 바라보지도 않는다. 비둘기, 참새, 까치들을 위해 먹이를 조금 남겨 둔다.

—최춘해, 「달성공원 연못에는」 전문

땅속에
뿌리가 있었군.
곧은 뿌리가
숨 쉬고 있었어.

이놈이
줄기를 먹여 살렸네.
곁가지 손끝까지
물을 올렸고

영양을 대 주고
힘을 주었군.

꽃은 빨강
잎을 초록

그래서 잎이
바람을 견디며
살 수 있었군.

—신현득, 「뿌리가 있어야 잎이 산다」 전문

박지현의 「소녀의 방」, 김은영의 「할머니의 젖가슴」은 작품 속의 주된 소재를 시제로 삼는 경우이다. 「소녀의 방」에서는 '소녀의 방'보다는 '귀뚜라미'가 더 중요한 위치를 점하고 있는 제재이지만 시인의 관심의 초점이 밤새 잠 못 이루는 소녀에게 가 있기 때문에 제목이 '소녀의 방'이 되었다고 할 수 있다. 「할머니의 젖가슴」 전체 4연 내용 중 1연~3연까지는 '할머니의 젖가슴'에 대한 것이라면, 4연은 '할머니의 맨가슴'이나 '할머니의 젖'이 더 알맞다고 할 수 있다. 그래서 육감적인 '젖가슴'보다는 4연 전체를 관류하는 '할머니의 젖'이나 '할머니의 맨가슴', 또는 '할머니는 맨가슴이다'라는 시구가 제목으로 더 적당하지 않나 싶다.

최춘해의 「달성공원 연못에는」은 작품 전체의 주어가 제목이 된 경우이다. 좁은 연못 속에서 함께 어울려 사는 조류들을 보면서 관람하고 있는 인간들에게 양보, 화해, 조화, 인정, 나눔을 배우라고 요구하고 있는 작품이라고 할 수 있다. 이 작품을 읽고 나서 저절로 제목을 다시 보게 되는데 그때서야 '아하! 달성공원 연못' 하고 고개를 끄덕일 수밖에 없으며, 이렇게 전체의 주어를 제목으로 삼으면 작품 속에서 굳이 소재로써 반복할 필요가 없음을 알 수 있다.

신현득의 「뿌리가 있어야 잎이 산다」는 작품의 주제를 제목으로 뽑은 경우이다. '뿌리가 있어야 잎이 산다'는 '뿌리의 고마움', '뿌리의 중요성'이라는 주제나 별반 다름이 없는 표현이다. 하지만 동시인들은 주제를 제목으로 쉽게 삼지 않는 경향이 있다. 왜냐하면 주제를 찾는 일은 감상자나 독자의 몫이라고 생각하기 때문이다. 이 작품의 제목 '뿌리가 있어야 잎이 산다'는 딱딱한 표현이 아니라는 점을 유의할 때 비교적 자연스런 제목임을 알 수 있을 것이다.

여행 가방
꾸렸니?

여권 챙겼니?

아니, 하늘길
따라가면 돼.

깃털 가다듬고
날면 돼.

나, 간다.
안녕.

맨몸으로.

—김마리아, 「철새」 전문

잎 진
미루나무
우듬지
까만
까치집.

소녀의 입술 가
작은
사마귀
점.

—손광세, 「겨울 아침」 전문

개구리 풀벌레 소리
함께 어우러지는
밤

옆자리에 있는
빈 의자에
빙그레 웃는
아기.

—박유석, 「달」 전문

김마리아의 「철새」, 손광세의 「겨울 아침」, 박유석의 「달」은 모두 제목이 작품 속에 직접 사용된 시어가 아니라는 점이다. 이런 작품은 상상의 폭이 더 넓어지고 있다는 느낌을 가질 수 있다.

「철새」는 사람과 철새가 대화하는 형식으로 처리된 매우 간결한 작품이다. 외국여행이라면 당연히 '여행용 가방'이나 '여권'이 필요한 도구임에도 불구하고 그런 물건들이 전혀 소용없다는 것을 강조해 인간과는 대조적으로 자유로운 존재임을 부각시키고 있기에 작품 속에 시어로써 '철새'를 넣지 않았던 것이다. 제목으로 쓰기 위한 시인의 의도적인 소재 누락이라 할 수 있다. 「겨울 아침」은 작품 전체의 시간적 배경을 제목으로 삼는 경우이다. 미루나무 가지 끝에 있는 까치집은 잎이 다 떨어진 겨울철에 유별나게 잘 보인다. 그런 까치집을 소녀의 입술 가에 있는 까만 점에 비유하고 있다. 풍경화와 인물화라는 서로 다른 두 그림이지만 까치집과 사마귀 점이 절묘하게 한 곳에 합치된다. '겨울 아침=소녀 얼굴', '까치집=사마귀 점'이라는 점대칭적인 그림으로 보인다. 이 작품에서 만약 제목을 '까치집'으로 했다면 2연이 1연의 은유적인 표현이 되지 못하며 참신성도 매우 떨어졌을 것이다. 「달」은 앞의 「겨울 아침」

처럼 은유법이 쓰인 작품으로 서정성이 뛰어난 동시이다. 이 작품의 시적 화자가 '개구리 풀벌레 소리'가 들리는 의자에 앉아 여름밤을 즐기고 있다. 그때 "옆자리에 있는/빈 의자에" 빙그레 웃으며 내려앉은 대상이 바로 '달'인 것이다. 만약 마지막 행 '아기' 대신에 '달'을 시어로 썼다면 어떻게 됐을까. 이 작품의 깊은 맛은 없어지고 말았을 것이다. 몰래 숨겨 두었던 보석(달)을 마지막 행까지 보여주지 않고 유사한 것(아기)을 내비침으로써 제목에서 찾는 재미와 효과를 극대화하였다고 할 수 있다.

"다신 너랑 안 놀아!"

앵돌아선
내 짝 미선이

-1교시도 채 못 넘기면서
또 그런다, 또…….

—송재진, 「아침 안개」 전문

저기
쇠똥구리 한 마리가
노란 먹잇감 한 덩이를
뒷걸음치며
끙!
끙!
끌어당기며, 굴리며
언덕을 넘어가고 있다.

—권오훈, 「지는 해」 전문

송재진의 「아침 안개」와 권오훈의 「지는 해」는 표면적 시상과 제목과 관련한 이면적 시상이 전혀 다른, 이중적 접근이나 중첩적 효과를 내고 있는 참신하고 독창적인 작품이다. 제목을 가리고 읽으면 그리 뛰어난 작품으로 보이지 않는다.

「아침 안개」는 다음과 같은 두 가지의 시상을 지니고 있다. 첫째는 한 시간도 채 지나가지 않았는데도 자주 토라지는 '내 짝 미선이'의 변화무쌍함을 표현하고 있으며(표면적 시상), 둘째는 흩어졌다 모이고 모였다 흩어지는, 흐물거리는 아침 안개의 변화무쌍한 모습을 표현하고 있다(이면적 시상). 즉 이 작품은 자주 토라지는 '미선이'와 시간에 따라 변화무쌍한 '아침 안개'가 동일한 속성을 지니는 점을 교묘히 이용하고 있는 것이다. 결국 표면적 시상이야 마땅히 제목과 관련된 이면적 시상을 위한 밑그림 정도밖에 되지 않는 것이지만 그래도 별도의 시상처럼 느껴지게 한다는 면에서는 상당히 참신한 작품이라고 할 수 있다. 여기서 우리는 제목이 가지는 무게감이나 중요성을 새삼 알 수 있다. 「지는 해」 역시 제목과 시상이 이중적으로 전개된 작품이다. 이 작품도 표면적으로 전개된 내용은 그리 참신한 것은 아니다. '쇠똥구리'가 '먹잇감'을 끌고 언덕을 넘어간다는 것이다. 관찰한 자연현상을 그대로 글로 표현한 것(표면적 시상)이라고 할 수 있다. 그러나 이런 단순한 시상이 제목에서 말하는 '지는 해'를 표현한 것이라면 완전히 다른 시상, 참신한 시상이 되고 마는 것이다. 석양 무렵 서산에 넘어가는 태양을 '노란 먹잇감 한 덩이'로, 아름답게 노을이 물든 구름을 '쇠똥구리'로 표현하고 시상을 전개하고 있는 것이다.

동시의 제목은 사람에게 있어서 얼굴만큼이나 소중하다고 할 수 있다. 때문에 각자 얼굴에 개성이 드러나듯이 작품의 제목에서도 그 작품의 개성이 집약되어야 마땅하다고 할 수 있다.

동시의 시적 화자(詩的 話者) 분류

1.

동시란 어린이다운 심리와 정서로 어른과 어린이 모두가 공감할 수 있게 성인이 쓴 시[1]이다. 동시가 일반시와 근본적으로 다른 것은 어린이들의 순수하고 단순한 사상과 감정을 담고 있다는 점이다. 우리는 이것을 보통 동심이라고 부르는데 동심은 꼭 어린이에게만 있는 것은 아니다. 남녀노소 누구나 마음속에 내재되어 있는 인간의 가장 순수한 형태의 심성 또는 휴머니즘의 원형이라고 할 수 있다. 동시가 어른에게도 쉽게 감동을 주는 이유가 여기에 있는 것이다. 동시가 어른들에게 내재된 동심을 통해 순수하고 아름다운 심성을 일깨워 주기 때문이다.

발달기에 있는 어린이들이 보이는 가장 큰 특징 중의 하나는 물활론적 사고를 한다는 점이다. 어린이들은 동물이나 식물 또는 바람이나 돌과 같은 무생물도 사람처럼 생각하고 활동한다고 믿는다. 이런 어린이들의 물활론적 사고가 동심의 한 축을 이루고 있으며, 동시문학의 기본 바탕이라

---

1 이재철, 『세계아동문학사전』, 계몽사, 1989, 74~75쪽.

고 할 수 있다. 더구나 물활론적 사고는 동시 작품에서 동물, 식물, 무생물 등이 직접적으로 작중 화자, 즉 시적 화자가 되어 서술할 수 있게 함으로써 동시문학을 더욱 풍성하게 만들고 있다고 할 수 있다.

시적 화자와 관련하여 박민수는 동시의 시적 자아(=시적 화자)를 관점에 따라 몇 개의 유형으로 나누고 있는데 그중 인물의 상태에 따른 유형으로는 어린이 시적 자아, 어른 시적 자아 등 두 가지로 나누었다.[2] 필자의 판단으로는 동시에서 시적 화자는 어린이, 어른, 범생명적(물활론적), 혼합적 등 네 가지로 나누어야 타당하지 않을까 생각한다. 첫째, 어린이 시적 화자는 어린이 입장에서 시적 자아를 설정하여 어린이의 생각과 행동을 직접적으로 보여주는 것이다. 둘째, 어른 시적 화자는 어른의 입장에서 시적 자아로 설정하여 어릴 때를 회상하거나, 어린이들과 함께 어울리는 모습을 보여주는 것이고, 셋째, 범생명적 시적 화자는 자연 속 동물, 식물이나 바위 등과 같은 무생물의 입장에서 시적 자아를 설정하여 사람처럼 호흡하고 생각하면서 자신들의 처지를 보여주는 것이고, 넷째, 혼합적 시적 화자는 화자로서 어린이와, 화자로서 동물, 무생물 등이 상호 등장하여 혼합적인 형태로 전개되는 것을 말한다.

특히 셋째의 범생명적 시적 화자나 넷째의 혼합적 시적 화자라는 명칭에 대해 생소할 수밖에 없을 것이다. 어쩌면 동시문학 이론의 틀이 완전하게 잡히지 않는 현실에서 새로운 명칭을 도입하는 일은 동시문학 이론의 지평을 넓힌다는 측면에서 좀더 과감해질 필요가 있지 않을까 한다. 여기에서 범생명적이라는 용어는 '생명을 지닌 전체에'라는 의미와 함께 '생명이 부여된'이라는 의미가 추가된 것으로 정의할 수 있을 것이다.

---

2 박민수는 『아동문학의 시학』(양서원, 1998) 122쪽에서 시적 자아를 인물의 상태에 따른 유형과 인물 태도에 따른 유형의 두 가지로 나누고, 인물 상태에 따른 유형은 어린이 시적 자아, 어른 시적 자아로, 인물 태도에 따른 유형은 자기 표출적 자아, 관찰자적 자아, 매개자적 자아로 나누었다.

2.

첫째, 어린이 시적 화자는 동심의 눈을 시적 화자인 어린이 자신에게 맞추고 전개한 경우이다. 작품 속에 등장하는 어린이 스스로의 눈을 통해 동심에 젖거나 휩싸여 천진난만한 행동을 보여줌으로써 독자들로 하여금 감동하게 하고, 순수한 마음을 갖게 하는 것이다. 대부분의 동시들이 이 경우에 해당한다. 그러나 이때 어린이 시적 화자에서 말하는 '어린이'는 동심의 가진 존재라는 의미이지, 결코 발달이 덜 되고 생각이 낮고 정신적으로 미성숙한 존재라는 의미는 아니다. 어린이 시적 화자를 자칫 잘못 적용하면 초등학교 다니는 어린이가 쓴 수준 낮은 작품 정도로 전락할 가능성이 있다는 것이다.

엄마 따라
떡갈나무 숲에서
도토리를 줍다가

내 모습
한참을 지켜보았을
다람쥐와 눈이 탁 마주쳤다.

순간,
가슴이 뜨끔
얼굴이 화끈화끈

주웠던 도토리
좌르르 좌르르

빈손으로 내려왔다

—김소운, 「빈손」 전문

김소운의 「빈손」은 어린이 시적 화자로 전개한 작품이다. 다람쥐의 먹잇감인 도토리를 아무 생각 없이 줍다가 다람쥐와 눈이 마주친 어린이의 순진한 마음이 잘 표현된 동시이다. 이 작품에서 쓰인 의성어나 의태어'탁, 뜨끔, 화끈화끈, 좌르르 좌르르'가 시적 화자 마음의 상태를 적절히 나타내고 있다.

금메달 선수에게 오색종이 쏟아지듯
오늘은 머리 위에 함박눈이 쏟아진진다.
큰 축복 한 몸에 받은 듯 가슴 마저 벅차온다.

이런 날 온 세상은 신나는 생일 잔치
언덕은 케이크 잣나무는 촛불 같고
우리들 마음은 꽃풍선 하루 종일 동 동 동 동

—서재환, 「눈오는 날」 전문

서재환의 「눈오는 날」에서는 나를 포함한 어린이 '우리들'이 시적 화자이다. 누구나 함박눈이 쏟아지는 겨울날에 한 번쯤 눈싸움을 하거나 친구들과 함께 달리거나 눈밭에 뒹구는 즐거운 경험을 해보았을 것이다. 이런 동심의 모습을 어린이 자신의 시각으로 전개해 가고 있는 것이다. 시적 화자인 어린이 자신이 가지고 있는 동심의 눈을 통해 눈 오는 세상을 바라보고 있다. 1연은 하늘에서 내리는 눈을 금메달 운동 선수에게 쏟아지는 오색종이 가루로 생각한 것이며, 2연은 생일잔치를 벌이는 어린이의 눈으로 언덕을 '케이크'로, 잣나무를 '촛불'로 바꿔 보고 있는 것이다.

이 작품의 분위기가 최고조에 이른 곳은 당연히 2연 종장이다. 결국 어린이들의 마음은 '꽃풍선'이 될 것이며 그 마음은 하루종일 둥실둥실 하늘을 떠다닐 것이다. '동 동 동 동'은 어린이들의 마음 상태를 적절히 잘 표현해 주고 있는 의태어라고 할 수 있다. 더욱이 '동동동동'과 '동 동 동 동'의 운율적 차이를 고려한다면 '동 동 동 동'의 어구는 음악성과 들뜬 마음을 잘 표현하고 있다고 볼 수 있다.

빨랫줄에 줄줄이
아가 하얀 기저귀가
널렸어요.

햇빛이
온통 그쪽으로
몰리고.

바람도
온통 그쪽으로만
불고…….

엄만 그게
태극기 펄럭이는 것보다
더 가슴이 뛴대요.

—손동연, 「태극기보다 더」 전문

손동연의 「태극기보다 더」는 어린이 시적 화자가 하얀 기저귀를 빨랫줄에 넌 엄마의 심정을 표현하는 작품이다. 어린이가 관찰자의 입장으로 보이는 것은 4연 마지막 '뛴대요'라는 시어의 서술 방식 때문이다. 이 동시 속에 드러난 동심의 모습은 하얀 기저귀를 말리기 위해 '햇빛'과 '바람'이 "온통 그쪽으로/몰리"는 초자연적인 형태로 발현되고 있다. 물론 햇빛의 양이나 바람의 세기는 어느 곳에서든지 동일하게 적용되지만 하얀 기저귀로 쏠리는 엄마 사랑의 심리적 흡입력이 햇빛과 바람까지 빨아들이고 있는 것이다.

이 작품에서 눈에 띄는 것은 '태극기'와 같은 이념적이고 비문학적인 시어가 오히려 다양한 상상력과 엄마의 사랑을 더 절실하게 표현하고 있다는 점이다. '태극기'는 애국심, 국가의 상징, 국민의례 등에서 쓰이는 것처럼 좀 딱딱한 단어이면서 2002년 월드컵 대회에서 축구공이 상대방 골그물을 출렁일 때, 승리의 기쁨을 누릴 때, 소리를 크게 지르고 응원을 할 때 경기장을 가득 채웠던 태극기는 기쁨의 감정을 표출하는 단어이기도 한 것이다. 바람에 날리는 하얀 기저귀의 모습에서 월드컵 축구 경기 때보다 가슴이 더 뛴다는 것은 엄마의 아가에 대한 사랑이 그만큼 더 깊고 더 크다는 것을 의미하고 있는 것이다.

길을 가다가
넘어졌다.
먼 산을 본 것도 아닌데
딴 생각을 한 것도 아닌데
흙 묻은 바지를 털 사이도 없이
얼른 사방을 둘러보았다.
누군가 날 볼 것만 같아
아무도 없구나 일어서는데
'어!'

가파른 담을 오르는
담쟁이덩굴 그 많은 잎들이
내 얼굴처럼 빨갛게 물든 얼굴로
깔깔대며 날 보고
웃고 있었다.

—김재수, 「담쟁이덩굴」 전문

김재수의 「담쟁이덩굴」은 어린이 시적 화자인 '내'가 길을 가다가 잠시 넘어진 평범한 사실에다가 담쟁이덩굴이라는 새로운 대상에 동심의 눈을 맞추고 시적 공간으로 끌어들이고 있음을 알 수 있다. 전 12행으로 된 이 작품을 두 부분으로 나누면 1행~7행과 8행~12행으로 구분되는데 앞부분은 길에 넘어진 그저 평범한 사실을 나열하고 있고, 뒷부분은 단풍이 든 선명한 담쟁이덩굴의 웃음을 보여주고 있다. 이 작품이 일정한 수준을 유지하고 있는 것은 순전히 이 뒷부분의 담쟁이덩굴의 단풍에 있다고 할 수 있다. 결국 담쟁이덩굴이 "깔깔대며 날 보고/웃고 있"는 물활론적 사고가 이 작품의 생명을 불어넣고 있는 것이다.

3.

둘째, 어른 시적 화자는 동시를 창작하는 동시인의 입장 그대로 시적 화자를 어른으로 설정하여 어릴 때를 회상하거나, 어린이들과 함께 어울리는 모습을 보여주는 것이다. 이런 경우는 동시 창작하기는 매우 쉬울 수 있으나 시어 선택에서 동심이 없는 일반 단어가 불쑥 튀어나올 수도 있다.

소복이 눈 내린 아침
하얗게 떠오르는
고양이 발자국

먹이 찾아 돌아온 엄마 고양이
새끼들이 다 먹은 후에야
남은 걸 먹는 엄마 고양이!

훔치는 걸 본 적도 없는 사람들이
도둑고양이라며
돌 던지는 세상 속으로 걸어가던
엄마 고양이

하얀 눈은 자꾸만 쌓이는데
오늘도 배 곯으며
눈 덮인 세상 힘들게 기웃거리고 있다.

—박희순, 「눈 온 아침」 전문

박희순의 「눈 온 아침」은 어른의 입장에서 엄마 고양이의 처지를 생각하는 '어른 시적 화자'임을 알 수 있다. 「눈 온 아침」은 사람들의 멸시를 묵묵히 견디며 새끼를 기르는 엄마 고양이의 어려움을 표현한 작품으로 눈 온 아침의 배경을 절묘하게 끌어들여 고단한 엄마 고양이의 처지와 스산한 심리를 잘 표현하고 있다. 사람과의 대결, 배고픔과의 대결, 먹이 사냥감과의 대결(?), 계절과의 대결 등이 여러 층을 이루고 있음을 볼 수 있다.

초등학교 앞문
그냥 지나치지 못한다.

조용한 공부시간
지글재글 쉬는 시간
저 교실 속에 있을

찜부럭 내는 아이
숫저운 아이
모두 눈 맑은 어린이
어린 내 친구들아
—믿는다
—너희들을

그저 니들이
고맙고 귀하고
또 가여워서
학교 앞에서 잠깐 멈추고
바라보고 섰다

—정두리, 「믿는다」 전문

정두리의 「믿는다」에서는 어른 시적 화자인 내가 등장한다. 이 작품은 현실의 무거움을 온몸으로 버티며 살아가는, 당당한 초등학교 아이들에게 한없는 믿음의 눈길을 보내는 어른의 간절함을 그리고 있다. 초등학교 교문 앞에 서 있는 시적 화자는 어린 세대에 대한 두 가지 감정을 드러내고 있다. 하나는 고맙고 귀한 존재라는 점, 다른 하나는 험한 현실을 감당해야 하는 가여운 존재라는 점이다. 정이 넘치는 손길로 어린 아이들의 등을 두드리고 있음을 알 수 있다. 어린 세대에 대한 기대와 믿음이 잘 나타나 있다.

4연의 "믿는다/너희들을"이라는 도치된 시구는 칙령을 내리는 절대군주의 결연한 말투 같다. 군더더기 수식어가 붙지 않아서 너무 좋다. 이 작품의 핵심을 드러낸 연이라고 할 수 있다. 그래서 제목도 '믿는다'이다. 바르게 성장할 것이라는 믿음이다. 이것은 어쩌면 모든 어른들이 모든 아이들에게 가지는 한결같은 마음일 것이다. 어른 세대가 어린 세대에게 주는 믿음이야말로 영원한 생명의 끈이다.

골목에 골고루 내리쬐는
따사로운 봄볕

서로 아웅다웅 다투던
고양이와 강아지도
나란히 봄볕을 쬐고,

담장 밑
민들레꽃과 냉이꽃도
나란히 봄볕을 쬐며
피어난다.

무엇이든 아끼고 나눠 쓰는
골목 사람들처럼
따사로운 봄볕
서로 조금씩 아끼고 나눠 쓰며

나지막한 지붕이랑 빨래랑
화분이랑, 아이들의 조그만 신발이랑
나란히 봄볕을 쬔다.

—이준관, 「따사로운 봄볕」 전문

이준관의 「따사로운 봄볕」은 5연 '아이들'이라는 시어로 미루어보아 어른 입장으로 전개한 어른 시적 화자의 작품이다. 봄볕이 내리쬐는 골목 안의 모습을 구석구석 자세하게 관찰한 작품으로 골목 안에 오순도순 정답게 살아가는 이웃들의 모습을 표현하고 있다. 고양이, 강아지, 민들레, 냉이꽃, 지붕, 빨래, 화분, 아이들, 신발, 골목 사람들은 그저 평범하고 일상적인 것들이다. 이들에게서는 어떤 화려함도 어떤 아름다움도 발견할 수 없다. 이런 골목은 승용차가 다닐 수 없는 좁고 구불구불할 것이며, 가난한 사람들이 모여 사는 달동네의 골목일 것이다. 가진 것은 풍족하지 않지만 내 것을 서로 나누어 쓰는 인정미가 넘치는 골목이다. 그러므로 당연히 따사로운 봄볕도 의미가 그리 간단한 것이 아니라는 것을 알 수 있다. 골목 안에 존재하는 여유로움, 풍족함, 따뜻함, 포근함뿐만 아니라 정신적 행복감까지 포함하고 있다고 할 수 있다.

이 작품에 나타난 동심의 눈은 보이지 않는 따사로운 봄볕을 나누어 쓰는 골목 안의 여러 대상에 머물러 있다. 그러나 이것은 어디까지나 겉에 드러난 초점일 뿐이다. 이 작품에서 진정으로 말하고 싶은 동심의 눈은 비유의 대상으로만 등장하면서 전제 조건으로 내세워져 있는 4연 "무엇이든지 아끼고 나눠 쓰는/골목 사람들처럼"에 있다고 할 수 있다. 이 작품 속에 내재된 논리는 골목 안의 사람들이 무엇이든지 아끼고 나눠 쓰니까 나머지 골목 안의 모든 것들이 봄볕도 나눠 쓰고 있다는 것이다. 그래야 봄볕이 진정으로 따사로운 것이 된다.

점 하나가 오고 있다.
동네 앞에도
작은 점 하나가 서 있다.

길 위엔 두 점만 있다.
이윽고
두 점이 가까워진다.

그러더니
발소리가 들린다.

상우냐.
예, 아버지
한 점이 다른 점에게 안긴다.
커진 점 하나가
집으로 간다.

—성명진, 「밤길 위」 전문

성명진의 「발길 위」는 어른이 관찰자 입장으로 쓴 어른 시적 화자의 작품이다. 동시지만 어른도 함께 공감할 수 있는 일반시이기도 한 독특한 작품이라 할 수 있다. 밤늦게 귀가하는 자식과 동네 어귀에서 그 자녀를 기다리는 아버지의 상봉을 통해 부자간의 따듯한 정을 그리고 있는 작품이다.

이 작품의 독특한 특징은 사물을 분간하기 힘든 어두운 밤에 생명체인 아버지와 아들을 무감각적, 무생물적, 비정한 성격을 지닌 하나의 '점(點)'으로 표현하고 있다는 것이다. 한 점과 다른 한 점이라는 일차원의 존재가 움직여 선이라는 이차원의 세계를 만들고 마지막으로 공간적인 삼차원의 세계인 '집'으로 들어감으로써 무한대로 커지는 가족의 사랑을 강조하고 있다고 할 수 있다. 그것은 마지막 연 중 "한 점이 다른 점에 안긴다./커진 점 하나"에서처럼 수학적, 물리적으로 팽창된 '점'은 결국 가족 사랑의 확대로 환치된다는 것이다.

4.

셋째, 범생명적 시적 화자로 창작된 동시를 보면 우선 재미있고 참신하다는 느낌이 든다. 어른이나 어린이 등 인간의 입장이 아니라 처지를 바꾸어 동물, 식물, 돌, 바람 등의 입장에서 그들 자신의 목소리와 모습을 보여주고 있기 때문에 낯선 목소리, 새로운 모습, 독특한 생각 등을 찾을 수 있다.

다음 네 편의 동시에서 무생물인 미역, 길가 돌, 잔디, 그리고 식물인 은행나무라는 범생명적 시적 화자인 '나'의 독특한 목소리를 각각 들을 수 있다.

난 까칠하지 않아

푸른 바다에서
여린 손목 붙잡혀
물 밖으로 끌려나온 날

온몸에 힘이 잔뜩
들어갔을 뿐이야

그래서
누군가 나를 건드리기만 해도
토독, 토도독
말을 끊어 버리지

날 물속에 넣어 봐
불끈 쥔 주먹 풀고
남실남실
푸른 꿈 펼쳐보일게

나는 절대 까칠하지 않아

—박덕희, 「마른 미역」 전문

연탄 수레를 끌고
언덕배기를 올라가던 아저씨가
휴우, 하며 쉴 때
거기에 내가 있었지.
—마침 고마운 녀석이군.
아저씨는 길가에 앉아 있는
나를 집어 들어
수레바퀴에 받치셨던 거야.
나도 뭔가 괜찮은 일 한 번은
해봐야 하지 않겠나.

기분이 어떻냐고?

땀이야 좀 나지만
지금 나는 기분이 썩 좋아.

—권영상, 「말굽돌」 전문

나는 잔디예요
땅 위를 기어가는 풀도 있지만
나는 그렇게 살 수 없어요
바람이 불면 등이 굽는 친구들도 있지만
나는 발에 밟히는 풀이에요
길을 가다 발이 아프면
나를 밟고 가세요
지치고 힘들면 벌렁 누워도 돼요
나는 밟히는 풀이거든요
낮은 곳에서 몸을 받아주는 풀이거든요

—이창건, 「잔디」 전문

치킨 집 앞에
가로수로 서 있는
나는
가끔은 미안하다.

이파리마다
황금빛 곱게 물들이고
가을을 알려주지만

노랗게 잘 익은 열매

차 지붕에 떨어질 때 미안하다
양념통닭 좋아하는
철이 머리 위에 떨어질 때
더 미안하다

밥 먹는데 방귀뀐 것처럼
정말정말 미안하다.

—박선미, 「은행나무」 전문

위 네 편 작품은 모두 범생명적 시적 화자이면서 '나'가 등장하는 1인칭 주인공 시점이라고 할 수 있다.

박덕희의 「마른 미역」은 딱딱하고 잘 부러지는 마른 미역에게도 원래 가졌던 남실거리는 부드러운 모습으로 돌아가 푸른 꿈을 보여줄 수 있음을 나타내는 작품이다. 여기에서 시적 화자 '나'는 '마른 미역' 자신이다. 이런 '범생명적 시적 화자'이기 때문에 토독 부러져 버리는 마른 미역을 보고 시비한 사람들에게 자신의 본래 모습을 보여줌으로써 적극적으로 자신을 옹호하고 항변하는 모습이나 목소리를 들을 수 있는 장점이 있는 것이다.

권영상의 「말굽돌」은 길가에 아무렇게나 놓여 있는 돌멩이라도 요긴한 쓰임새가 있다는 사실을 보여주는 작품이다. 돌멩이는 길을 가다 사람의 발에 채이면 기분이 나쁘거나 통행에 불편을 주지만 이 작품 속의 연탄 수레를 끄는 '아저씨'와 같은 사람에게 '마침 고마운 녀석이군.' 하고 진심 어린 말을 듣는 입장이 된다는 것이다. 하찮은 길가의 돌멩이일 자라도 남을 돕는다는 것은 즐겁고 '기분이 썩 좋아'지는 것이다. 지은이가 '말굽돌' 자신인 '나'를 시적 화자로 삼는 이유가 여기에 있다. 참고로 '말굽돌'은 지은이가 만들어낸, 사전에 없는 단어로서 언덕에서 바퀴 달린 사물이 굴러 내려가지 않도록 괼 수 있는 말굽이나 반달처럼 생긴 돌로 생각된다.

박선미의 「은행나무」는 냄새가 매우 고약한 잘 익은 열매 은행 때문에 피해를 보는 남의 처지를 생각하고 배려하는 마음씨가 잘 표현된 작품이다. 남에게 미안한 마음을 표현하는 방법으로 시적 화자를 은행 자신인 '나'로 선택하고 있는 점이 눈에 띈다. 만일 어린이가 시적 화자가 된다면 마땅히 은행에 대한 불만, 고약한 냄새에 대한 욕설이 튀어나올 수 있을 테지만 말이다. 여기서 언급할 것이 또 하나가 있다. 작품 속에 '미안하다'라는 시어가 네 번이나 반복된다는 것이다. 한 작품 속에 동일한 시어가 반복되어 나타나면 갈수록 신선도가 떨어진다. 지나침은 부족함만 못하다는 과유불급(過猶不及)이 된다는 것이다. 그러나 이 작품 속에 등장하는 '미안하다'는 시어는 미안한 감정을 강조하고 있으며, 진실성을 드러낸 시어라고 할 수 있다.

이창건의 「잔디」는 편안하게 쉴 수 있고, 남을 배려하는, 원래 지니고 있는 잔디의 성격을 보여주는 작품이라고 할 수 있다. 우리가 일상에서 경험하는 잔디밭은 보호해야 할 곳, 들어가지 말아야 할 곳, 보기 좋게 가꾸는 곳, 고급스러운 집이나 화려한 마당을 빛내주는 곳, 접근하기 쉽지 않은 곳이라는 의미가 많이 내포하고 있다. 이 작품은 시적 화자인 '나' 즉 잔디의 입장에서 잔디의 편안성, 희생성, 봉사성을 강조하고 있음을 볼 수 있다. 범생명적 시적 화자의 작품의 가지는 장점을 그대로 보여주고 있다.

5.

넷째, 혼합적 시적 화자는 인간과 무생물, 인간과 동물 등처럼 어른이나 어린이 시적 화자와 동물, 식물, 무생물 등의 범생명적 시적 화자가 한 작품 속에 번갈아 또는 섞여 등장하는 형태를 말한다. 시적 화자의 혼용, 시적 화자의 이중적 사용 형태라고 할 수 있다. 물론 소설에 적용하고 있는 3인칭 관찰자 시점이나 전지적 작가시점도 사용할 수 있으나 동시문학의 독창적인 입장을 고려한다면 굳이 소설문학 용어까지 차용할 필요가 없으며 새로운 관점의 창조적 용어가 더 바람직하지 않을까 한다.

다음 동시 두 편은 어른이나 어린이 시적 화자와 범생명적 시적 화자가 혼용된 혼합적 시적 화자 형태의 예이다.

—냇가 바위 틈으로
다람쥐가 들랑날랑….

사람들이 카메라로
한 컷 하려는데,

"사진은 찍지 마세요. 스타 되기 싫어요!"

—강수성, 「다람쥐의 주장」 전문

둥그런 모래판에
'푹''푹'
발자국 눌러찍으며
바위 같은
황소 두 마리 들어선다

'나, 싸우기 싫은데'
'나도 그런데'

슬픈 왕방울 두 눈 꿈벅꿈벅

'그래도 싸워야 해'
'자 덤벼라'

뿔을 곤두세우며 달려든다
머리를 짓이기며 밀어낸다

'와아' '와아'
싸움을 시키고 손뼉을 친다
허허 웃는다

붉은 꽃잎처럼
뚝뚝 떨어지는 피
누런 털 사이로 번지는 아픔

다리를 절며
한 마리 쫓아간다

'달아나거라 멀리멀리
친구들 노는 들판으로'

가슴이 터질 것 같다

—신난희, 「소싸움」 전문

강수성의 「다람쥐의 주장」은 1, 2연의 어른 시적 화자와 3연의 다람쥐라는 '범생명적 시적 화자'가 겹쳐 있는 '혼합적 시적 화자'가 등장하는 작품이다. '다람쥐의 주장'이라는 제목 자체만 보아도 인간의 측면을 드러낸 것이라고 할 수 있다.

신난희의 「소싸움」은 1연, 4연, 5연 등에 어린이 시적 화자와 2연 등에 황소라는 '범생명적 시적 화자'를 겹쳐 사용하고 있다. 이 동시는 소싸움판에 드러난 인간의 잔인성과 황소들의 여리고 아픈 마음을 극명하게 대비시켜 놓은 작품이라고 할 수 있다. 특히 마지막 연 "가슴이 터질 것 같다"는 생명 천대에 대한 안타까움이 드러난 부분인데, 이 시행의 시적 화자를 뒤에 따라가는 황소로 본다면 자신의 감정 토로로 해석할 수 있지만 만약 관전하고 있는 어린이 화자라고 한다면 훨씬 깊은 안타까움을 드러내고 있다고 할 수 있다.

동시의 은유

1.

은유는 사전적 정의에 따르면 '하나의 관념, 이미지, 혹은 그 이상의 관념, 혹은 상징들의 출현으로 말미암아 선명성, 복잡성, 광활성, 함축성을 내포하는 응축적인 언어 관계'이다.[1] 단순하게 설명하면 두 가지 사물 또는 관념(A)을 보조적 사물 또는 관념(B)과 암시적으로 결합하는 표현법이라고 할 수 있다. 원관념(A)을 유사하거나 상이한 보조관념(B)을 통해 연결어 없이 비유하는 것이 은유이다. 비유하는 내용이 직접 드러나는 직유에 비해 훨씬 참신성이 뛰어난 비유법이라고 할 수 있다. 은유는 고착화된 원관념을 새롭고 구체적인 보조관념으로 끌어옴으로써 시인의 독창적인 의미의 세계를 보여주는 표현법인 것이다. 은유에서 쓰이는 보조관념(B)은 보통 원관념(A)과 유사한 경우가 많다. 그러나 유사한 보조관념을 쓸 경우 시의 참신성이나 개성을 지니기 어렵다.

---

1 이승훈, 『시론』, 고려원, 1990, 172쪽.

사랑하는 나의 하나님, 당신은
늙은 悲哀다.
푸줏간에 걸린 커다란 살점이다.
詩人 릴케가 만난
슬라브 女子의 마음 속에 갈앉은
놋쇠항아리다.
손바닥에 못을 박아 죽일 수도 없고 죽지도 않는
사랑하는 나의 하나님, 당신은 또
대낮에도 옷을 벗는 어리디어린 純潔이다.
三月에
젊은 느릅나무 잎새에서 이는
연두빛 바람이다.

—김춘수, 「나의 하나님」 전문

김춘수의 「나의 하나님」은 원관념과 보조관념 사이에 유사성이 거의 없는 매우 기이한 대상을 끌어와 결합시키고 있음을 볼 수 있다. 원관념 '하나님'을 일상적인 유사한 사물을 끌어와 비유하고 있지 않다. 서로 의미의 연결이 거의 되지 않는 사물을 끌어오고 있다. 즉 보조관념으로 쓰인 '비애', '살점', '놋쇠항아리', '순결', '연두빛 바람'은 원관념 '하나님'과 별로 유사한 점이 없다. 「나의 하나님」이 새롭고 강렬하게 독자들에게 와닿는 소이연이 여기에 있다.

동시문학에서는 「나의 하나님」에서처럼 유사점이 없는 보조관념을 쓰기가 어려운 것은 사실이다. 그러나 원관념과 유사성이 있는 보조관념을 이용해 시를 전개하면 읽는 독자들은 진부함과 구태의연함을 느낄 수밖에 없다. '구름은 개구쟁이', '가을비는 심술쟁이'와 같이 그저 간단하고 상투적인 작품을 보노라면 긴장성이 떨어져 그 이하의 시행을 더 읽어 보고 싶은 생각이 싹 달아나고 마는 것이다.

구름은 바보
내 발바닥의 티눈을 핥아주지 않는다.

—김춘수, 「시 II」 일부

「시 Ⅱ」에서 "구름은 바보"가 참신한 은유로 살아나게 된 것은 그 다음 행에 따라오는 "내 발바닥의 티눈을 핥아주지 않는다"는 은유적 속성을 제시하고 있는 점이다. 즉 동시에서도 유사성이 없는 보조관념을 쓸지라도 그 은유를 풀어놓은 새로운 시행을 제시하면 그 작품을 난해하게 느끼거나 작품성이 떨어지는 것은 아니라는 것이다. 문제는 은유가 얼마나 난해한가가 중요한 것이 아니라 은유에 뒤따르는 알맞은 시적 전개가 제시되어야 한다는 것이다. 논설문에서 자기 주장에 타당한 근거가 제시되어야만 상대방을 설득시킬 수 있는 것과 마찬가지인 것처럼 말이다.

2.

동시문학 쪽을 살펴보면 의외로 은유법으로 전개한 작품들이 많이 있다. 그만큼 은유법이 동시의 속성에 부합되는 표현법이라고 할 수 있다. 어린이들의 작품에서도 은유적 표현을 많이 볼 수 있는데 이것은 아마도 초등학교 교과서 영향 때문이 아닌가 생각된다.

동시에서의 은유법은 대개 다음과 같은 몇 개의 유형으로 나눌 수 있다. 첫째는 가장 많이 활용하고 있는 것으로 '은유+시적 근거'인데 논설문의 '주장+근거'와 같은 형태라고 할 수 있다. '은유'는 시인의 참신하고 독창적인 주장이며, '시적 근거'는 앞의 은유에 대한 시적 상상력을 동원하여 근거를 제시한 부분이다. 만일 '은유' 부분이 진부하거나 평범한 것이면 거의 작품 완성도가 떨어지는 경향이 있다. 둘째는 연역적인 방법으로 전개한 '시적 근거+은유'인데 전반부의 '시적 근거'는 밑도 끝도 없이 갑자기 전개되는 것이므로 독자들은 당황하면서도 긴장감을 가지고 읊어내려 가는 부분이다. 그러다가 마지막으로 '은유'로써 마무리 짓는다. 이런 형태의 작품은 제목을 생각하면서 읽으면 쉽게 작품이 가슴에 다가올 수 있다. 셋째는 '은유(A)+시적 근거+은유(D)'의 형태를 들 수 있다. 이것은 복합형으로서 '은유(A)'는 '은유(D)'와는 동일하게 반복된 것이 아닌, 또 다른 은유이며 시인의 독창적인 능력이 드러나는 형태라고 할 수 있다. 넷째는 첫째나 둘째의 확장형으로 '은유(A)+시적 근거+은유(A')+시적 근거+…' 또는 '시적 근거+은유(A)+시적 근거+은유(A')+…'로 이어지는 형태이다.

새로 입학한
1학년
아이들이다.

얼굴
서로 몰라
입 꾹 다물고 있다가

눈빛
서로서로 마주치면
한꺼번에 소리웃음

"하하하하……"

터져

나올 것 같다.

—박정식, 「꽃망울」 전문

박정식의 「꽃망울」에서는 '꽃망울=1학년 아이들'이라는 은유법이 쓰인 작품이다. 전술한 유형 중에 '은유+시적 근거'에 해당하는 것으로 꽃이 피어나기 전의 꽃망울을 이제 갓 입학한 초등학교 1학년 어린이들이라고 설정하고 전개한 동시이다. 이 작품의 '꽃망울=1학년 아이들'이라는 은유는 상이성보다는 유사성이 훨씬 많은 경우이다. '꽃망울'이 가지는 싱싱한 의미는 '1학년 아이들'에게도 동일하게 발견할 수 있다.

새로 입학한 1학년 신입생들은 처음에는 서로의 얼굴을 몰라 서먹하다가 어느날 갑자기 어색함이 없어지면 한꺼번에 떠들고 만다. 마찬가지로 꽃망울도 어느날 갑자기 화사한 모습으로 변신한다. 화사하게 피는 꽃이나 화사하게 웃고 떠드는 어린이들에게는 동일성을 발견할 수 있는 것이다. "하하하하……"라는 의성어을 통해 꽃이 한꺼번에 눈부시게 피어나는 모습을 표현하고 있다. 시각의 청각화라고 할 수 있다.

이른 봄

가지 끝에

나들이 온 흰나비떼

미소로

햇살로

켜놓은 촛불 촛불

우리 집
화사한 뜰엔
생일잔치 한창이다.

—백민, 「백목련」 전문

백민의 「백목련」도 앞의 「꽃망울」과 유사한 성격을 지닌 작품이다. 화사하게 피어나는 하얀 목련꽃을 보면서 생일잔치를 여는 모습으로 여긴 것이다. '백목련=흰나비떼', '백목련=촛불'이라는 은유로 전술한 은유의 둘째 유형인 '은유(A)+시적 근거+은유(D)'에 해당하는 것으로 '은유(A)+은유(D)+시적 근거'로 바뀌진 형태라고 할 수 있다. '흰나비떼'는 은유(A)에 해당하고, '촛불'은 '은유(D)'라고 할 수 있다. 3연의 '생일잔치'도 자세히 분석해 보면 은유라고 할 수 있다. 백목련 하나하나를 말하지 않지만 생일잔치는 백목련이 핀 화사한 나무를 표현하는 것이므로 결국 은유의 형태를 지닌 것으로 말할 수 있는 것이다.

추락하면
큰일나지.

초록색
자일 한 가닥
길게 늘어뜨리고
벽에 착 붙었다.

바람이 불어서
조심조심
정상을 향해서

한 걸음 두 걸음

담쟁이는
세상에서 으뜸가는
아름다운 클라이머.

—김구연, 「바위벽 타기」 전문

김구연의 「바위벽 타기」는 매일매일 조금씩 벽을 타고 자라나는 어린 담쟁이를 표현하고 있다. 어린 담쟁이를 암벽 등반가로 생각하는 것이 파격적이다. 이 동시는 전술한 둘째 유형인 '시적 근거+은유'에 근거한 작품이라고 할 수 있다. '담쟁이=클라이머'라는 은유는 마지막 힘찬 결구와 같다. 처음으로 1연을 읽어보면 누구나 당황하게 된다. 무엇에 대해 이야기하고 있는가 하고 긴장감이 생기는 것이다. 3연까지 읽으면 암벽 등반가 이야기이구나 하고 안심하기 쉽다. 그러나 4연을 읽어보면 담쟁이라고? 깜짝 놀라는 것이다. 그때서야 그렇구나 고개를 끄덕이는 것이다. 진짜 은유의 매력이 여기에 있다.

혼자
어둠에 올라서서
상모 돌리기를 한다.

열두 발 끝에
꽃불 하나 달고서
비잉비잉 돌린다.
밤새워 돌린다.

멀리
어느 뒷자리에도
구경꾼 한 사람 없는데

—권오훈, 「등대」 전문

권오훈의 「등대」는 은유가 밖에 드러나 있지 않다. 작품 속에는 원관념도 나오지 않으며, 보조 관념도 나오지 않는다. 어느 하나 딱 부러지게 소개가 되어 있지 않고 있다. 그러면 원관념은 어디에 있는 것인가. 이 작품을 이해하는 해결의 열쇠는 바로 제목에 있다. 제목이 바로 원관념이며, 상모를 돌리는 사람이 보조관념이 되는 것이다. 즉 '등대=상모꾼'이 되는 것이다. 밤에 불빛이 멀리 나가는 것을 상모 돌리기로 생각한다면 등대가 상모꾼이 되는 것은 매우 자연스런 일이다. 이 작품은 밤새 지나가는 배들에게 나침반과 같은 외로운 등대를 가장 시끄러운 자리의 상모꾼으로 생각하는 것이 새롭다. "어느 뒷자리에도/구경꾼이 없는데" 혼자 밤새 밤바다를 지키는 등대의 외롭고 쓸쓸한 고독을 생각하게 하는 작품이다.

초롱초롱
너의 눈망울이다

해님이 몰래
데려가기 전

쪼르르
미끄럼 타고
내게로 오렴.

—김소운, 「이슬」 전문

김소운의 「이슬」은 '몽당연필로 쓴 보랏빛 쪽지 편지'라고 부제가 붙어 있는 연작시 중 하나인데 이 작품은 조숙한 어린이들도 가질 수 있는 첫사랑에 대한 감정을 노래하고 있다. 이 작품에서는 전술한 은유의 유형 중 첫째 '은유+시적 근거'에 해당하는 것이지만 앞의 동시처럼 제목이 원관념은 아니다. 자세히 보면 거꾸로 제목이 보조관념이며 본문에 나오는 '너의 눈망울'이 원관념이 된다. '너의 눈망울=이슬'의 관계인 것이다. 내가 좋아하는 너의 눈망울은 이슬처럼 초롱초롱하다. 이슬은 해가 떠오르면 증발하여 사라진다. 그래서 해가 데려가기 전에 내게로 내려오라고 빌고 있다. 시적 화자의 속마음은 해가 솟아오르기 전에 나에게 와야 한다는 간절한 소망, 다급함까지 포함되어 있다고 할 수 있다.

누구나
이 땅에 오면
흔적을 남기고 싶어한다.

모래톱에 물결 모양
바람의 흔적
내 배 위에도
조그만 배꼽
어머니의 흔적

바람처럼 다녀 가시며
그토록 남기고 싶어했던
어머니의 모든 것

—김숙분, 「배꼽」 전문

김숙분의 「배꼽」은 사람들이 가지고 있는 배꼽은 어머니가 남겨 놓은 마지막 흔적이며, 이러한 배꼽을 통해 돌아가신 어머니의 모습을 그리워하는 작품이다. 이 작품은 전술한 둘째 유형인 '시적 근거+은유'의 형태를 지니고 있다. 1연과 2연 1, 2행이 시적 근거라면 그 나머지 행은 은유라고 할 수 있다. 물론 2연의 6, 7행도 시적 근거라고 할 수 있지만 대체로 둘째 유형이라고 할 수 있다. 이 작품 속의 은유는 '어머니의 흔적=배꼽' 또는 '어머니의 모든 것=배꼽'이다. 이 두 가지는 동일한 의미를 가지고 있는 은유이지만 '어머니의 모든 것=배꼽'은 '어머니의 흔적=배꼽'을 확대, 심화한 것이라고 할 수 있다. 작은 배꼽이 어머니의 전부라는 생각은 그만큼 어머니에 대한 생각이나 그리움이 간절하는 것을 의미하는 것이다. 이런 것은 2연 6행 '바람처럼 다녀 가시며' 속에 녹아 있음을 볼 수 있다.

마음껏 날고픈
날개 없는 새

터질 듯 부푼 꿈
한껏 안은 꽃봉오리

동동 뭉게구름
무지개빛 아기 마음

—선용, 「풍선」 전문

퐁 퐁
동그라미 밟고 가는
산새소리

초록물 번지는

봄 강

쪼르릉

꽁지 하얀

산새

한 마리

—선용, 「물수제비 1」 전문

선용의 「풍선」과 「물수제비 1」은 은유법으로 서정성을 극대화한, 시상 전개가 유사한 작품이다. 「풍선」에서는 '풍선=새, 풍선=꿈, 풍선=꽃봉오리, 풍선=뭉게 구름, 풍선=아기 마음'으로 표현하고 있다. 여기서 시적 대상은 놓쳐 버린 풍선을 보고 울고 있는 아이가 아니다. 놓친 풍선을 타고 하늘로 오르는 아기는 새가 되어 마음껏 날고 부푼 미래의 꿈도 띄우고 있다. 그래서 아기의 마음은 무지갯빛이 되는 것이다. '마음껏 날고픈' 주관적 감정을 슬며시 보조관념인 '새'로 바꾸어 숨겨 두고 있다. 「물수제비 1」에는 주관적 감정이 극도로 배제되어 있다. 은유적 표현으로 감정을 객관화시키고 있는 것이다. 간결한 시상 속에는 많은 의미가 내포되어 있음을 볼 수 있다. 시적 긴장을 유지하면서 초록빛 봄철에 느끼는 특유의 여유가 엿보이는 작품이다. 이 작품에서도 '물수제비=산새 한 마리'로 표현되어 있다. 이 동시의 핵심적 시어는 '번지는'에 있다. 번진다는 것은 앞으로 펴져 나간다는 직진, 전진, 진취, 확장의 의미가 내포되어 있다. 봄 강에는 초록물이 번지고, 들판에는 봄빛이 펴지고, 수면 위에서는 산새같이 물수제비가 달려가고, 뒤따라 봄을 알리는 산새소리가 솟구쳐 오르고, 물수제비 무늬가 동그랗게 밀려가고 있는 것이다. 이런 수많은 숨은 이야기가 이 동시 속에 내재되어 있는 것이다. 뛰어난 서정성이 돋보이는 동시라고 할 수 있다.

금테 모자 쓴 역장도 없다
손을 흔드는 손님도 없다

고요를 깰까 봐
기적도 울리지 않고

눈물이 흐를까 봐
휑 하니 지나가는

산 속 간이역
조용한 오후

언제 기차가 지나갔는지
호수엔 동동 흰 연기 한 점

—선용, 「호수」 전문

선용의 「호수」는 흰구름이 떠가는 잔잔한 호수의 아름다운 정경을 그린 작품이다. 마치 동양화 한 폭을 보는 듯한 착각을 일으키게 한다. '호수=간이역, 흰 구름=기차 연기'라는 두 개의 은유적 표현을 밑바탕에 깔고 시상을 전개한 작품이다. 난해할 것 같지만 사실은 역장과 손님, 기차 등의 동심적인 시어로써 난해성을 극복하고 뛰어난 서정성을 획득하고 있음을 볼 수 있다.

언어유희 기법

1.

2014년부터 각종 언론 매체들의 광고에서 영화배우이자 탤런트인 김보성의 '의리 시리즈'가 크게 유행하고 있다. 또한 이것을 패러디한 작품들이 유투브 등 인터넷에 넘쳐나고 있다. '주말의 의리는 역시 먹을거으리, 놀거으리, 주말 나드으리!', '여성들이라면 패션에 대한 의리가 필요하죠. 귀거으리, 목거으리, 윗도으리, 아랫도으리, 모두 드리의리!', '매일 아침 9시, 으리으리한 오빠가 골라 드리, 의리!' 등 유사한 언어의 반복적 사용의 음악성과 재미성, 화면구성의 유쾌성 등이 포함되어 있는데, 이 김보성의 의리 광고를 등에 업고 해당 업체는 광고 제품의 엄청난 매출 상승 효과를 보았다고 한다. '의리(義理)'는 배우 김보성 때문에 뜨는 말이기도 하지만 이기주의와 배금주의가 팽배한 이 시기에 절실히 필요한, 시대적 가치를 지닌 덕목임을 은연중에 드러내고 있다. 의리나 으리 또는 으리으리한 등 낱말에 쓰인 '의리'와 '으리'는 유사한 발음을 이용한 언어유희라고 할 수 있으며 어마어마하다, 굉장하다, 엄청나다는 뜻도 일부 포함하고 있다고 할 수 있다.

이처럼 언어유희(言語遊戲, Fun)는 주로 광고에서 차용하는 방법으로 '사람들의 주의를 끌기 위해서 언어규범이나 의사소통 참가자의 예상을 벗어나 재미를 주는 언어 행위'를 말한다. 문학 쪽에서는 언어유희를 보통 '다른 의미를 암시하기 위해 말이나 동음이의어를 이중의 의미를 나타내는 등 유희 즉 말장난으로 사용하는 표현방법'으로 정의한다. 또한 언어유희는 단순한 말장난이나 해학으로 끝나지 않으며, 풍부한 기지와 어조의 날카로움으로 상황이나 인생에 대한 풍자의 형식이 된다고 할 수 있다. 구명철(숙명대)은 "언어유희는 음성·음운론, 형태론, 통사론 등과 같은 언어학적 층위의 구조적인 면을 직접 활용하거나 그 형식상의 일탈수단, 즉 교체, 대치, 변화 등을 이용함으로써 이루어질 수 있으며, 또한 언어의 이러한 형태상의 특징 이외에 어휘나 문장의 중의성을 비롯한 여러가지 의미론적 기법들도 사용될 수 있다."고 하였다. 이 언어유희를 일부 문학창작론에서는 비유법 중 희언법(戲言法)으로 설명하고 있기도 하다.

이승훈은 『시론』에서 시어의 애매성을 음성, 문법, 어휘의 세 국면으로 규명하면서 문학비평가 앰프슨(Empson)의 애매성 일곱 가지 유형을 소개하고 있는데 그중 언어유희를 말하는 제3유형에서 "합리적인 문맥으로는 두 개로 나타나야 하는 관념이 의미상으로는 하나의 낱말로 나타날 때 두 관념이 하나의 낱말로 표현되는 것은 언어유희에서처럼 부가적 효과를 띠기 때문이며, 두 관념의 단일 낱말 속에서의 충돌은 전체 상황에의 긴장을 반영한다."[1]고 하였다.

보통 언어유희에는 동음이의어를 통한 언어유희, 유사음운 반복을 통한 언어유희, 발음의 유사성을 통한 언어유희 등 네 가지가 있다. 다음은 국민일보에 실린 서민호 화백의 만평이다.

---

1 이승훈, 『시론』, 고려원, 1990, 140쪽.

이 만평에서는 그림과 낱말을 적절히 이용하여 '사과(과일)'와 '사과(謝過)', '감(과일)'과 '유감(有感)'이라는 동음이의어를 통한 언어유희 기법과 TV프로그램 '개그콘서트'에서 유행한 '빡! 끝'을 사용하여 사회·정치적 상황을 풍자하고 있음을 알 수 있다.

2.

그동안 동시문학 영역에서도 두운이나 각운을 이용한 시어의 반복, 유사한 부사어 사용 등 간단한 언어유희적 동시가 있었다. 동시는 광고와는 천양지차가 나지만 동시와 광고 언어의 유사한 점이 몇 가지 있다. 첫째는 노래로 부를 수 있는 일정한 리듬이 있다는 점, 둘째는 중의적 의미나 반복적 어휘 등 다양한 언어유희적 기법을 사용하고 있다는 점, 셋째는 익살과 해학성을 내포하고 있다는 점이다. 언어유희 기법이 적용된 대표적인 작품을 살펴보면 몇 년 전 어느 글에 인용한 이상문의

「못」과 안도현의 「호박꽃」을 들 수 있다.

평균대 좀 들어보겠니?
―못 들어요.

어제 배운 수학문제 풀어볼래?
―못 풀어요.

노래 한 곡 불러보렴.
―못 불러요.
이것 좀 먹어 봐.
―못 먹겠어요.

못 못 못 못
그 애 머리에 박힌 못
무엇으로 뽑아버리지?

―이상문, 「못」 전문

호호호호 호박꽃
호박꽃을 따 버리면
애애애애 애호박
애호박이 안 열려
호호호호 호박전
호박전을 못 먹어

―안도현, 「호박꽃」 전문

이상문의 「못」은 형태론적 기법을 활용한 언어유희가 나타난 작품이다. 나무 등에 박혀 사물을 걸 수 있게 하는 쇠붙이 '못'(명사)과 부정문을 만들어 주는 '못'(부사)의 동일한 형태를 이용하여 소극적이고 부정적인 아이의 태도를 나무라며 교훈을 주는 동시이다. 중의성 때문에 언어유희적 익살이 드러나 있다. 안도현의 「호박꽃」은 호박꽃을 따 버리는 아이들에게 꽃과 자연을 사랑하는 방법을 알려주고 있는 익살스런 노래 형태의 동시이다. 1음절 '호'와 '애'의 반복적 사용이 곧 노래가 되는 언어유희가 나타난 작품인 것이다.

다음은 언어유희 기법이 사용된 정진숙의 「울타리 울」이다.

내 휴대폰에 저장된
울엄마 울아빠 울언니
모두 '울'자가 붙어
우리 가족 성은
'울'

짐승 들지 못하게
밭을 에워싸는
찬바람 들지 못하게
집을 둘러싸는
울타리를 줄여 쓰는 말
'울'

울엄마 울아빠 울언니
저장된 이름만 봐도
든든하고 푸근한 건,

아빠 엄마 언니
가족 울타리가
날
감싸고 있어 그랬던 거야

—정진숙, 「울타리 '울'」 전문

이 동시는 '우리'의 줄임말인 '울', '울타리'와 동일한 의미를 지닌 '울' 이 두 낱말의 동음이의어적 속성을 활용하여 든든하고 따뜻한 가족 사랑을 그린 작품이다.

1연에서 휴대폰 속에 공통적인 성씨로 저장된 우리 가족들 이름 앞 '울', 2연에서 짐승들의 침범과 자연 재해를 막아주는 집 울타리 '울'은 모두 가족과 가정을 보호해 주는 역할을 하는 동질성을 가지고 있다. 그래서 3연에서처럼 '아빠 엄마 언니=가족 울타리'라는 논리가 당연히 성립될 수밖에 없다. 독특하고 참신한 발상의 작품이지만 한 가지 지적하고 싶은 것은 논리를 강조하다 보니 작품 전개가 특히 2연이 설명적으로 흐르지 않았나 한다. 그만큼 언어유희적인 익살성과 재미성이 떨어졌다고 할 수 있다.

'동자꽃'은
동자네 꽃이 아니잖아?

'노루오줌'도
노루가 싼 오줌이 아니잖아?

마찬가지야.

할머닌 나를
강아지야, 강아지야, 부르지만

나는 멍멍멍! 하는
'강아지'가 아니라고!

—문삼석, 「아니라고」 전문

문삼석의 「아니라고」는 할머니가 귀여운 손자 손녀를 '강아지'라고 불러도 동물인 '강아지'가 아니라는 점을 여러 가지를 들어 부정하고 있는 재미있는 작품이다.

「아니라고」는 앞의 작품 「울타리 '울'」과는 다른, 부정의 등식이 성립한다. '동자꽃≠동자네 꽃', '노루오줌≠노루가 싼 오줌'과 같이 '시적 화자≠동물 강아지'라는 것이다. 논리적인 근거를 들어 자신이 동물이 아니라고 강하게 부정하고 있다. 이 작품에서는 낱말의 뜻풀이를 통한 언어유희가 드러나 있으며, '강아지'라고 부르는 것을 강하게 부정한 점, '노루가 싼 오줌'과 같이 생리현상을 시구로 사용한 점 등이 재미성을 배가시키는 요소라고 할 수 있다.

신경통을 앓는
엄마는

여름 바닷가에서
모래찜질을 하고 있다

모래무지도
신경통이 있는가

온몸을 모래에 묻고
엄마처럼 하고 있다.

—김종상, 「모래무지」 전문

김종상의 「모래무지」는 신경통 때문에 모래찜질을 하는 엄마처럼 모래 속으로 몸을 감추는 물고기 '모래무지'도 신경통이 있을 것 같다는 재미난 생각을 표현한 작품이다.

이 작품에 등장하는 '모래무지'의 어원은 '모래(沙)'+'묻다(埋)'의 결합으로 만들어진 순 우리말이다. 물고기 이름 '모래무지'는 '온몸을 모래에 묻'기 때문에 생겼다는 이름의 유래와, 모래 속에 몸을 숨기는 물고기 속성을 배경지식으로 가르쳐 주고 있다. '사람 몸의 모래 묻기=모래무지의 모래 묻기'라는 동일한 형태의 낱말을 통한 언어유희이다. 이런 근거를 바탕으로 시인이 상상력을 발휘하여 '엄마의 신경통 치료를 위한 모래찜질=모래무지의 신경통 치료를 위한 모래찜질'이라는 확산된 새로운 등식을 만들어내고 있다. 조금은 엉뚱한 발상 같지만 논리적인 타당성에 고개를 끄덕일 수밖에 없는 것이다. 그러면서 '물고기도 신경통이 있구나!' 하고 익살스런 생각을 하게 되는 것이다.

엄마가 수제비를 뜬다

—제비마냥 날렵하게 뜬어야 해

냄비 옆에서 입맛 다시던
우리는
쪽밤만 한

눈을 굴리며 제비를 찾는다

보글보글
국물 속에 숨어 있던
제비가 동동
우북수북 날아오른다

—아아 찾았다!

우리 집 밥상에 수제비꽃 활짝 피던 날

—천선옥, 「수제비꽃 술래」 전문

천선옥의 「수제비꽃 술래」는 음식 수제비가 익어가는 과정과 그릇 속에 담긴 수제비를 찾아 맛있게 먹는 즐거운 식사 분위기를 그린 작품이다.

수제비는 '밀가루를 반죽하여 맑은장국이나 미역국 따위에 적당한 크기로 떼어 넣어 익힌 음식'을 말하기도 하지만 맑은 장국에 넣는 밀가루 반주 덩어리도 수제비라고 한다. 수제비의 어원도 '손 수(手)'에 '접다(摺, 접을 접)'의 어간이 합쳐진 한자 결합어이지만 '수제비(음식)'와 '제비(조류)'의 동음이의어적인 관계를 통한 언어유희라고 할 수 있다. 이 작품 속에 나타난 유희성은 두 가지이다. 하나는 밀가루 반죽을 끓는 냄비 속에 재빠르게 뜯어 넣는 제비와 같은 민첩성이고, 다른 하나는 밥상 위에 오른 수제비 그릇 속에서 제비와 같은 밀가루 덩어리를 찾아내는 반가움이다. 「수제비꽃 술래」는 논리성이 강한 앞의 작품들과 다르게 언어유희를 감각적으로 처리하고 있음을 알 수 있다. 그리고 잘 익은 밀가루 덩어리를 '꽃'으로 표현한 점, 수제비를 먹는 시적 화자 자신을 '술래'로 표현한 점은 참신하다고 할 수 있다.

땅거미가
하나 둘 줄을 타고 내려오면
세상은 온통
칠흑 같은 어둠으로 뒤덮이지.

땅거미야
땅거미야
너무 오래 머물지 말고
슬금슬금 줄을 타고 올라가렴.

기다리던 새벽빛이 줄을 타고
하늘에서 얼른 내려올 수 있게.

—오지연, 「땅거미」 전문

오지연의 「땅거미」는 저녁 무렵 어두워지는 바깥의 풍경을 바라보면서 얼른 밝은 새벽이 오기를 비는 마음을 표현한 작품이다.

'땅거미'는 해가 진 뒤 어스레한 상태를 말한다. 사실 땅거미의 어원은 '땅(地)+검다(黑)' 즉 땅 위에 검은 색의 어둠이 밀려오거나 어둠이 깔리는 모습을 표현하고 있기 때문에 곤충 거미와 관련이 없다. '땅거미(어둠)'와 '거미(곤충)'의 동음이의어 관계를 통한 언어유희라고 할 수 있다. 그런데 이 작품의 핵심은 땅거미와 거미가 가지고 있는 공통적인 속성인 '줄'을 활용해 시적 상황을 전개하고 있다는 점이다. 땅거미는 어둠의 '줄'을, 곤충 거미는 섬유 같은 끈적한 '줄'을 가지고 있다. 물론 이 작품 속에는 거미가 직접 등장하지 않는다. '줄'은 하늘과 땅에 연결되어 있으며 그 줄을 타고 껌껌한 어둠이 하강하거나 상승하며, 밝은 새벽빛이 하강하는 것이다. 재미있고 참신한 발상이라고 할 수 있다. 언어유희 기법을 활용한 작품으로서 문학적 상상력이 얼마나 무궁한지를 확인할 수 있는 좋은 동시가 아닌가 한다.

제3부 한국 동시문학의 산맥을 찾아서

한국 최초 동시 「별똥」과 「해에게서 소년에게」의 비교

1. 1908년 후 100년

경인년(2010년)은 일본 제국주의에 의해 경술년(1910년) 한일병탄이 된 지 100년이 되는 해이다. 오늘날 아무리 일본에서 한류(韓流) 열풍이 일어나고, 우리나라에서 미야자키 하야오의 만화영화, 무라카미 하루키의 소설 등이 인기를 얻어 최근 한일 문화 통합 논의가 있다고 해도 일제시대 35년이라는 불행한 과거의 역사적 사실은 결코 지워지지 않을 것이다.

지난 2008년은 1908년 『소년』 창간호에 최남선의 신체시 「해에게서 소년에게」가 발표된 지 100년이 되는 해였다. 그것을 기념하여 시단에는 신시 100년으로, 범문단은 한국문학 100년 등으로 규정하고 축하하였다. 아동문학계에서도 한국 동시 100년, 아동문학 100년 등의 이름으로 다채로운 유·무형의 행사가 있었다. 특히 계간지 『오늘의동시문학』을 중심으로 한 동시문학계에서는 한국 동시 100년을 조명하였는데 한국 동시 100년 빛나는 동시 100편 선정, 다시 읽고 싶은 동시집 100권 추려내기, 발자취를 남긴 동시인 100명 선정, 동시의 날 선포, 동시의 노래 제정 등 뜻깊은 행사들을 추진하고 자축하였다.

동시 100주년 기념행사를 치르면서 그동안 관심 밖의 일로 여겼던 동시문학의 뿌리를 스스로 찾아내었다는 것은 동시인들의 자긍심을 높이는 일이었으며, 동시문학의 역사를 재정립함으로써 현재의 동시 모습을 점검하고, 미래 동시문학의 나아갈 길을 모색하는 2008년이었다고 할 수 있다.

2008년은 분명히 한국문학 100년, 신시 100년, 동시 100년이 되는 해였다. 최남선의 「해에게 소년에게」가 발표된 1908년은 동시문학이 출발한 원년이고, 현대시가 태동한 연도이고, 한국문학이 발아된 기점이다. 그러나 최남선의 「해에게서 소년에게」가 기존 논의되었던 신체시로서의 출발점이 아니라 아동문학 쪽에서 동시라고만 단정짓고 동시 100년이라고 한다면 전혀 이야기의 성격이 달라진다. 즉 최남선의 「해에게 소년에게」가 동시문학의 출발점이기는 하지만 창작 의도를 배제한 채 대상이나 시어만을 보고 아동문학의 동시 작품이라고 단정하는 것은 문제가 있다는 것이다.

이 소고에서는 최남선의 신체시 「해에게서 소년에게」가 일반 시문학 성격과 동시문학 성격을 함께 지니고 있는 긍정적인 이중성에 초점을 맞추고 첫째로 「해에게서 소년에게」의 작품 내적 구조와 함께 작품 외적 요인으로 창작 의도와 시대적 배경 등을 찾아내어 신(체)시와 정형 동시로서의 가치 유무를 따져보고, 둘째로 필자가 발굴해낸 한국 최초의 동시 손진태의 「별쏭」을 소개하고, 셋째로 1923년의 아동문학적 가치를 살펴보고자 한다.

2. 최남선의 「해에게서 소년에게」는 신(체)시이다

최남선의 「해(海)에게서 소년(少年)에게」에 대한 평가는 창가에서 자유시로 넘어가는 과도기적 형태의 신(체)시로 근대시 발전에 일정하게 기여하였다고 긍정적으로 인정하고 있는 것이 일반적인 경향이다.

내부적으로 자세히 들여다보면 이 작품에 대한 학계의 평가는 실로 다양하다. '우리 조선에서 새로운 시 즉 서양시를 본을 받은 시로는 처음'이라는 춘원 이광수 말로 대표되는 신체시의 효시라고 한 대부분의 긍정론부터 바이런 시의 모방작이라고 한 김용직, 김윤식 등이나, 자유시 지향과 정형시 지향이라는 양 극단을 추구하여 우리의 전통 율격을 이중으로 파괴했다는 조동일 등의 비판론까지 있다. 또 권오만의 「육당 최남선과 그의 시대」라는 글에서처럼 "최남선의 「해에게서 소년에게」는 상당히 빛을 바랜 명성을 걸친 채 현대시의 입구라는 길목에 서 있을 수밖에는 없을 것이다. 그것이 현재의 「해에게서 소년에게」에 부과된 어쩔 수 없는 운명의 모습이다."[1]라 하여 한국 최초 신체시로의 가치 상실을 언급한 부정론도 있다.

한편 아동문학 쪽 논의 방향은 일반 문학과는 달리 「해에게서 소년에게」가 아동문학의 동시로 볼 수 있느냐 여부에 초점이 모아져 있다. 새 시대의 주인공인 소년을 대상으로 구어체에 가까운 선구적 정형동시(=소년시)라고 한 이재철[2], 신(체)시라고 칭하기 전에 소년 찬양을 주제로 한 동시이며, 아동문학 작품이고 어린이 애호 운동의 출발은 육당이라고 한 신현득[3], 아동문학의 원천인 동심이 작품 전체의 주조를 이루고 있고, 시적 대상 또는 독자를 소년으로 설정하고 있어 동시로서 평가받

1 권오만, 『한국근대시의 출발과 지향』, 국학자료원, 2002, 174~175쪽.
2 이재철, 『한국현대아동문학사』, 일지사, 1978, 49쪽.
3 신현득, 「'해에게서 소년에게'는 동시의 역사다」, 『오늘의동시문학』 21호, 2008년 봄호, 41쪽.

기에 충분하다고 한 이상현[4] 등은 최남선의 「해에게서 소년에게」가 한국 최초 동시이므로 적극적으로 아동문학에서 수용, 정리해야 한다고 하였다. 한 걸음 더 나아가 신현득은 '한국 현대문학은 아동문학에서 시작되었다'고 단언하였다. 말하자면 최남선의 「해에게서 소년에게」를 아동문학 영역으로 묶어 두고 한국 현대문학을 논의하자면서, 이 작품을 재해석한 결과에 맞게 한국현대문학사를 다시 서술해야 한다는 입장이다. 최근에 동시인들을 포함한 다수의 아동문학가들은 이들의 목소리에 암묵적으로 동의하고 있는 상황이라고 할 수 있다.

그렇다면 이들 의견처럼 과연 '시'라고 명기된 최남선의 「해에게서 소년에게」가 동시라고 할 수 있으며, 『소년』지를 아동문학 잡지로 분류할 수 있을 것인가.

1) 1908년경 '소년'의 개념

먼저 최남선의 『소년』지의 성격을 파악하기 위해서는 1908년 창간 당시 사회적으로 널리 통용된 '소년'과 현대의 '어린이'와는 어떤 개념적 차이가 있는지 점검할 필요가 있다.

현대의 '어린이'와 '소년'의 단어는 거의 같은 의미, 동일한 개념으로 사용되고 있다.[5] 나아가 남녀를 구분하고 있는 현대의 시대적 상황을 반

---

4 이상현, 「'해에게서 소년에게'로부터 한국 동시가 출발되었다」, 『오늘의동시문학』 21호, 2008년 봄호, 18~19쪽.

5 현재 사용되는 법률 용어로서는 '미성년', '아동', '청소년', '소년', '어린이' 등 다섯 가지로 ① 민법상에는 미성년자와 성인으로 나누고 만 20세 미만을 미성년자로 정의, ② 아동복지법에는 아동을 18세 미만인 자로 정의, ③ 청소년 보호법, 소년법, 아동 · 청소년의 성보호에 대한 법률에는 청소년 또는 소년 또는 아동 · 청소년을 19세 미만의 자로 정의, ④ 어린이 식생활 안전관리 특별법에는 어린이를 학교의 학생 또는 아동복지법에 따른 아동이라고 정의함. 법률적으로는 공직선거법상의 선거권이 없는 19세 미만의 자를 '아동' 또는 '청소년' 또는 '소년' 또는 '어린이'로 정의하고 있다.
단어 구성면에서는 '아동(兒童)'은 원래 태아(胎兒), 영아(嬰兒), 유아(乳兒), 소아(小兒), 유아(幼兒) 등 학령기 이전 아이라는 뜻을 지닌 '아(兒)'와 학동(學童), 동자(童子), 동정(童貞) 등

영하여 남자 어린이를 '소년', 여자 어린이를 '소녀'라고 하여 분화된 용어로 쓰지만 통칭 '소년'으로 쓰고 있는 것이 일반적이다. 이처럼 시대에 따라 차이를 가진 '소년'의 개념을 정확하게 파악하는 것이 무엇보다도 중요하다고 할 수 있다. '소년'의 개념 정의에 따라 기존 통용되던 일부 『소년』지의 평가가 달라지고 그 결과 한국 아동문학사 나아가 한국 현대문학사까지 그 기반이 달라질 수 있기 때문이다.

1905년 일제는 을사조약을 강제로 체결한 뒤 외교권을 박탈하고 통감부를 설치하였으며, 1907년에는 행정권을 박탈한 정미조약을 맺어 강제로 군대해산을 하였다. 이와 같이 당시의 국내외 사정은 일제가 대한제국의 국권을 침탈해 그들의 식민지로 삼고자 마지막 발악을 하던 긴박한 때였다. 그 즈음 유길준, 최남선과 같은 개화 선각자들의 고민은 어떻게 하면 서구 열강을 비롯한 외국 제국주의 침략을 막고, 어떻게 부국강병의 근대 민족국가를 건설하느냐에 있었다. 그들은 필연적으로 국민에게 자주 독립, 애국 사상 고취와 서양의 선진 문명을 받아들이는 신교육에 있다는 것을 터득하였다. 1910년 한일병탄 전까지 출판, 강연, 문학 등의 여러 영역에서 애국 계몽주의로 흐를 수밖에 없는 연유이다.

보통 언론출판인, 사학자, 사회교육운동가, 시조시인 등으로 칭하는 최남선은 1904년과 1906년 두 차례 짧은 기간 동안 일본 유학을 다녀왔다. 그가 유학길에서 확인한 것은 책과 잡지 출판을 통해 민족의 신문화운동을 펼쳐야 한다는 것이었다. 그리하여 그는 1907년 출판기관인 신

에 쓰이는 것처럼 초등학교, 중학교 고등학교에 다니는 학생이라는 뜻을 지닌 '동(童)'으로 결합되어 법률용어와 동일한 의미를 지닌 합성어이다.

그러나 사회에서 통용되고 있는 어린이 관련 단어는 개념적으로 상당히 차이가 있다. 현재 '아동'은 '동(童)'의 의미가 일부 제거된 중학교 입학 전의 아이를 말하며 '어린이'와 동일하게 쓰이고 있다. '소년'은 초등학생까지를 유소년, 중학생과 고등학생을 청소년이라고 구분하여 쓰고 있는 관례로 보아 중학교 1학년 정도 학생까지를 '소년'이라고 할 수 있다. 그러므로 거칠게 정리하면 '어린이'와 '소년' 그리고 '아동'은 거의 동일한 의미를 가진 단어로 갓 태어난 유아부터 중학교 입학 전의 아이로 정의할 수 있다.

문관(新文館)을 설립한 뒤 1908년에는 창가집 『경부철도노래』를 간행하고, 드디어 자신의 역사·지리 지식을 바탕으로 소년을 개화, 계몽하여 암울한 민족사를 타개하려고 최초의 종합잡지 『소년』지를 창간하였다.

몇몇 아동문학가들은 『소년』지 창간사에서 "우리 대한으로 하야금 소년의 나라로 하라. 그리하랴 하면 능히 이 책임을 감당하도록 그를 교도하라"고 한 최남선의 선언 속의 '소년'은 대상도 그렇거니와 잡지명 『소년』의 '소년'도 현대적 개념의 '어린이'가 아니냐고 주장하고 있다. 그러나 잡지의 성격과 잡지 구독 대상에 대하여 여러 자료를 면밀히 검토해 보면 이들의 주장과 상당히 차이가 난다는 것을 알 수 있다.

『소년』지에 대한 최남선 자신의 중요한 증언이 광복 이후에 있었다. 1955년 『현대문학』 창간호에서 최남선은 "그것은(주=『소년』지) 문학 또는 학술 잡지는 아니었으며, 바로 민족 운동, 청년 운동의 일념 아래 이루어졌던 것이다"[6]고 하였다. 이는 그가 어린이를 위해 또는 문학을 위해 『소년』을 창간한 것이 아니라 사회교육운동가로서 청년 세대의 계몽과 국민정신 개조라는 신문화운동의 일환으로 발행하였음을 고백한 것이다. 한기형은 「최남선의 잡지 발간과 초기 근대문학의 재편」이라는 논문에서 "최남선은 『소년』 등을 통해 다양한 근대 지식을 소개하였으며 문학작품은 그러한 근대 지식의 하위 범주로 배치하였다"[7]고 연구결과를 밝히고 있어 최남선의 증언을 뒷받침하고 있다.

현재 우리가 100년 전인 1905~1910년 사이에 사회적으로 통용하였던 '소년'이라는 단어의 개념을 파악하기란 그리 쉬운 일은 아니다. 최남선 자신의 증언을 바탕으로 『소년』지에 게재된 글에서 예를 찾아보거나 당시 간행된 타 잡지의 글을 통해 종합적으로 판단하여 개념 정리를

6 최남선, 「한국문단의 초창기를 말함」, 『현대문학』 1호, 1955.1월호, 38쪽.
7 한기형, 「근대어, 근대매체, 근대문학」, 『대동문화연구총서』 24, 성균관대동아시아학술원, 2006, 273쪽.

해야 한다.

첫째, 1910년대 『소년』은 청년운동을 위한 잡지라고 못 박고 있는 최남선의 해방 후 증언을 도외시하기 어렵다. 발행 책임자였던 육당의 증언은 『소년』지의 중심적인 역할은 청년운동을 돕고, 촉발시키는 데 있음을 상기시키고 있는 것이다.

둘째, 『소년』지 경우이다. 창간호를 자세히 읽어보면 어린이를 지칭할 때는 분명하게 '어린 兒孩', '兒童', '백지 갓흔 兒心'이라는 단어나 어절이 나오며, 구체적인 연령이 제시된 기사도 있다. 물론 "十四五歲 少年 한 둘이 어대로 가나냐 물어도 對答도 업시…"[8]가 보인다. 이때의 '十四五歲'는 소년 연령대 안에 들어가는 문장이 나온다. 이 경우는 추정될 뿐 정확하게 단정할 수 있는 숫자는 아니다.

셋째, 타 잡지나 작품 등을 통해서 유추해 보는 경우이다. 당시 발행되었던 여러 잡지 중 '소년'이라는 단어를 쓴 잡지가 『소년』 이전 1906년 11월에 발행된 『소년한반도』가 있었다. 제호에 최초로 '소년'이라는 단어를 붙였으며, 신교육과 신문학의 필요성을 역설하고 국민계몽에 앞장선 잡지였다. 이해조의 신소설 「잠상태」, 이인직의 「사회학」, 유길준의 「대한문전」 등이 실렸다. 이들 대부분의 작품은 청년이나 일반을 대상으로 하는 글이었다. '소년'이 청년의 의미로 쓰였다는 증거이다. 또 「해에게서 소년에게」보다 3개월 늦은 1909년 2월에 발표된, 직접 '소년'을 제재로 삼은 최남선의 신체시 「신대한소년(新大韓少年)」이 있었다.

1.
검불께 걸은 저의 얼골 보아라
억세게 덕근 저의 손발 보아라

8 최남선, 「海上大韓史」, 『소년』 창간호, 35쪽.

나는 놀고 먹지 아니한다는
標的 아니냐.
그들의 힘ㅅ줄은 툭 불거지고
그들의 쌔…대는 썩 벌어졌다.
나는 힘드러난 일이 잇다는
有力한 證據 아니냐
올타 올타 果然 그러타
新大韓의 少年은
이러하니라.

2.
全部의 誠心 다 드려 힘 기르고
全部의 情神 다 써 知識 느려서
우리는 將次 누를 위해 무삼일
하려 하나냐
弱한놈 어린놈을 도울 양으로
強한놈 넘어쓰려 '最後勝捷은
正義로 도러간다'ㄴ 밝은 理致를
보이려 함이 아니냐
올타 올타 果然 그러타
新大韓의 少年은
이러하니라.(아래 줄임)[9]

이 작품을 읽어 보면 '소년'은 현대의 '어린이'와 무관하다는 것을 알

9 최남선, 「新大韓少年」, 『소년』 3호, 1909년 1월호, 1~2연.

수 있다. 검붉게 그을린 얼굴, 억센 손발, 힘줄이 툭 불거지고 어깨가 떡 벌어져 있는 사람을 새로운 대한의 소년, 즉 '신대한 소년(新大韓少年)'으로 지칭하고 있다. 또 약한 놈 어린 놈을 돕고, 강한 놈을 넘어뜨려 정의를 실현할 수 있는 사람을 '신대한 소년'으로 칭하고 있다. 이 작품 속에 등장하는 '소년'은 신체 발육 단계로 보아 성장이 거의 완료된 20대 청년인 것이다. 현대의 '어린이'를 이 작품에 나오는 힘줄 툭 불거지고 어깨가 떡 벌어진 사람과 감히 동일하다고 할 수 있을 것인가.

> 소년 여러분! 지금 이십 세 이내 되시는 여러 아우님들과 누이들이며, 장차 아름다운 조선의 땅을 밟고 나오실 여러 아드님들과 따님들! ……조선의 땅에 조선의 사람으로 난 것은 진실로 큰 뜻이 있으니, 대개 지금 십이삼 세 이상, 이십 세 내외의 소년 남녀들의 일생이 될 사십 년 내지 오십 년간이 조선 민족의 운명을 좌우할 시기일 것이외다.[10]

1922년에 쓴 계몽조의 이광수 논문「소년에게」일부이다. 1920년대에서도 여전히 1908년 무렵처럼 '십이삼 세 이상, 이십 세 내외의 남녀'를 소년으로 보고 있다. 이광수는 지금의 초등학교 고학년 어린이를 포함한, 보다 청년 쪽에 가까운 계층을 소년으로 인식하고 있음을 확인할 수 있다.

이것으로 미루어 보아 당시 '소년'은 현대적 개념의 '어린이'가 아니라 국권을 잃어버린 힘없는 구세대, 기존 양반 세력과 대비되는 청년과 같은 개화 세력을 말하고 있음을 알 수 있다. 즉 제국주의 침탈의 어려운 현실을 이겨낼 수 있는 담당자로서, 선진의 새로운 사상을 가진 새로운 세대가 '소년'이라는 것이다.

---

10 이광수, 「소년에게」, 『개벽』, 1922년 2월호.

박용규나 원종찬, 최현식, 최기숙 주장도 이런 의견과 궤를 같이 하고 있다. 박용규는 「'최초의 근대잡지' 소년의 잡지사적 역할과 위상」에서 1908년 당시 19세인 최남선과 또래이거나 다소 연령이 아래인 10대 중후반을 가리키는 개념이라고 보아도 큰 무리는 없을 듯하다[11]고 구체적인 연령대를 과감히 적시하고 있다. 원종찬은 「한국 현대아동문학의 쟁점들」이라는 글에서 "당시의 근대운동을 추동한 신이념이 반영된 것으로 오늘날의 개념으로는 신세대라는 뜻에 가장 가까운 말이 바로 소년이었다."[12]고 하였으며, 최현식은 「신대한(新大韓)과 대조선(大朝鮮)의 차이」에서 '소년'은 현재의 생물학적 연령 구분과는 비교적 무관한, 새시대를 책임질 '청년'을 표상하고, 소년과 청년을 명확한 구분없이 혼용되고 있으며 그들은 단순히 젊은 세대가 아니라 '신대한'의 건설과 팽창에 크게 기여한 정치적 세력[13]으로까지 해석하여 『소년』지를 근대의 강국으로 팽창하기 위한 지식 담론을 지속적으로 제공하는 잡지라고 하였다. 최기숙은 「'신대한소년'과 '아이들보이'의 문화 생태학」에서 '소년'을 문화 상품을 구매하는 새로운 향유층으로 설정하고, 단순히 연령의 문제가 아니라 내적 자질과 지적 소양, 문화적 활동을 포괄하는 총체적 개념[14]으로 접근하였다.

여기까지 각 주장을 종합해 보면 '소년'을 15~19세 정도로 파악하거

---

11 박용규, 「'최초의 근대잡지' 소년의 잡지사적 역할과 위상」, 한국잡지협회 주최 『소년』지 창간 100주년 기념 세미나 원고, 2008.9.
*이 세미나 원고 속에 인용된 학자들의 주장을 정리하면 '소년과 청년을 혼동하여 청소년의 의미'(최재목, 2006), '신대한을 건설할 수 있는 근대적 주체'(김지년, 2008)로 보고 있다.
*그외 김화연(『한국근대아동문학의 형성과정 연구』, 충남대 박사학위, 2002, 55쪽)은 '보건상으로 보거나 훈육상으로 보거나 가장 위대한 시기요, 위험한 시기'로, 권복연(『근대 아동문학 형성 과정 연구』, 연세대 석사학위, 1999, 38쪽)은 '미래의 역사를 창조할 수 있는 역량을 가진 집단'으로 보았다.

12 원종찬, 『아동문학과 비평정신』, 창작과비평사, 2001, 144쪽.

13 최현식, 「'신대한'과 '대조선'의 차이, 『소년』지 시의 근대성」, 『현대문학의 연구』 30호, 한국문학연구학회, 2006, 138쪽.

14 최기숙, 「'신대한소년'과 '아이들보이'의 문화 생태학」, 『상허학보』 16집, 2006, 215~217쪽.

나 신세대 또는 정치적 세력, 문화적 활동하는 층 등으로 보는 일반 학자들의 주장과, 순수하게 어린이로 해석하는 아동문학가들의 주장으로 나누어짐을 알 수 있다. 이 두 주장은 서로 양극단으로 치우쳐 있는 만큼 각각의 약점을 가지고 있다. '소년'의 개념에 대해 서로 상충된 주장을 내세우고 있지만, 두 주장의 출발인 동시에 논의의 종착점은 『소년』지의 독자층을 누구로 삼았느냐로 모아진다.

먼저 많은 학자들이 동의하고 있는 전자의 경우 약점으로는 첫째, 잡지 구독자를 애매모호하게 신세대니 정치적 세력이니 근대적 주체이니 등으로 설정하는 것은 잡지 출판에 대한 몰이해를 드러내고 있다고 할 수 있다. 대상 독자를 명확하게 한정지어야만 잡지의 수준을 일정하게 유지할 수 있다는 것은 불문가지이다. 당연히 최남선이 구독 대상자를 구체적으로 정해놓고 『소년』지를 창간했다는 사실을 간과한 것이다. 둘째, 『소년』지 전체 23권은 청년을 위한 전문적 학술적인 논문, 교훈적인 글 등이 주류를 이루고 계몽을 위한 요소가 전체의 60%[15]나 차지하지만 현 초등학교 어린이들을 대상으로 게재한 기사, 전기, 학습물 등의 양이 굉장히 많다. 어린이를 독자층에서 배제하기 어렵다는 것이다.

후자의 경우도 약점을 지니기는 마찬가지이다. 첫째, 절박한 시대적 상황을 잘 인식하고 있던 당시 선각자들이 과감하게 순수한 어린이만을 위한 잡지를 냈을까[16] 하는 것이다. 둘째, 신현득의 지적처럼 통권 5호(제2권 3호) 이후 청년에 대한 논설을 많이 실으면서 점점 청년 독자에 비중을 두고 문장이 더욱 난해해져 완전히 아동 독자를 떠난 상태[17]가 되었다는 것은 이 주장의 최대의 약점이라 할 수 있다.

---

15 이재철, 앞의 책, 47쪽

16 최남선이 어린이만을 위해 발행한 잡지는 따로 있다. 『소년』지가 1911년 5월 폐간 당한 이후 즉 한일병탄이 있는 후에 창간한 『붉은 저고리』(1913.1~1913.7 통권 12호), 『아이들 보이』(1913.9~1914.8 통권12호), 『새별』(1913.9~1915.1 통권16호)이 그것이다.

17 신현득, 「육당 최남선논고」, 『한국아동문학 작가작품론』(이재철박사 화갑기념논총), 1991, 4쪽.

지금까지의 두 주장과는 달리 최명표는 최근, '소년'의 시대적 개념으로서의 비교 관점과는 다르게 당시 계몽 대상으로서의 객체적 관점을 제시하고 있다. 그는 「'소년'의 고백과 교사의 변명」이라는 글을 통해서 애국 계몽기에 광범위하게 사용되기 시작한 '소년'은 소년에서 청년까지 포괄한 광의의 개념으로서 당시의 잡지들은 시대적 특수성과 긴박한 정치 상황으로 인해 개념의 설정 절차를 생략한 채 관습적으로 사용되던 '소년'을 유통시킨 것이라고 하면서 행위자의 주체성보다는 계몽의 대상성을 강조한 개념[18]이라고 하였다.

최명표의 독자 중심의 객체적 관점을 받아들여 계몽 대상으로서 '소년'을 단일 계층으로 보지 않고, 어린이 계층과 청년층, 즉 두 계층 모두를 계몽 대상으로 삼았다고 전제하면 훨씬 쉽게 『소년』지의 성격을 파악할 수 있다는 장점이 있다. 당시 민족 계몽에 앞장섰던 선각자들이 청년만 따로 떼어내어 청년을 위한 계몽 운동을 한다든지, 소년 또는 어린이만을 따로 분리해 아동을 위한 계몽 운동을 하지 않고 두 대상을 모두 계몽의 대상으로 삼았다는 것이다.

『소년』지 창간호에는 자연현상에 대한 문답 글 「甲童伊와 乙男伊의 相從」에 '甲童伊와 乙男伊는 둘이다 대성학교 生徒ㅣ니 甲은 只今 十五歲오 乙은 九歲인데 그 本家는 등성이 한아를 격하야 사난 남남이나…' 이라는 부분이 있다. 현재 초등학교 저학년과 중학교 고학년 정도의 학생이 함께 등장하여 자연현상에 대한 이야기를 전개하고 있다. 또 이 글 중에 '乙南伊 갓흔 兒孩'라는 말이 있는 것으로 보아 최남선도 어린이인 '兒孩(乙南伊)'와 청년인 '少年(甲童伊)'을 동시에 계몽 대상자나 독자로 생각하지 않았을까 여겨진다.

『소년』지 창간 취지가 나타난 '우리 大韓으로 하야곰 소년의 나라로

---

18 최명표, 「'소년'의 고백과 교사의 변명」, 『시와동화』 43호, 2008년 봄호, 411~412쪽.

하라. 그리하랴 하면 能히 이 責任을 勘當하도록 그를 敎導하라.'는 문장 뒤 마지막에 독자층을 염두에 둔 중요한 말이 있다. '少年으로 하야곰 이를 닑게 하라. 아울러 少年을 敎導하난 父兄으로 하야곰도 이를 닑게 하여라(밑줄은 필자가 표시)'를 곰곰이 새겨보면 두 부류의 '少年'을 만날 수 있을 것이다. 직접 이 잡지를 읽을 수 있는 '少年'과, 부모형제가 먼저 읽은 후 그 계몽적 내용으로써 교도되는 '少年'으로 나누고 있다. 즉 글을 이해할 수 있는 독자와 글을 이해하기 어려운 독자로 나누고 있다는 것이다. 전자 '少年'은 열강의 먹잇감으로 전락하는 대한제국의 현실을 타개할 수 있는 20대 초반까지의 청년 세대를 말하고 있다면, 후자 '少年'은 부모형제로부터 새로운 사상을 배워 미래에 실천할 수 있는 어린이 세대를 말하고 있다고 할 수 있다. 그러므로 『소년』지는 글의 내용을 이해하기 어려운 어린이 계층과 판단력이 분명한 청년 계층을 동시에 주 독자층으로 삼고 있었다고 할 수 있다. 즉 1908년 당시 '소년'의 개념은 어린이와 청년 모두를 포함한 복수 계층이었다고 정리할 수 있다.

분명 이 잡지에는 어린이를 위한 글과 청년을 위한 글들이 섞여 있다. 『소년』지 창간호를 살펴보면 우화 「이솝의 이약」 3편, 학습기사 「少年漢文敎室」, 위인 전기 「페터大帝」, 세계명작 「巨人國漂流記」 등 어린이를 위한 글들이 있고, 논설 「少年時言」, 지리역사 관련 「海上大韓史」, 「少年讀本」, 명언집 「少年訓」 등 청년들을 위한 글들도 있다. 아울러 어린이와 청년을 함께 겨냥한 시 「海에게서 少年에게」, 과학 관련 「甲童伊와 乙男伊의 相從」 등이 있다.

이와 같이 『소년』지는 대한제국의 운명이 명재경각에 달렸던 시대적 상황을 고려해 볼 때 어린이들의 학습을 도와주고 미래의 꿈을 키워주는 어린이 잡지이면서, 선진사상을 받아들여 어려운 현실을 타파할 수 있는, 우국충정을 가진 청년들의 잡지 즉 어린이, 청년 모두를 대상으로 하는 근대 최초의 종합 문예지라고 할 수 있다.

아동문학적 성격을 풍부하게 지닌 『소년』지임에도 불구하고 왜 그동안 『소년』지에 대한 아동문학적 관점의 연구가 거의 없었을까? 그것은 이재철의 주장처럼 아동문학에 대한 연구가 본격적으로 이루어지기 전까지 일반문학 전공 학자들이 태반인 학계에서 일반문학 위주로 일방적인 연구가 이루어졌기 때문에 당연히 아동문학 쪽 연구를 소홀히 할 수 밖에 없었던 것이다.

2) 최남선의 「해에게서 소년에게」 내용적 접근

최남선의 「해에게서 소년에게」에 대한 작품 분석은 그동안 많은 학자들에 의해 시도되었기 때문에 따로 언급할 필요가 없을 정도라고 해야 할 것이다. 하지만 「해에게서 소년에게」의 대부분 연구물은 작품의 의미나 가치, 문학성만을 따져보는 경도된 일방적인 분석이라고 할 수 있다. 즉 『소년』지 창간호의 다른 글과의 관련성, 작품 게재 배경, 잡지 편집 의도 등 작품 외적 분석을 시도한 적은 별로 없다는 것이다. 『소년』지 창간호에 실린 「해에게서 소년에게」나 여타의 작품들은 해방후 최남선의 증언처럼 문학적인 면보다는 오히려 민족운동을 위한 청년들의 태도나 자세를 강조하는 구호적 성격이 강한 면이 있다고 할 수 있다. 그러므로 작품내적 분석보다는 먼저 『소년』지 창간호의 여러 글을 통해 드러나 있는 「해에게서 소년에게」의 창작 배경이나 의도를 짚어보고 그 의미를 새겨 보는 것이 타당하리라 본다. 최남선이 직접 쓴 「少年時言」, 기사 「바다란 것은 이런 것이오」, 연재 기사 「해상 대한사(海上大韓史)」, 수필 「海의 美觀은 읏더한가」 등 논설, 연재 기사 4편의 글을 특히 주목하고자 한다. 이 4편에는 『소년』지의 발행 목적이나 「해에게서 소년에게」의 창작 배경을 가늠할 수 있는 중요한 내용을 포함하고 있다.

첫째, 최남선은 논설 「少年時言」을 통해 "여러분은 뜻을 엇더케 세우

시려오"라고 물어보면서 율곡 이이가 말한 '立志'를 먼저 강조하였다. 특히 큰 뜻을 세운 이로서 나폴레옹, 쟌 다르크, 유방, 와싱톤, 한니발 등의 역사적 전쟁 영웅의 예를 들고, 그들의 본받아 '立志'를 세우라고 역설하였다.

> 우리나라의 歷史는 辱에 辱을 더하고 恥에 恥를 겹하여 드듸여 오날 갓흔 地境까지 도달하야 보디 못할 일도 만히 보고 탐디 못할 일도 만히 탐나니 이것만 생각하야도 우리는 다른나라 少年보다 한 層 더 크고 깁게 세워서 한 層 더 壯하고 快한 일을 하야 한 層 더 燦爛하고 惶赫한 光彩를 史上에 드리우디 아니티 못할디니[19]

불행한 당시 국가적 위기에 대하여 "辱에 辱을 더하고 恥에 恥를 겹하여"라고 자신의 감정을 토로하면서 소년들에게 도달해야 할 목표 "한 層 더 壯하고 快한 일"을 하도록 요구하고 있다. 소년들에게 전쟁 영웅 나폴레옹처럼 입지를 세워 '한 층 더 장하고 쾌한 일'을 하라고 하는데 과연 육당이 말하는 그 일은 무엇이겠는가? 당시 시대적 상황을 고려한다면 소년들에게 제국주의 침탈의 어려운 현실을 타파하고 승리할 수 있는 '큰 뜻'을 요구하고 있다고 할 수 있다.

둘째, 최남선은 「바다란 것은 이런 것이오」를 통해 "大洋을 指揮하난 者는 貿易을 指揮하고, 世界의 貿易을 指揮하난 者는 世界의 財貨를 指揮하나니, 世界의 財貨를 指揮함은 곳 世界 總體를 指揮함이오."[20]를 인용하면서 편집인의 이름으로 "世界의 海王이라는 英國의 海軍은 此로

---

19 최남선, 「少年時言」, 『소년』 창간호, 1908, 9쪽.

20 최남선, 「바다란 것은 이런 것이오」, 『소년』 창간호, 1908, 37쪽.
원문은 영국 탐험가 Walter Raleigh(1552~1618)의 글이다. "Whosoever commands the sea commands the trade; whoever commands the trade of the world commands the riches of the world, and consequently the world itself."

因하야 成就하얏다 하나니 吾人은 此에 觀感하야 興起티 아니티 못하리로다"고 적고 있다. 그는 파산 직전의 국운 앞에서 열강의 대열에 합류할 수 있는 방법은 세계의 해왕이라는 영국 해군의 성취처럼 바다를 통해 외래 선진문명을 받아들이는 일이라고 믿고, 대양을 지배하는 자가 세계를 지배하는 제국이 된다고 하였던 것이다. 여기서는 무력을 앞세워 해가 지지 않은 대영 제국을 건설한 영국 해군을 은근히 선망하고 있는 육당을 발견할 수 있다.

셋째, 최남선은 우리 민족의 목표로 제시한 '세계의 총체를 지휘'하는 제국을 이루기 위한 선결 조건으로 「해상 대한사(海上大韓史)」와 같은 기사를 실어 객관적인 우리 민족과 한반도 지리적 특성에 대한 이해도를 높이고자 했다. '바다를 통해 본 대한의 역사'라는 뜻을 지닌 제목처럼 세계로 통하는 바다나 다른 국가 등의 외부로의 시각보다는 우리 민족, 대한 반도의 참모습에 집중하는 내부로의 시각을 드러낸 것이라고 할 수 있다. 이 글 서두에 실린 "少年 諸子의 海事 智識慾을 大充하고 海事冒險心을 勃興케 하고댜 하노라" 부분에서 대양 너머 선진 문명에 대한 적극적인 지식욕과 모험심 발흥을 강조하고 있는 것처럼 말을 하고 있지만, 민족의 자주적인 힘이 없던 당시의 상황으로 보면 어쩌면 우리 강역인 한반도에 대한 내부 지식욕 정도만을 채울 수밖에 없는 한계성을 지니고 있다고 할 수 있다.

김노연도 최남선은 『소년』지를 통해 민족정신 고취 활동의 하나로 국내외 다양한 지리 상식이나 자료를 민중에게 널리 보급하였다[21]고 하면서 그의 지리사상은 단순히 세계의 넓고 새로운 지식 습득이나 세계의 이해가 아니라 바로 우리 자신을 올바르게 알기 위함이며 이는 자연히 강한 나라와 민족이 되게 하는 힘이 된다고 하였다. 『소년』지 발행 기간

---

21 김노연, 「최남선의 사회교육 사상과 활동에 관한 연구」, 중앙대학교 대학원 석사학위논문, 1992, 35쪽.

중 연재 형식으로 총 10회 기사로 실린 이 「해상 대한사」를 통해 결국 최남선은 바다를 통해 세계의 열강으로 나아가기 위해서는 삼면의 바다로 싸인 한반도의 지리적 특성을 잘 알아야 한다고 강조하였던 것이다.

넷째, 최남선은 「海의 美觀은 읏더한가」라는 글에서 직접적으로 「해에게서 소년에게」의 창작 의도를 드러냈다.

> 바다는 廣濶흔 것 雄大한 것 淵深한 것이라. 그럼으로 天으로써 作配하야 우리 少年의 胸懷를 形言하고 岳으로써 絆緣하야 우리 少年의 志望을 模寫하난구려.(중간 줄임)
>
> 밤이 새면 赤衫紅袴에 火鞭든 神男이 火球갓흔 太陽을 打出하고 날이 지면 素服淡粧에 玉佩탄 天女가 氷輪갓흔 皓月을 捧上하난 것을 봄애 이른바 거긔 잇난 듈 알 섇이니 이는 海의 遠望이오
>
> 뎍은 물ㅅ결은 툐올 톨 톨 큰 물ㅅ결은 타앙 탕 탕 돌을 탸고는 거품 디고 흙을 티고는 넌튤이 디난데 밀물에는 行惡을 하고 썰물에는 退縮을 하야 오고 가난 路次마다 모래거던 굴너가고 흙이며는 푸러가서 너의 陸地야 얼마나 단단하냐 온갖 더러운 물건—奸詐한 사람 殘忍한 사람 怪惡한 사람 虛僞한 사람 惡毒한 나라 凶獰한 나라들이 남모르게 숨기숨기 드러내놋코 번듯 먼듯 行하난 바 온갖 못된 일을 실커 잇스면서도 나만 놉다고 山이 되고 나만 굿다고 돌이 되고 나만 크다고 들이 된 이 陸地야 네가 얼마나 견대나 보댜 네몸은 내 허러듀고 더러운 네몸은 내 씨서듀마고 하난 듯이 晝夜不撤하고 튜르릉 튤 튤 쑤 쏴 하난 것은 海의 近景인데.[22](밑줄은 필자가 표시)

앞부분 '海의 遠望'과 뒷부분 '海의 近景'을 읽어 보면 「해에게서 소년에게」의 작품 해설이 아닐까 착각할 만큼 바다와 소년의 관계나 하늘과

---

22 최남선, 「海의 美觀은 읏더한가」, 『소년』 창간호, 1908, 33~34쪽.

소년의 관계, 파도의 모습을 자세하게 그리고 있다. 최남선은 바다를 광활하고 웅대하고 깊어서 소년의 포부와 같다고 정의하면서 바다는 악과 부정적인 의미를 가진 육지, 물건, 사람, 나라, 돌을 응징할 수 있는 존재임을 강조하고 있다. 여기서 지적하고 싶은 것은 "너의 陸地야 얼마나 단단하냐"는 바다의 거침없는 꾸지람에서처럼 바다의 시선, 즉 최남선의 관심은 안타깝게도 대양 너머 먼 외국 쪽보다는 육지 쪽으로 향하고 있다는 점이다. 마땅히 바다를 향해서 진취적 기상, 희망의 미래나 개화에 대한 희구를 보여주어야 하는데 오히려 육상을 향한 강압적인 '바다'의 위력을 보이고 있다. 더욱이 앞부분 '海의 遠望'에서는 엷게 화장하고 옥 패물을 찬 소복의 선녀가 등장하는 것으로 보아 열강 이익의 각축장된 1900년대 대한제국에 알맞는 진취적 근대의식과는 동떨어진 관념적인 덩어리들이 굴러다니고 있음을 볼 수 있다. 이런 '바다'의 양태가 놀랍게도 신체시 「해에게서 소년에게」에 그대로 반영되고 있다.

정한모는 "3면이 바다로 둘러싸인 나라-조국의 자연환경에 대한 각성을 위해 바다가 강조된 것은 바로 육당의 국가 의식과 지리적 교양의 소산이기도 하였다. 그리하여 「해에게서 소년에게」를 필두로 한 바다의 시가가 양산"[23]되었다고 하면서 육당의 '바다'는 관념으로서의 바다에 지나지 않는다고 지적하였다.

위의 내용을 종합적으로 정리하면 「해에게서 소년에게」의 창작 배경이나 의도는 『소년』지의 전체적 편집 태도와 깊은 관계가 있다[24]고 한 김윤식의 지적이나 『소년』의 발간 취지를 詩로 표현한 것[25]이라고 한 김용직 지적은 매우 타당하다고 할 수 있다. 결국 '바다' 너머에 존재하는 해외 선진문화 수용을 위한 내부적 자아 각성 또는 민족의 참모습 이해를

23 정한모, 『한국현대시문학사』, 일지사, 1994, 202쪽.
24 김윤식, 『근대한국문학연구』, 일지사, 1973, 45쪽.
25 김용직, 「해에게서 소년에게의 이해」, 『최남선과 이광수의 문학』, 새문사, 1986, 33쪽.

강조한 「少年時言」, 「해상 대한사」 등 잡지 게재 기사들의 권두시 역할을 충실히 하고 있다고 할 수 있으며, 이 작품 하나만을 떼어놓고 일방적으로 해석하거나 감상하는 것보다는 『소년』지의 전체 맥락에서 접근해야 이 작품을 바르게 감상할 수 있으리라고 여겨진다.

이제 『소년』지에 '시(詩)'로 표기된, 「海의 美觀은 읏더한가」와 너무 닮아 있는 「해에게서 소년에게」로 시선을 돌려 보자.

1.
텨……ㄹ썩, 텨……ㄹ썩, 텩, 쏴……아.
ᄯᅡ린다, 부슨다, 문허 바린다.
泰山 갓흔 놉흔 뫼, 딥태 갓흔 바위ㅅ돌이나,
요것이 무어야, 요게 무어야.
나의 큰 힘 아나냐, 모르나냐, 호통ᄭᅡ디 하면서,
ᄯᅡ린다, 부슨다, 문허 바린다.
텨……ㄹ썩, 텨……ㄹ썩, 텩, 튜르릉, 콱.

2.
텨……ㄹ썩, 텨……ㄹ썩, 텩, 쏴……아.
내게는, 아모것, 두려움 업서,
육상(陸上)에서 아모런 힘과 권(權)을 부리던 자(者)라도,
나 압헤 와서는 꼼ᄶᅡᆨ 못하고,
아모리 큰 물건도 내게는 행세하디 못하네.
내게는, 내게는, 나의 압헤는.
텨……ㄹ썩, 텨……ㄹ썩, 텩, 튜르릉, 콱.

3.

텨……ㄹ썩, 텨……ㄹ썩, 텩, 쏴……아.

나에게 뎔하디 아니한 자(者)가

지금(只今)까디 잇거던 통긔하고 나서 보아라.

진시황(秦始皇), 나팔륜, 너의들이냐.

누구 누구 누구냐, 너의 역시(亦是) 내게는 굽히도다.

나허구 겨르리 잇건 오나라.

텨……ㄹ썩, 텨……ㄹ썩, 텩 튜르릉, 콱.

4.

텨……ㄹ썩, 텨……ㄹ썩, 텩, 쏴……아.

됴고만 산(山)모를 의지(依支)하거나,

됴ㅅ쌀 갓흔 뎍은 섬, 손ㅅ벽만한 땅을 가디고,

고 속에 잇서서 영악한 톄를,

부리면서, 나 혼댜 거룩하다 하난 자(者),

이리 됴 오나라, 나를 보아라.

텨……ㄹ썩, 텨……ㄹ썩, 텩, 튜르릉, 콱.

5.

텨……ㄹ썩, 텨……ㄹ썩, 텩, 쏴……아.

나의 짝될 이는 한아 잇도다.

크고 길고, 널으게 뒤덥흔 바 뎌 푸른 하날.

뎌것은 우리와 틀님이 업서,

뎍은 是非 뎍은 쌈 온갓 모든 더러운 것 업도다.

됴따위 世上에 됴 사람텨럼,

텨……ㄹ썩, 텨……ㄹ썩, 텩, 튜르릉, 콱.

6.

텨……ㄹ썩, 텨……ㄹ썩, 텩, 쏴……아.

뎌 世上 뎌 사람 모다 미우나

그 中에서 똑 한아 사랑하난 일이 잇스니,

膽 크고 純精한 少年輩들이

才弄텨럼 貴엽게 나의 품에 와서 안김이로다.

오나라, 少年輩. 입맛텨 듀마.

텨……ㄹ썩, 텨……ㄹ썩, 텩, 튜르릉, 콱.

—최남선, 「해에게서 소년에게」 전문

이 작품에서 가장 중심적 위치에 있는 대상은 시적 화자인 '바다'이다. 이 의인화된 인격체 '바다'는 작품 속에서 성격이 다른 두 가지 모습을 보여주고 있다.

하나는 '바다'의 냉철한 모습이다. 1연의 거대한 '뫼'와 '바위ㅅ돌', 2연의 육상의 권력자, 3연의 '진시황, 나팔륜' 같은 자, 4연의 '나 혼댜 거룩하다 하난 자' 권세와 허위를 부린 자, 5연의 시비를 거는 싸움판의 세상이나 더러운 사람에 대하여 힘과 호통의 위압적인 태도로 가차 없이 나무라는 강건한 남성적 존재로 나타난다. 즉 '바다'는 육상의 권력자 등 파산 직전의 대한제국의 현실을 타개하기 위해 청산해야 할 구질서의 잔재를 냉철하게 불러 세우고 있다. 앞의 육당의 「바다란 것은 이런 것이오」 글에서 언급한, 무력을 앞세운 영국 해군의 강한 모습을 시적 화자 '바다'를 통해 형상화시키고 있음을 알 수 있다.

다른 하나는 '바다'의 온화한 모습이다. 5연에서는 자신을 '더러운 것'이 없는 '하날'과 동일한 존재로 가치 부여하면서 그와 배필(配匹) 즉 짝꿍이 될 수 있는 순진무구한 존재로 표현하고 있으며, 6연에서는 '膽 크고 純精한 少年輩'를 사랑하는, 따뜻하고 온화한 존재로 나타난다. 그리하여 '少年輩'가 '바다'의 '품에 와서 안김'으로써 일체의 몸이 되어 동일한 목표를 가진 동지적 관계로 승화된다.

1연~4연에서 보여주는 바다의 냉철함은 5연~6연의 온화함과는 언뜻 보면 서로 대립적이다. 그러나 시적 화자인 '바다'의 강렬한 시선이 마지막 6연 '少年輩'에 꽂혀 있음을 감안한다면 1연~4연의 냉철함은 결국 '少年輩'를 위한 '바다'의 시범적 행위라는 것임을 알 수 있다. 논설 「少年時言」에서 '큰뜻'을 세우라고 육당이 강조하였듯이 '少年輩'들에게 바다처럼 구질서의 잔재를 청산할 수 있는 힘을 기르라고, 분명한 시대적 사명을 부여하고 한편으로는 은근히 그것을 기대하고 종용하고 있다고 할 수 있다.

이 작품의 주제는 궁극적으로 '바다'를 통한 해외 선진문화 수용을 지향하고 있지만 우선 위기일발의 대한제국의 현실을 제대로 인식하지 못한 구세대의 청산을 책임질 '少年輩'의 분발이나 각성이라고 할 수 있다. 그러므로 신체시 「해에게서 소년에게」는 일부 학자나 아동문학가들이 주장하고 있는 것처럼 '망망대해에 도전하는 젊은이의 씩씩한 기상을 고무하는 내용을 역설'하고 있거나 '어린이 예찬'을 하는 그런 작품이 결코 아니라는 것이다.

물론 이 작품에는 일부 동시적(童詩的) 기교와 표현이 들어 있다. 학자들의 지적 중 시적 표현에 대해 부정적으로 말하는 것에 특히 주목하고자 한다. 그것은 치졸하고 불완전하다든지, 진부하고 미숙한 표현이 많다든지, 오늘날의 자유시와 비교하여 언어 구사나 기교에 있어서 대단히 유치하다든지, 구어체 산문투의 거침없는 표현 때문에 시로서 매우 거칠고 유치한 인상까지 준다든지 하는 지적들이다. 이들의 지적은 학자 자신의 비평적 관점에서 벗어났기 때문에 생긴 「해에게서 소년에게」의 폄하로 보이며, 이 작품 속에 나타난 동시문학적 특징에 대한 학자들의 몰이해로 취급하지 않을 수 없다. 이런 작품의 특징에 대하여 신현득은 “물활론적 사고가 특성인 동심적 감각으로 바다를 의인화하였고, 재미성과 리듬감을 높이기 위해 물결의 흉내말을 곁들여 어린이를 찬미하였으므로 동시가 분명하다”[26]고 하였다. 그러나 일부 동시문학적 특징을 가지고 있다고 해서 「해에게서 소년에게」를 동시라고 단정짓는 것 또한 작품 폄하만큼이나 매우 성급한 일이 아닐 수 없다.

논의 방향을 잠깐 바꿔 제목 「해에게서 소년에게」를 살펴보자. 시적 화자 바다가 소년에게 준다는 의미의 제목으로 만들었다면 단순명쾌하게 「소년에게」라고 했을 것이다. 이때는 당연히 동시(童詩)일 가능성이 높다. 그러나 제목이 ‘A에게서 B에게’의 형태를 취하고 있다는 것을 보면 A→B라는 대상의 이동, 권한의 이양, 역할의 대체의 뜻을 가지고 있으므로 작품 전체의 초점이 하나가 아니라는 것이다. 실제로 주제 연이기도 한 6연에서는 1연~4연에서 보여준 육지의 권세를 응징할 수 있는 바다의 힘과 권한을 ‘少年輩’들에게 이동이나 이양시키고 있는데, 카메라 뷰파인더에 등장하는 행동 주체가 바다에서 소년으로 선명히 바뀌고 있음을 알 수 있다. 최남선의 의중이 무엇인지를 짚어볼 수 있는 대목이기도 하다.

최남선의 「해에게서 소년에게」는 어린이와 청년이라는 복수층 독자를 대상으로 한 『소년』지의 발행 목적에 따른 권두시의 역할을 충실히 수행하고 있는 작품이다. 일부 동시문학적 기교나 표현이 있기는 하나 내용적으로 보면 명재경각에 달린 대한제국의 운명을 제대로 인식하지 못한 구세대의 청산을 책임질 청소년들의 각성을 촉구하고 있다고 할 수 있다. 그러므로 당연히 최남선의 「해에게서 소년에게」는 동시(童詩)라고 할 수 없으며, 신체시로서 현대시의 출발점이면서 또한 동시(同時)에 현대 동시의 출발점으로 자리매김이 되어야 될 것이다.

---

26 신현득, 「한국 동시사 연구」, 단국대학교 대학원 박사학위논문, 2001, 56쪽.

3. 한국 최초의 동시는 『금성』지 창간호(1923)에 실린 손진태의 「별똥」이다

일반적으로 근대 자유시는 1919년 주요한의 「불노리」에서부터 출발하였다고 정리하고 있다. 창조, 백조, 폐허 등 1920년대 들어 문학 잡지들이 창간되면서 근대시들이 쏟아져 발표되었다. 의당 이 시대적 흐름에 따라 동시도 창작 발표되어야 함에도 전혀 발표될 기미가 보이지 않았다. 1923년에 창간된 『어린이』지를 중심으로 아동문화운동이 일어나 아동문학이 싹이 트기 시작하여 동요, 동화, 소년소설 등이 매달마다 우후죽순처럼 발표되었던 때에도 웬일인지 동시는 보이지 않았던 것이다.

『어린이』지에 발표된 동시·동요 작품 중 '童詩'라는 용어가 붙어 있는 첫 작품은 잘 알려진 대로 제4권 1호(1926년 1월호)에 발표된 색동회 회원인 손진태의 「옵바 인제는 돌아 오서요」이다. 『어린이』지가 창간된 지 무려 3년 정도가 지난 뒤에야 '동시'라는 이름으로 실렸던 것이다.

그런데 손진태의 이 동시도 사실은 재수록된 경우라는 것이다. 손진태의 동시 「옵바 인제는 돌아 오서요」는 놀랍게도 시문학 전문지 『금성』지[27] 3호(1924.5)에 「옵바, 인제는 그만 도라 오세요」라는 제목으로 먼저 수록되어 있다. 『금성』지에 발표되었던 이 작품을 왜 다시 『어린이』지에 실었을까? 손진태의 동시가 『어린이』지에 재수록되었던 연유는 『어린이』지(1926년 1월호) 방정환의 편집후기에 나와 있다. "이번 신년호에는 보시는 바와 갓치 동경에 계신 색동회원 여러분과 경성에 계신 색동회 여러분의 글이 모조리 모혀 잇습니다. 색동회 여러분이 특별한 새해 선물로 밧브신 중에도 힘써써 보내 주신……"라는 글이 실린 것으로 보아 색동회[28]

27 『금성』지는 일본 와세다대학 유학생 양주동, 유엽, 백기만, 손진태 등 중심으로 창간된 시 중심 문예동인지임. 창간호는 1923년 11월, 2호는 1924년 1월, 종간호인 3호는 1924년 5월에 발간됨. 다른 문학동인지와는 다르게 동시 창작에 관심을 갖고 창작 동시 5편, 전래 동요 3편, 민요 1편, 타고르 번역 동시 14편 등 총 23편의 작품을 실었음.

회원의 특집 신년호임을 알 수 있다. 권두 훈화 조재호, 창작동화 마해송, 중국 소개 주요섭, 동시 손진태, 동요 운극영, 전래동화 고한승, 연극 정인섭, 기담재담 방정환 등 색동회 주요 회원의 글을 실었던 것이다.

이들 8명의 색동회 회원 작품 중에서 특히 손진태의 동시와 마해송의 동화가 재수록된 경우이다. 손진태는 1925년부터 와세다대학 사학과 지도교수 니시무라를 만나 민속학에 전념하고 있었기 때문에 이미 문학에서 멀어져 있었다. 신년특집호 원고 청탁을 하였더라도 받기 어려운 상황이었다. 그래서 『금성』지 3호(1924.5)에 기 발표된 작품을 찾아내 재수록 했던 경우이고, 마해송의 동화는 우리나라 최초 창작동화 「바위나리와 아기별」로서 1923년 『샛별』지에 처음 발표되었으나 개성 지방의 잡지라는 특수성 때문에 방정환이 다시 수록한 경우이다. 마해송의 「바위나리와 아기별」은 『어린이』지에 재수록됨으로써 전국에 널리 알려지게 되었다.

그렇다면 우리나라의 근대 최초의 창작 동시는 무엇이며, 창작자는 누구이고, 어느 지면을 통해 발표했을까? 앞에서 언급한 손진태의 동시 「옵바 인제는 그만 도라 오세요」는 우리나라의 최초 동시가 아니다. 우리나라 '童詩'라고 이름 붙여진 근대 최초의 작품은 1923년 11월 10일에 발행된 시문학전문지 『금성』지 창간호에 백기만[29]의 「靑개고리」와 손진태[30]의 「별똥」, 「달」이다. 이 세 작품 중 "이것은 우리의 엇던 지방에

28 색동회는 1923년 일본 도쿄에서 방정환을 중심으로 윤극영, 조재호, 진장섭, 손진태, 정순철, 고한승, 이헌구 등이 결성한 우리나라 최초의 어린이 문화운동 단체로 이후 마해송, 정인섭 등이 참가하였음.

29 백기만(1902~1969)은 시인, 항일지사. 일본 와세다대학 중퇴. 『금성』지 동인. 이상화가 죽은 뒤 상화시비 건립에 앞장섰고, 이상화와 이장희의 시를 정리하여 『상화와 고월』 간행. 그의 대표 작품은 「은행나무 그늘」(『금성』 3호)이 있음.

30 손진태(1900~?)는 사학자, 민속학자. 한국 최초 민속학회지 『조선민속』 간행, 진단학회 창설 참여. 서울대학교 문리대 학장을 지냈으며 6 · 25전쟁 때 납북됨. 저서는 『조선고가요집』등이 있음. 그는 일본 와세다제1고등학원과 와세다 대학 사학과 유학 시절(1923~1927) 초기에 주로 문학에 관심을 두고, 색동회 회원과 『금성』지 동인으로 참여. 그가 발표한 동시로는 「별똥」, 「달」(이상 『금성』 1호), 「키쓰와 포옹」, 「옵바, 인제는 그만 도라 오세요」(이상 『금성』 3호) 등 총 4편임.

전해 오는 아이들 이약이를 시로 쓴 것이다."라고 부기되어 있는, 청개구리 전래동화를 동시로 개작한 백기만의 「靑개고리」를 예외로 두면 근대 최초 순수한 창작 동시는 손진태의 「별똥」[31]이라고 할 수 있다.

여기서 왜 최초의 동시가 손진태라는 역사학자에 의해 시도되고 발표되었는가 하는 의구심이 생길 수밖에 없다. 그리고 왜 초창기 『어린이』지가 적극적인 동시 발표의 지면(紙面)이 되지 못하고 시 중심 문학동인지 『금성』지가 차지했을까. 그 연유를 간단히 언급하자면 그것은 방정환, 윤극영, 유지영 등 초창기 『어린이』지 편집자들이 의도적으로 동시 창작을 억제하고 동요 창작을 적극 유도하였기 때문에 아동문학가에 의한 동시 발표가 되지 못하고, 결국 우리나라의 근대 최초의 동시는 역사학자의 손에 의해 창작되고 말았던 것이다. 동시인으로서나 아동문학 연구 후학의 입장에서 보면 아쉬움이 매우 크다고 할 수 있다.

어머니 제게 말하섯지오,
어제 밤에 별똥이 써러져슬 때
「저 별똥을 먹으면 죽잔는다」고.

새벽에 나 혼자 압산 넘어로
그 별똥을 주으러 갓다 왓서요.
아모리 차저도 몰느겟서요
어머니 별똥이 엇지 생겻소?

—손진태, 「별똥」 전문

손진태의 동시 「별똥」은 3음보 민요조의 전통적인 율격을 지닌 작품으

31 손진태의 「별똥」과 「달」은 34쪽 같은 쪽에 실려 있다. 작품 창작 날짜까지 기록되어 있는데 「별똥」은 작품 말미에 '1923.10.2. 밤'으로, 「달」은 '1923.10.12.밤'으로 되어 있다.

로 장생불사의 별똥별을 찾지 못하고 어머니에게 그 생김새를 물어보는 순진한 아이의 마음이 나타나 있다. 형식은 아직 정형성을 버리지 못하고 있으나 어머니와의 대화체 형식, 어린이 수준의 순 한글 시어 사용, 시적 화자가 소년인 점, 별똥을 좇는 동심 추구, 더구나 1920년대 초 당시 타고르 영향을 받은 신비적 성격까지 신체시 「해에게서 소년에게」와는 완전히 다른 현대적 동시의 모습을 갖춘 한국 최초의 동시라고 할 수 있다.

그러나 이 작품은 완성도가 높거나 문학성이 뛰어난 편이 아니다. 이 작품 저류에 흐르는 분위기도 서정적이지 못하고 약간은 딱딱하고 메마른 편이다. 1연에서 별똥을 먹으면 죽지 않는다는 표현은 별똥별이 떨어지는 동안 자기 소원을 세 번 빌면 이루어진다는 환상적이고 서정적인 옛이야기에 비해 너무 현실적이고 계산적이다. 생명의 영원성을 바라는 어머니의 의중 또는 어른의 시각으로 인해 천진난만한 동심이 뒤편에 숨어버린 것이다. 또한 2연에서 별똥의 구체적인 모습을 어머니에게 여쭙는 아이의 직설성도 시적 함축성을 떨어뜨리고 있다.

'별똥'은 이 작품의 제목이자 제재이다. 제목이 주는 기대감만큼 동심과 서정성이 녹아 있지 않다. '별똥'은 수많은 이야기를 만들어내는 문학의 대상물이다. 대표적으로 오영수의 「요람기」를 예로 들 수 있다. 소설인데도 분위기는 시적이다.

"……누나."
"응?"
"별똥, 참말 맛있나?"
"그렇대."
"먹어 봤나?"
"아니."
"우리 집에 별똥 하나 떨어지면 좋겠지?"

"별똥은 이런 집에는 안 떨어진대."

"왜?"

"몰라. 먼 먼 산 너머 아무도 못 가는 그런 데만 떨어진대."

누나 동무들이 모였다. 다림질감을 가지고도 오고, 옥수수와 감자를 가지고도 왔다. 추석 옷감 이야기며, 누구는 어디 혼사 말이 있고 누구는 시집살이가 고되다는 그런 이야기들……. 소년은 누나 옆에 누워 별똥을 세면서, 어른이 되면 별똥을 주우러 가겠다고 다짐을 하다가 잠이 들곤 했다.

—오영수, 「요람기」 일부(1967년)

손진태의 「별똥」은 「요람기」의 별똥 이야기나 정지용의 "별똥이 떨어진 곳,/마음에 두었다가/다음 날 가 보려/벼르다 벼르다/인젠 다 자랐소"(「별똥이 떨어지는 곳」 전문, 1937), 이문구의 "산 너머 저 쪽엔/별똥이 많겠지./밤마다 서너 개씩/떨어졌으니.//산 너머 저 쪽엔/바다가 있겠지./여름내 은하수가/흘러갔으니"(「산 너머 저쪽」 전문)와 같은 서정성과 낭만성이 매우 부족하다. 그러나 여러 가지 면에서 한국 최초의 동시라는 수식어에 걸맞은 작품임이 분명하다. 각 연에 돈호법을 사용하여 어머니의 품에 안기는 동심의 감정을 동반하도록 장치하고 있다. 또 '~오', '~소?', '~요'와 같은 대화체 서술형 문장이 부드러운 분위기를 만들고 있으며, 앞산으로 별똥을 찾으러 가는 소년다운 호기심과 진취적인 태도가 잘 나타나 있다. 그러므로 이제부터 마땅히 민속학자 손진태의 이름을 아동문학가 명단에 올려야 한다고 본다.

4. 1923년은 현대 아동문학의 원년이다

한국 아동문학사에서 1923년의 의미는 매우 각별하다. 우리나라 최초의 동시 손진태의 「별똥」이 1923년에 발표되었고, 최초의 동요 김용희의 「나븨」[32]도 1923년 『어린이』지에 발표되었으며, 최초의 창작동화 마해송의 「바위나리와 아기별」도 1923년 『샛별』지에 발표되었다. 또한 어린이날 기념행사도 1923년 5월1일 최초로 색동회 주최로 열렸으며, 방정환의 『어린이』지도 1923년에 창간되었기 때문이다. 1923년을 현대 아동문학의 원년으로 삼아야 할 것이다.

물론 1908년도 일반문학 쪽뿐만 아니라 아동문학 쪽에서 매우 중요한 연대라는 점을 간과해서는 안 될 것이다. 최남선의 신체시 「해에게서 소년에게」가 몇몇 학자들로부터 최초의 신체시가 아니라는 비판, 바이런 시의 모방작이라는 비난을 듣기도 하고, 또 최남선의 문학 장르 의식 결여, 생경한 관념의 노출, 창가 형식의 정형성 답습 등을 문제 삼아 많은 부정적인 굴레를 뒤집어씌우고 있음에도 불구하고 분명한 점은 한국 현대시사에 긍정적인 전환점을 제공한 작품이라는 것이다. 그러므로 현대시 출발점이면서 일부 동시문학적 특징을 지니고 있다는 점에서 또한 현대 동시의 출발점으로도 자리매김이 되어야 할 것이다.

아울러 신체시가 동시문학에서 차지해야 하는 계통적 위치는 '전래동요(민요)→창가→신체시→동요/동시'로 정리되지 않을까 한다. 갑오경장 이전까지 구비전승 되었던 민요 형태의 전래 동요가 개화기 창가, 특히 학교 창가로 발전하고, 신체시가 발표된 후 창가와 함께 1910년대까지 이어졌다. 1920년 들어 동요 황금기를 맞이하면서 손진태의 동시 「별똥」이 창작되면서 본격적인 현대 아동문학이 전개되었다고 할 수 있다.

---

32 일반적으로 우리나라 최초의 동요는 윤극영의 「반달」(1924)로 알려져 있으나 순서로 따지자면 아홉 번째 발표된 작품이며, 정순철의 「형제별」은 첫 번째이긴 하나 일본 동요의 번안곡으로 밝혀졌다.

시와 동시의 경계, 그 역사적 고찰

1. 펼치며

2000년대 들어와 몇몇 시인들이 동시집을 내면서 동시문학이 확산되고 있는 느낌이다. 시인들이 가지는 동시문학에 대한 지대한 관심인지라 그지없이 반가울 뿐이다. 1920년대~1930년대에 있었던 시와 동시 장르를 넘나드는 시인들에 의한 시·동시의 공존 시대가 또다시 도래하고 있는 것이 아닌가 한다.

우리는 어린이의 순수한 마음의 상태를 동심(童心)이라고 한다. 이런 동심은 유아나 어린이(아동), 소년들에게만 있는 것은 아니다. 최지훈은 동심을 유치하거나 미숙한 상태의 정서가 아니라고 하면서 그것은 오히려 완벽하고 오염되지 않은 우리 인간의 원초적 심성으로서 모든 어른들이 희구해 마지않는 귀중한 심성[1]이라고 하였다. 동시는 이런 동심을 추구하는 서정문학이다. 그러나 동시가 동심을 가진 어린이(아동)와 관련 있는 문학이지만 어린이만을 위한 문학은 아니며, 작품의 제재가 어

1 최지훈, 『어린이를 위한 문학』, 비룡소, 2001, 53쪽.

린이여야 하는 것도 아니다.

일반시[2]가 성인이나 어른을 위한 문학이라고 한다면 동시는 아동의 동심과 어른의 동심을 함께 담아야 하는 양면적 문학이라 할 수 있다. 시인(詩人)은 시 작품을 통해 인간 내부의 다양한 심리 양상이나 사회현상에 대하여 별 조건 없이 목청껏 소리 낼 수 있지만, 동시인(童詩人)은 동시 작품을 통해 아동의 동심과 어른의 동심을 함께 아우르는 명쾌한 목소리를 내기가 쉽지 않다. 그런 관점에서 보면 이재철의 말처럼 동시 창작은 일반시보다 어렵다고 할 수 있다. 그 까닭은 그것(=동시)이 시이기 때문에 성인이 읽어도 좋은 문학작품으로서의 수준을 확보해야 됨은 물론, 아동의 지적 능력의 발달과 이해력, 그리고 생활 경험에 적합한 형식과 내용으로서 교육적 효과를 함께 갖추어야 하기 때문[3]이라고 하였다.

그렇다면 시와 동시의 구별 기준은 무엇이며, 시와 동시의 경계를 짓는 척도는 무엇인가.

> 동시도 시가 되어야 하며 아기(=아동)를 위한 것이라기보다 자기의 깊은 내부에서 울어 나오는 필연한 갈구의 정신이 느끼고 꿈꾸는 자기 세계의 발현으로써 다만 그것이 동심적인 단순성과 소박성과 사물에 대한 직감적인 강인한 힘이 깃들었을 경우, 또한 언어 표현에 아기들이 이해를 자아낼 수 있을 범위 안에서 표현되었을 경우, 동시가 시와 구별되는 것이라 믿었던 것이다.[4]

> (동시의 판정은) 어린이다운 '동심적 발상'이 세계 표상과 정서 표출의 질을

2 '아동문학', '동시'의 상대적 개념의 낱말인 '성인문학', '성인시'라는 용어를 사용할 수 있지만 '성인시'는 어른의 문학이라는 의미가 강하고, 상대적으로 '동시'가 아직 미성숙한 아이들의 문학이라는 의미를 내포할 수 있으므로 일반적으로 말하는 '시', 보통의 '시'라는 의미를 가진 '일반시'라는 용어를 이 글에서 사용할 것이다. 아울러 시인(詩人)과 동시인(童詩人)도 분명히 구분하여 쓸 것이다.

3 이재철, 『아동문학의 이해』, 형설출판사, 1988, 19쪽.

4 박목월, 「버찌와 기러기와 종이배의 꿈나라」, 『아동문학』, 1962년 11월호, 6쪽.

결정하는 중심축으로 자리하고 있는냐의 여부에 의존한다. 세계를 단순화하고 인격화하는 동심적 인식의 직접성, 세계에 반응하는 정서적 질의 단일성은 동시가 뿌리박고 있는 기본 특성이다. 이는 이상과 현실의 층이 서로 뒤엉킨 복합적 세계상과 정서가 주축을 이루는 성인시의 그것과 분명히 다른 양상이다.[5]

이 인용문에서 박목월과 성기옥 모두 동심성과 단순명쾌성 두 가지가 시와 동시를 구별하는 경계 척도라고 하고 있다. 간단히 말해 동심을 중심축으로 삼고 있느냐의 여부로써 동시 판정의 기준을 정한다는 것이다. 이런 이유 때문에 동시 창작하기란 그리 쉽지 않는 일이라고 말할 수 있다.

그런데 100년의 한국문학 역사 중에 동시와 일반시가 시인들에게 함께 공유되고, 공존하던 과거의 시대가 있었다. 1920년대~1930년대가 그 시대였다. 이 소고에서는 장르 경계를 전혀 두지 않고 진지하게 동시를 발표한 1920년대~1930년대 시인들의 문학적 특성을 아동문학 특히 동시문학 입장에서 살펴보고, 시와 동시의 분화 과정이 진행되던 당시 시대적 특징도 아울러 드러내고자 한다.

2. 1920~1930년대, 시와 동시의 공존

시와 동시의 경계에 대해 논의하기 전에 먼저 언급해야 할 것이 있다. 그것은 한국현대문학사에서 일반적으로 '최초의 신체시'라고 일컬어지는 최남선의 「해(海)에게서 소년(少年)에게」(1908년 『소년』 창간호)에 대하여 일부 아동문학 연구가들이 이 작품은 동시(童詩)이기 때문에 마땅히 아

---

5 성기옥, 「정지용시에 있어서의 동시와 동심」, 『한국아동문학 작가작품론』, 서문당, 1991, 127쪽.

동문학의 영역에서 수용해야 한다고 주장하고 있다는 점이다. 나아가 이들은 한국현대문학사의 출발점을 아동문학으로 잡고 다시 기술되어야 한다는 입장을 보이고 있다.

이에 필자는 『오늘의동시문학』지에 기고한 글[6]에서 1908년 당시 '소년'의 개념은 현재의 '어린이'와 상당히 먼 가슴 벌어진 청년이라는 것, 작품의 주제는 어린이 예찬이 아니라 구세대의 청산을 책임질 청년들의 분발 촉구라는 것, 『소년』지의 발간 취지를 시(詩)로 표현한 것이라는 김용직의 견해와 광복 후 최남선의 증언처럼 문학적인 면보다는 오히려 민족운동을 위한 청년들의 자아 각성을 강조하는 구호적 성격이 강하다는 것 등 몇 가지 근거와 견해를 제시하면서 아동문학 연구가들의 아전인수격인 주장을 비판하였다. 분명한 것은 최남선의 「해에게서 소년에게」가 시와 동시의 성격을 함께 포함한 '신체시'로서, 아동문학 쪽이나 일반문학 쪽에 모두 소중한 문학작품이라는 것이다. 결국 신체시 「해에게서 소년에게」는 1894년경 개화기에 발표되기 시작한 '창가'에서 1920년대 한국현대문학의 시와 동시(동요)로 넘어가는 전환점 또는 징검다리 역할을 다했다는 것이다. 그리하여 한국의 현대시와 현대 동시는 1920년대 이르러서야 비로소 제대로 문학의 틀을 갖추고 등장하게 된다.

주지하다시피 1919년 기미독립운동 이후 문예지 『창조』(1919)의 창간을 필두로 『개벽』(1920), 『폐허』(1920), 『장미촌』(1921), 『백조』(1922), 『금성』(1923) 등이 차례로 발간되면서 『창조』 창간호에 실린 주요한의 「불노리」 등 서구 문예사조의 영향을 받은 근대시들이 봇물처럼 쏟아져 나왔다. 아동문학 쪽에서는 일반 문학동인지에 비해 시기적으로 조금 늦게 『어린이』지가 소파 방정환에 의해 1923년 창간된 후 『신소년』(1923),

6 이정석, 「한국 최초 동시는 '해에게서는 소년에게'가 아니다」, 『오늘의동시문학』 31호, 2010년 가을호, 66쪽~91쪽

『새벗』(1924), 『아이생활』(1926), 『별나라』(1926)가 발간되어 동요, 동화 등 아동문학 작품들이 매달마다 발표되었다.

1920년대 동시 출현에 대하여 서술하려면 먼저 동요를 언급할 수밖에 없다. 동시보다 동요의 시대가 앞서 열렸기 때문이다. 20년대 아동잡지들 중 동시와 관련지어 서술할 수 있는 대상은 당연히 『어린이』지이다. 『어린이』지는 어린이를 어른과 동일한 인격체로 격상시키고 한국 근대 아동문학을 발아시켜 현대 아동문학의 형성에 중요한 기틀을 마련한 아동문학 잡지라고 할 수 있다. 특히 중요한 것은 『어린이』지가 1925년 전후로 동요황금시대를 열었다[7]는 사실이다. 나라 잃은 설움을 이기기 위해 또는 민족의 미래 세대인 어린이에게 희망을 주기 위해 아동문화운동 차원의 동요 보급이었지만 『어린이』지에 게재된 동요는 당시 많은 사람들의 시선을 끌었고 실제로 상당수의 작품이 작곡되어 악보까지 『어린이』지에 실려 국민적 애창동요로 불려졌다. 윤극영의 「반달」과 「설날」, 한정동의 「따오기」, 서덕출의 「봄편지」, 유지영의 「고드름」, 최순애의 「오빠 생각」 등은 지금도 부르는 대표적인 동요이다. 이런 동요황금시대가 된 배경에는 두 가지가 있는데 그 하나는 초창기 때 방정환, 윤극영 등 『어린이』지의 편집자들이 의도적으로 7 · 5조 모범동요를 연달아 게재하였다는 점과, 다른 하나는 독자 투고 작품에 대한 유지영의 첨삭지도가 결정적인 동요 역사의 물줄기를 잡았다는 점이다.

이 사실과 관련하여 필자가 강하게 지적하고 싶은 것은 만약 『어린이』지의 편집자들의 인위적인 노력이 적었거나 없었더라면 시, 소설, 동요, 동화 등 20년대 근대문학의 타 장르와 함께 동시가 자생적으로 출현하지 않았을까[8] 하는 점이다. 당연히 그 근거를 삼을 만한 문헌이 있다. 그

---

7 이재철, 『한국현대아동문학사』, 일지사, 1978, 87쪽.

8 이정석, 「어린이지에 나타난 아동문학 양상 연구」, 전남대교육대학원 석사논문, 1993, 22~24쪽 참조.

근거 자료는 놀랍게도 동요황금시대를 연 『어린이』지이다.

『어린이』지를 통해 버들쇠라는 필명으로 활동한 유지영(柳志永)[9]의 글 「동요 지시러는 분께」(1924년 2월호)와 「동요 짓는 법」(1924년 4월호) 두 편을 주목하고자 한다. 특히 유지영은 「동요 짓는 법」이라는 글에서 다음과 같은 동시(童詩)적 성격의 독자투고 작품을 직접 예를 들어 동요로 첨삭이나 개작하는 과정을 보여 주고 있다.

부슬부슬
비는 온다
비는 누구에
눈물인가
달님의 눈물인가
해님의 눈물인가
저녁 비는 달님
낮비는 해님

—조병현(서울 가회동 독자), 「비」 전문

「비」는 『어린이』지에 투고한 작품으로 완성도에서 동시라고 하기에는 너무 부족한 점이 많은 작품이다. 그러나 만약 이 작품을 동요로 개작하지 않고 부족한 그대로 『어린이』지에 실었더라면 어떤 결과를 가져 왔을까? 틀림없이 『어린이』지에 경향 각지 독자들의 동시 작품들이 물밀듯이 투고되었을 것으로 단언한다. 이 작품에 대하여 유지영은 "이것은 전혀 동요라고는 할 수 없는 것입니다. 첫째 격조가 맞지 않아서 노래로

9 유지영(1896~1947)은 와세다 대학 수학, 일제 강점기 《동아일보》 사회부 기자 생활하면서 동요, 동화, 동극 등 발표, 1920년대 윤극영, 한정동 등과 함께 동요황금시대 주역임. 『세계아동문학사전』(이재철, 계몽사, 1989) 260쪽 참고.

부를 수 없는 것입니다. 말도 고르지 못하고 음상사가 좋지 못하게 글자 배치를 해놓았습니다. 둘째 줄에 '비가 온다' 하는 '온다' 같은 것은 말을 골라 쓰지 못한 탓으로 동요로서는 작대기(=엉터리?)입니다."라고 작품에 대한 평가를 내리고는 첨삭지도하여 개작한 동요 작품을 뒤에 붙여 놓았다. 동요의 운율적 격조에 맞지 않는다는 이유로 동시적 성격의 작품을 과감히 첨삭하였던 것이다.

이런 『어린이』지의 노력이 이후 큰 효력을 발휘하게 된다. 즉 1923년 창간호부터 1924년 말까지 실린 신인들의 동요 22편 중 7·5조 두 편을 제외하고 모두가 4·4조의 전통적인 율조의 작품이었던 초기 투고 경향이 1925년부터는 독자들의 폭발적인 동조로 거의 모든 동요가 7·5조로 반전하게 된다. 한정동, 서덕출, 윤석중, 이원수, 윤복진 등 역량 있는 동요작가들이 이 시기에 등장하게 된 까닭이다. 한국아동문학사 초기에 있었던 동요작가의 기이한 편중 현상이다. 따라서 일제 강점기에 따른 민족 자각운동이라는 시대적 요구에 따른 초창기 『어린이』지 편집자들의 동요 창작 요구가 자생적 동시 발생의 싹을 미리 잘라낸 것이라고 결론지을 수밖에 없다. 이런 이유로 '한국 최초 동시 발표지'라는 면류관은 『어린이』지에 바쳐지지 않고, 손진태의 「별똥」이 발표된 일반 시문학 전문지 『금성』 1호(1923.11. 창간)가 차지하게 된다.[10]

동요는 한국아동문학 초창기인 1923년 이후 5~6년 동안 『어린이』지 등 여러 잡지를 통해 최전성기를 구가하게 된다. 1924년 '다알리아회'라는 동요보급 합창단의 왕성한 활동, 1926년 윤극영의 창작 동요곡집 『반달』 발간, 1927년 경성방송국 개국으로 동요 전파, 1927년 김태오 중심으로 동요시인과 작곡가들의 모임 '조선동요연구협회' 결성, 1929

10 한국 근대 최초 동시에 대한 논란은 지금도 진행 중이다. 손진태의 「별똥」이 최초의 동시라는 주장은 필자만이 아니다. 제해만은 「일제 식민기의 동요 · 동시고」(『비평문학』 제10호, 1996, 380쪽)에서 이미 필자와 같은 견해를 피력한 바 있다.

년 『조선동요100곡집』 발간 등은 모두 이 기간에 숨가쁘게 일어났던 굵직한 결과라고 할 수 있다. 이렇게 동요 창작과 노래가 전국을 휩쓸고 있었기 때문에 아동문학 쪽에서는 불행하게도 동시문학에 대한 인식 부족과 수용 태세 미비로 인하여 어쩔 수 없이 1930년을 넘어서야 비로소 전문 동시인에 의하여 동시문학이 활성화되었던 것이다.

『어린이』지에 실린 동시를 살펴보면 창간 3년 뒤인 1926년에 가서야 '童詩'라고 장르 표시된 민속학자 손진태의 「옵바 인제는 도라 오서요」(1926.1)가 그 첫 작품으로 실린다. 이 작품도 『금성』 3호(1924.3)에 실렸던 것을 재수록한 경우이며, 1930년대 계급투쟁적인 경향파 동시를 제외하면 1934년 정간될 때까지 『어린이』지에 게재된 본격 동시 작품 수는 그리 많지 않다. 대표적인 동시 작품으로는 정지용의 「산에서 온 새」(1926.11), 주요한의 「6월」(1931.6)과 「아무도」(1934.1), 황순원의 「언니여」(1932.5), 박목월의 「통딱딱 통짝짝」(1933), 오장환의 「기러기」(1934.2), 최순애의 「가을」(1927.1), 이원수의 「비누풍선」(1927.7), 윤석중의 「금붕어」(1933.5) 등이며, 1928년에는 이하윤과 이헌구의 번역 동시도 발표된다. 여기서 동시 발표자 명단에 정지용, 주요한, 황순원, 오장환, 박목월 등 일반 문인들이 우선 눈에 띈다. 특히 나중에 일반 시문학 영역에서 독보적 위치를 확보한 정지용과 박목월의 이름을 확인할 수 있는데, 이 두 명의 문학 여정에서 그 첫 출발점이 아동문학의 동시 분야라는 점에서 동시와 시의 역사적 관계를 이해하는 데 중요한 시사점을 던져준다고 할 수 있다.

한국아동문학사에서 1923년의 의미는 매우 각별하다. 한국아동문학의 대표적인 장르인 동시, 동화, 동요의 최초 작품들이 각각 당해 년에 발표되었기 때문이다. 그 중에서 일제강점기 동요황금시대에 철저하게 외면과 홀대를 당했던 동시작품이 비록 『어린이』지가 아닌 일반 시문학 전문지 『금성』에 발표되었음에도 불구하고 1923년 당시부터 시인들에 의해 창작되어 일반시와 어깨를 나란히 하면서 한국문학의 한 축을 담당하게 되었다는 것은 오히려 다행스러운 일이라고 할 수 있다. 필자가 '오히려 다행스러운 일'이라는 말을 쓰는 것에 대해 일부 아동문학가에게 아동문학의 주체성을 몰각한 태도가 아니냐는 비난의 화살을 받을 수 있는 여지가 많지만, 동시문학의 뿌리와 시문학의 그것과는 동일하다는 점, 동시문학을 일반시의 주변 문학 또는 아래 단계 문학이라고 천대시하는 소수의 일반 시인이나 대학교수, 일반문학 연구가들에게 한국현대시문학사의 출발점에서는 시와 동시의 창작 경계가 없었음을 환기시킬 수 있다는 점에서 '오히려 다행스러운 일'이 아닐까 거듭 강조한다.

이쯤해서 1920년대~1930년대에 시와 동시의 경계가 있었는가, 또 어떤 과정을 거쳐 시와 동시가 분화되었을까라는 호기심이 생기는 것은 매우 자연스럽다. 이 의문에 논의의 초점을 맞추어 살펴보면 다음과 같은 다섯 가지 특징을 찾아낼 수 있다.

첫째, 동시가 일반시에서 장르적 분화(分化)를 했던 것이 아니라는 점이다. 장르 분화 이전에 먼저 일반 시인들에 의하여 시와 동시가 병행 창작되었다. 그러므로 1920년대는 시와 동시가 장르로 나누어지지 않았던 장르 혼재(混在) 시대 또는 시인들에 의한 시·동시의 공존 시대라고 할 수 있다. 최초의 동시가 민속학자 손진태의 손에 의해 1923년에 창작되었다고 해서 곧바로 동시가 분화되었다고 단정하기 어렵다. 그뿐만 아니라 일반시 영역에서 탁월한 업적을 남긴 이들, 즉 1926년부터 동시를 발표한 정지용, 1930년대 들어와 동시를 쓴 박목월, 윤동주, 박용철, 이상 등과 같은 시인들까지 1920년대~1930년대에 걸쳐 아동문학지를 통해 먼저 등단하였거나 동시 작품을 일반시와 함께 병행 창작하였기 때문에 1920년대 문학 장르로서 동시와 시를 계통적으로 또는 시기적으로 명확하게 경계를 지어 장르 분화를 말하는 것은 무모한 일일 수밖에 없다. 그들이 동시를 먼저 또는 시와 동시를 병행 창작한 이유는 '자기의 깊은 내부에서 울어 나오는 필연한 갈구의 정신'이라는 서두 인용문의 박목월의 말처럼 시인의 창작 태도나 의식 등 개인적인 성향 때문이긴 하지만 당시 문단에 발표되는 시작품을 보면서 익숙한 시 형식으로 빌어 아동잡지에 투고하였거나 아동 잡지사에서 원고 청탁을 받고 발표했기 때문이 아니었을까 한다.

둘째, 1920년대 초 한국 문학에 커다란 영향을 끼친 인도의 시성 타고르의 신비적이고 동심 지향의 문학 경향으로 인해 상당수 시인들이 시와 동시의 경계를 느끼지 못했다는 것이다. 타고르의 시 속에는 아이들의 동심적 시각과 호기심을 가지고 자연을 탐색하려는 모습이 너무나 선명하게 나타난다. 타고르는 동양인으로서 최초로 노벨문학상을 탔을 뿐만 아니라 그의 시 속에는 동양적인 사상과 향기가 있었던 것이다. 우리나라 문단에 충격을 주기에는 충분하였다. 그리하여 1920년대 초 문단은 타고르의 작품 번역이나 소개를 통해 그의 문학적 특성을 열광적으로 수용하게 되었던 것이다.

타고르를 최초로 소개한 것은 『청춘』지(1917)였지만 작품을 번역한 이는 창조 동인이었던 오천석이었다.[11] 오천석은 『창조』 7월호와 8월호(1920.8)에 타고르의 기탄자리 1~18까지 번역 발표하였으며, 그 뒤 안서 김억은 개벽지 등에 작품을 번역 소개하면서 번역시집 『기탄자리』(1923), 『신월』(1924), 『원정』(1924)을 차례로 출간하였다. 또 일본에 유학하면서 해외문학을 번역 소개한 금성지 동인들 중 타고르 번역에 참여한 양주동, 백기만도 중요한 역할을 하였는데, 이런 동인들의 성격 때문에 금성지가 최초 동시 발표 지면이라는 영광을 안았는지 모른다. 타고르의 작품 중 아이들과 바다가 이루는 아름다운 조화를 어른들의 세계와 대비시킨 유명한 시 「바닷가에서」의 경우 양주동(1923 금성지 창간호),

11 정한모,『한국현대시문학사』, 일지사, 1994, 219~222쪽, 394~400쪽.

김억(1924), 윤석중(1933, 조선일보)이 차례로 중복 번역할 정도로 한국문단에 큰 영향을 주었다고 할 수 있다. 타고르 영향은 20년대 당시 발표된 동시 작품에서도 확인할 수 있다. 손진태의 동시 「옴바 인제는 도라오서요」, 「키쓰와 포옹」 등이다. 이들 작품의 산문적 경향이나 시상 전개 방법이나 경어체 서술 등을 살펴보면 타고르의 시와 너무나 닮은, 그리고 매우 자연스러운 동시작품이라고 할 수 있다.

무한한 세계의 바닷가에서 어린이들이 모입니다.
무궁한 하늘은 머리 위에서 고요히 멈추었고 쉴 줄 모르는 물은 사납게 날뜁니다.
무한한 세계의 바닷가에서 어린이들이 모여 외치고 춤을 춥니다.

어린이들은 모래로 집을 짓고 조개껍질로 놀이를 합니다.
마른 나뭇잎으로 배를 꾸며 웃음 지으며 나뭇잎 배를 넓은 바다에 띄웁니다.
어린이들은 세계의 바닷가에서 놀이를 합니다.

—타고르, 「바닷가에서」 1, 2연

초사흘 실달이, 그 고운 얼굴을 조금만 내밀고,
하늘에는 헤일 수 없는 별들이, 산들거리며 웃을 때,
나는 앞뜰에서 어머니 젖가슴에 안겨, 이렇게 물었습니다,
'어머니, 저 별들은 무엇이 좋다고
저렇게 재미있게 속살거리고 있습니까?'

—손진태, 「키쓰와 포옹」 1연

셋째, 최초의 동시 발표지가 아동문학지가 아닌 일반 시문학 전문지 『금성』이었다는 점이다. 『금성』지는 널리 알려진 것처럼 와세다대학에

다니던 양주동, 손진태, 백기만, 유엽 등이 참여한 문예지로 당시 문단의 우울, 감상적 기운에서 탈피하여 밝고 건강한 분위기의 작품을 수록하였고, 1923년 11월 창간호를 간행하였지만 이듬해인 1924년 통권 3호로 종간되었다. 『금성』지 1~3호에 실린 작품을 보면 동화시, 동시, 민요, 타고르의 번역시 등 아동문학 작품들이 의외로 많이 실려 있음을 확인할 수 있다. 이점으로 미루어 볼 때 『금성』지 동인들이 동시문학을 일반 시문학과 같은 수준의 문학 또는 동일한 장르로 인정하고 있었다는 증거가 아니고 무엇이겠는가.

『금성』지 창간호에 실린 손진태의 「별똥」이 앞서 언급한 대로 우리나라에서 '童詩'라고 이름 붙여진 최초의 작품이다. 이 창간호에는 백기만의 「靑개고리」, 손진태의 또 다른 작품 「달」이 실려 있는데, 이 중 "이것은 우리의 엇던 지방에 전해 오는 아이들 이약이를 시로 쓴 것이다."라고 부기되어 있는, 청개구리 전래동화를 동시로 개작한 백기만의 「靑개고리」를 예외로 두면 근대 최초 순수한 창작 동시는 손진태의 「별똥」이라고 할 수 있다. 손진태는 이후 민속학자로 활동하면서 아쉽게도 문학활동을 접었으며 문학 지면에서 그 이름을 볼 수 없게 된다.

손진태의 동시 「별똥」은 3음보 민요조의 전통적인 율격을 지닌 작품으로 장생불사의 별똥별을 찾지 못하고 어머니에게 그 생김새를 물어보는 순진한 아이의 마음이 나타나 있다. 형식은 아직 정형성을 버리지 못하고 있으나 어머니와의 대화체 형식, 어린이 수준의 순 한글 시어 사용, 시적 화자가 소년인 점, 별똥을 좇는 동심 추구, 더구나 1920년대초 당시 타고르 영향을 받은 신비적 성격까지 신체시 「해에게서 소년에게」와는 완전히 다른 현대적 동시의 모습을 갖춘 한국 최초의 동시라고 할 수 있다.

넷째, 정형성을 거의 탈피한, 본격적이고 완성도 높은 동시는 1926년 정지용의 작품에서 출발한다는 점이다. 필자의 이런 견해는 자유동시를 본격적으로 전개한 시인은 정지용부터라 해야 옳다[12]고 한 제해만의 주장과 궤를 같이 한다. 1926년 당시 일본 교토에 유학하고 있었던 정지용은 『학조』 창간호(1926.6)에 '동요'라고 이름 붙여진 동시 「감나무」, 「딸래(人形)와 아주머니」 등 5편, 『어린이』지(1926.11)에도 '동요'라고 이름 붙여진 동시 「산에서 온 새」 1편을 발표하였다.[13]

어저께도 홍시 하나
오늘에도 홍시 하나

까마귀야, 까마귀야
우리 남게(=나무에) 왜 앉았나

우리 오빠 오시걸랑,
맛뵐라고 남겨 두었다

후락, 딱딱 훠이. 훠이

—정지용, 「감나무」 전문

딸레와 작은 아주머니
앵두나무 밑에서
쑥 뜯어다가
째피떡 만들어

12 제해만, 주 10에 언급한 글, 388쪽.
13 이 외에 정지용은 『신소년』지(1926.11)에 「넘어가는 해」, 「겨울ㅅ밤」 등 동요 2편을 발표했다.

호. 호. 잠들여 놓고
냥. 냥. 잘도 먹었다.

중. 중. 째. 째중.
우리 애기 상제로 사갑소.

—정지용, 「딸레와 아주머니」 전문

동시 「감나무」, 「딸래와 아주머니」[14]는 나중 『정지용시집』에 앞 작품의 제목이 「홍시」 바뀌고, 뒤 작품은 「딸래」와 「3월 삼짓날」 두 편으로 개작되어 실리는데, 「감나무」는 4·4조의 정형성을 띠고 있으나 「딸래와 아주머니」에서는 글자 수에 얽매이지 않는 자유로운 동시의 모습을 보이고 있다. 잘 익은 홍시를 오빠에게 주고 싶어 까마귀를 쫓는 동생의 모습을 그린 「감나무」, 인형과 함께 소꿉놀이를 하는 모습을 표현한 「딸래와 아주머니」는 아이들의 유쾌한 일상생활이 나타나 있는 현대적인 동시와 큰 차이가 없음을 알 수 있다.

다섯째, 1933년 한국 최초 동시집 윤석중의 『잃어버린 댕기』가 출간됨으로써 장르로서 실질적으로 동시 분화가 이루어졌으며, 이후에도 정지용, 박목월, 윤동주, 박용철, 이상 등의 동시 창작이 시 창작과 함께 계속 진행되었다는 점이다. 1933년에 동시가 장르 분화가 완료되고 전문 동시인이 등장함으로써 현대적인 의미의 아동문학 영역이 정립하게 되었다. 동시를 병행 창작하던 시인들의 진영을 살펴보면 전문 동시인의 등장으로 동시 창작에 손을 떼어야 함에도 불구하고 1920년대 손진태, 정지용이 열어놓은 시·동시의 공존 시대를 오히려 정지용, 박목월, 윤동주 등 더 많은 시인들이 참여하면서 시·동시의 병립 심화 시대로 확장시켰

14 임윤희, 「정지용·윤동주의 동심과 환상성에 관한 연구」, 동국대 석사논문, 2011, 22쪽과 23쪽에서 두 작품을 인용함.

다. 다시 말하면 1920년대는 창작의 경계가 없이 시인 위주 시·동시의 공존 시대라고 한다면 1930년대에는 정지용 등 시인들이 윤석중, 이원수, 강소천, 김영일 등의 전문 동시인들과 함께 동시 작품을 발표하면서 동시문학의 수준을 한단계 끌어올려 현대적 동시로 심화·발전시킨 시대라고 할 수 있다는 것이다. 동시 창작에 참여한 시인의 면면을 보면 박용철, 이상 등까지 상당히 외연이 넓어졌음을 알 수 있다. 이 시기 동시창작에 참여한 몇 명의 시인들의 활동과 작품을 살펴보면 다음과 같다.

정지용(鄭芝溶)은 1920년대 그의 문학 출발기의 주된 창작 영역이 동시였다가 1930년대로 넘어와 성기옥의 말처럼 자유시만 아니라 시조, 민요시 동시(요)에 이르기까지 당시 성행하던 여러 장르들을 분방하게 넘나들었다.[15] 1935년 10월에 발간된 『정지용시집』에도 자유시와 함께 Ⅲ부에 따로 노래 형식의 동요 민요시 동시가 실려 있는 것을 보아도 시와 동시에 대한 그의 태도가 어떠하였는지 알 수 있다.

박목월(朴木月)은 1933년 『어린이』지에 동요 「통딱딱 통짝짝」을, 『신가정』지에 동요 「제비 마중」을 발표하여 등단한 뒤 1939년 『문장』지에 시로 추천을 받을 때까지 줄곧 동시를 발표하였다. 이재철은 본격적 동시의 출현에 획기적인 이정표를 세운[16] 이가 박목월이라고 하였다. 이기철은 동요·동시와 시의 형태적 유사성, 시어 선택에 있어서의 동요·동시와 시의 관련성, 동시의 내용적 특성과 시와의 연계성 등 세 가지 측면에서 박목월 문학을 분석[17]하면서 그의 초기 서정시의 정제된 형태는 동요·동시의 형태에서 기법으로 익혔거나 차용해 왔으며, 시어 선택에 있어서도 동요·동시의 시어의 영향을 받아 정적이고 유연하며 풍려한 이미지를 만들었다는 것이다. 이처럼 박목월은 정형률적 요소가 남아 있

15 성기옥, 앞의 글, 119쪽.
16 이재철, 주9)의 책, 250쪽.
17 이기철, 「동시정신과 시정신」, 『한국아동문학 작가작품론』, 서문당, 1991, 306~321쪽.

는 동시를 완전한 현대적인 동시로 성숙시킨 동시인이라고 자리매김할 수 있을 것이며, 1978년 타계하기 전 24편의 동시를 묶은 유고집을 내려고 한 것[18]을 보면 시와 동시에 대하여 장르를 넘나들면서 특별히 문학의 경계를 두지 않았음을 알 수 있다. 1936년 『동화』지에 발표한 동시 「토끼집의 불」은 원래 이름 '박영종'과 '동요'라고 붙여진 작품인데 "토끼 통강 통강/불이야-/불이야//사슴은/물 한 독/여우는/물총 한 개/다람쥐는/물 한 사발//불은 무슨 불/토끼눈/제 눈이 빨개서/토끼집에 불났다."[19]로 빨간 눈을 가진 토끼의 모습을 감각적인 시어로 표현한 해학적인 작품인 것을 알 수 있다.

윤동주(尹東柱)는 용정의 소학교 시절인 1928년경에 『어린이』 등의 아동잡지를 정기적으로 구독한 사실로 미루어 보아 그의 문학에서 동시 창작은 필연적인 결과라고 할 수 있다. 또한 윤동주의 동시 창작에 큰 영향을 준 사람이 정지용과 백석이다. 정지용에게서는 동시 창작 기법을, 백석에게서는 동심지향성을 받아들였는데, 특히 널리 알려진 대로 1935년에 간행된 『정지용 시집』을 윤동주가 붉은 줄을 그어가면서 정독하였다는 사실은 정지용이 얼마나 훌륭한 윤동주의 문학적 자양분이 되었는지 잘 알 수 있는 대목이라고 할 수 있다. 윤동주의 동시 창작 시기를 일반적으로 1935년경부터 1938년 시 「자화상」 창작 전까지 약 3~4년간을 잡고 있다. 김흥규가 "윤동주는 동시들을 통해 시의 소재와 이미지를 확장하였고, 이 시기의 작품에서 보인 유년적 평화의 모티프는 이후 작품에도 계승 심화되어 후기 시에서 중요한 역할을 담당한다."[20]고 하였을 정도로, 윤동주 문학 전체에서 윤동주의 동시 작품들의 차지하는 비율이 대단하다고 평가받고 있다. "빨랫줄에 걸어 논/요에다 그린

---

18 김진광, 「박목월 동시의 형태적 특성에 관한 연구」, 강릉대 석사논문, 1999, 2쪽.
19 경희대 한국아동문학센터 편, 『한국아동문학 연구자료총서1 동요·동시3(1933~1944)』, 2012, 317쪽.
20 김흥규, 「윤동주론」, 『창작과비평』 9권 3호, 1974, 650쪽.

지도/지난밤에 내 동생/오줌 싸 그린 지도/꿈에 가본 엄마 계신/별나라 지돈가?/돈벌러간 아빠 계신/만주 땅 지돈가?"는 1937년 22살에 『가톨릭 소년』지에 발표한 동시 「오줌싸개 지도」인데, 일부에서는 이상세계에 대한 강렬한 희망이니 또는 고향에 대한 상실감 표현이라 하여 일반 문학 척도로 과잉 분석하고 있으나 요에 그려진 오줌 얼룩을 해학적으로 표현한 재미있는 동시로 이해해야 하지 않을까 한다.

「오감도」의 시인 이상(李箱)도 1936년 『가톨릭 소년』지에 '해경'이라는 이름으로 동시 「목장」을 발표한 일이 있다. "송아지는 저마다/먼 산 바래기//할 말이 있는데두/고개 숙이구/입을 다물구//새김질 싸각싸각/하다 멈추다//그래두 어머니가/못잊어라구/못잊어라구//가다가 어매/놀다가두 엄매//산에 둥실/구름이 가구/구름이 오구//송아지는 영 영/먼 산 바래기'(「목장」 전문)[21]가 그것인데, 목장에서 집단으로 사육되고 있는 송아지들의 엄마에 대한 그리움을 어미 '~두/구'의 반복적 사용으로 더 간절함을 나타내면서 음악적 효과를 주고 있는 작품이다.

박용철(朴龍喆)은 시문학파의 한 사람으로 1938년 타계하기 전까지 순수시를 발표하고 서구 문예 이론과 외국 동시인들의 작품을 번역 소개하였다. 그는 영국 여류시인 로젯티의 「누가 바람을 보았나」, 블레이크의 「봄」 등 외국 동시를 번역하면서 그 영향을 받았다[22]고 할 수 있다. 그의 사후 1939년에 발간된 『박용철전집』에는 동시 「색동저고리」가 실려 있다. "아침 까치 지저귄다/색동저고리 꺼내 입자//색동저고릿바람으로/아장 아장/무지개 다리를 넘어가자/엄마의 품으로 나서 먼나라를 구경가자"(「색동저고리」 전문).

2012년 7월 최근 경희대학교 한국아동문학연구센터에서 편찬한 『한국아동문학 연구자료총서 I』 중 1908년부터 1944년까지 발표된 동요·

21 임윤희, 앞의 글, 36쪽에서 재인용.
22 제해만, 앞의 글, 391쪽. 박용철의 동시 「색동저고리」도 이 글에서 재인용.

동시 자료 『어린이의 꿈 1~3』을 보면 앞에서 서술한 시인들 외에도 이은상, 오장환, 황석우, 황순원 등 많은 일반시인들이 보이고 있다. 따라서 1930년대는 동시인의 등장으로 전문 동시 시대가 열렸다고 하나 시인들의 동시 창작도 계속 전 시대에 이어지고 있었으며 오히려 1920년대보다 동시를 발표하는 시인들이 더 많아지고 작품의 완성도가 높아졌음을 보면 시와 동시의 창작 경계가 따로 없었다는 사실을 알 수 있다.

3. 동시 창작 시인들에 대한 폄하

시와 동시는 1930년대 들어와 장르 분화가 되었다. 문학의 발전에 따라 시와 동시의 장르 분화는 당연한 일인지 모른다. 또한 시와 동시 장르를 넘나들며 창작하는 것은 시인이나 동시인들의 특권이라고 할 수 있다. 그래서 시와 동시는 1920년대부터 2010년대 지금까지 시대를 초월해 공존해 왔다고 할 수 있다.

그러나 이런 시와 동시의 공존성과는 별개로 문제 제기할 것이 하나 있다. 그것은 1930년대 이후 일반 시문학을 연구하는 학자나 문학인들이 동시문학을 일반 시문학보다 저급한 문학으로 취급한다든지, 일반 시문학을 위한 입문 문학 정도로 폄하한다는 사실이다. 더욱이 동시 창작에 참여한 윤동주 등 시인들의 문학적 업적이나 성과까지 깎아내리고 있다는 것이다.

1930년대부터 아동문학이 일반 문학에 진입하기 위한 계단적 존재라는 인식이 싹트기 시작하였다고 할 수 있다. 이재복의 『우리 동화 바로 읽기』(2002)에 1933년 『신소년』지 「아동문예시평」 이야기가 나온다. 거기에는 '아동문학은 계단적 존재인가'라면서 아동문학을 폄하하는 사람과 언쟁 사실을 고백하고 있다는 것이다. 뿐만이 아니라 1960년대 이후 현재까지 학계에서 아동문학을 천대시하는 연구 태도는 바뀌지 않고 여전히 진행되고 있다고 할 수 있다. 윤동주의 동시 창작에 대해서 김열규는 "심리적 에너지가 후퇴했을 때에 개아(個我)는 오티즘(=자폐증)의 세계를 구조하고, 현실과의 객관적 유대를 단절한 채 그 사고가 상징화에로 기울어지듯이 유아기에로 퇴행하기도 하는 것이다."[23]라고 하면서 유아기의 상상의 세계로 역행으로 진단하고 있으며, 권오만도 "윤동주가 성인문학을 창작하다가 시대 인식을 기피하는 방법으로 동시를 선택했다. ……윤동주가 의도적으로 동시 형태를 선택함으로써 자신의 시작품들이 시대의 문제에 뛰어들 가능성을 고의적으로 차단했다"[24]고 하였다. 김열규는 윤동주가 획득한 동시 작품의 문학성 따위는 무시하고 일반시문학 쪽의 척도로만 편협하게 해석하는 오류를 범하면서 세상 모든 것에 대한 어린 시절 경이로운 경험의 재생이나 인간의 원초적 심성인 동심을 '퇴행'이라고 본 것은 프로테스크 침대처럼 자신의 일방적 기준에서 윤동주 문학을 제단하고만, 대단한 편견이라고 할 수 있으며, 또 권오만의 말처럼 시대 인식을 기피하는 수단으로써 아동문학이 존재한다면 1980년 5·18민주항쟁 이후 시대 인식을 기피하려고 아동문학 쪽으로 옮기는 일반시인이 왜 한 명도 없었는가 강력하게 묻고 싶다.

또 다른 학자 유종호는 아동문학의 본질에 대한 이해가 부족하다는 것을 보여주고 있는데, 그는 동시를 극히 제한된 세계 이해나 인간 파악밖에 가지고 있지 못한 어린이를 위한 또 때로는 어린이에 의한 문학으로 정의하면서 여기에 문명의 복합성이나 인간 심리의 복잡성에 대한 의식이 처음부터 배제되어 있다[25]고 하였다. 일반문학 학자나 문학인의 전체를 두고 보면 김열규, 권오만, 유종호의 아동문학에 대한 편견은 빙

---

23 김열규, 「윤동주론」, 『국어국문학』 27집, 1964.
24 권오만, 『윤동주 깊이 읽기』, 소명, 2009, 93쪽.
25 유종호 · 최동호 편저, 『시를 어떻게 볼 것인가』, 현대문학, 1995. 김성희 석사논문 「정지용과 윤동주의 동시 연구」(2006. 충남대) 7쪽에서 재인용.

산의 일각일 수 있다는 것이다.

결국 동시문학이나 아동문학의 본질에 대해 전혀 이해하지 못한 결과로 빚어진 비극임이 분명하며, 앞에서 '퇴행'과 '기피'라고 매도당한 윤동주 외에 정지용, 박목월 등의 뛰어난 동시 작품들을 어떤 오류와 편견으로써 평가하고 자리매김할지 자못 궁금하다. 시와 동시의 창작의 경계를 넘어 위대한 작품을 빚어낸 정지용, 박목월, 윤동주 등 훌륭한 시인들에게 그저 부끄러울 뿐이다.

4. 닫으며

전문 동시인의 등장으로 동시문학이 확고하게 장르로서 자리를 잡아 출중한 동시인들이 배출되기 시작한 1930년대를 포함하여 1920~1930년대는 시인들에 의해 시와 동시가 함께 공존한 아름다운 시대라고 할 수 있다. 특히 놀라운 것은 1920~1930년대 창작의 경계를 넘어 동시 작품을 발표한 정지용, 박목월, 윤동주 세 시인은 아동문학을 뛰어넘는 각자 독특한 문학세계를 구축하였다는 점이다. 이들이 있었기 때문에 당시 동시문학뿐만 아니라 한국 현대문학도 대단히 풍요로워졌다고 할 수 있다.

그런데 이 시대와 잘 어울리는 중요한 시인 한 명이 이 소고에 빠져 있다. 그 시인은 바로 백석(白石)이다. 한국 현대문학사에서 문학적 위상이 높을 뿐만 아니라 정지용, 박목월, 윤동주 등에 못지않게 후대 문학인이나 일반인들에게 많은 영향을 끼치고 있는 백석이 1930년대 활발한 창작 활동을 했음에도 불구하고 이 논의 안에 포함되지 못한 것은 그가 분단 이후 고향인 평북 정주에 남아 그곳 북한 문단에서 활동했던 시기, 즉 백석 문학 후기에 들어와서야 동시와 동화시 등 아동문학에 몰두하였기 때문이다.

백석은 초기에 동시 작품을 직접 발표하지는 않았지만 시에는 1936년 간행한 시집 『사슴』에 실린 「여우난곬族」 등과 같이 설화적 상상력을 바탕으로 토속적 이야기를 형상화한 아동문학적인 요소가 많았다. 이런 동심지향적인 백석의 초기 경향이 윤동주의 동시 창작에 직접적으로 그 영향을 주었음은 전술한 바와 같다. 후기 백석의 동화시는 서사적 내용을 짧은 시형에 응축적으로 담아내는 특유의 형식적 기교로, 서사적 내용을 바탕으로 서사 문학이 아닌 서정 문학의 높은 경지를 이루고 있다[26]고 평가하고 있다.

그러므로 백석이 비록 정지용, 박목월, 윤동주와 함께 1930년대에 동시 작품을 창작하지 않았다고 하더라도 그의 초기 아동문학적인 시 창작 행보는 나머지 세 시인들의 동시문학적 성과와 견주어도 큰 손색이 없다고 할 수 있다. 마땅히 백석까지 동시인 명단에 등재되어야 할 것이다.

26 김혜정, 「백석의 동화시와 윤동주의 동시 비교 연구」, 서강대 석사논문, 2004, 3쪽.

목일신의 「자전거」와 그의 동요문학 특성[1]

1. 동요시인 목일신

2013년은 동요 「자전거」, 「누가누가 잠자나」, 「비누방울」,「자장가」 등을 창작한 동요시인 목일신(睦一信, 1913~1986)이 출생한 지 100년이 되는 해였다. 일반인이나 아동문학가들이 목일신의 동요를 목이 아프게 열심히 불렀지만 그동안 그의 동요 분석과 같은 체계적인 문학연구는 거의 이루어지지 않았다. 그 배경에는 목일신 자신이 조용한 성격이라는 점, 일제 강점기에 발표된 지면의 열람이 어려운 점, 생전에 그가 발간했다는 동요시집 『물레방아』의 소재가 불분명한 점 등이 한몫을 하였다고 할 수 있다.

목일신의 큰 딸 목혜정이 아버지를 회상하는 글에서 "아버지는 평생 동시를 쓰는 시인의 소박한 정서를 지니고 사셨다. 세상의 숱한 유희로부터 동떨어진 채 자신의 고요한 세계에서 이웃, 가족들과 정을 나누는

---

1 이 평론은 2011년 한국아동문학학회 춘계 정기 학술 발표회 때 발표한, 본격적인 목일신 동요문학 연구물로는 최초인 「찌르릉! 목일신 동요 연구」(『한국아동문학연구』 20호, 2011. 수록)의 일부 오류를 수정하고 보완한 글이다.

일을 큰 기쁨으로 여기시면서 술도 담배도 전혀 모르시던 아버지는 학교가 끝나면 시장에 들러서 장을 보셔서 한 아름 찬거리를 사들고 집에 오셨다"[2]고 한 것처럼 다작의 그가 1958년 이후 배화여중고 국어교사로 근무를 시작한 이후 1960~1970년대 동요 「자전거」, 「누가누가 잠자나」 등이 학교에서 또는 거리에서 흔하게 불렸던 시대임에도 불구하고 문단활동을 거의 접고 학교와 집을 오고가면서 '고요한 세계'에서 살았던 것이다. 1978년 배화여자중고에서 정년퇴임한 후인 1979년 9월 동아일보에 실린 작곡가 김대현의 인터뷰 기사를 보면 그가 얼마나 문학 관련 활동이나 사회 활동을 외면하고 있었는지 알 수 있다. 김대현은 "함흥 영생중학 1학년 다니던 열여섯 살 때 만든 곡이 목일신의 「자전거」이다. 그의 행방은 영 알 길이 없다."[3]고 증언하였다. 서로 서울 시내 배화여중고와 중앙대에서 근무하고 있었으므로 창작자와 작곡가로서 왕래가 있을 법한데 그러지 않았던 것이다.

또 목일신이 발표한 작품이 4, 5백 편 된다고 하나 최근 2013년에서야 '동요 201편, 산문 54편, 시와 대중가요와 산민요 등의 노랫말 44편'[4]이라고 정리되기 전까지 그의 작품을 접하기가 매우 어려웠다. 일제 강점기에 간행된 잡지 중 일부가 망실되어 그의 작품을 발표한 지면을 확인할 수 없거나 일제 강점기 간행된 신문의 전산화되기 전에는 작품 확인 열람이 어려워 그동안 그에 대한 문학연구 영역이 불모지로 남아 있었던 것이다. 1957년에 발간한 동요집 『물레방아』(광주 국학도서출판관)도 현재 그 존재를 확인할 수 없다. 최근 간행된 『목일신 전집』(2013)에서 사진 자료로도 실리지 않는 것으로 보아 그의 가족들도 간직하고 있지 않는 듯하다. 이 전집에 실린 그의 생전 자필 약력에는 다음과 같이 기록

2 목혜정, 「나의 아버지를 그리며」, 『목일신 전집』, 소명출판, 2013, 496쪽.
3 김대현, 「가을의 수확 5」, 《동아일보》 1979.9.26. 5면.
4 이동순, 「동요작가 목일신론」, 『목일신 전집』, 앞의 책, 482쪽.

되어 있다. "동요 「자전거」 찌르릉 찌르릉 비켜나세요, 「누가누가 잠자나」, 송이송이 눈꽃송이 하얀 꽃송이 등 백 편의 동요집 『물레방아』로 출판"이라고 개조식으로 진술되어 있다. 동요집 『물레방아』에는 '송이송이 눈꽃송이~'로 시작되는 서덕출의 「눈꽃송이」와 다른 「눈송이」가 실려 있음을 알 수 있다.

2011년 필자가 목일신의 본격적인 연구물로 처음인 평론 「찌르릉! 목일신 동요 연구」를 발표한 이후 목일신에 대한 연구가 급증하고 있다. 황수대의 고려대 박사논문 「1930년대 동시 연구—목일신·강소천·박목월을 중심으로」(2012), 황수대의 「목일신 동시 연구」(『한국아동문학연구』 23호, 2012.)가 있다. 이동순이 엮은 『목일신 전집』(소명출판, 2013)과 『목일신 동요곡집』(소명출판, 2013)이 있고, 이동순의 논문 「동요작가 목일신의 문학적 생애」(한국문학이론과 비평학회지, 2013)이 있으며, 고흥군청에 비매품으로 발간한 『목일신 동시집』(고흥군, 2013)이 있다.

2011년 이전에 출간한 일제 강점기와 현대의 아동문학가 작품연구 집대성판인 이재철 교수 회갑기념논총 『한국아동문학 작가 작품론』(서문당, 1991)과 정년기념논총 『한국현대아동문학 작가 작품론』(집문당, 1997)에도 목일신 연구 논문이 실려 있지 않다. 목일신에 대한 작품 언급은 여러 곳에서 보이고 있다. 그의 작품에 대한 분석은 이재철[5]과 신현득[6]의 경우가 눈에 띄지만 단편적 분석으로 그친 편이다.

2. 1930년대 대표 동요시인 목일신

아동문학가, 항일애국지사, 교육자였던 목일신의 생애를 간략하게 정

5 이재철, 『한국현대아동문학사』, 일지사, 1978, 267~269쪽

6 신현득, 「한국 동시사 연구」, 단국대 박사학위논문, 2001, 100~101쪽.

리하면 다음과 같다. 전라남도 고흥군 고흥읍 행정리(杏丁里, 지금은 서문리)에서 태어나 1928년 3월에 고흥공립보통학교를 졸업하고, 그해 순천 매산중학교에 입학하여 1929년 전주 신흥중학교에 전입학한 뒤 중학생 신분으로 광주 학생독립 운동 시위에 참가, 1개월의 형을 받고 수감되는 등 어린 나이에 항일독립운동을 하기도 하였다. 그는 1930년 조선일보 신춘문예 동요부문 당선자 5명 중 한 명, 또한 같은 해 동아일보 신춘문예 동요부문 3등 입선자 10명 중 한 명으로서 두 신문을 동시에 통과해 화려하게 문단에 등단하였는데, 한 해 전인 1929년(신흥중학교 2학년, 17세) 때 이미 조선일보에 9편의 동요, 또 그 한 해 전인 1928년(순천 매산중학교 1학년, 16세)에 동요 「산시내」를 동아일보(1928.8.1)에 발표할 정도로 뛰어난 문학적 재능을 가지고 있었다.

1937년 일본 오사카의 간사이대학(關西大學)을 졸업하고 동화방송에서 근무하다가 1943년부터 순천여중고, 1948년부터 목포여중고, 1954년 서울 이화여고, 1958년 이후 배화여자중고 교사로 근무하다가 1978년 정년퇴직하였다. 그는 1960년 이후 경기도 부천으로 이주하여 1986년 사망할 때까지 그곳에서 거주하였다. 1977년 고흥동초등학교에 「누가 누가 잠자나」 동요비가 세워졌고, 2000년 부천중앙공원에 「자전거」 동요비가, 2009년에는 고흥종합문화회관 앞에 「자전거」 노래비가 세워졌다. 그 외에도 부천시 도당공원에 「누가누가 잠자나」 동요비, 부천시 범박동 현대홈타운 내에도 「누가누가 잠자나」 동요비가 세워져 있다.

목일신의 동요 창작 활동은 1943년 이전까지 가장 활발하였다고 볼 수 있다. 1943년 이후 그가 발표한 동요작품은 「보슬비」(새벗, 1952) 등 불과 대여섯 편에 지나지 않는다. 그 연유를 두 가지 정도로 추측할 수 있는데 첫째는 1943년부터 순천여중고 교사로 근무하면서 교직에 열중하기 시작하여 동요창작에 소홀하였을 가능성이 있고, 둘째는 그의 작품을 꾸준히 열성적으로 발표한 잡지 『아이생활』이 1944년 4월에 폐간

되어 동요 창작 열의가 식지 않았을까 하는 것이다. 유경환도 목일신의 창작 의욕의 저하에 대해 "1943년 교직생활로 들어간 다음부터는 그 왕성하던 작품 활동이 뚜렷하지 못하게 되었다. 그 이후 발표된 작품이 새 지면(잡지, 신문) 등에 나타나지 아니한 것은 참으로 안타까운 일이 아닐 수 없다."[7]는 언급 중에서 교육자로서 교육 전념을 동요 창작 소홀의 원인으로 진단하였다. 해방 후 대중가요 작사, 탁구 코치 등 다양한 분야에 참여하여 사회활동을 계속하였으나 동요 창작에는 거의 손을 놓았던 것 같다.

> 내가 작품을 가장 많이 썼던 시절은 중학교 2학년 때라고 생각되는데 그 때는 하루에 보통 1, 2편의 작품은 꼭 지어왔으며 어떤 날은 3, 4편씩을 지은 때도 있었는데 그 당시는 너무나 발표욕에 치중하여 짓기가 바쁘게 신문사나 잡지사에 보내 버리게 되어 글을 지은 지 2,3일 후에는 조선일보나 동이일보에 발표가 되었으며, 잡지로는 『아이생활』에 가장 많은 작품을 발표하였거니와 너무 발표욕에만 흐르지 말고 단 한 편을 써도 좀 더 신중히 정성을 기울여서 썼더라면 과거에 발표한 4, 5백 편의 시원치 않은 작품을 내놓은 것보다 단 몇 편이라도 걸작을 내놓은 것이 그 얼마나 뜻있는 일이 아니겠는가 하고 뒤늦게 후회막심하였던 것이다.[8]

목일신이 배화여고 교지에 실은 회고담 일부인데 여기서도 그가 동요 창작 열의가 왜 식었는지 어렴풋이 짐작할 수 있다. 그가 "발표욕에 치중하여 짓기가 바쁘게 신문사나 잡지사에 보내버리고" 난 후 "뒤늦게 후회막심"한 시기가 구체적으로 언급되어 있지 않아 알 수 없으나 갑자기 동요창작에 소홀하기 시작한 1943년(31세) 전후가 아닐까 생각된다.

---

7 유경환, 『한국현대동시론』, 배영사, 1979, 199쪽.
8 목일신, 「나의 습작시대 회고담」, 『배화』 68호, 1974. 『목일신 전집』 441쪽에서 재인용.

일제 강점기에 발표된 목일신의 동요는 “한결같은 작품 활동을 보여 다산(多産)의 동요시인”이라고 한 이재철의 평가에 어울리게, 『목일신 전집』에서 이동순이 정리한 ‘목일신 동요동시 연보’를 보면 현재까지 확인된 그의 동요 작품은 총 201편이나 된다. 이 작품들은 《동아일보》, 《조선일보》, 《매일신보》 등의 신문과 『아이생활』, 『신가정』 등의 잡지에 주로 실려 있다. 《조선일보》에 64편(32%), 《동아일보》에 37편(19%), 『아이생활』에 27편(13%)으로 이 세 지면에 무려 64%의 작품이 실려 있다. 목일신의 작품 발표지의 분포 상황을 살펴보면 다음과 같은 몇 가지 특징을 가지고 있다.

첫째, 1930년 《동아일보》와 《조선일보》 신춘문예 등단 전에 이미 《조선일보》 독자 투고 난에 발표할 정도로 문학 재능이 뛰어났다는 점이다. 이 사실은 그가 순천 매산중학교 1학년(16세) 재학 중에 동요 「산시내」를 창작하여 동아일보에 발표한 것만 보아도 그의 능력이 어느 정도인지 알 수 있다. 그가 왕성하게 발표한 시기의 작품과 비교한다면 아직 완벽한 대구적 형태를 갖춘 것은 아니지만 「산시내」에 드러난 서정성은 왕성한 시기에 비해 전혀 떨어지지 않음을 알 수 있다.

깁흔 산골작이
흘러나오는
외줄기 기다란
산시내물은
언제나 고요히
흘러갑니다.

잔잔히 흘으는
산시내물은

물구경 하려온
사람 업서서
고요한 꿈 꾸며
흘러갑니다.

—「산시내」 전문(1928)

둘째, 그의 주된 동요 발표 지면 즉 문학적 활동 공간은 《조선일보》와 《동아일보》, 그리고 『아이생활』이었다는 점이다. 이런 경향은 목일신이 발행 부수가 많았던 아동잡지보다는 일간 신문과 함께 기독교 성격을 지닌 일부 아동잡지를 더 선호했음을 알 수 있다. 《조선일보》에는 목일신이 신춘문예 당선되기 전인 1929년부터 신춘문예에 당선된 1930년까지 무려 60편 가까운 작품을 집중적으로 발표하였고, 《동아일보》에는 1930년부터 1940년까지 신문에 37편, 자매지인 『신가정』에 3편을 발표하였다. 『아이생활』지에는 1931년부터 1943년까지 비교적 지속적으로 발표하였다.

1920년대 창간되어 1930년대에까지 발간된 대표적 아동잡지[9]를 훑어보면 민족주의적 성격의 『어린이』(1923~1934), 민족주의에 소극적인 모습을 일부 보인 『신소년』(1923~1934), 애국과 친일의 절충적, 중간지적 성격의 『새벗』(1924~1933), 기독교적 성격의 『아이생활』(1926~1944), 투쟁적 계급주의 경향의 『별나라』(1926~1935)가 있었다. 이 중 『새벗』은 1929년에 3만 부, 『어린이』는 1930년에 3만 부를 발행할 정도로 전국 어린이 독자의 인기를 얻고 있었으나 목일신은 그런 것에 별로 관심을 두지 않았고, 1930년 『어린이』에 겨우 1편을 발표했을 뿐이며, 『새벗』에는 발표한 동요가 한 편도 없다. 그의 동요 창작 활동 지면의 대부분

9 이재철, 앞의 책, 100~128쪽.

은 《동아일보》와 《조선일보》 양대 일간 신문에 치우쳐 있었다. 아마도 1930년대 전반기 아동잡지를 통해 사회주의 혁명에 동조하는 프로문학이 휘몰아쳤음에도 불구하고 목일신이 큰 영향을 받지 않았던 것도 이 때문이 아닌가 한다.

셋째, 목일신의 활동 시기와 발표 작품의 양을 가지고 판단하자면 1929년부터 1937년까지 9년 정도의 기간이 가장 왕성한 동요 창작활동 시기라고 할 수 있다. 또한 1920년대에 동요를 발표한 방정환(1923년 활동 시작, 어린이), 유지영(1923, 어린이), 윤극영(1924, 어린이), 한정동(1925, 동아), 윤복진(1925, 어린이), 윤석중(1925, 어린이), 서덕출(1925, 어린이), 이원수(1926, 어린이), 김태오(1926, 아이생활), 유도순(1928, 어린이) 등의 뒤를 이어 등장한 강소천(1931, 신소년), 박영종(목월 1933, 어린이) 등과 함께 목일신은 1930년대의 동요문학을 풍성하게 만든 대표 동요시인이라고 할 수 있다.

일제 강점기를 아동문학 쪽에서 간단히 정의하여 동요문학 시대라고 불러도 틀린 말은 아니다. "전통적 4 · 4조의 변조인 7 · 5조, 6 · 5조, 8 · 5조의 창가형식을 빌어 발전한 동요는 『어린이』를 무대로 1925년을 전후해서는 이른바 동요황금시대를 이루었다."[10]라는 이재철의 의견이나 1923년~1935년의 기간을 창작동요 성장기, 1935년~1945년의 기간을 창작동요 쇠퇴기[11]로 시대 구분한 신현득의 의견을 종합하면 1923년 방정환으로부터 시작한 동요 창작은 노래로 작곡됨으로써 더욱 상승효과를 일으켜 일제 강점기 말기까지 동요문학의 황금시대를 이어갔다고 할 수 있다. 그러므로 목일신은 일제 강점기 동요문학 시대의 한가운데에서 활동한 대표적인 동요시인으로 부를 수 있을 것이다.

---

10 이재철, 앞의 책, 87쪽.
11 신현득, 앞의 논문, 7쪽.

3. 동요 「자전거」에 대한 시빗거리 두 가지

동요 「자전거」에 대하여 그동안 두 가지의 논란이 있었다. 하나는 이 작품의 정확한 창작 시기에 대한 의문이며, 다른 하나는 동요의 내용에서 드러난 거만하고 위협적인 운전 태도에 대한 시비이다.

첫째로 동요 「자전거」의 창작 시기 문제는 목일신의 회고담에서 비롯되었다고 할 수 있다. 그가 「나의 습작시대 회고담」(배화여고 교지, 1974)에서 "내가 보통학교 5학년 때에 미국 선교회에서 우리 아버지에게 아주 멋진 자전거 한 대가 기증되어 왔었는데 나의 아버지는 그 자전거로 각처의 교회를 순회하시며 교역의 일을 보셨는데 쉬시는 날은 그 자전거를 나에게 양보하여 주셔서 나는 시오리나 되는 보통학교를 그 자전거를 타고서 다니게 되었던 것이다. 하루는 자전거를 타고 학교에 갔다가 집에 와서 지어 본 것이 동요 「자전거」인데 그것을 『아이생활』에 발표한 것을 1년 후에 김대현 씨가 작곡한 것이다."라고 썼는데 이 글을 문맥에 따라 읽어 보면 '보통학교 5학년 때' 동요 「자전거」를 창작하고 『아이생활』지에 발표했다는 것으로 이해된다. 목일신의 보통학교 5학년은 1926년, 14세에 해당한다. 이른바 14세 창작설이다. 더욱이 방정환의 『어린이』지 1925년 11월호에 발표된, 전혀 다른 동요 「자전거」[12](인천, 배종환)와 관련지어 작품 모방설까지 제기되었다. 덧붙여 더욱 혼란스럽게 만드는 것은 목일신 유가족이 소장하고 있는 자료집의 사진을 보면 목일신이 스크랩한 『아이생활』에 수록되었던 「자전거」가 있는데 거기에는 '1931'이라고 목일신 자필 기록이 있다는 점이다. 그렇다면 『아이생활』에 「자전거」를 발표한 연도가 1926년인가? 1931년인가? 아니면 또 다

12 쌔릉 쌔릉 쌔릉쌩/자전거 감니다./압헤가는 어른들/빗켜주시오//쌔릉 쌔릉 쌔릉쌩/자전거 감니다/압헤가는 인력거/비켜스시오//쌔릉 쌔릉 쌔릉쌩/자전거 갑니다/압헤노헌 구루마/치워노시오//쌔릉 쌔릉 쌔릉쌩/자전거감니다/속히갈이 모도다/따러오시요.

른 해인가? 혹시 1926년 14세 때 창작한 작품을 5년 지난 1931년에 발표하였다는 것인가? 현재로서는 동요 「자전거」를 발표한 잡지 『아이생활』이 발견되지 않고 있어 그 정확한 창작시기는 알 수 없다.

그러나 동요 「자전거」의 창작 시기에 대한 진실은 의외의 곳에서 쉽게 추정하여 밝힐 수 있게 되었다. 바로 동요 「자전거」를 작곡한 김대현의 증언이 있었기 때문이다. 1979년 9월 동아일보에 김대현의 인터뷰 기사가 실렸는데 "함흥 영생중학 1학년 다니던 열여섯 살 때 만든 곡이 목일신의 「자전거」이다."라는 내용이 들어 있다. 김대현의 증언과 앞의 목일신 회고담을 토대로 추정해 보면 김대현이 1933년에 작곡한 것이라고 했으므로 그보다 1년 전인 1932년에 『아이생활』에 게재되었다고 할 수 있다. 그러므로 동요 「자전거」는 1932년에 창작되어 『아이생활』에 최초로 발표되었다고 정리할 수 있다.

둘째는 동요 「자전거」의 내용이 보행자 중심이 아니라 거만한 운전자 중심이라는 문제이다. 건강을 위한 친환경적인 자전거 운전이 활성화된, 이른바 자전거 문화가 형성된 2000년 이후에 더욱 거칠게 이 문제를 제기하고 있는데 2009년 《구리남양주넷 신문》에 실린 「동요 '자전거'와 우리나라 교통문화」(김거성) 등 몇몇 글을 보면 '따르릉 따르릉'과 같은 무분별한 경적음 유발, '비켜나세요'에서 드러난 인권 의식 부재, '저기 가는 저 노인 꼬부랑 노인'에서의 노인 비하, '우물쭈물하다가 큰일 납니다'와 같은 충돌사고에 대한 협박 등으로 동요 「자전거」에 대해 일방적으로 폄하를 하고 있다. 일부에서는 비교육적이고 가치관이 전도된 동요라고까지 깎아내리고 있다. 이런 동요 「자전거」에 대한 잘못된 접근은 과거 음악 교과서에 이 작품을 실으면서 1연을 "따르릉 따르릉 비켜 나세요/자전거가 나갑니다 따르르르릉/저기 가는 저 노인 꼬부랑 노인/우물쭈물 하다가는 큰일 납니다"처럼 목일신의 창작의도를 무시하고 엉뚱하게 개사를 했던 교육부의 작태와, 3연까지 읽어 보지 않고 작품 창작의 시대적 배경도 도외시한 일반 독자들의 일방적인 해석이 그 원인이라고 할 수 있다. 목일신의 동요 「자전거」의 1연은 현대적 의미의 운전자의 난폭성보다는 가난한 식민지 시절의 귀한 자전거에 대한 자랑과 당당함이 드러났다고 할 수 있다. 2연의 물건을 사기 위한 오일장 왕래나 3연의 일처리를 위한 시골길 왕복이라는 내용은 자전거의 편리성을 강조하고 있으며, 또 그 자전거의 소유자는 바로 우리 가족이라고 유쾌하게 자랑하고 있는 것이다. 즉 목일신의 동요 「자전거」에 흐르는 일관적인 어조는 명랑함과 당당함이라고 할 수 있다.

4. 목일신 동요의 표현 대상별 분류

1925년 전후 마침내 동요황금시대라 불린 전성기를 맞이하여 어린이 뿐만 아니라 전국의 남녀노소에게 골고루 불리는 국민개창적 양상을 보여 주었다.

그것은 3 · 1운동 이후 온 나라에 퍼져있던 그저 억울하고 슬픈 망국의 회한과 답답하고 암담한 국권 상실의 원통한 심정을 당시의 동요들이 일종의 감정적 배설구 구실을 도맡는 카타르시스 작용을 했고, 또 자아의 각성에 의한 민족의식의 고양이 국권 회복의 장래를 걸머진 아동들에게 눈길을 돌리게 됨으로써, 손쉬운 동요짓기와 동요 부르기가 우리의 얼 · 말 · 글의 수호 수단처럼 생각되었기 때문이다.[13]

동요황금시대의 문을 활짝 연 1920년대의 대표적인 동요는 방정환의 「형제별」, 유지영의 「고드름」, 한정동의 「따오기」, 윤극영의 「반달」, 「설날」, 윤석중의 「고추먹고 맴맴」, 서덕출의 「봄편지」, 이원수의 「고향의

13 이재철, 『아동문학의 이론』, 형설출판사, 1988, 271~272쪽.

봄」, 최순애의 「오빠생각」 등이다. 이 동요들은 이재철의 앞 글 언급처럼 3·1 운동 이후 망국의 한이 쌓인 시기적 조건과, 7·5조의 동요 창작 유도를 한 방정환 등 『어린이』지의 편집인들의 노력[14]과, 윤극영, 정순철, 박태준, 홍난파의 동요 작곡가의 활약이라는 3박자가 잘 맞아떨어진, 한국역사와 한국문학사에 길이 남을 국민애창곡 또는 명작 동요들이다. 이 시대의 동요들이 거의 7·5조의 음수율을 지닌 것으로 고착화된 이유는 『어린이』지 초창기에 방정환, 윤극영의 의도적 7·5조 동요 게재와 유지영의 동요작법 게재, 그리고 독자 작품을 동요 틀에 맞게 첨삭하여 게재 등 때문이라는 것이다.

이런 시대적 환경에서 성장한 목일신의 동요도 크게 3음보의 7·5조(8·5조) 음수율에서 벗어나지 않았다. 「자전거」가 대표적 작품이며, 「비누방울」, 「누가 누가 잠자나」는 2음보의 4·4조(4·3조) 음수율을 지닌 대표적 작품이라 할 수 있다.

그런데 놀랍게도 우리 귀에 익은 곡인 「자전거」, 「누가 누가 잠자나」, 「비누방울」을 목일신 동요 분류의 기준 잣대로 사용할 수 있다는 사실을 발견할 수 있다. 이 세 동요는 목일신이 노래하고자 한 표현 대상이 「자전거」와 같이 사람의 일상생활 중심인가, 「비누방울」과 같이 자연 현상이나 자연 물체인가, 「누가 누가 잠자나」와 같이 사람의 일상과 자연이 상호 동화, 공존하는 것인가에 초점을 맞추면 목일신 동요를 이해하는데 매우 훌륭한 도구가 될 수 있다는 것이다. 첫째를 「자전거」형 생활 중심 동요, 둘째를 「비누방울」형 자연 중심 동요, 셋째를 「누가 누가 잠자나」형 공존 중심 동요라고 부를 수 있다.

사계절, 동물, 식물, 조류, 물, 별 등을 포함한 자연 물체나 자연현상을 대상으로 노래한 자연 중심의 「비누방울」형 동요가 전체 52%를 차

14 이정석, 『어린이지에 나타난 아동문학 양상 연구』, 전남대 교육대학원 석사논문, 1993, 22~24쪽.

지하고 있으며, 가족, 이웃 등 사람들이나 우리 생활 주변에서 일어나는 평범한 일을 노래한 사람 중심의 「자전거」형 동요가 26%, 사람과 자연이 함께 공존하면서 서로 동화되고 일체감을 느끼게 하는 상호동화 성격의 「누가 누가 잠자나」형 동요가 22% 정도 차지하고 있다. 다만 목일신의 동요 98편이 모두 3가지 유형 조건에 완벽하게 일치한 것은 아니다.

여기서 눈여겨볼 점은 목일신의 동요 중 「자전거」형 생활 중심 동요가 의외로 많다는 것이다. 일제 강점기의 동요황금시대 당시 활동했던 다른 시인들에 비하여 동요 편수나 비율이 높은 편이다. 생활 중심 동요 시인을 꼽아 보면 윤석중과 더불어 목일신을 들 수 있는데 목일신의 작품은 비교적 윤석중 작품보다 문학성이 떨어진 편이다. 서정성과 자연스러움이 부족하고, 일부러 7·5조 자수율을 맞추려는 흔적이 보이기 때문이다. 다시 말하면 대부분이 목일신의 청소년기인 20세 전·후반에 창작된 작품들이면서 또 주로 작곡을 위한 동요를 많이 썼기[15] 때문에 일부 작품 중에는 완성도가 떨어지는 경우가 있다는 것이다.

그런 반면 자연과 인간이 함께 어울림을 노래한 「누가 누가 잠자나」형 동요에는 목일신의 진면목을 볼 수 있는 수준 높은 작품이 많은 편이다.

1) 「자전거」형 생활 중심 동요

목일신의 생활 중심 동요는 소박하고 단순한 일상생활에서 일어나는 일들을 노래한 것이 대부분이다. 이 '생활'이란 낱말은 1920년대 말과 1930년대 중반까지 아동문학 문단을 휩쓸었던 현실 참여적 프로문학, 현실 고발적 저항주의에서 말하는 '현실'과는 전혀 다르다. 현실 고발적

15 신현득, 앞의 책, 100쪽.

인 경향으로 바뀐 1930년대 이원수 동요 중에 "달 밝은 저녁에 학교 마당에/오빠가 자전거를 배웁니다//비뚤비뚤 서투른 오빠 자전거/뒤를 잡고 밀어 주면 곧잘 가지요//중학교 못 가는 우리 오빠는/어제부터 남의 집 점원이 되어//쏜살같이 심부름 다닌다고/달밤에 자전거를 배운답니다"(「자전거」 전문, 1937)가 있는데 목일신의 「자전거」와는 차이가 많이 난다. 이원수의 동요에서는 가난으로 인한 학업 중단이라는 현실적 아픔이 배경에 깔려 있다면 목일신의 동요에서는 건강하고 명랑한 일상생활의 모습을 보여주고 있다고 할 수 있다.

이와 같은 생활 중심 동요에는 동아일보 신춘문예 당선작 「시골」을 비롯하여 「길가에 전등」, 「구루마」, 「사공의 아들」, 「나의 동생」, 「심부름」, 「글읽는 누나」, 「우체통」, 「서울로 가는 기차」, 「낙시질」, 「쓰러젓네」, 「우리 옵바」 등이 여기에 속한다.

찌르릉 찌르릉 비켜나셔요
자전거가 나갑니다 찌르르르릉
저기 가는 저 영감 꼬부랑 영감
어물어물 하다가는 큰일납니다

찌르릉 찌르릉 이 자전거는
울 아버지 장에 갔다 돌아오실 때
오물랑 꼬물랑 고개를 넘어
비탈길도 스르륵 타고 온다오

찌르릉 찌르릉 이 자전거는
울 아버지 사 오신 자전거라오.
머나먼 시골길을 돌아오실 제

간들간들 타고 오는 자전거라오

—「자전거」 전문(1931)

꼬불꼬불 험한 길을 돌고돌면은
산밋헨 올망졸망 초가집들이
서로서로 마주대고 잠을 자지요

집집에서 울리는 방아의 소리
엽집엔 탈그락탈각 배짜는 소리

적적한 시골 산에 해가 지면은
일하려간 일군들 나무간 머슴
차레차레 짐지고 도라오지요

—「시골」 전문(1930)

몃날을 겁허겁허 비가 오더니
퍼나리는 장마비에 우리 돌담이
모조리 쓰러젓네 허무러젓네

정성드려 옵바가 돌담 쌋터니
사나운 장마비가 얄미운 비가
다섯 밤도 못가서 쓰려 버렷네

백양나무 쓰러진 지나간 밤에
건넌집 오막사리 순이네 집이
비바람에 쓰러젓네 허무러젓네

가난한 순이네집 쓰러질 적에
순이네집 식구는 집업서 울고
나도나도 가여워
눈물지윗네

—「쓰러젓네」 1, 2연과 4, 5연(1930)

양복쟁이 우리옵바 나는 조와요
멀리멀리 공부하다 도라오시면
고흔 선물 만히만히 갓다주어요

키장다리 우리 옵바 나는 조와요
과자사고 사탕사고 노리개사서
내동무까지 만히만히 사다주어요

영어하는 우리옵바 나는 조와요
나도나도 배윗지요 에이쎄씨디
남몰으는 영국말을 나는 아러요

—「우리 옵바」 전문(1930)

「자전거」형 생활 중심 동요 일부는 일상에서 벌어진 일이나 사고 등을 단순하게 나열하고 있는 경향이 있으나 명랑하고 쾌활하며, 삶의 건강함이 나타난 생활 중심 동요라는 특징을 비교적 잘 보여주고 있다.

동요 「자전거」는 자전거가 귀한 시절에 부러운 남의 시선을 의식하면서 당당하게 페달을 밟으며 몰고 가는 모습을 그린 작품이다. '찌르릉 찌르릉' 경쾌한 경적 소리와 자전거의 빠른 속도감, 반복된 의성어 의태어가 명랑하고 건강한 분위기를 만들고 있다. 이 작품의 시적 화자는 자전거를 타고 가는 사람이지만 오히려 자전거가 더 중심적인 위치에 있으며 1연의 당당함, 2연의 편리함을 부각시키고 있음을 알 수 있다. 의성어 '찌르릉'도 그렇지만 의태어 '어물어물'과 '오불랑 꼬불랑'이 동요 「자전거」를 생기발랄한 기운으로 가득 차게 만들고 있다.

1930년 신춘문예 당선작인 「시골」은 석양 무렵 궁벽한 산골 마을에서 일어난 일을 차분하게 노래한 동요이다. 집집에서 보리방아를 찧는 소리와 아낙네의 베 짜는 소리가 들리고, 일 나간 일꾼들과 땔나무를 짊어지고 돌아오는 머슴들 등 산골 사람들의 해질 녘 일상을 담담하게 그리고 있다. 경쾌한 동심 분위기의 「자전거」와 대조적으로 「시골」은 어른스럽고 차분한 분위기를 보이고 있다.

장맛비(태풍)로 인해 발생한 마을의 처참한 재해 실상을 구체적으로 전개한 「쓰러젓네」와 대도시로 유학 가서 세련된 멋쟁이로 변한 자랑스러운 오빠의 넉넉한 모습을 그린 「우리 옵바」는 표현 대상이나 분위기 등이 서로 극단적이다. 침울함을 넘어 비탄성을 보인 「쓰러젓네」, 명랑성을 넘어 화려함을 보인 「우리 옵바」는 모두 일상 이야기를 그린 생활 중심 동요이지만 빈부의 차이를 극명하게 보여주고 있다. 「쓰러젓네」는 장맛비(태풍)에 대한 원망이나 가난에 대한 서러움이 드러나 있지 않는 점에서는 현실성이 강한 이원수의 동요와는 사뭇 다르다. 이 작품의 시적 화자의 주된 관심은 허물어진 우리 돌담, 쓰러진 우리집 앞 백양나무가 아니라 4, 5연의 폭우에 무너진 순이네 오막살이집에 있다. 빈곤한 이웃의 시련과 고통이 그 가족의 슬픔과 함께 감정의 동일화가 되어 있다. 반면에 「우리 옵바」는 도시적 세련미를 지닌 모습, 영어 구사 능력까지 갖춘 고학력자, 남에게 물질적 배려도 할 수 있는 부유함을 보여주고 있다. 시적화자는 '나는 조와요'와 같은 '나는 ~요'에서 오빠와 동일하게 도시지향적인 미래의 꿈을 가지고 있음을 알 수 있다. 「쓰러젓네」에서는

'눈물'로써, 「우리 옵바」에서는 '나는 조와요'로써 대상과 감정이입을 하고 있는 것이다.

2) 「비누방울」형 자연 중심 동요

목일신의 동요 중에 가장 많은 작품이 자연찬양이나 자연친화적 경향을 보이고 있는 「비누방울」형 자연 중심 동요(52%)이다. 자연 지향은 일제강점기의 아동문학이나 현재의 아동문학에서 일반적으로 나타나는 동심 표현의 방법이다. 당시 목일신을 비롯하여 김태오, 윤복진, 강소천 등이 대표적인 자연친화 동요시인이라고 할 수 있다. 이들은 자연물이나 자연현상을 소재나 제재를 삼아 동심의 순수함, 자연과의 조화, 자연의 아름다움 등을 노래하였다.

목일신의 작품은 「비누방울」을 대표로, 1930년 동아일보 신춘문예 당선 가작인 「참새」, 그리고 「달밤」, 「물새」, 「은하수」, 「저녁 하늘」, 「봄노래」, 「반듸불」, 「가락닢」, 「달과 별」, 「산」, 「시내물」 등이 이에 속한다. 이들 작품의 제목을 훑어보아도 표현 대상이 자연물이나 자연현상을 노래한 것으로 충분히 짐작할 수 있음을 알 수 있다.

비누방울 날아라
바람타고 동동동
구름까지 올라라
둥실둥실 두둥실

비누방울 날아라
지붕 위에 동동동
하늘까지 올라라

둥실둥실 두둥실

—「비누방울」 전문(1935)

은하수 넓은 강 길고긴 강엔
반짝반짝 등불이 키여 잇는 곳
잔잔히 흐르는 은하수 강엔
쪼각달 둥근 달이 지나가지요
반짝반짝 별등대 밤이 새도록
크고적은 배ㅅ길을 밝혀줍니다.

—「은하수」 전문(1930)

소낙비가 주루룩! 머추자마자
아롱다롱 아롱진 무지개 다리
아름다운 비단구름 곱게 모와서
동그레한 쏫다리를 만드러 놧소

아름답게 만드른 무지개 다리
하눌나라 선녀들이 다니는 다리
오색구름 가즈런히 풀어 모와서
햇님이 만드르신 선물이라오

—「무지개」 전문(1930)

동쪽 하날 붉으레 밝아오면은
참새들이 짹짹짹 날새엿다고
옹기종기 나무에 모혀들 안저
날새엿소 날새여 일을 하시요

서쪽 하날 븕으레 날이 저물면
참새들이 짹짹짹 해가 젓다고
오골오골 숩속에 모혀들 안저
해가 젓소 해가 저 편히 쉬시오

—「참새」 전문(1930)

동요 「비누방울」, 「은하수」, 「무지개」, 「참새」는 목일신 자연 중심 동요의 성격을 잘 보여주는 작품들이다.

동요 「비누방울」은 바람을 타고 자유롭게 날아오르는 비눗방울을 통해 가 볼 수 없는 미지의 세계에 대한 동경과 희망을 표현하고 있는 작품이다. 이 작품에서도 「자전거」의 상징부사와 마찬가지로 작고 귀여운 비눗방울 모습을 그린 의태어 '동동동', 자유롭게 상승하는 모습을 나타낸 '두리둥실 두둥실'이 경쾌하고 밝은 분위기를 주면서 작품의 수준을 일정하게 만들고 있다.

동요 「은하수」와 「무지개」는 어두운 밤 신비한 우주 모습이나 갑작스레 나타난 자연현상을 보면서 풍부한 상상력으로 창작한, 발표 당시 매우 참신한 작품으로 각광받지 않았을까 여겨진다. 초승달, 상현달, 보름달, 하현달, 그믐달 등이 매일 하늘 강인 은하수를 건너는 곳에 별 등대가 불빛을 밝히고 있는 있다는 「은하수」, 비단구름과 오색구름을 풀어서 만든 무지개 꽃다리는 해님이 만든 것이고 그 다리는 선녀들만이 다니는 다리라고 한 「무지개」는 당시 어린이들에게 무한한 상상력을 통해 꿈을 키워준 작품들이라고 할 수 있다.

3) 「누가 누가 잠자나」형 공존 중심 동요

「누가 누가 잠자나」형 공존 중심 동요는 비교적 완성도가 높고, 목일신 동요의 진수를 맛볼 수 있는 작품들이 많다. 작품 속에 사람과 자연물 등이 등장하여 상호 작용하고 동화하여 함께 공존하는 작품 형태를 말하며, 이들의 공통적인 특징은 자연물과 사람이 함께 숨쉬는 공간이나 공유하고 있는 대상이 존재한다는 것이다. 이 공간은 윤석중의 동요 「옹달샘」의 공간보다는 한정동의 동요 「눈 온 아침」의 공간을 말한다. "깊은 산속 옹달샘/누가 와서 먹나요//맑고 맑은 옹달샘/누가 와서 먹나요//새벽에 토끼가/눈 비비고 일어나//세수하러 왔다가/물만 먹고 가지요//깊은 산속 옹달샘/누가 와서 먹나요//맑고 맑은 옹달샘/누가 와서 먹나요//달밤에 노루가/숨바꼭질 하다가//목마르면 달려와/얼른 먹고 가지요"(「옹달샘」 전문)은 사람의 숨소리나 모습이 빠져 있는, 노루와 토끼 등이 사는 자연의 공간이지만 "밤새에 나무나무/솜옷 입었네/혼자만 추워 뵈는/전주 한 그루//벌에도 반짝반짝/흰 솜이 가득/좋아라고 날뛰는/개가 두 마리//뜰에도 폭신폭신/눈 온 아침에/싸다니는 아해가/하나, 두울, 셋—"(「눈 온 아침」 전문)은 전주와 개와 아이들이 함께 어울리는 사람과 자연물의 공존 공간이다.

「누가 누가 잠자나」형 공존 중심 동요는 「아침이슬」, 「바다」, 「가을달」, 「달밤의 뱃노리」, 「꼬부랑 산길」, 「눈오는날」, 「누가누가 잠자나」, 「새보는 가을」, 「느트나무」, 「물오리」, 「피리」 등이 이에 속한다.

넓고 넓은 밤하늘엔
누가 누가 잠자나
하늘나라 아기별이
깜빡깜빡 잠자지

깊고 깊은 숲속에선
누가 누가 잠자나
산새 들새 모여 앉아
꼬박꼬박 잠자지

포근포근 엄마 품엔
누가 누가 잠자나
우리 아기 예쁜 아기
쌔근쌔근 잠자지

—「누가 누가 잠자나」 전문(1935)

가을님이 누른 옷을 차려 닙고서
세마지기 우리 논에 건너 오면요
차저오신 가을님이 하도 반가워
후여후여 소리치며 새를 본다오

아츰부터 새날리는 가을 노래는
넓은 들에 퍼저서 요란하고요
바람찬 가을날은 쌀쌀한 날은
후여후여 새보기에 해가 진다오

—「새보는 가을」 전문(1930)

얼눅덜눅 가여운 물오리들이
오락가락 재밋게 헤엄칩니다
한 마리 또 한 마리 저긔도 하나

스르르르 잔잔히 헤염칩니다.

쏘닥쏘닥 쏘닥닥 빨래소리에
물오리들 흥겨워 헤염칩니다
잔잔히 흘러가는 맑은 물에서
스르르르 헤염치며 흘러감니다.

—「물오리」 전문(1930)

바들가지 봄피리 필리리 날날
피리를 불며불며 즐거워 하면
쇠꼴새 종달새도 흉을 낸다오

수양버들 그늘에 자리를 잡고
고흔 곡됴 봄피리 음악회 열면
봄날 새는 엿듣고 흉을 낸다오.

—「피리」 전문(1930)

오불랑 꼬불랑 느러진 산길
오고가는 나무꾼만 터어벅터벅

꼬부라진 할머니 지팽이 집고
숨차게 넘어가는 꼬부랑 산길

아즈랑이 산허리에 꼿피는 봄엔
산새들만 찾어와서 비리비리리

반짝반짝 초저녁별 산우에 졸면
조각달님 쉬어가는 꼬부랑 산길

—「꼬부랑 산길」 전문(1935)

공존 중심 동요의 기본인 「누가 누가 잠자나」에서는 작품 속의 소재, 즉 아기별, 산새 들새, 아기가 함께 이용하는 공존 공간 형태는 아니다. 각기 고유의 잠자리이지만 공통분모로 묶을 수 있는 공간, 즉 품(안기는 공간)이 있다. 아기별은 '밤하늘'이 품이고, 산새 들새는 '숲 속'이 품이며, 아기는 '엄마'가 품인 것이다. 동요 「새보는 가을」는 가을님과 나와 새가 함께 노래하며 공존하는 공간은 '우리 논'이고, 동요 「물오리」는 물오리와 빨래하는 사람이 함께 공존하는 공간은 '맑은 물(시내)'이고, 동요 「피리」는 종달새 등과 피리 부는 사람이 함께 노래하며 공존하는 공간은 '수양버들 그늘'이며, 동요 「꼬부랑 산길」은 나무꾼, 할머니, 산새, 조각달님이 오고가며 공존하는 공간이 '꼬부랑 산길'이다.

「누가 누가 잠자나」는 생물이든 무생물이든 어린것들의 잠자는 모습은 항상 아름답다는 것을 보여주는 작품이다. "단순하고 천진한 발상이 돋보인다. 하늘에는 아기별, 땅에는 산새 들새, 엄마 품엔 아기가 있다. 죄다 죄 없이 천진한 존재들이다. …아기의 삶이 순탄하기를 염원하는 엄마의 주문(呪文)이고 진언이다. 그런 엄마의 뜻을 담아 자장가는 곡진하다."[16] 장석주 시인의 말처럼 이 동요는 어린것들의 천진성이 작품성과 함께 돋보인다.

「새보는 가을」에서는 '우리 논'에서 나와 가을님과 참새가 함께 노래하며 분위기에 동화되고, 함께 공존하고 있다. 「물오리」에서는 '맑은 물'에서 빨래소리와 물오리가, 「피리」에서는 새들과 봄피리 소리(사람)가

16 장석주, '한국인의 애송동시 29' 조선일보, 2008.6.13.

상호 호응하며 교감을 나누면서 공존한다. 「꼬부랑 산길」에서는 '산길'(고갯길)에 오가는 일체의 인간과 자연물이 상호 교류 없이 함께 공존하고 있다. 「누가 누가 잠자나」와 상당히 유사한 형태라고 할 수 있다.

5. 목일신 동요문학의 특성

1920년대에 출발한 아동문학이 1930년대 들어와 시대적, 사회적 여건에 따라 다양한 양상을 보여주었는데 대체적으로 이재철은 주관적 동심주의와 사회적 현실주의 두 가지 경향으로 나누어진다고 하면서 주관적 동심주의는 방정환의 천사주의적 경향, 한정동·서덕출·초기의 육일신·유도순 등의 애상적 경향, 윤복진·김태오·강소천·목일신 등의 자연친화적 경향, 윤석중의 낙천적 경향, 박영종(목월)·마해송 등의 탐미적 경향, 김영일의 감각적 경향으로 나누었고, 사회적 현실주의는 이원수의 현실주의적 경향, 신고송 등의 계급주의적 경향으로 나누었다.[17] 신현득은 개인적 경향을 강조하여 분류하기를 방정환의 감상성, 한정동의 애상성, 윤석중의 낙천성, 윤복진의 서정성, 이원수의 현실성, 김태오의 다양성[18] 등 대표적으로 여섯 시인을 언급하였다.

목일신은 일부 애상적인 작품이 눈에 띄나 앞에서 기술한 대로 52%에 해당하는 작품들이 자연친화적 경향을 보이고 있다. 하지만 모든 아동문학가들이 시대를 초월하여 당연히 자연친화적 경향을 보이고 있기 때문에 자연친화성을 목일신 동요문학의 특징으로 말하기는 적합하다고 할 수 없다. 목일신 동요 특성으로 윤석중의 낙천성과 비교되는 명랑·건강한 경향이 강한 점, 음악적 리듬감을 주는 상징부사 의태어, 의

---

17 이재철, 앞의 책, 177~190쪽.
18 신현득, 앞의 책, 78~98쪽.

성어 사용이 빈번한 점, 자장가 형태의 어린이 찬양 동요가 다수인 점 , 독특한 시행 배열의 작품이 있는 점 등 네 가지로 정리하고자 한다.

1) 명랑 · 건강한 경향

이원수는 윤석중과 목일신 두 시인을 "어린이들의 활발하고 명랑한 면을 노래한 사람들"[19]이라고 하였다. 이재철은 목일신의 동요에 대하여 "명랑 · 쾌활한 분위기를 지적"하거나 "명랑 · 건강한 노래"를 엮은 사람으로 평가하였다.

목일신에게는 『신소년』지 1930년 6월호에 실린 "개골개골 개골이 우는 밤이면/누나와 놀든 곳이 그립습니다./창포밧헤 누나와 마주 안저서/개골노래 드르며 얘기했지요.//인적업는 이밤은 개고리의 밤/싸인 서름 무럭무럭 이르키는 밤/북만주라 넓은 짱 헤매는 누나/오늘 밤은 쏘 어데서 눈물지우나."(「개고리 우는 밤」 전문)와 같은 매우 애상적인 동요가 몇 편 있다. 하지만 이런 동요는 1923년 이후 10여 년 동안 아동문학 초창기에 있었던 일반적인 경향일 뿐 목일신의 동요의 특성이라고 단정 지을 수 없다.

앞에서 목일신의 동요를 표현 대상별로 분류할 때 「자전거」형 생활 중심 동요에서 언급된 「자전거」, 「우리 옵바」를 비롯하여 「나의 동생」, 「심부름」, 「글읽는 누나」 등이 명랑 · 건강한 경향의 대표적인 동요라고 할 수 있다. 이런 명랑 · 건강한 경향은 어린이들의 밝은 생활 모습을 포착함으로써 만들어진다고 할 수 있다. 이원수는 "아동 생활을 노래한 동요들이 비로소 성장하는 어린이들의 호흡에 맞아 든 것은 당연한 일이다 … 생활을 노래하는 동요들이 아동의 진실한 벗이 되고, 그들의 기쁨이 되려면 현실 아동의 실생활에 부합해야 하"면서 "생활을 노래하는 생활

---

19 이원수, 『아동문학입문』, 이원수아동문학전집28, 웅진출판,1986, 54쪽.

동요야말로 아동들의 정신에 끼치는 영향이 크다"[20]고 하였는데 목일신의 동요가 현실 아동의 밝은 실생활 모습과 부합되었기 때문에 명랑·건강한 경향을 띠었던 것이다.

다섯 살된 나의 동생 사나운 동생
아츰밥을 먹구서 놀너나가면
동리동리 애들을 싸려 노코서
싱긋벙긋 웃고서 달녀옵니다

다섯 살된 나의 동생 씩씩한 동생
동리에 어린애들 모와 노코서
우렁찬 큰 소리로 호령을 하며
웃갓 일을 제맘껏 가르킵니다

—「나의 동생」 전문(1929)

할아버지 심부름은 담배 심부름
압집의 쇠돌이네 가개에 가서
담배 사다 드리면 고만이지요

어머니 심부름은 외가에 가기
맛조흔 것 가저가고 날러다 주고
주고밧고 하면은 고만이지요

형님의 심부름은 실흔 심부름

20 이원수, 앞의 책, 55~56쪽.

머나먼 길 보내여 물건 사오기
골나는 심부름은 형님 심부름

누님의 심부름은 귓속 심부름
날 몰래 숙은숙은 짓거리는 말
오날 밤 옥희다려 놀너오라죠

—「심부름」 전문(1930)

글읽는 어린 누나 학교 갓다와
왼종일 가갸거겨 글만 읽어요

빨-간 토수끼고 코ㅅ물 흘려도
학교에 선생님께 칭찬만 밧네

—「글읽는 누나」 전문(1930)

동요 「나의 동생」, 「심부름」, 「글읽는 누나」는 경쾌하고 명랑한 「자전거」에 못지않은 건강하고 쾌활한 분위기를 보이고 있다. 「나의 동생」은 개구쟁이 모습을 재미있게 그리고 있고, 「심부름」은 할아버지, 어머니, 형님, 누님의 각자 다른 모습을 지닌 심부름 형태를 익살스럽게 전개하고 있으며, 「글읽는 누나」는 자신의 학업에 충실한, 조금 세련되지 못한 어린 누나의 모습을 건강하게 그리고 있다. 특히 「심부름」에서는 시적 화자가 형님 심부름과 누님 심부름에 초점을 맞추고 있음을 알 수 있으며, 막무가내 어린 자신에게 고된 심부름을 시키는 형님에게 미움과 반감이 드러나 있고, 조심스럽게 밤마실 심부름을 시키는 특유의 처녀들의 습성을 잘 포착하고 있다.

2) 의성어·의태어 빈번한 사용

상징부사인 의태어나 의성어는 소리나 태도를 반복적으로 흉내내는 말로서 대상에 대한 의미의 강조나 상승 효과, 표현 대상의 분위기 형성, 대상에 대한 상징적으로 강렬한 인상을 주는 것이 특징이다. 뿐만 아니라 낱말의 반복에서 오는 리듬감이 음성언어를 음악적으로 발화하도록 돕는다.

목일신의 동요에서는 의성어와 의태어가 빈번하게 또는 반복적으로 사용되고 있다. 목일신의 동요는 7·5조의 음수율, 반복 사용된 의태어와 의성어로 말미암아 그의 작품을 소리 내어 읽으면 저절로 리듬감이 생겨 노래가 되고 만다. 의성어나 의태어를 사용한 목일신의 동요를 하나하나 열거하기 힘들다. 그의 작품 대부분이 이에 해당하기 때문이다.

방울방울 촉촉히 녀름비라오
다복다복 풀닙헤 비가 나리면
너울너울 흥겨워 나붓김니다

주룩주룩 즐거운 녀름비라오
구비구비 논마다 물이 고이면
일꾼들은 흥겨워 일을 감니다

—「녀름비」 전문(1930)

언덕우엔 실버들 한들한들 춤추고
버들가지 봄피리 닐늬리날날

복숭아꽃 살구꽃 방끗방끗 웃으면

봄나비도 홍겨워 날아들고요
이즈랑이 산우에 아롱아롱 종달새
하늘우엔 종달새 비리리종종

구비구비 시내물 졸졸졸졸 흘르면
물레방아 쿵더쿵 봄이 온다오

—「봄노래」 전문(1935)

산비들기 구구구
숲속에서 구구구
산넘어간 엄마를
기다리며 구구구
들넘어간 압바를
기다르며 구구구
뒷동산 숲속에서
구구구 구구구

산비들기 포르르
숲속에서 포르르
산넘어간 엄마가
보고싶어 포르르
들넘어간 압바를
찾어가며 포르르
윗동산 숲속에서
포르르 포르르

—「산비들기」 전문(1935)

물결은 출렁출렁 갈메기는 갈-갈
흘러가는 힌돗은 두둥실 둥실
물결은 출렁출렁 조각배는 동-동
바닷가에 물소린 찰알삭 찰삭
물결은 출렁출렁 고기배는 둥-실
밤바다에 등대는 바안짝 반짝

—「물결」 전문(1935)

동요 「녀름비」, 「봄노래」, 「산비들기」, 「물결」을 가만히 낭송해 보라. 의태어와 의성어 사용이 얼마나 큰 음악적인 효과를 가져 오는지 알 수 있을 것이다. 이 네 편의 동요에 밑줄친(필자가 표시함) 의태어와 의성어를 살펴보면 동일한 시행의 위치에 배열되어 있음을 볼 수 있는데 동요 창작에 임한 목일신의 주도면밀성을 엿볼 수 있으며, 의태어와 의성어를 다양하게 사용한 점도 놀라울 뿐이다.

3) 자장가 형태 동요 다수

일제강점기 아동문학과 현대 아동문학을 통틀어 자장가 위주의 어린이 찬양 작품을 가장 많이 창작한 이는 목일신이라 할 수 있다.

대표적으로 「자장가」를 시작하여 「잠자는 아기」(1930), 「어린아이」(1930), 「노래1」과 「노래2」(1935), 「은구슬 금구슬」(1935), 「누가 누가 잠자나」(1935) 등 일곱 작품을 들 수 있다. 앞부분에서 표현 대상별로 분류할 때 기본 작품으로 언급한 동요 「누가 누가 잠자나」도 3연 "포근포근 엄마 품엔/누가 누가 잠자나/우리 아기 예쁜 아기/쌔근쌔근 잠자지"에서처럼 자장가 같다는 느낌을 준다. 목일신은 이런 자장가 위주의 어린이 찬양 동요 창작에 심혈을 기울여 가장 많은 자장가 관련 동요를 창작하였던 것이다.

잠 자거라 우리아가 귀여운 아가
구슬같은 고운 눈을 고요히 감고
복스러운 엄마품에 고이 잠들어
아름다운 꿈나라로 구경 가거라

잠 자거라 우리아기 귀여운 아가
쎄근쎄근 엄마품에 곱게 잠들어
아롱다롱 꿈나라로 웃음나라로
향기로운 꽃동산을 구경가거라

잠 자거라 우리아가 귀여운 아가
어서어서 잠잘자고 어서 자라서
착한 사람 되어라 우리아가야
큰일꾼이 되어라 우리아가야

—「자장가」 전문

어린아이 입술은 새빨간 입술
곱게 닉은 앵도 가티 어엿븐 입술
어린아이 두손은 부드러운 손
반질반질 기여운 아름다운 손

어린아이 동모여 귀한 동모여
함께 모혀 모다들 노래 부르세
부드러운 손들을 마주 잡고서

빨간 입술 열어서 노래 부르세

—「어린아이」 전문(1930)

엄마 품에 잠드러서 어린 아기는
아름다운 꿈나라를 구경가겟네
천만가지 꼿치피고 나븨가 나는
곱고고흔 꼿대궐을 구경가겟네

아가아가 우리 아가 어엽분 아가
깨지말고 기리기리 잠잘자거러
꿈나라에 놀다놀다 오고 십거든
나븨 품에 안끼워서 차저오렴아
꿈나라를 구경마친 어린아기는
고흔 선물 만히 실코 차저오겟네
어여분꼿 만히짜서 머리에 꼿고
복스러운 엄마품을 차저오겟네

—「잠자는 아기」 2, 3연(1930)

「자장가」, 「어린아이」, 「잠자는 아기」 중에서 완성도가 높은 동요는 「자장가」이다. 2연 3, 4행인 "아롱다롱 꿈나라로 웃음나라로/향기로운 꽃동산을 구경가거라"는 곱게 잠이 든, 때묻지 않은 표정의 어린이를 보면서 마음속으로 "편안하게 자렴" 하고 빌어보는 어른의 기원임을 알 수 있다. 어린이 미소만큼 아름다운 표현이라고 할 수 있다. 동요 「잠자는 아기」에서도 "어여분꼿 만히짜서 머리에 꼿고"는 꿈속에서도 꽃단장하고 포근히 자라는 염원이 들어난 시행임을 알 수 있다. 이 「잠자는 아기」는 발표 연도를 보아 「자장가」의 초기 형태 작품이 아닌가 하는 생각도 든다. 자장가 관련 동요는 천진난만하고 순수한 모습을 지닌 어린이들을 향해 기원과 찬양을 한 목일신의 의지가 강하게 담긴 작품들이라고 할 수 있다.

4) 독특한 시행 배열 시도

목일신 동요는 주로 3음보의 7·5조(8·5조)와 2음보의 4·4조(4·3조)가 기본 율격으로 이루어져 있다. 연과 행의 구분은 7·5조(8·5조)나 4·4조(4·3조)를 1행으로 처리하는 것이 대부분이다. 그런데 「어린별」, 「은구슬 금구슬」 2개의 작품에서는 독특한 시행 배열을 시도하고 있으며, 「봄비」는 '소년시'라고 붙인 것으로는 그가 발표한 유일한 동시이다.

은하수
강물가에
어린별들이

옹기종기
모혀안저
무엇을 하나

버레까지
잠자는
깁흔 이 밤에

수근수근
모혀 안저

무슨 말하나

캄캄하고
무서운
깁흔 이 밤에

말업시
가만가만
숩곱질하나

—「어린별」 전문(1930)

동요 「어린별」은 3음보 7·5조(8·5조)의 일반적인 형태를 파격에 가까운 1음보 1행으로 하고 3행을 1연으로 만든 작품이다. 일정한 규격에 맞게 7·5조 1행으로 배열한 동요는 매우 딱딱하게 보이는 반면 1음보 1행으로 배열한 동요는 동시나 일반 시에 가깝게 시각적으로 편안하고 자유분망하게 보인다. 시나 동시가 뿌리내리기 시작할 무렵이었기 때문에 이렇게 파격적으로 행 배열을 하지 않았나 여겨진다.

아가 말소린 은구슬
엄마 말소린 금구슬

마듸마듸 아름다운
구슬이여라
방울방울 우슴띄운
구슬이여라

조롱 조롱
은실에 꿰어 –
금실에 꿰어 –

햇빛에 반 – 짝 은구슬 방울
달빛에 반 – 짝 금구슬 방울

은구슬은 예쁜 구슬
아기의 마음
금구슬은 곻은 구슬
엄마의 마음

—「은구슬 금구슬」 전문(1935)

「은구슬 금구슬」은 2, 4연의 7·5조 율격을 기본으로 1, 3, 5연을 자유로운 행 배열, 자유로운 글자 수 등 일정한 형식에서 벗어난 작품이다. 1연 2행, 2연 4행, 3연 3행, 4연 2행, 5연 4행, 전체 5연 15행으로 자유시 같은 행 배열이라고 할 수 있다. 내용적으로 아가와 엄마의 모습을 '금구슬'과 '은구슬'로 빗대어 대구적으로 그린 동요이다. 특히 엄마 모습을 그린 다음 아가의 모습을 그리는, 흔히 볼 수 있는 어른 – 아이라는 장유순(長幼順) 전개 방법에서 탈피해 거꾸로 아가를 먼저 노래하고 있다. 이 작품을 분석해 보면 '아가의 말소리 = 아름다운 은구슬 = 아가의 마음', '엄마의 말소리 = 웃음 띤 금구슬 = 엄마의 마음'으로 정리할 수 있다. 즉 아름다운 아가의 마음은 은구슬 목소리로 터져 나오고, 고운 엄마의 마음은 금구슬 목소리로 굴러 나온다는 것이다.

봄비는

고요히
흐르고 나리네.
폭은한 봄의 大地우에
소리없이 촉촉히
내리는 보슬비
오! 生命水와도 같이
흐르고
나리네!

산에도-
들에도-
거츠른 벌판에도
어서어서
새싹이 나서
탄생하라는 듯이…
봄비는 고요히
흐르고 나리네!

—「봄비」 전문(1932)

「봄비」는 『아이생활』 72호(1932.4)에 '소년시'라고 일부러 명기하여 발표된 목일신의 유일한 동시이다. 1연 9행, 2연 8행으로 배열된 이 작품은 한자어도 사용된 것으로 보아 동시보다는 일반시에 가까워 '소년시'라고 했는지 모른다. 하지만 시적 발상이 별로 참신하지 않고, 표현도 진부하여 목일신의 여타 동요보다 수준이 뒤처지고 있다. 「봄비」가 발표된 뒤로 이와 유사한 작품이 실리지 않는 것으로 보아 목일신의 동시 창작은 전무하다고 할 수 있다.

6. 목일신은 '명랑성' 동요 시인이다

해방 이후부터 50년대까지 발간된 동요집 발간 목록에는 윤석중의 『초승달』(1946), 『굴렁쇠』(1948), 『아침까치』(1950), 『노래동산』(1952), 『노래선물』(1957), 권태응의 『감자꽃』(1948), 윤복진의 『꽃초롱 별초롱』(1949), 서덕출의 『봄편지』(1951), 김영일의 『소년 기마대』(1951), 박경종의 『꽃밭』(1954), 이석현의 『어머니』(1958) 등 꽤 많은 동요집이 보이지만 목일신의 『물레방아』(1957)는 보이지 않는다. 그러나 목일신 자필 약력에는 동요집을 출판하였다고 기록되어 있다. 현재 이 동요집은 한 권도 전해지지 않고 있는데 아마도 공식적인 출간이 아닌 육필 문집으로 출판하지 않았을까 추측된다.

「누가누가 잠자나」형 공존 중심 동요는 비교적 완성도가 높고, 목일신 동요의 진수를 맛볼 수 있는 작품들이 많다. 그리고 그의 동요 특성이 잘 드러난 것은 「자전거」형 생활 중심 동요라고 할 수 있다. 「자전거」형 생활 중심 동요에는 명랑하고 쾌활하며 건강한 동요들이 많다. 그래서 목일신 동요를 한마디로 나타낸다면 명랑성 동요라고 할 수 있다. 일제강점기 동요시인에 대하여 '한정동의 애상성', '윤석중의 낙천성', '이원수의 현실성' 등이라고 정리한 것처럼 목일신에 대해서도 '목일신의 명랑성'이라는 이름으로 마땅히 높게 평가되어야 할 것이다.

동시의 난해성 문제

—60년대 난해 그늘 70년대에도 드리워져

1. 1970년대의 동시문학

1970년대의 아동문학이나 동시문학을 이야기할 때 반드시 이해하고 통과해야 할 중요한 관문이 하나 있다. 그것은 1970년대 중간쯤인 1976년 몇 개월 사이로 창간된 계간지 『아동문학평론』과 월간지 『아동문예』의 아동문학사적 의미를 파악하는 일이다. 다음은 "이 두 잡지로 인하여 광복 60년의 아동문학사가 1976년을 분기점으로 전·후기로 가를 수 있게 되었다."고 한 최지훈의 「광복 60년 한국 아동문학의 사적 접근」이라는 글의 일부이다.

> 동시를 포함한 아동문학의 경우에 1976년은 다룬 문학 장르와는 다른 중요한 의미를 갖는다. 바로 그때 계간 〈아동문학평론〉과 월간 〈아동문예〉가 서울과 광주에서 창간되어 30년 동안 면면히 이어져 오늘에 이르고 있기 때문이다. (중간 생략)
>
> 따라서 앞서 두 잡지는 오늘 이 시점에서 볼 때 매우 의미있는 아동문학 판을 형성해 주었다고 할 수 있다. 왜냐하면 이 두 아동문학 전문지가 창간되던

1976년은 해방동이가 30대로 접어들어서 막 문단 데뷔 적령기를 맞고 있었기 때문이다. 결국 이 두 아동문학지는 바로 아동문학의 판을 광복의 세대에게 새로운 판을 벌여 주기 위하여 때맞춰 태어난 셈이었던 것이다. 신인간류에 속하는 이 신세대를 새로운 아동문학인으로 대거 흡수하고 발굴 수용함으로써 아동문학 문단 자체를 확실하게 재편하는 효과를 거둔 것이다.[1]

그는 현대 아동문학사에서 중요하게 평가되고 있는 두 가지를 지적하고 있다. 하나는 1976년이 계간지 『아동문학평론』과 월간지 『아동문예』의 창간으로 아동문학사에서 커다란 분기점이 되었다는 점이고, 다른 하나는 1976년에 드디어 우리말과 글로 교육받았던 한글세대의 해방둥이 제3세대[2] 아동문학가들이 두 아동문학 전문지를 통하여 대거 문단에 등장함으로써 아동문학의 새로운 시대가 열렸다는 점이다.

최지훈은 다른 잡지에 연재된, 같은 글 뒷부분[3]에서 제2세대 문학가를 일제 패망 직전 일본식 교육을 받은 후 광복과 더불어 우리말을 자유롭게 써서 창작한 맏형으로부터 이후 70년대 전반까지 등단하는 작가의 세대라고 정의하고, 70년대 전반에야 창작 활동을 시작하는 이들을 제2세대 막내둥이 작가군이라고 칭하였다. 70년대의 등단한 신인 아동문학가들은 제2세대 막내둥이와 제3세대 선두주자가 함께 섞여 있다는 것이다.

이런 관점에서 보면 1970년대 동시문학은 ①박경용, 신현득, 이상현, 유경환 등 전통적인 동시 모습을 과감히 거부하고 '동시도 시여야 한다'고 새바람 운동에 앞장선 60년대에 왕성한 활동을 한 제2세대 중진 동시인들, ②황베드로, 김구연, 권오삼, 하청호 등 70년대 초반에 등단한

1 최지훈, 「광복 60년 한국 아동문학의 사적 접근 1」, 『아동문학평론』 2006, 겨울호, 48~49쪽.
2 최지훈은 이 글에서 시기에 따라 아동문학가를 구분하였는데, 일제시대에 활동했던 1세대 아동문학가, 일제시대에 식민교육을 받았거나 최소한 초등교육을 받고 있는 중에 해방을 맞은 2세대 아동문학가, 해방 후에 우리말과 글로 교육받은 제3세대 아동문학가로 나누었다.
3 최지훈, 「분단 60년 한국아동문학사」, 『시와동화』 43호, 2008 봄호, 378~382쪽.

제2세대 막내둥이 동시인들, ③박두순, 남진원, 손동연 등 현대아동문학사의 분기점인 1976년 이후 두 전문지를 통해 등장한 제3세대 선두주자 동시인들로 인해 매우 다양한 문학적 성향을 보인 시기라고 할 수 있다.

이런 70년대에 등단한 동시인을 살펴보면 1970년대 동시문학을 전·후반기로 구분지어 따로 서술할 필요가 있다는 점도 인정된다. 그러나 1976년 이전과 이후의 등단 동시인들의 문학 지향점이 완전히 다른 것이 아니며, 또 2050년쯤 현대아동문학사를 정리할 무렵 1976년을 분기점 삼아 ①과 ② 동시인들을 동일한 세대로, ③동시인들을 80~90년대 동시인들과 동일한 세대로 기술할 가능성이 있는, 미래의 문제이기 때문에 굳이 전·후반기를 구분할 필요가 없다고 할 수 있다. 그러므로 현재로서는 ②와 ③ 동시인들을 묶어 70년대 동시문학 범주에 넣어 서술해도 무방할 것으로 본다.

이렇게 장황하게 1976년 분기점 전후의 등단 시인들에 대해 언급한 것은 이들이 활동한 70년대에 동시문학 특징을 이해하는 데 중요한 전제 조건이기 때문이다. 70년대 등단한 대표적인 동시인을 들면 오순택[4](66년 시문학 추천, 82년 계몽문학상 수상으로 등단), 이준관(71, 서울신문), 김구연(71, 월간문학), 하청호(72, 매일신문), 황베드로(73, 1회 새싹문학상), 이상교(74, 조선일보), 노원호(74, 매일신문), 권오삼(75, 월간문학), 김원석(75, 월간문학), 손동연(75 전남일보, 78 아동문예), 박두순(77, 아동문학평론), 공재동(77, 아동문학평론), 남진원(77, 아동문예) 등이다.

이들이 활동했던 1970년대 동시문학을 포함한 아동문학의 전반적인 특징을 정리하면 다음과 같다.

첫째, 서두에서 언급한 대로 아동문학사의 분기점이 되어 아동문학의 새로운 시대를 열었던 계간지 『아동문학평론』과 월간지 『아동문예』의

4 오순택은 1960년대에 시로 등단하였지만, 1970년대 들어와 동시문학에 활동하기 시작하였으므로 보통 70년대 동시인으로 본다.

창간이 70년대 중반에 이루어졌다는 점이다.

둘째, 아동문학 단체들이 창립되어 회원의 친목 도모와 아동문학인의 권익 보호에 앞장섰다는 점이다. 1971년에 한국아동문학가협회와 한국아동문학회 두 단체가 아동문단을 형성하고 기관지 발행, 아동문학 세미나를 개최하여 나름대로 아동문학의 성장과 발전에 이바지하였다. 1979년에는 현대아동문학가협회가 창립되면서 아동문학 단체가 삼분정립되었다. 물론 각 단체의 파벌 형성이라는 부정적인 모습을 보였지만 제3, 4차 경제개발 5개년 정책으로 산업사회로의 급속 편입과 빈부격차의 심화, 정치적 암흑기의 유신시대, 남북 적대적 관계 심화 등 70년대의 현실을 어떻게 아동문학에 반영하느냐 뿐만 아니라 아동문학의 사회적 영향, 아동문학과 서민성의 추구, 새로운 시대의 아동상 탐구 등을 각 단체가 활발하게 토의하고 모색하는 시대였다[5]고 할 수 있다.

셋째, 60년대에 비해 아동문학인이 급격하게 증가하였다는 점이다. 1976년 아동문학에 대한 글을 쓴 유경환의 통계를 보면[6] 50년대 아동문학인은 30명, 60년대는 80명, 76년에는 230명, 77년에는 260명으로 급격하게 팽창하였다는 것이다. 76년 아동문학인 230명 중에서 110명 정도가 동시인(1/2 정도)이고, 전문지 등에 발표된 아동문학 작품 1,010여 편 중에는 450여 편이 동시(1/2 정도)라고 하였다. 이것은 1976년에 창간된 『아동문학평론』과 『아동문예』의 직접적인 영향이라고 할 수 있다.

넷째, 아동문학의 지방 문단이 각 지역마다 형성되었다는 점이다. 아동문학인의 급격한 증가, 아동문학의 중앙 문단 성립과 맞물려 지방문단이 본격적으로 활성화되기 시작하였다. 60년대부터 왕성한 활동을 시작한 상주아동문학회, 대구아동문학회를 비롯하여 부산, 광주, 목포, 강릉 등에서 아동문학인들이 자주 모임을 갖고 연간집, 작품집이나 회보

---

5 이상현, 『아동문학강의』, 일지사, 1987, 318쪽.
6 유경환, 『한국동시문학론』, 배영사, 1979, 83쪽, 102쪽.

를 발간하면서 아동문학의 발전과 위상을 높였다고 할 수 있다.

다섯째, 아동문학에 대한 논쟁이 비교적 뜨거웠다는 점이다. 일제 잔재 식민지 문학 발본이나 서민문학론이 대두되어온 가운데 70년 중반에 이르러 '표절 동시론'으로 아동문학 두 단체 사이에 갈등과 반목을 드러낸 사건이 있었다. 급기야 법정 문제로 비화되어 문단과 사회 안팎에 파문을 일으켰다. 그 뒤 이오덕의 리얼리즘 동시론에 대한 이상현과의 논쟁, 이어진 이오덕과 박경용의 논쟁 등 동시에서 리얼리즘과 문학적 상상력, 환상, 동심의 문제에 대하여 뜨거운 공방전을 치루면서 동시문학에 대한 다양한 문제와 과제를 토의, 분석하여 비평의 시대를 만들었던 것이다.

여섯째, 아동문학이 학문의 대상이 되고, 본격적인 아동문학 비평시대의 싹이 트기 시작하였다는 점이다. 아동문학이 학문의 대상이 된 것은 1976년의 『아동문학평론』 창간과 1978년의 『한국현대아동문학사』를 발간한 이재철에 의해서이다. 『아동문학평론』은 1977년 첫 아동문학평론가 최지훈을 길러낸 것을 시작으로 이후 수많은 전문평론가를 배출, 비평의 활성화를 통해 동시의 형태적 방향 제시 등 아동문학의 이론적 바탕을 구축하였고, 아동문학 연구의 토대를 형성하여 현대 아동문학의 뿌리를 내리게 했다.

이 글에서는 70년대에 등단한 대표적인 13명의 동시인들을 살펴보면서 70년대의 아동문학적 특징이 투영된 그들의 문학적 성과와 그늘을 확인하고자 한다.

2. 1970년대의 대표 동시인들

1970년대에 등단하여 발군의 문학적 성과를 이룬 대표 동시인을 등단순으로 들면 오순택, 이준관, 김구연, 하청호, 황베드로, 이상교, 노원호, 권오삼, 김원석, 손동연, 박두순, 공재동, 남진원 등이 있다. 이들은 70년대 당시 발표 작품의 난해성 시비에 불구하고 전반적으로 동심에 대한 깊은 이해 속에서 표현 기법이 정교해지고, 생활 중심의 건강한 작품 경향과 철학적 사유의 천착 등 다양한 동시들을 창작하였다. 특히 철학 동시 계열의 작품이 눈에 띄게 발견된다. 70년대 대표 동시인 13명에게 그동안 여러 아동문학가들에 의해 내려진 각자의 문학적 평가를 간단히 정리[7]한 후 우수한 작품을 한 편씩 감상하고자 한다.

오순택(1942~)은 섬세한 감성과 감각으로 사물과 삶을 파악하여 동화적 환상 세계를 조립하거나 거기에 말착되고 정돈된 분위기를 묘사하는 것이 특징(이재철, 『세계아동문학사전』)이라고 하였으며, 자연현상과 꽃, 곤충 들을 소재로 형상화하여 시의 건강미, 섬세한 표현 등에서 개성을 보여주고 어떤 자연물이든지 이를 직관적으로 노래하지 않고 2차적인 비유를 곁들임으로써 동시의 완성도를 높이고 있다(신현득, 「한국동시사」). 그는 보통 '새와 꽃의 시인'으로 부르며, 윤삼현은 그를 평하여 동심언의 마력을 일찍 깨달아 독특한 수법으로 시적 대상을 존재 전화시키는 마법을 부려온 시인[8]이라고 했다.

낮은 곳을 찾아가는
그의 발걸음은
가볍다.

---

7 이들 70년대 대표 동시인 13명 각각의 평가는 『세계아동문학사전』(이재철, 계몽사, 1989), 「한국동시사 연구」(신현득, 단국대박사학위 논문, 2001), 「분단60년 한국아동문학사」(최지훈, 『시와 동화』 45호, 2008, 가을호) 등에서 찾아 정리한 것이다.

8 윤삼현, 「직관적 감성언어, 그 상큼한 뿌리에 머물, 오순택 론」, 『시와동화』 48호, 2009 봄호, 277쪽.

그는 넓은 바다에 도착하면

이름도 그냥 주어버린다.

—오순택, 「강물」 전문

오순택의 「강물」은 전체 2연 5행으로 된 짧은 작품이지만 깊은 의미가 내재된 동시라고 할 수 있다. 남을 위해 봉사하는 사람의 자유로운 마음이라든지 넓은 바다를 향해 낮게 흘러가는 강물의 순응적 여유로움이라든지 개인의 아집을 버리고 한데 어울려 사는 인간 사회와 동화라든지 자연 순리에 대한 교훈 등 다양한 해석과 감상을 할 수 있는 작품이라고 할 수 있다.

'낮은 곳을 찾아가는' 행위는 독선과 고집을 버리고 희생과 봉사 정신으로 다가가는 진실한 모습을 그리고 있으며 '넓은 바다'는 공동체의 공간, 완전한 인격체의 공간, 화합의 유토피아라고 할 수 있다. '강물'은 개성을 가진 모든 인간을 지칭하고 있다고 할 수 있으며, 마지막 행 "이름도 그냥 주어버린다"에서 원래 가지고 있는 탐욕적인 자신의 외형뿐만 아니라 '이름'이라고 통칭되는 자기 정체성까지 벗어던져 버리는 수도자, 수행자, 인격자의 위대성을 말하고 있음을 볼 수 있다.

이준관(1949~)은 동시와 시의 두 장르를 구별하지 않고 두 영역에서 모두 문학적 성취도를 온전히 실현해내고 있는 시인으로 객관적으로 인정을 받고 있고(최지훈, 「분단 60년 한국아동문학사」), 그의 동시는 기발하고 섬세한 감각을 구사하고 있으며 어린이의 행동, 어린이의 생활 하나하나에 아기자기하게 표현하고 재치있는 비유와 탁월한 언어 선택이 그의 시를 반짝이고 있다(신현득)는 것이다. 김용희는 이준관을 평하여 동시가 어린이의 정신적 정서적 가치에 충실하면서도 시가 되어야 한다는 문학적 자각에 의해 동시 쓰기를 시작하여 현실의 문제를 고통스럽게 숙고하면서 시 쓰기를 병행해온 70년대의 선도적 시인[9]이라고 하였다.

애들아, 어디 있니? 어디 있니?
어서 나와.

이렇게 우리들이 부르면
우리 또래의 애들에겐
다아 통하지.
어느 골목에 가든.

애들아, 어디 있니? 어디 있니?
어서 나와.

이렇게 우리들이 부르면
우리 또래의 참새와 꽃과 강아지에겐
다아 통하지.
언제 불러도

어른들이 부를 땐 아무 대답 않다가도
우리들이 부르면
나, 여기 있어, 여기야! 여기!
우리는 다아 통하지.

—이준관, 「다아 통하지」 전문

---

9 김용희, 「막막한 황야에 정신의 집짓기, 이준관 론」, 『디지털 시대의 아동문학』, 청동거울, 2005, 178~179쪽.

이준관의 동시 「다아 통하지」를 읽어보면 개구쟁이 아이들의 긍정적인 열린 세계가 펼쳐진다. 순수하고 밝고 환한 아름다움이 가득찬 유토피아적 세상, 무릉도원에 다름 아니다. 그러나 이런 세상은 허구적이지 않다. 시인의 관념에만 존재하거나 아이들의 가슴에만 존재하는 것이 아니다. 지금도 도시의 골목길이나 시골길에서 있고, 또 있을 수 있는 현실이다. 동심이면 다 통하는 곳이 바로 어린이들 세상인 것이다. 그리고 빠트릴 수 없는 것이 있다. 바로 그들과 똑같은 또래인 '참새와 꽃과 강아지' 들이다. 개구쟁이 어린이와 자연이 어우러진 곳이 골목길이며, 아이들 놀이터이며, 시골 들길인 것이다. 동심과 자연은 동일한 개념이다. 어린이들은 참새와 꽃과 강아지와 같은 존재로서 '우리는 다아 통할' 수밖에 없는 사이인 것이다. 하지만 이런 동심의 세상에 함께 어울릴 수 없는 것이 있다면 그것은 어른들의 때묻은 마음일 것이다. 이 작품에 나타나는 어른의 공간은 동심의 공간과는 비교할 수 없을 정도로 협소하거나 존재하지 않고 있다.

김구연(1942~)은 동화보다는 동시로써 성공한 동시인이다. 새싹문학상(1974), 소천아동문학상(1976), 세종아동문학상(1978)을 연달아 수상하여 화려하게 인정을 받았다. 이와 같이 객관적으로 화려한 인정을 받으며 창작 활동을 했음에도 불구하고 마치 은둔자 같은 생활을 하고 있어서 진가가 크게 알려지지 못하고 묻혀버리는 듯한 느낌을 주고 있으나 그의 연작동시 「빨간댕기 산새」 40여 편은 인간의 순수한 감정인 '사랑'이 동시문학에서도 가능함을 보여주는 명편(최지훈)이라고 할 수 있다. 그리고 원종찬은 아이들 세계에서 무미건조하고 팍팍한 삶을 피해 차라리 그리움, 회상과 관조의 세계에서 아름다운 시의 씨앗을 키우는 이가 김구연 시인[10]이라고 하였다.

냇둑에 홀로 앉아
물 흐름 소리 들으며
흐르는 물 들여다보노라면

냇물이 흐르는지
내가 흐르는지……

냇둑에 홀로 누워
산새 노래 들으며
날으는 산새 바라보노라면

산새가 나는지
내가 날으는지……

—김구연, 「행복한 때」 전문

김구연의 「행복한 때」는 냇둑에 누워 물소리를 듣거나 산새를 보고는 자연에 동화되면서 행복감을 느끼는 작품이다.

이 동시의 서정적 자아는 '홀로 앉아' 또는 '홀로 누워'로 미루어 보아 분명히 외로운 존재임을 알 수 있다. 보통 '냇둑'이 작품의 배경이라면 친구들과 함께 오거나 염소, 송아지 등 가축의 먹이를 주거나, 낫과 같은 연장을 가져와 쇠꼴을 베는 것이 상식적이다. 그리하여 아이들의 웃음과 즐거움, 자연과 아이들의 어울리는 생동감 같은 푸근한 분위기로 행복한 상황이 전개되는 것이 정상이라고 할 수 있을 것인데, 이 작품은 그게 아니다. 서정적 자아는 외로운 존재로서 '행복한 때'를 보내고 있

10 원종찬, 「그리움이 피워낸 한 떨기 들꽃의 세계」, 김구연 시선집 『행복한 풀잎』, 동아사, 1996, 398쪽.

다. 혼자이기 때문에 행복할까. 아니면 물소리에 취해 또는 산새의 자유로운 비상에 행복할까. "냇물이 흐르는지/내가 흐르는지……", "산새가 나는지/내가 날으는지"에서 보이는 자연과의 동화 또는 물아일체를 보여주는 시구는 상당히 뛰어난 표현이지만 동시문학적 요소가 부족한 정적감이나 고독감이 작품 저류에 깔려 있음을 알 수 있다.

하청호(1943~)는 박경용 이후 동시의 모더니티를 가장 확실하게 이루어낸 시인으로 꼽을 수 있다. 그는 동심을 인간 영혼의 원형으로 보기 때문에 동심의 시로서 동시를 시정신의 원형으로 믿고 일반 시인으로도 활동하여 동시의 시적 진술과 시의 동시적 형상화에 성공한 것으로 보이며, 특히 연작동시 「빛과 잠」은 70년대 후반부터 80년대에 이르기까지 동시문학에 하나의 유행처럼 번진 연작동시의 모범을 보여주었다(최지훈)고 평가하였다. 이 연작은 잠을 통한 꿈결의 세계에서 바라본 자연현상 등을 어머니에게 독백하는 팬타지로서 선적(禪的) 신비감을 느끼게 한다(신현득)고 하였다. 또 동시의 철학적 형상화가 특징이며 밝고 건강한 정신 속에 생동하는 생명력에 대한 뜨거운 애정과 신념을 나타내고 있고, 여기에서 더 나아가 경이롭고 황홀한 자연의 신비를 현실에 바탕을 두고 현실적 감동을 환상적 아름다움으로 승화시키고 있으며, 서민의식의 표출에도 남다른 애정을 가지고 서민들이 어려운 삶 속에서도 꿋꿋하게 생활하는 모습을 그리고 있다(이재철)고 하였다. 하청호 동시에 대한 첫인상은 신선하고 감각적인 시어와 이미지의 구조라는 긍정적 요소, 난해성이라는 회의적 요소이며 그 다음은 철학적 사유[11]라고 하였다.

---

11 최용, 「깨어있는 의식의 눈부심과 힘, 하청호 론」, 『생명 존중의 패러다임』, 아동문학평론, 2010, 76쪽.

개울은
개울물 소리에 잠 못 이룬다.

살구꽃은 활짝 핀
제 모습에 취해
잠 못 이루고,

개구리는
개구리 소리에
잠들지 못한다.

오오, 이 봄밤에
잠들지 못하는 것들을
위해

별들은
꺼질 듯 꺼질 듯
초롱 밝혀 두고
밤새 지켜보고 있다.

—하청호, 「봄밤」 전문

하청호의 「봄밤」은 조화를 이룬 화사한 봄밤의 아름다움을 노래하고 있다. 이 작품에 등장하는 주된 소재 중 '별'은 다른 '개울물, 살구꽃, 개구리'와 그 역할이 상당히 다르다. 별은 봄밤의 정취를 만들어 주는 주체자이다.

고려 때 학자 이조년의 시조 "이화월백하고 은한이 삼경인데/일지춘

심이야 자규야 알랴마는/다정도 병인 양 하여 잠못 들어 하노라"를 떠올리게 한다. 시조에서는 배꽃과 달과 두견새의 소리가 한밤중 배경으로 잘 조화되어 봄밤의 감미로운 분위기를 자아내고 있다. 마찬가지로 동시 「봄밤」에서도 개울물과 살구꽃과 개구리 소리가 등장하여 봄밤의 화사한 분위기를 느낄 수 있다.

시조에서 봄밤의 감미롭고 애상적인 분위기에 취하는 이는 시적 화자인 '잠 못 드는 사람'이다. 이조년도 해당하고, 이 시조의 감상자 모두가 해당한다. 그렇다면 동시에서 봄밤의 아름다움에 취한 이는 누구일까. 봄 밤하늘에서 내려다보고 있는 주체자인 '별들'일 것 같지만 사실은 이 모든 봄밤의 상황을 관찰하면서 봄밤에 취해 있는 사람이다. 그런 측면에서 시조와는 상당히 다른 향기를 느낄 수 있는 작품이다.

수녀인 황베드로(1940~)는 종교적인 시심으로 자연의 모습을 간결하면서도 정결하게 그리는 것(이재철)이 특징이다. 그의 동시 주제는 '마음마다 빛나는 사랑'이고, 그의 내면에는 어린이와 자연이 어우러진 마을로 상징화되어 있다고 하면서 그것이 그가 성장했던 강원도 두메의 정서에서 출발하여 모든 인류의 어린이 사랑이 생명 사랑으로 이어져 있으며, 늘 기도하는 자세로 시작(詩作)을 하고 있다(신현득)고 하였다.

넘어가는 해
잠깐 붙잡고,
노을이
아랫마을을
내려다본다.
새들
둥우리에 들었는지,

들짐승
제 집에 돌아갔는지,
잠자리
쉴 곳을 찾았는지,
산밭에서 수수가
머리를 끄덕여 줄 때까지
노을은
산마을에 머무르고 있다.

—황베드로, 「노을」 전문

황베드로의 「노을」은 저녁과 어둔 밤을 준비하는 산마을의 부산함을 지켜보는 노을의 너그러움이 잘 드러난 작품이다. 이 작품의 뛰어난 점은 '노을'을 석양의 아름다움이라는 기존의 고정관념이나 자연미라는 인식을 넘어섰다는 것이다. 지은이의 주된 관심의 대상이 하늘, 즉 인간 세상을 떠나 멀어지는 상승의 경외(敬畏) 시선이 아니라는 것이다. 인간 세상보다 오히려 낮은 동물과 가축, 식물의 세상에 대한 따뜻한 배려의 시선으로 바라보고 있다는 것이다. 노을의 존재를 아름다움이나 경외의 대상보다는 따스함과 도움의 대상으로 파악하고 있다. 또한 노을은 일정한 때가 되면 무조건 사라지는 것이 아니라 수숫대가 '머리를 끄덕여 줄 때까지' 기다려 주고 있는 것이다. 낮은 곳에 존재하는 약자에 대한 지극한 정성과 배려인 것이다. 지은이의 종교적 시심이 잘 드러난 작품이라고 할 수 있다.

이상교(1949~)는 판타지를 적용하기도 하지만 생활 소재를 기교로 시화하는 개성을 지니고 있으며 산문 성격을 띤 생활시가 많으며 생활의 재미를 노래하고 있다(신현득)고 하였다. 아울러 이준관은 "열 살이나 열두 살쯤 어린이의 생생한 목소리가 담겨 있고, 어린이의 마음을 어린이의 목소리로 생동감 있게 표현하고 있는 시가 이상교의 동시"라고 하면서 일상 생활 속의 사소한 것들에 대한 애정과 따듯함이나 가슴 뿌듯한 훈훈한 온정이 담겨 있다[12]고 하였다. 심후섭도 동화작가이기도 한 이상교의 대부분 동시에 동화적 발상, 극적인 스토리, 감동적인 메시지 등을 담고 있다[13]고 정리하였다.

신발 속에
딸각딸각 작은 돌멩이 한 개가
들어갔다.

신발 속을 돌아다니며
발바닥을 쿡 눌렀다 발가락을 건들렸다
귀찮게 한다.

한 걸음만 더 걸은 다음
신발 속에 든 게 뭔지 보자,
한 걸음만 더 걸은 다음
신발을 벗고 꺼내 내자,
그러다 다섯 걸음은 더 걸어갔다.

어, 이거였군!
올통볼통 어금니만한 못생긴 돌멩이 한 개.

---

12 이준관, 「천진한 아이 같은 시인, 이상교 론」, 『시와동화』 36호, 2006년 여름호, 275~284쪽.
13 심후섭, 「세밀한 감성과 인간적 감동의 만남, 이상교론」, 사계 이재철 교수 고희논총 『한국현대아동문학작품작가론 Ⅱ』, 청동거울, 2001, 276~291쪽.

돌멩이를 내쫓자
신발 속이 편해졌다.
못생긴 돌멩이 한 개도 홀가분해졌다.

—이상교, 「못생긴 돌멩이」 전문

이상교의 작품 「못생긴 돌멩이」는 누구나 한 번쯤 겪어 보았음직한 신발 속에 들어온 돌멩이를 통해 이질적인 요소를 지닌 대상이 서로 조화를 이루지 못함을 표현하고 있다. 일상생활 속에서 일어나는 소소한 일들에 대한 지은이의 관찰력이 돋보이는 작품이다.

이 작품에서 드러나 있는 것은 '발바닥'과 '돌멩이'라는 인간과 무생물의 관계이다. 이들은 쌍방간 서로 불편한 관계이다. 어찌 보면 발바닥이 피해자이고 돌멩이는 가해자인 것처럼 보이지만 시적 전개 상황을 자세히 들여다보면 서로 피해자이면서 가해자이다. 이 작품 끝 두 행 '신발이 편해졌다'와 '못생긴 돌멩이 한 개도 홀가분해졌다.'에서 드러나듯이 서로 조화롭게 살 수 없는 상대방이라고 할지라도 개개의 존재는 스스로 쓸모 있는, 소중한 존재라는 사실이다. 서로가 상대방의 실체를 인정한다는 것이다.

노원호(1946~)는 주로 자연과의 교감을 통한 시원에로의 희구와 우리 주위에서 점점 사라져 가는 것들에 대한 회고적 정서를 통해 순수한 서정의 세계를 추구하고 있으며(이재철), 동시집 『고향 그 고향에』에서는 '고향=어머니'라는 시적 의식이 정서가 유장해져서 산문화하고, 나긋나긋하게 속삭이듯 들려 주는 소리의 울림이 고향의 산문시들에서 들을 수 있다(최지훈). 또한 그는 다소 만연체의 시구로 서정을 노래하다가 결구에 이미지의 강도를 높여 여운으로 이어지게 하는 기법을 사용한다(신현득)고 하였다. 노원호 동시 세계는 어떤 의식 밖으로 나아가고자 하는 경이로움과 내면 깊숙이 침잠하고자 하는 안위란 두 개의 의식이 공존하고 또 조화를 이루며 그의 독특한 동시세계를 형성하고 있다[14]는 것이다. 또 노원호는 자기 존재에 대한 탐구, 자연 사물에 대한 절대적 가치 등 그의 인생 무게만큼 철학적 사색의 세계를 보여주고 있다.[15]

우리 할머니가 사셨던 능내리
지금 할머니는 없지만
봄꽃은 여전히 피어났다.
제비꽃, 씀바귀, 노란 민들레
그리고 말없이 흘러내리는 강물
능내리는 어제나 그제나
별 달라진 건 없지만
할머니만은 만날 수 없다.
할머니 손을 잡고
풀꽃을 꺾었던 강가
오늘은 어머니와 함께 걷고 있다.
능내리 봄 들판에는
지금 막
할머니 머리칼처럼
아지랑이가 오물오물 피어오르고 있다.

—노원호, 「다시 능내리에 와서」 전문

---

14 김용희, 「푸르름의 세계에 이르는 꿈, 노원호 론」, 『동심의 숲에서 길찾기』, 청동거울, 1999, 218~219쪽.

15 이정석, 「사색하는 휴머니스트, 노원호 론」, 『한국현대아동문학작품작가론 Ⅱ』, 청동거울, 2001, 190~191쪽.

노원호의 「다시 능내리에 와서」는 할머니 부재로 오는 그리움을 노래하고 있는 작품이다. 자연의 항상성과 인생무상이 선명하게 대비되어 있는 이 작품에서 어머니와 내가 주인공처럼 보이지만 돌아가신 할머니에게 초점이 맞혀져 있다.

현재 나와 함께 걷는, 말 없는 어머니의 모습에서 두 가지를 추측할 수 있다. 하나는 어머니가 할머니 생각을 하고 있다는 것, 둘째는 할머니는 어머니와 달리 살아 계셨을 때 많은 이야기를 나에게 해주셨을 것이라고 추측이 가능하다. 즉 이 작품의 행간에는 능내리 강가를 나와 함께 거닐었던 할머니가 나에게 많은 이야기를 해주셨을 것이라고 암시하고 있다. 능내리에 대한 이야기, 꽃에 대한 이야기, 강에 대한 이야기, 자연에 대한 이야기 등등 손자를 위해서 사랑을 베푸는 인자한 할머니의 이미지가 떠오르는 것이다.

보통 권오삼(1943~)의 문학을 진보적 아동문학 운동으로 가름하고 있지만 사실은 그가 진보적 이념에 동조한 것이기보다 다만 그 이념을 구현하려는 저항적 열정에 정서적으로 공감하는 성향을 지니고 있다[16]고 할 수 있다. 물론 동시집 『가시철조망』에서는 율격과 압축의 무시, 시어의 다의성이나 애매성 거부 등 고의적으로 보여준 그의 문학적 행보가 눈에 띄지만 한마디로 권오삼은 인간 사랑을 기저로 작품 활동(이재철)을 하고 있다고 할 수 있다.

여름 가뭄 때
물 한 통이라도 준 일 있니?
아－니요

16 최지훈, 「반골의식에 기초한 사회 참여적 저항 문학, 권오삼 론」, 『한국현대아동문학작품작가론 Ⅱ』, 청동거울, 2001, 333~336쪽.

비바람 몰아칠 때
한 번이라도 지켜 준 일 있니?
아 - 니요

그래도 가을 되니 / 가져가라고
예쁜 열매 아낌없이 떨어뜨리는

밤나무 대추나무 도토리나무…….

—권오삼, 「아낌없이 주는 나무들」 전문

권오삼의 「아낌없이 주는 나무들」은 우리 사람들에게 풍요로움을 무상으로 던져주는 유실수들을 보면서 미안한 마음을 슬며시 들춰내고 있는 작품이라고 할 수 있다. 언제나 자연의 혜택만을 받고 있는 사람들에게 한 번쯤 자연의 존재를 생각하도록 유도하고 있다.

1연 3행이나 2연 3행처럼 자연 앞에 "아-니요"라고 그 누가 당당하고 자신 있게 큰소리를 지를 수 있겠는가. 아무리 뻔뻔한 사람일지라도 저절로 기어들어가는 목소리, 부끄러운 목소리를 낼 수밖에 없을 것이다. 인간의 이기심과 독선, 아집을 "아낌없이 주는 나무들"과 은근히 대조하고 있는 것을 볼 수 있다. 어쩌면 우리들에게 밤나무, 대추나무, 도토리나무처럼 아낌없이 주는 사람으로 살라고 충고해 주고 있는지도 모른다. 인간과 자연의 관계를 한 번쯤 다시 깊게 생각해 볼 수 있는 작품이다.

김원석(1947~)은 일상을 거대한 문학적 토대로 삼고 다양한 문학적 영역을 구축하고 역으로 문학하기를 통해 삶의 성찰과 고양을 촉구한 시인[17]이다. 간단히 말해 그의 동시는 '시라는 진술 구조 속에 일상 담기'

라고 할 수 있다는 것이다. 또한 그의 많은 동시는 '어린이와 일상'이라는 화두 아래로 모아지고 생활과 어린이 찾아내기, 생활 속 어린이와의 적극적인 대화, 생활의 급변에 따른 새로운 동심의 모색 순으로 변화하고 있다는 것이다. 이창건은 김원석의 동시가 자연과 일상을 두루 아우르며 사유 존재 성찰에까지 이르는 일관된 모습을 보여주고 있다면서 그는 자연과 일상에서 발견한 시를 통해 우리의 삶을 바르게 보고 진리를 밝히는 방법이 무엇인지를 알려주고 있다[18]고 하였다.

미루나무는
하늘과 만나려고
목을 쭉 빼고 하늘로 오르지만
미루나무가 하늘과 만나는 것은
비에 패인 조그만 웅덩이란다.

그것도 빗물이 있을 동안

아이야!
너와
엄마
아빠가
만나고 있는 건
조그만 웅덩이일지도 모른단다.
빗물이 없어지면

---

17 김현숙, 「동심을 바탕으로 한 문학과 일상의 두 대화, 김원석 론」, 『한국현대아동문학작품작가론Ⅱ』, 청동거울, 2001, 386~393쪽.
18 이창건, 「자연과 일상 아우르는 성찰의 생활시」, 『시와동화』 35호, 2006년 봄호, 226~242쪽.

다시는 만나지 못할

미루나무와 하늘처럼 말이란다.

—김원석, 「너와 내가 만나고 있는 것은」 전문

김원석의 동시 「너와 내가 만나고 있는 것은」은 생자필멸, 회자정리와 같은 인간 존재에 대해 철학적 성찰을 하게 하는 시적 경향이 잘 나타나 있다. 나와 부모님의 혈연관계가 미루나무와 하늘의 관계와 같다는 시적 비유가 어린이들에게는 선뜻 와 닿지 않을지 모른다. 하지만 적절한 시어를 통한 논리적 전개가 독자들을 이성적으로 또는 감정적으로도 설득시키는 데 성공하고 있음을 볼 수 있다.

문학적인 감동은 교훈적인 시어에서 생기는 것이 아니라 이 동시처럼 시적 비유의 논리성이 직관적으로 다가오기 때문에 생기는 것이라고 할 수 있다. 이 작품에서 '웅덩이'와 '빗물'이 가지는 시어의 무게는 작품 무게의 90% 이상이라고 할 수 있다. 시인이 창작하면서 의도했는지는 모르겠지만 물웅덩이에서 함께 아울러 만나는 하늘과 미루나무도 사실은 존재의 실상이 아니라는 것이다. 색즉시공(色卽是空), 공즉시색(空卽是色), 불교의 공(空)사상이 짙게 깔려 있다고 할 수 있다. 인간 세상과 한 평생을 비유하고 있는 '웅덩이'와 '빗물'은 그저 화려하지 않는 하찮은 '웅덩이' 같은 것이 인간 세상이며, 찰라적으로 사라지고 마는 '빗물' 같은 것이 인생이라는 것이다. 그래서 인간 세상에서 인연이 닿아 만나는 부모, 친구, 동료 등이 소중하다는 것을 역설적으로 보여주고 있는 작품인 것이다.

손동연(1955~)은 하나의 주제로 이어진 연작시집 『뻐꾹리 아이들』의 시인으로 이 동시집은 현대적인 어린이 민요집라고 할 수 있다. 특히 조선시대의 가사 '농가월령가'에 비교되는, 동심으로 노래한 현대판 농가월령가로 향리 이모저모를 갖추어 노래하고 있다(신현득)는 것이다. 민속적, 토속적인 소재로 민요적인 특성을 지니고 있으며 주로 자연과 어린이의 내면에 지닌 삶의 원초적 순성을 노래하고 특히 연작시집에 흐르고 있는 정신은 삶에 대한 긍정적인 믿음과 프리미티비즘(원시성)에의 동경(이재철)이라고 하였다. 전병호는 이 4행 연작시집에 대해 빼꾹리를 관통하는 시적 정서는 버림의 미학이라고 규정하고 빼꾹리의 장연과 향토의 숨겨진 의미, 빼꾹리 사람들의 삶의 모습을 중점적으로 조명하면서 삶의 원초적 순수성을 보여주고 있다고 하였다.[19]

1.
연탄 한 장
구멍은
열아홉 개입니다.

한 장을 더 얹으니
구멍은
삼십팔 개.

삼팔선,
우리 나라의
허리와 같은 숫자.

2.
구멍을

19 전병호, 「삶의 원초적 순수성 탐색, 손동연 론」, 『한국현대아동문학작품작가론Ⅱ』, 청동거울, 2001, 661쪽.

잘 맞춰야
불길이 확! 삽니다.

한 몸 되어
활 활 활!
타오르는 그 연탄처럼

남과 북,
우리들도
그랬으면, 그랬으면…….

3.
하얗게 다 타고도
꽉! 붙어
안 떨어지는

그 연탄,
함께 으깨어
눈길 위에 뿌립니다.

오고 갈
남북 형제들
미끄러지지 않도록.

—손동연, 「연탄처럼」 전문

손동연의 작품 「연탄처럼」은 연탄의 속성을 이용하여 남북 화합이나 평화적인 남북 통일에 대한 소망을 담은 동시조이다. 검은 연탄에서부터 타고 남은 연탄재가 되는 시간적 과정에 따라 전개된 작품이다. 각 작품마다 동일하게 종장에서 연탄의 일반적 속성을 우리 민족 문제로 반전시켜 소망을 표현하고 있다. 시상의 반전이 참으로 신선하게 느껴지는 작품이다. '연탄'과 '남북통일'은 관련성이 너무 먼 제재이다. 하지만 이런 이질적 요소의 결합이 신선하고 참신한 감동을 주면서 문학적 완성도가 높은 작품으로 만들고 있는 것이다.

박두순(1950~)은 순수한 자연의 서정을 작품화(이재철)하고 있으며, 현대 시적 구성으로 작품을 시작하여 표현을 순화시키는 기법으로 시를 빚어 왔으며, 그의 시는 무게와 깊이가 있으면서 어린이와 성인이 함께 공감하는 서정시로 형상화하였다(신현득)고 평가하였다.

최명표는 동시집 『망설이는 빗방울』을 분석하면서 인간의 실존적 조건에 대한 이전의 물음을 심회시키고 있다[20]고 하였다. 박두순의 작품에는 들과 산, 꽃과 이슬 등 거의 자연적인 소재들이 등장하며, 이들을 통해 산야를 노래하고 자연을 찬미하고 인생의 깊은 의미를 이야기하고 있으며, 특히 인간 탐구를 하는 철학 동시 계열의 작품이 많음[21]을 볼 수 있다.

별들은 왜
깜빡
깜빡

20 최명표, 「망설임, 인간의 실존적 존재 방식 박두순 론」, 『아동문학의 옛길과 새길 사이에서』, 청동거울, 2007, 179쪽.
21 이정석, 「향기를 품은 태양, 박두순」, 『생태주의 아동문학과 해학의 동심』, 아동문학평론, 2009, 199쪽.

깜빡거리기만 하나

빛 아끼려고!

그래야 오래
빛나는 별로 떠 있지.

—박두순, 「별빛」 전문

박두순의 「별빛」은 영롱히 반짝이는 별의 아름다움을 표현한 작품으로 별은 영원불변의 존재라는 일반적 관념을 깔고 전개한 작품이라고 할 수 있다.

이 작품에서 핵심은 2연 "빛을 아끼려고!"에 있다. 별이 깜빡인다는 것은 빛을 아끼고 싶어서 그런다는 것이다. 참 재미있는 발상이다. 그런데 이 작품 속에는 두 가지 과학적 사실이 숨어 있다. 하나는 별이 반짝이는 현상이고, 다른 하나는 전기의 방전 현상이다. 전자(前者)는 지구의 대기권에 존재하는 공기의 흐름에 의해 별빛이 산란되기 때문에 일어난 현상을 말하며, 후자(後者)는 일정한 전기의 양이 빛의 에너지로 변환되면 그 전기의 양은 점차 감소한다는 현상을 말하고 있다. 별의 반짝임과 전기의 감소 현상은 별개의 과학 현상이다. 이런데도 전자의 현상을, 전혀 이치에 맞지 않은 후자로 설명(비유)하고 있으니, 문학의 재미는 과학의 사실을 초월하고 있는 게 아닌가. 문학의 재미는 여기에 있다고 할 수 있다.

공재동(1949~)은 간결한 시의 면모를 지니고 있으며, 이미지를 재미있는 암시로 연결하는 기법으로 작품을 형상화해 왔으며 독자의 접근이 쉽다(신현득)는 특징을 가지고 있다. 주로 현대의 각박한 현실 상황에서의 비인간화와 사회적 부조리로부터 순수한 인간성의 회복을 염원하는 작품을 썼다(이재철)고 할 수 있다. 그리고 공재동의 동시 세계는 서정성과 현실성이 끊임없이 갈등과 화해, 극복과 긴장 관계로 고양되고 전개되어 갔으며, 그런 과정 속에서 공재동은 깊이의 시학이 추구되고 시적 서정성과 현실성을 함께 포용하는 관용의 미학을 형성하였다[22]고 할 수 있다.

해가 지면
새들은
어디로 갈까.

아침이
환하게
밝을 때까지

새들은
어디서
무엇을 할까

울음
한 소절을
서산에 던지며

오늘도
노을 속으로

---

22 김용희, 「깊고도 아름다운 서정의 그늘, 공재동 론」, 『디지털 시대의 아동문학』, 청동거울, 2005, 221쪽.

사라지는 새들

해가 지면
새들은
어디로 갈까.

—공재동, 「해가 지면」 전문

공재동의 「해가 지면」은 아름답게 우는 새의 잠자리에 대한 걱정이 의연 중에 묻어나는 작품이다. "새들은/어디로 갈까"는 1연 질문이 어떤 확실한 대답 없이 3연에 이어, 6연의 동일한 "새들은/어디로 갈까"라는 질문으로 끝나고 있는데, 질문의 이면에는 어떤 걱정, 어떤 슬픔이 짙게 깔려 있음을 알 수 있다. 이런 감상적인 분위기를 만드는 것은 '해가 지면'과 '사라지는'라는 시어 때문일 것이다. 물론 비애감으로 빠지지 않게 하는 것은 시구 '아침이/환하게'가 있어서이지만 반복적 질문이 주는 느낌은 새들의 잠자리에 대한 걱정이 심화되고 있다는 것이다. 이 작품에는 서정성이 뛰어난 지은이의 특징이 잘 드러난 시구가 있다. 그것은 "울음/한 소절을/서산에 던지며"와 "노을 속으로/사라지는" 두 시구이며, 이 작품이 평범하거나 진부하지 않게 하는 요소라고 할 수 있다.

남진원(1953~)은 순하고 오염되지 않은 그의 인상에서 받게 되는 것처럼 풀잎이나 풀잎에 구르는 아침 이슬 같은 시, 향토적인 시를 빚어내고 있으며, 특히 동시조 분야에서 수준 높은 작품을 발표하는 시인[23]이라고 할 수 있다. 어린이들 마음밭에 꿈이나 외로움, 그리움, 기쁨, 즐거움 등이나 서정, 낭만의 싹이 트기를 바라는 이가 남진원 시인이며, 마음을

23 김진광, 「순간의 아름다움」, 『아동문예』, 1989년 3월호.

가라앉히면서 윤택하게 가꾸는 서정 동시, 삶을 보다 생기 있게 하는 꿈이 담긴 동시를 쓰고 있다[24]고 박두순은 평하였다. 그의 문학적 진가는 「가을 산촌」, 「어머니」, 「산골 버스」, 「곁에 있어도」와 같은 단형 동시에 있다고 할 수 있다.

> 쓸모없다고 하던 돌들도 사람의 마음이 얹히면 힘을 내는 법이란다. 엄마도 버려진 돌 한 개, 나도 버려진 돌 한 개에 오고 가는 사람들의 복을 빌면서 돌을 얹는다. 아, 이렇게 쌓여지는 돌탑이었구나. 그러고 보니 작은 돌 큰 돌 모두 한 덩어리가 되어 우뚝한 탑을 이루었네. 소용없다고 여기던 돌과 돌이 모여서 아름다운 빛을 내고 있네. 이젠 아무도 저 작은 돌멩이 하나가 버려졌던 것이라고는 생각지 못할 거다.
>
> —남진원, 「돌탑」 전문

남진원의 「돌탑」은 쓸모없는 돌멩이가 모여 아름다운 탑의 모습을 보여주면서 어울려 사는 인정의 중요함을 강조하는 산문 동시다. 여기 완성된 돌탑은 불교 사찰에 부처님 사리를 봉안하여 신앙 대상으로 삼는 파고다는 아니다. 그냥 평범한 우리 이웃들이 오가며 돌멩이를 던져 만든 서로의 무사안위를 비는 탑인 것이다. 이 작품에서 눈여겨보아야 할 것은 두 가지이다. 하나는 '오고가는 사람들의 복을 빌면서' 돌멩이를 던지는 행위다. 자기 내부 지향적, 독선적 이기주의로 물든 기복 행위는 발붙일 수 없다. 타인 지향적, 외향적인 이타주의로 가득찬 기복 행위인 것이다. 참여하는 모든 이웃들이 너그럽고 여유로워질 수밖에 없다. 둘째는 누구나 참여하는 열린 공간이며 함께 어울려 사는 공동체 의식을 강조하고 있다는 것이다.

---

24 박두순, 「꿈 · 서정 · 낭만」, 『아동문예』, 1987. 6월호.

3. 70년대 동시의 난해성, 60년대 영향 받아

1970년대 동시문학의 특징 중 하나는, 60년대부터 대두된 '동시도 시가 되어야 한다'는 동시의 난해성 문제가 해결되지 않았다는 것이다. 어쩌면 70년대 중반까지 아니 70년대 전체에 그 영향력이 지속되었다고 할 수 있을지 모른다. 그런 경향이 권오삼, 하청호 등 70년대 초반에 등단한 제2세대 막내둥이 동시인들뿐만 아니라 박두순, 남진원 등 70년대 후반 등단한 제3세대 선두주자 동시인들까지 보여주었기 때문이다.

> 하나의 동시는 어린이가 읽어도 어린이대로의 반사적인 시적 체험을 느낄 수 있어야 하며, 또 어른(詩人)이 읽어도 어른대로의 감상과 해석을 시적 감흥 속에 발견할 수 있어야만 한다. 이것이 작품으로서의 가치이다.[25]

동시에 내포된 어른의 시적 감흥을 발견할 수 있어야 한다는 유경환의 주장이나, 또 어른들에게도 동심의 충격이나 동심의 회복이라는 거시적 관점에서의 타당성과 정당성을 부여해야 한다는 이상현의 주장[26] 같은, 60년대의 동시문학에 대한 인식론이 70년대에도 뒤이어 계속되었던 것이다.

그것은 70년대를 대표하는 동시인들의 상당수가 먼저 일반문학, 시문학 분야에 등단하고 난 후 동시문학 분야에 다시 등단하거나 동시 분야로 등단한 후 나중에 시분야로 등단한 사실만 보아도 70년대 등단 동시인의 작품들이 어떤 경향을 가졌는지 충분히 가늠할 수 있을 것이다. 물론 여러 문학 분야에 등단하여 자신의 문학 영역을 확장하고 각 분야에 독창적 문학 성과를 거둔 것에 시비할 사람은 없을 것이다. 분명 동시인들의 시,

---

25 유경환, 앞의 책, 17쪽.
26 이상현, 앞의 책, 307쪽.

시조문학 등단 문제와 동시 작품의 난해성 문제는 별개의 사안이다.

그러나 시인의 문학적 상상력과 언어의 표현 능력에 있어서 동시 작품과 시, 시조 작품의 경계는 굉장히 애매모호하다고 지적하지 않을 수 없다. 그렇기 때문에 70년대 동시 작품에서의 난해성 문제가 60년대처럼 불거졌던 것이다.

앞에서 언급한 13명 중에 동시와 함께 시나 시조 부문에 신문, 잡지에 당선되거나 추천된 이는 오순택, 이준관, 하청호, 노원호, 공재동, 박두순, 손동연, 남진원 등 무려 8명이나 된다.[27] 그 중에서 오순택처럼 시 창작 활동을 먼저 시작한 이들도 있고, 손동연과 남진원처럼 시와 시조에서, 공재동처럼 시조 부문에서 활동하고 있는 이도 있다. 그러므로 등단 배경으로 미루어 보아 이들의 초기 동시가 난해할 개연성은 60년대처럼 여전히 가지고 있다고 할 수 있다.

70년대를 대표하는 동시인 13명 개인의 초기 작품 또는 초기 작품집에 나타나는 난해성 경향이나 그늘의 일부분을 적어보면 다음과 같다.

오순택은 1966년에 『시문학』지와 『현대시학』지를 통해 시인으로 먼저 등단하고, 동시 문학에는 1982년 계몽아동문학상 당선으로 그 모습을 드러내었는데 그에게 70년대 동시문학은 존재하지 않는 암흑의 공간이다. 그의 초기 동시에는 아이들의 현실적인 삶의 모습이 거의 나타나 있지 않다.

이준관은 그의 초기 동시에 '문득', '혼자', '가만히' 등의 특정 부사를 많이 썼다. 평론가 김용희는 이것을 수줍고 외로운 그의 천성과도 닮은 체질적 몸짓이라고 하였지만 삶을 조용히 되돌아보며 새롭게 삶의 소중함을 깨닫게 하는 작품이 많으며, 그의 일반 시작품과 밀접한 관계

27 아울러 이들과 동일한 성격으로 분류하기는 어렵지만 동화와 동시를 함께 창작 활동한 이는 김구연, 이상교, 김원석 등 3명이다. 그러므로 초창기부터 동시문학만을 지속적으로 추구한 이는 황베드로와 권오삼 2인뿐이다.

가 있기 때문인지 비교적 시적 분위기가 가라 앉아 있고 어두운 편이다.

김구연은 동시를 '동시'라고 부르지 않고 그냥 '시'라고 부르는 시인이다. 그는 자신의 종교를 '그리움과 눈물'로 표현하고 있다. 그만큼 그의 작품은 동시보다는 시에 가깝다는 자기 선언이다. 그래서인지 시적 화자가 아이들의 목소리를 내지 않는 작품이 있으며, 시어의 선택도 아이들의 언어와 상당히 먼 단어들이 꽤 많은 편이다.

하청호는 등단 초기에 "비시적인 요소와는 자신을 타협하지 않겠다."고 선언한 시인이다. 동시도 시여야 한다는 신념이 들어 있음을 알 수 있다. 그 때문에 60년대 시인들의 작품처럼 쉽게 읽히지 않는다. 평론가 최용은 그가 해결해야 할 과제로 철학적이고 근원적인 주제를 주관적 사유로 한정할 것이 아니라, 객관적 상관물로 융해시켜 형상화해야 한다고 하였다.

황베드로는 수녀 동시인이기 때문에 70년대의 난해한 동시 문학 경향과는 상당히 다른 길을 걸었던 것이 사실이다. 그에 대하여 김남조 시인은 보다 높고 깊게 기도의 진실을 안고 있는 이는 그만큼의 시를 반드시 품을 수 있다고 하였는데 이것은 그의 동시가 종교적인 편향성을 지니고 있다는 점도 내포하고 있다.

이상교는 70년대 등단한 여느 동시인과는 다르게 산문문학인 동화를 동시와 함께 창작하였다. 그의 동시는 아이들과 호흡이 잘 맞는다고 이준관 시인이 말하였지만 동시보다는 오히려 동화 창작에 더 많은 시간을 할애하고 있는 게 아닐까 하는 생각이 든다.

노원호는 그의 한 동시집 서문에 "쉬운 동시를 쓰고 싶지는 않았다."고 고백하였다. 그는 소위 난해시라고 하는 것도 동시의 주독자를 어린이로 한정하는 데서 문제가 생긴 것이라고 하여 동의하지 않았다. 그래서인지 그의 일부 동시는 깊이 새겨 읽지 않으면 안 된다.

권오삼은 한때 시의 미학적 표현 양식에 반발하기로 작심하고 언어의 절제와 정제, 그리고 율격에 대해서 무시하고 나선 적이 있었는데 말투는 너무나 투박하였고, 세련함과는 당초 담을 쌓았다고 평론가 최지훈이 지적하였다.

김원석은 동시인이면서 동화작가이고 소설가로서 다방면에서 문재를 선보였다. 등단 초기에는 생활 동시를 본격적으로 표방하기 이전으로 자연에 관심을 보여주었으며 문학적 어법이 비교적 소박하였다.

손동연은 70년대 등단한 동시인이지만 그의 본격적인 작품집 발간은 80년 이후이다. 그의 대표작 「뻐꾹리의 아이들」에서 몇몇 편은 시상이 중첩되어 있거나 360여 편 정도 되는 지루함 그리고 과거 지향적이고, 폐쇄적인 면도 보인다고 전병호 시인이 지적하였다.

박두순은 초기부터 작품 속에 생활적인 요소를 삽입하지 않았다. 사람도 거의 등장하지 않으며, 일상적인 관심이나 세상에 흘러가는 이야기도 어쩌다 한두 개 보일 뿐이다. 그는 자연적인 소재를 통해 인생의 깊은 의미를 천착하였다. 그래서 그의 동시는 어렵다.

공재동은 아이들이 처한 삶의 현실을 염두에 두고 늘 아이들을 위한 시를 썼다. 초기 작품 속에 나타난 가난이나 아이들에게 얽매인 삶의 속박 때문에 그의 동시 세계에 뜻 모르게 슬픔이 깊게 드리워져 있다고 평론가 김용희는 밝혔다.

남진원은 일반시, 산문 동시, 동시조, 연작 동시뿐만 아니라 신석정의 목가적 시풍까지 시도해 보는 등 새롭고 다양한 창작 활동을 하였다. 그렇지만 어느 한 영역을 깊이 있게 추구하지 못했다는 점이 못내 아쉽다.

제4부 현대 동시문학 작가 탐색

김종상 동시문학의 특성 고찰

문삼석 동시집 『산골물』의 가치

해남시파 윤삼현의 동시문학

김종상 동시문학의 특성 고찰

1. 이순신과 김종상

올해(2014) 극장에서 상영되고 있는 영화 한 편이 국민적 관심을 모으고 있다. 헐리우드 영화가 보유한 각종 국내 기록을 그 작품이 연일 갈아치우고 있기 때문이다. 바로 임진왜란 때 이순신 장군이 12척의 전함으로 330여 척 왜군의 공격에 맞서 대승을 거둔 명량대첩을 스크린에 옮긴 〈명량〉 말이다. 영화의 격렬한 백병전 장면이 압권이라 한다. 이 명량해전을 포함해서 23전 23승이라는 전무후무한 해전 기록을 남긴 이순신 장군의 위대함에 대해 더 보탤 말은 없다. 그런데 이순신의 진면목을 말할 때 이와 같은 전쟁 영웅이나 위대한 장군이라는 측면 한 가지로만 설명할 수 있을까. 아닐 것이다. 이순신의 삶을 분석하는 학자들의 기준과 방향은 여러 가지다. 죽음으로써 나라를 지킨 만고의 충신이라고 할 수 있고, 각종 무기 개발과 해중철쇄, 학익진 등을 고안한 치밀한 전략가라 할 수 있으며, 헐벗은 백성들의 마음을 헤아릴 수 있는 시대의 리더라고 할 수 있다. 또 어머니를 그리워하고 자식의 죽음을 슬퍼할 줄 아는, 가슴 따스한 효자나, 공평무사 원칙을 지키는 공직자, 우리 역사상 나타난 가장 완벽한 인격자라고 강조할 수 있을 것이다. 이렇게 이순신의 위대한 생애를 전혀 다른 형태로 다양한 설명이 가능한 것은 대상에 대한 관점의 차이에 기인한다.

아동문학가 김종상(1935~)에 대한 글을 쓰기 시작하면서 왜 난데없이 충무공이 떠올랐을까. 그것은 김종상도 이순신처럼 한 가지로 설명할 수 없는 여러 가지 업적을 쌓았기 때문일 것이다. 김종상은 '교육자, 아동문학가, 아동문학운동가다'라고 간단히 설명할 수 있다. 그러나 그의 진면목을 일도양단하듯 정의하기에는 너무 위험하며 그의 진수를 놓치는 결과가 될 것이다. 먼저 몇몇 평자들의 예리한 판단을 살펴보자. 이재철은 1960년대 본격동시운동의 주역[1]으로, 전병호는 한국시사랑회 회장으로 어린이 시 읽기 운동을 전국적으로 확산시킨 아동문학운동가, 동요복권운동 등 현대화된 동요 보급에 힘써 작곡된 동요만도 무려 1,000여 곡을 헤아리는 동요시인, 한국글짓기지도회장 등 다년간 교육적 차원에서 시쓰기 지도를 교육현장에서 선도적으로 실천해온 교육공로자[2]로 평가하고 있으며, 최지훈은 한국 아동문학에서 차지하는 김종상의 위상이나 영향력을 세 가지로 나누었는데 하나는 현재 아동문학의 중견층인 '상주 출신'의 알토란 같은 실력자를 기른 대부, 또 하나는 문학적 조류로서 60년대 동시 혁신 세대의 한 사람, 다른 하나는 문학 활동과 글짓기교육 활동을 균형적으로 유지한 아동문학가[3]로 평가하고 있다. 그 외 이영호는 '시와 소설, 동화와 동요 등 다양한 장르에 걸친 활동과 성과도 그렇거니와 아동문학의 모태가 되는 문학교육과 글짓기교육의 실천적 연구와 이론 탐구에 바친 김종상'[4]으로 정리하고 있고, 최

---

1 이재철, 「모성적 동경에서 생명의 인식으로」, 『한국 현대아동문학 작가작품론』, 집문당, 1997, 416쪽.
2 전병호, 「모성 지향의 시」(2004), 『김종상 아동문학 50년』, 도서출판 순리, 2008, 414쪽.
3 최지훈, 「무명치마와 흙손의 사모곡」(1991), 『김종상 아동문학 50년』, 382쪽.
4 이영호, 「시적인 산문의 아름다움」(1996), 『김종상 아동문학 50년』, 382쪽.

춘해는 김종상의 활동을 교직자, 글짓기 지도자, 어린이 문화운동가, 문학인 등 네 영역으로 나누어 살펴보기도 하였다.

그 중에서 여러 평자가 지적한 60년대 본격동시운동의 주역이었다라는 점과 아동문학의 중견층인 상주출신의 알토란 같은 실력자를 기른 대부였다라는 점은 아동문학사에 남을 중요한 김종상의 업적이라고 할 수 있다.

그러나 이 소고에서 김종상의 삶과 문학을 여러 분야로 망라하여 전체 탐색하려는 의도는 전혀 없다. 왜냐하면 김종상의 진면목을 좁은 지면을 통해 한꺼번에 기술하기는 너무 광범위하여 어려울 뿐만 아니라 그런 작업은 필자의 능력 밖의 일이기 때문이다. 다만 그동안 김종상의 동시문학에 대한 연구 논문에서 드러난 그의 문학적 성과를 전체적으로 일별하면서 그의 동시문학 중 일부를 필자의 관점에서 주마간산격으로 살펴볼 계획이다. 여기서 말하는 관점이란 일종의 방향성을 의미한다. 기존의 연구와는 다른 방향으로 나아가고자 한다. 2000년 전후로 김종상의 동시문학에서 크게 눈에 띈 것은 동시의 교훈성, 그리고 불교적 접근이다. 교훈성과 불교적 접근으로써 그의 동시문학의 특성을 새롭게 갈래짓는 것은 김종상의 동시문학 지평을 넓히는 일일 것이다.

2. 김종상 동시문학의 특성 논의 내용

김종상의 문단 활동 연보를 살펴보면 1958년 『새교실』 문예작품 공모에 소년소설 「부처손」이 당선, 1959년 『경북교육』에 시 「독백」 발표, 『새교육』에 소설 「보리숲에 자란 양」 발표, 1960년 서울신문 신춘문예에 동시 「산 위에서 보면」 당선으로 여러 영역에서 왕성한 문학 활동을 시작하였는데 2008년에 등단 50년 기념으로 간행된 『김종상 아동문학

50년』(도서출판 순리)에는 그가 발간한 저서 목록이 들어 있다. 그 첫 저서인 동시집 『흙손 엄마』(1964)를 펴낸 후 창작동시집 23권, 창작동화집 32권, 창작동요집 3권, 글짓기 관련 도서 48권, 기타 저서 100권 등을 발간하였다고 기록되어 있다. 2008년 이후 2014년 올해까지 추가된 저서로는 동시선집 『꿈꾸는 돌멩이』(2009), 동시집 『흙손 엄마』 영인본, 동시조집 『꽃의 마음』(2010), 꽃동시조집 『꽃도 사랑을 주면 사랑으로 다가온다』(2011), 유아동물동시집 『동물원—우리집은 땅땅땅』(2011), 유아동물동시집 『동물원—우리집은 물물물』(2012), 『동물원—우리집은 하늘하늘』(2012), 동화시집 『스님과 선재동자』(2012), 전자동시집 『산 위에서 보면』(2013), 동시집 『강아지 호랑이』(2014), 동화집으로는 『멍청한 도깨비』(2011), 동화집 『왕비의 보석목걸이』(2011), 전자동화집 『좀생이 영감님의 하루떡값』(2013), 그 외 동요곡집 『꽃처럼 별처럼』(2012), 수필집 『한두실에서 복사골까지』(2014)도 있고, 글쓰기 관련 도서 『대한민국 글쓰기 교과서』(2013) 등도 있다. 소년소설, 동화, 동시, 동화시, 동시조, 시, 소설, 수필, 글짓기 지도서, 기타까지 아동문학과 일반문학의 여러 영역에서 다양한 저술 활동[5]을 하였음을 알 수 있다.

그렇다면 여러 문학 중에 그의 주요 활동 문학 장르는 첫 등단 작품의 영역인 소년소설이라고 할 수 있을까. 아니면 동화, 아니면 동시인가. 최지훈은 김종상의 문학적 본령은 동시라고 못박았다.

> 그는 동시만 쓴 것이 아니라 많은 동화도 쓰고 있다. 실제로 그의 작품집 목록에는 동화집도 만만치 않다. 그렇지만 그래도 그의 문학적 본령은 객관적으

---

5 김종상은 「나의 삶과 문학과 교육」(『아동문예』, 2014년 7 · 8월호)에서 "1964년에 펴낸 『흙손 엄마』에서 금년(2014)에 나온 동물동시집 『강아지 호랑이』까지 37권이고, 동화집이 1980년에 출판한 『아기 사슴』을 비롯하여 2013년 전자 동화집 『좀생이 영감님의 하루떡값』까지 35권이다. 종합문집 2권, 수필집 2권, 글짓기 관련 도서 60여 종, 동요곡집 4권에 1,500곡 가량의 작곡된 동요, 기타가 있다."라고 언급하였다.

> 로 동시인으로서의 위상이지 동화작가가 아니다. 그 만큼 그의 진면목은 동시에 있고, 그가 아동문학가로서 위치를 굳힌 것은 동시였기 때문일 것이다. (중간 줄임) 그의 동화는 동시에 비하여 다분히 여기(餘技)와 같은 것이어서 시를 언급하듯이 언급할 성질이 못되고 있음도 사실이다.[6]

그를 대표하는 작품을 들다 보면 태반이 동시임을 알 수 있다. 「흙손 엄마」, 「어머니」, 「어머니, 그 이름은」, 「어머니 무명치마」 등 줄줄이 댈 수 있는 것은 동시 작품들이다. 최지훈은 그의 음색이 가장 잘 드러난 동시들은 60년대로부터 70년대 초의 작품이라고 하면서 그 무렵 그의 작품은 향토적 색채의 소재를 물 흐르듯 자연스럽고 부드러운 음조로써 사실적으로 그려내고 있다고 하였다. 김종상 아동문학에 대하여 전용배는 『월간조선』(2001년 11월호)에서 전통성과 서정성을 시적 상상력으로 걸러낸 작품들은 마해송, 이원수, 김요섭, 윤석중 등 아동문학의 계보를 잇는 현대 아동문학의 최고 수준이라고 하였다. 이재철은 신현득과 김종상은 교단 출신답게 어린이에 대한 원초적 사랑을 바탕으로 윤석중 이래의 동요 동시의 현대화 및 시로서의 위상확립에 결정적인 소임을 다했다[7]고 하였다. 그의 첫 등단 작품이 소년소설 「부처손」이긴 하지만 동화작가 이영호가 김종상의 동화는 대체로 시에 가깝다는 점[8]을 지적한 것처럼 뭐니뭐니해도 그의 문학적 진면목을 보여주는 장르는 동시라고 할 수 있다.

이런 김종상의 동시문학에 대한 연구 논문이나 평론은 상당히 많으며 10편이 넘는다. 대표적인 연구물을 들어보면 최명표의 「생리적 불안과 원시적 평화—김종상의 어머니론」(1990), 최지훈의 「무명치마와 흙손의 사모곡」(1991), 최명표의 「계절의 순환과 시인의 반응—김종상의 사계절

---

6 최지훈, 앞의 글, 440쪽.
7 이재철, 앞의 글, 417쪽.
8 이영호, 「시적인 산문의 아름다움」(1996), 『김종상 아동문학 50년』, 384쪽.

론」(1991), 권영상의 「일과 어머니를 찬미한 대지와 그리움의 문학」, 이재철의 「모성적 동경에서 생명의 인식으로」(1997), 최춘해의 「어린이와 함께한 삶, 외곬의 교단문학」(1997), 이승열의 「김종상 동시 연구—전통성 수용 양상을 중심으로」(교원대 석사논문, 1999), 전병호의 「모성 지향의 시」(2004), 이도환의 「내 속에 있는 어머니, 그리고 우주」(2005), 박영기의 「가족애, 그 근원적 휴머니즘」(2007), 김태호의 「상실 후에 만난 풍경」(2013) 등이다.

10여 편의 연구물에서 밝혀낸 그의 대표적인 문학적 특성은 어머니에 대한 그리움, 즉 모성애를 추구하고 있다는 점이다. 1973년 모친을 여의기 전의 작품 특성에는 그의 시적 정서를 강하게 점하고 있는 그리움과 기다림은 어머님으로부터 생긴 것(최명표), 사모곡(최지훈), 일의 숭고함과 어머니에 대한 그리움 또는 어머니의 헌신적 자식 사랑(권영상), 고향마을에서의 삶의 생생한 현장을 어머니의 영상을 통해 표현하는 작업(이재철), 회한과 자조의 정서의 모성지향(이승열), 모성과 자아의 일체감을 획득하려는 동일성 지향 의식(전병호), 나와 어머니와 자연이 일체를 이루는 모습(이도환), 가족애라는 근원적 휴머니즘의 세계(박영기), 순수한 아동과 생명을 일구는 어머니 등장의 역동적 생명력(김태호) 등을 찾아내었다. 1973년 이후 작품에서는 어머니 부재라는 상황을 통해 어머니의 의미에 대한 깊은 이해 도달(이재철), 순수하고 생명력 넘치는 모성의 회복 지향(이승열), 세계와 자아의 동일성 지향으로 심화 발전(전병호), 어머니라는 존재의 의미 성찰(김태호)로 해석하였다. 그는 고향 땅에서 실존하는 어머니에 대한 그리움이 서서히 외부 세계로 확대되어 가거나 또는 내부적 자아성찰로 자신의 삶에 대한 반성적 의미가 포함되어 있다. 즉 어머니의 죽음으로 인해 1973년 전후의 동시 양상이 상당히 달라졌다는 것이다.

이렇게 시대의 흐름에 따라 전반적으로 그의 문학 작품의 전개 양상이 변모하게 되는데, 그는 1996년 동시선집 『날개의 씨앗』에서 자신의 동시문학을 스스로 네 개의 시기로 구분하고 1기는 『흙손 엄마』 등을 발간한 1960년대, 2기는 『어머니, 그 이름은』 등을 펴낸 1970년대, 3기는 『어머니 무명치마』 등을 발행한 1980년대, 4기는 『생각하는 돌멩이』 등을 발간한 1990년대의 10년 단위로 나누었다. 반면에 권영상은 그의 문학을 어머니에 대한 시상 변화를 초점으로 맞춰 어머니의 생존과 상실을 근거인 1973년 전후, 전기와 후기로 구분하였다. 이도환은 어머니에 대한 시적화자의 모습에 따라 10년 단위 세 시기로 나누었다. 1기는 1960년대로 나의 눈으로 어머니와 세상을 바라보는 시기, 2기는 1970년대로 어머니로부터 자연과 나를 읽어내는 시기, 3기는 1980년대로 내가 어머니가 되고 어머니가 자연이 되어 나와 어머니와 자연과의 동일체 시기로 구분하였다. 이재철은 김종상이 나눈 네 시기에 이의를 달지 않으면서 그의 시 의식 변모 과정을 고향과 어머니에 대한 간절한 그리움, 어린이에 대한 사랑의 세계로부터 생명 일반에 대한 연민과 사물의 존재 의미에 대한 탐구로 자신의 시 영역을 심화 확대하였다고 분석하였다. 필자는 앞의 평자들처럼 10년 단위 4기로 나누는 데 동의하면서 김종상의 동시문학 변모 시기 중 2000년 이후를 5기로 추가하고자 한다. 이 5기에는 새롭게 다양한 꽃과 동물 탐구를 통한 생명 의식을 심화시키는 시기라고 할 수 있다. 김종상의 꽃의 탐구는 초기 이후 줄기차게 추구한 가족애의 다른 표현이라 할 수 있다. 그가 꽃시조 100수가 실린 시조집 후기에 "내 어머니 아버지는 일찍 세상을 뜨셨지만 생전에 꽃을 무척 좋아 하셨다. (중간 줄임) 그래서 사람들은 우리집을 꽃집이라고 불렀다. 부모님이 돌아가시고 뒤를 이어 그 집을 지키며 살고 있는 동생도 부모님과 같았다."[9]고 한 글을 보면 왜 그가 꽃에 관한 작품을 열심히

9 김종상, 시조집 『꽃도 사랑을 주면 사랑으로 다가온다』, 소년문학사, 2011, 130쪽.

쓰는지 이해가 될 것이다. 그러므로 김종상의 동시문학 5기는 꽃을 매개체로 한 가족애 확대 또는 심화 시기라고 명명할 수 있을 것이다. 그는 시화집 『시가 담긴 우리꽃』 전3권(2000) 등 동시집 5권, 동시조집 2권 등 무려 7권의 작품집에 꽃과 관련된 많은 작품들이 실려 있다. 또 유아동물시집 『곰은 엉덩이가 너무 뚱뚱해』(2000) 등 5권을 발간하여 동물에 대한 관심을 가졌다.

김종상의 동시 작품의 변모 양상을 살펴보면 특이하게도 1980년대 3기 이후 동요나 동시조 창작에 심혈을 기울이고 있다는 점이 발견된다. 그는 1981년 신현득, 유경환, 이영준, 홍윤기 등과 함께 〈동요문학동인회〉를 조직하여 동요문학 선언하고 "동요를 거칠어가는 어린이의 심성을 계발하는 중요한 장르로 인식하면서 다시 동요쓰기 운동"[10]을 일으켰던 것이다. 그의 문학적 본령은 동시문학인데도 정형성의 동요문학에 열정을 쏟았던 것은 아동문학가보다는 오히려 교육자로서 사명감이 더 앞섰기 때문이 아닌가 한다. 1983년에 첫 동요집 『해님은 멀리 있어도』를 발간한 후 그가 펴낸 동요곡집으로는 400곡 수록된 『아기잠자리』(1995)부터 325곡이 수록된 『아기잠자리』(2012)까지 등 4권이나 되며 총 1,500곡 정도의 동요가 실려 있다. 그의 동요쓰기 운동에 대하여 이재철은 김종상이 80년대 들어와서 어린이의 생각과 생활 속에서 동시적인 것을 찾아내는 작업을 심화시킨 것은 이른바 동요부흥운동과 밀접한 관계가 있다고 하였으며, 전병호는 그의 전통 운율에 대한 관심은 곧 동요와 밀접한 관련이 있기 때문이라고 지적하였다. 최지훈은 당시 자못 퇴영적이고 복고적일 수 있는 김종상의 동요 운동에 대하여 70년대 노래를 부를 수 있는 시를 잃어버렸기 때문이라고 판단하면서 "그의 본질적인 시정신은 자유 동시에 있으며 동요운동은 노래를 잃은 오늘의 어린

---

10 이재철, 『세계 아동문학사전』, 계몽사, 1989, 76쪽.

이를 위하여 동요가사 보급과 별도의 차원에서 이루어지고 있다."고 하였다. 또한 정형율의 동시조에도 관심을 가져 2010년 이후에 동시조집 2권을 연달아 내었다. 『꽃의 마음』(2010), 꽃동시조집이라고 붙여진 『꽃도 사랑을 주면 사랑으로 다가온다』(2011)가 그것이다. 그는 1955년 상주 외남초등학교에 부임하여 어린이 글쓰기 교육에 앞장서면서부터 동시와 함께 동시조를 쓰기 시작하였으며, 시조는 어릴 적 가투놀이를 하며 옛시조를 많이 외어서 시조의 고유형식이 몸에 젖어 있어 별로 힘들이지 않고 썼다[11]고 고백하였다. 김종상의 동요 창작이나 동시조 창작은 동시 창작처럼 매우 자연스럽다는 생각이 든다. 여기서 그의 작품집 발간 형태를 시대순으로 거칠게 도식화하면 '동시→동요→동시조' 즉 자유시→정형시로 정리되는데 최지훈의 지적처럼 일반적 문학사 흐름과 반대로 나타나는 점이 매우 이채롭다고 할 수 있다.

3. 김종상 동시문학의 교훈성과 불교적 경향

김종상은 1960년대를 대표하는 아동문학가이다. 이재철은 그에 대해 "60년대와 70년대 전반기의 작품들이 대표적으로 그의 특성을 나타내고 있다. 이들 작품은 유난히 어머니 상, 그것도 무명치마, 흙손, 메밀꽃 등과 같은 언어로 상징되는 50년대 시골 어머니에 대한 한스러운 애정을 형상화하고 있다. 그의 작품은 특히 향토적인 경향을 나타내고 있으며, 간결하게 표현한 정서와 어린이에 대한 무한한 애정을 사실적으로 표현하고 있다."[12]고 하였다. 기존의 여러 전문가나 평자들의 연구 방향도 이재철과 크게 다르지 않다. 그만큼 김종상의 동시문학에서 모성 지향이라

---

11 김종상, 「정답고 아름다운 문학시절」, 『아동문예』, 2014년 7 · 8월호, 171쪽.
12 이재철, 『세계아동문학사전』, 계몽사, 1989, 51쪽.

는 특성이 거대한 산맥으로 압도하고 있기 때문이라고 할 수 있다.

그러나 김종상의 아동문학이나 동시문학에서 그의 교육자적 입장을 고려하지 않고 논하는 것은 한쪽 눈을 감고 세상 바라보기와 똑같다고 할 수 있다. 서두에서 인용한 "김종상은 문학 활동과 글짓기교육 활동을 균형적으로 유지한 아동문학가"로 평가한 최지훈의 말을 상기할 필요가 있다. 바로 그의 등단 전후 초기부터 현재까지 순수 아동문학 영역 못지않게 아동문학의 교육적 활용 영역에서 그 활동이 대단하였다는 점이다. 아동문학 쪽에만 집중하기도 어려운데 그가 이룩한 아동문학의 교육적 활용 성과는 군계일학으로 눈이 부실 정도이다.

> 문학의 기능을 인식(知), 심미(樂), 윤리(覺)에 두기도 합니다. 이 중에서 아동문학은 윤리적 차원이 중요하다 생각합니다. 문학작품을 통한 간접경험이 생활의 지혜와 도덕적 교훈을 깨우쳐 주기 때문입니다. 나는 교사였기에 문학성과 교육성을 같은 축에 달린 두 개의 바퀴로 보고, 훌륭한 작가보다 좋은 선생이 되려고 글을 썼습니다. 그래서 재미있는 묘한 생각을 재치있는 문장으로 다듬어내는 글은 잘 못 씁니다. 글을 쓸 때는 왜 써야 하며 무엇을 어떻게 쓸 것인가를 생각합니다.[13]

최근에 밝힌 아동문학과 교육의 연관성에 대한 그의 교육철학은 수도자에게서 풍겨오는 경건함마저 담겨 있다. 그가 "교사였기에 문학성과 교육성을 같은 축에 달린 두 개의 바퀴"를 가진 것으로 인식하고 있는 것은 아동문학을 윤리적 측면, 교훈적 측면을 강조하고 있음을 알 수 있다. 최춘해는 "그는 교단을 지키는 전형적인 교육자이기 때문에 아동문학에서 예술성도 중요하지만 교훈성도 없어서는 안 된다고 생각하는 사

13 김종상, 「정답고 아름다운 문학시절」, 앞의 책, 172쪽.

람 중의 한 사람"[14]이라고 단언하였다.

여기서 문학에서 예술적, 미적 가치를 중요시할 것이냐 아니면 윤리적, 교육적 가치를 중요시할 것이냐를 생각할 필요가 있다. 순수 문학 쪽에서는 예술성이라는 미적 가치를 당연시할 수 있지만 문학 교육 쪽에서는 윤리성이라는 교육적 가치를 더 중요시할 수 있다. 아동문학계에서는 보통 문학의 일차적 목적인 예술성이나 미적 가치를 중요시하는 문학가도 있지만 김종상처럼 교육적 효용성을 더 강조하는 문학가도 있다. 그러나 아동문학의 교훈성은 주제 강요가 문학성 결여로 이어질 수 있다는 점을 상당히 경계해야 한다. 김종상의 동요적 요소가 가미된 시 「모두가 하나」에 대해 이재철의 "그의 교육자적 태도가 여실히 반영되어 있다. 교훈성의 강화 때문에 시적인 성취에는 미흡하다는 평가도 가능하겠지만 어린이를 위한 노래로 인식하는 태도가 들어있는 동시"라는 언급도 있는 걸 보면 아동문학의 교훈성을 강조하기가 결코 쉽지 않다는 것을 알 수 있다.

김종상의 동시집 『노래로 마음을 닦아요!』(2001)에는 표지의 동시 제목 앞에 "좋은 품성을 길러 주는 인성교육 동시"라고 소제목이 붙여져 있다. 아예 처음부터 어린이들에게 질서 생활, 자연 사랑, 환경 보호, 희생과 봉사, 협동 단결 등 인성교육을 목적으로 만든 작품집이다. 그는 서두에 "이 책은 지식보다 지혜가, 재주보다 성품이 중요하다는 것을 일깨우려는 생각에서 기획했습니다. 즐겨 읽어 몸과 마음을 바르게 닦아 나가는데 조그마한 보탬이 되었으면 하는 바람입니다."고 발간 목적을 밝히고 있다. 이런 기획은 동시인 누구나 할 수 있는 일은 아니다. 이 동시집을 읽어보면 동시의 교육적 효용성 얼마나 큰지 알 수 있으며 대부분의 작품들이 수준 높은 문학성을 유지하고 있음을 보고 놀랄 것이다.

---

14 최춘해, 「어린이와 함께한 삶, 외곬의 교단문학」, 『한국 현대아동문학 작가작품론』, 집문당, 1997, 411쪽.

김종상이기에 가능한 작업이라고 할 수 있다.

승용차에 꽃을 실었다.

퀴퀴하던 차 안이 금방
꽃 향기로 채워졌다.

꽃을 내린 뒤에도
향기는 남아 있었다.

잠시 스쳐갈지라도
향기로 남을 수 있는

나도 그런 꽃이고 싶다.

—「꽃」 전문

씨앗 심을 때
할머니는
한 호미 자국에 꼭
세 개씩 심어요.

사람 입만 입이냐?
나눠 먹어야지.

한 개는 새들 먹이고
한 개는 벌레에게 주고

한 개는 사람 몫이란다.

함께 살아가는 세상
낟알 하나라도 가꾸면
나눠 먹어야 한대요.

—「씨앗 심기」 전문

밥상에 고등어 반 토막

“이건 당신 드세요.”
“아니야, 아이들이 먹어야지.”
아버지는 김치를 집었다.

“그건 엄마가 드세요.”
나는 된장국에 밥을 말았다.

밥은 다 먹었는데
고등어는 그대로 있었다.

—「아침식사 때」 전문

동시 「꽃」, 「씨앗 심기」, 「아침식사 때」는 동시집 『노래로 마음을 닦아요!』에서 뽑은 작품들이다. 하나같이 뛰어난 작품임을 알 수 있다. 「꽃」은 인간의 존재 방식이나 삶의 태도에 대한 교훈을, 「씨앗 심기」는 더불어 사는 지혜, 남을 위한 배려 또는 자연 속 다른 생물과의 공존에 대한 교훈을, 「아침식사 때」는 훈훈한 가족애, 평등한 가족관계에 대한 교훈을 던져주고 있다. 문학작품 속에 예술성과 윤리성을 함께 함축할 수 있다는 좋은 증거가 될 수 있는 동시들이라 할 수 있다. 이런 문학 형태는 쓰디쓴 약을 설탕에 발라 쉽게 먹게 하는 것처럼 교육적 효용성을 예술의 옷을 입혀 어린이들에게 읽히는 문학당의설로 설명할 수 있다.

또 김종상의 아동문학에서 깊게 살펴보아야 할 것 하나는 동시문학의 불교적 접근이다. 그는 어릴 때부터 부모님을 따라 절에 다니면서 부모님에게 색즉시공 공즉시색(色卽是空 空卽是色)이란 말을 늘 들었으며, 어머니는 매년 초파일에 그를 데리고 학가산 덕진골에 가서 바위 밑에 촛불을 켜고 가족의 안위와 그의 건강을 산신께 빌었다고 한다. 그렇게 그는 불교적 가정 분위기와 신앙 속에서 살았으며, 또한 그는 2008년 불교아동문학회 회장으로 취임하면서 불교경전 『본생경(jakata)』 개작 작업을 앞장서서 추진한 불심이 매우 깊은 사람이다. 그동안 그는 여러 지면을 통해 법화경에 나오는 인연법으로 그 자신의 문학 활동과 글짓기 지도에 대한 이야기를 풀어나간 적이 있다.

> 법화경에는 세상의 모든 것이 있게 되는 이치를 인연과보(因緣果報)로 설명하고 있습니다. 우리의 생활이나 일상적인 사건이 모두 어떤 원인이 있어 일어나고, 그것이 인연을 따라 과보로 나타난다는 것입니다. 즉 사람이 타고난 천성은 인(因)이고 자라는 환경(緣)에 따라 바뀌어진 그 사람의 성품이 과(果)이며 그에 따라 그의 운명이 결정(報)된다는 것입니다. (중간 줄임) 교육이라는 것은 곧 사람(因)을 잘 가르쳐(緣), 유능한 일꾼으로 기르기(果)위한 계획적인 활동입니다. 사람을 유능한 일꾼으로 길러 내야 나라를 위해 훌륭한 일을 하게 되는(報) 것입니다. 이것은 환경이 사람을 만든다거나 사람의 성품은 이끌어 주기에 달렸다는 말과도 같습니다.[15]

15 김종상, 「학부모님께 들려주고 싶은 말」, 인성교육동시집 『노래로 마음을 닦아요!』, 문공사, 2001, 110쪽.

그의 인연과보에 대한 언급은 「나의 동시 창작론」에서도 볼 수 있다. "나는 그들(어린이)에게 좋은 환경(緣)이 될 것을 다짐했다. 「시(詩)란 정을 뿌리로 하고 말을 싹으로 하며, 소리를 꽃으로 하고 의미(意味)를 열매로 한다」는 백락천의 말이 떠올랐다. 열악한 환경에서 헐벗고 굶주려서 학습이 뒤떨어지고 정서가 메마른 어린이들의 마음을 풍요롭게 해주려면 시쓰기를 가르치는 것이 좋겠다고 생각했다."고 한 것과 "나는 동시를 통하여 아이들에게 바르고 고운 말, 크나큰 사랑의 마음을 심어줘야 한다고 생각한다. 그래서 부처님의 가르침인 천지동근(天地同根), 만물일체(萬物一體)의 크고 높은 사랑을 가슴으로 그려낸 동시를 가장 곱고 아름다운 문장에 실어 보여주고 싶다."[16]고 진술한 것을 보면 그가 문학교육에서의 교훈성을 끊임없이 강조·실천했던 밑바탕에는 천지동근 초월적 사상과 만물일체의 대승적 정신세계를 강조하는 불교 사상이 깔려 있다는 것을 알 수 있다.

너무 오래 서있었다
주저앉은 돌탑들

눈멀고 귀 먹었군
늙은 돌부처

울리는 목탁은
무얼 말하나?

염불하는 스님은

16 김종상, 「나의 동시」, 『시와동화』, 2004년 여름호.

부처님을 닮았다.

—「절」(1963) 전문

불경 공부할 때
어깨를 쳐서
졸음을 쫓아 주던 죽비

스님들 마음 닦을 때
흐트러지는 정신을
바로잡아 주던 죽비

지금은 환속하여
체벌 없는 교실에서
막대기 노릇하고 있네.

—「죽비」(1999) 전문

너무 고요하면
도리어 고요를 모르지

댕그랑 소리라도 있어야
고요함을 알 수 있기에
절간 추녀에는 풍경을 단다.

너무 편안하면
오히려 편안을 모르지

어렵고 힘든 일을 겪어봐야
편안함을 알 수 있기에
스님들은 스스로 고행을 한다.

—「너무 고요하면」(2004) 전문

동시 「절」, 「죽비」, 「너무 고요하면」은 그의 초기부터 최근에 이르기까지 발표한 불교적인 작품 중 몇 개 뽑아낸 것들이다. 「너무 고요하면」처럼 최근 작품들에서 교훈적인 성격이 강하게 드러나고 있지만 그의 불교적 색채를 엿볼 수 있는 작품들이라고 할 수 있다. 「절」은 초기 작품으로 무너진 돌탑 앞에 염불하는 스님의 모습을 그린 것으로 쇄락한 절과 열심히 염불하는 스님의 대비가 묘한 느낌을 주고 있다. 「죽비」는 학교 교실에서 분위기 환기를 위하거나 지시봉으로 쓰이는 죽비를 보고 '환속'으로 재미있게 표현한 작품이다. 「너무 고요하면」은 고요는 풍경 소리에 의미가 깊어지고 편안함은 고행 속에 빛이 난다는 교훈을 주는 작품이다. "몸에 병 없기를 바라지 말라. 몸에 병이 없으면 탐욕이 생기기 쉽나니, 병고로써 양약을 삼으라"는 보왕삼매경론(寶王三昧經論)의 한 구절이 떠오른다.

4. 김종상 동시문학에서의 동시조

앞에서 김종상의 문학적 진면목을 보여주는 장르는 분명 동시이며, 어머니로 대표되는 고향과 모성 지향이라는 그의 동시문학 특성이 거대한 산맥을 이루고 있다고 하였다. 덧붙여 그의 문학 3기에 해당하는 1980년대부터 벌였던 동요쓰기 운동의 결과로 나타난 그의 창작 동요 또한 그의 문학 특성으로 분류되어야 하고, 학교 현장에서 글쓰기 교육의 일환으로 실천했던 동시조 쓰기 운동 속에 틈틈이 창작한 그의 동시조도 문학 특성의 범주에 포함되어야 하고, 2000년대 이후 5기에 집중적으로 창작한 꽃에 관한 많은 시편들도 그의 문학 특성의 범주에 포함되어야 할 것이다. 당연히 그의 동시문학이 내포한 교육적 효용성이나 불교적 성격도 포함되어야 할 것이다.

끝으로 그가 창작한 동시조 작품 속에서 발견되는 경쾌한 해학과 시조의 매끄러움을 주목하고자 한다. 그는 1950년대 말경을 회상하며 쓴 "나는 동시를 쓰면서 이따금 시조도 썼다. 내가 쓴 시조는 모두 어린이들에게 보여주기 위한 동시조였다. 어린이들에게 시조쓰기도 가르쳤다."[17]고 한 글을 보면 그가 쓴 동시조의 내용과 형식을 짐작할 수 있을 것이다. 그의 동시조는 음수나 음보의 정형성 때문에 생기는 주제의 묵직함보다는 자연스럽고 평이하며 재미있는 작품들이 더 많다.

눈바람이 골짜기로
치달아 몰아치니

솔숲이 물결처럼
출렁출렁 흔들려요

따라서
작은 암자도
흔들리고 있네요.

암자가 흔들리면

17 김종상, 『꽃의 마음』 머리말에서, 대양미디어, 2010, 5쪽.

정말로 큰일이지

법당의 부처님도
어지럽다 하겠지만

스님이
멀미를 앓아
쓰러지면 어쩌죠.

—「암자」 전문

동시조 「암자」는 눈보라 속에서 마구 흔들리는 산골 솔숲과 암자를 보면서 스님까지 흔들려 쓰러지지 않을까 걱정하는 작품이다. 바람 따라 암자도 흔들리게 보이는 착시 현상, 나아가 스님의 멀미까지 시적화자가 상상의 비약을 얼마나 심하게 하는지 절로 웃음이 나온다. 경쾌한 익살과 논리적 시상 전개가 동시조 창작에 참여하는 어린이들에게 모범되는 작품이라고 할 수 있다.

서두에서 대상에 대한 관점, 즉 방향성에 대하여 언급하였는데 이제 김종상의 아동문학에 대하여서도 새로운 관점으로 접근을 해야 할 때라고 할 수 있다. 필자가 나열한 김종상 동시문학의 불교성이나 교훈성, 그리고 꽃의 의미 부여는 그의 깊고 그윽한 문학 세계에 대한 장님 코끼리 만지기 식의 접근이 아닐까 하면서 그동안 그가 교육자로서 평생 정열을 쏟았던 아동문학의 교육적 활용에 찬사와 존경을 보낸다.

문삼석 동시집『산골물』의 가치

1. 들어가며

동시인을 포함한 모든 문학가는 자기만의 독특한 빛깔을 가지고 있다. 그 빛깔을 보통 개성이라고 부르기도 한다. 동시인의 독특한 빛깔은 동시의 형식에서 드러날 수 있으며, 동시의 전개 방식에서나 제재 선택에서 또는 시적 대상에 대한 새로운 해석에서 발견할 수 있다. 그리고 동시 속에 담겨 있는 지은이의 중심 생각에서도 새로운 빛깔이 들어있음을 알 수 있다. 하지만 다른 동시인들과 구별되는 자기만의 독특한 빛깔을 가진다는 것은 매우 어려운 일임이 분명하다. 왜냐하면 표현 방법에 있어서나 전개 방법에 있어서나 또는 남과 다른 관찰력을 지니고 시적 대상에게서 새로운 의미를 찾아내기가 쉽지 않기 때문이다.

몇 년 전 한 아동문학지에 실렸던 이 글은 어느 시인의 동시집에 대한 필자의 서평 한 부분이다. 필자가 말하고 싶었던 것은 어떤 문학인이든지 자기만의 독특한 빛깔과 목소리를 내는 것이 결코 쉽지 않다는 점이다. 그렇다면 아동문학 초창기 1920년대부터 현대까지 개성적인 자기 빛깔과 목소리를 보여준 동시인은 과연 몇이나 될까. 물론 동시인의 독특한 빛깔과 목소리의 객관적인 기준을 정하는 것도 어렵겠지만 말이다. 굳이 작고 동시인부터 들자면 방정환, 윤석중, 윤극영, 윤동주, 박목월, 이원수 등을 포함하여 현재 활동하는 동시인들까지 그리 많지 않을 것이다.

문삼석(1941~)[1]에게 2013년은 등단 50주년이 되는 해이다. 앞 내용과 관련하여 문삼석에 대하여 도발적인 질문을 하나 던지고 싶다. 동시인 문삼석은 독특한 문학적 빛깔과 제 목소리를 가지고 있는가. 또는 아동문학사에 남을 만한 동시인인가. 긍정적인 응답도 있을 것이고 부정적인 응답도 있을 것이다. 아니 대답이 필요 없을지 모른다.

이 소고는 문삼석의 독특한 빛깔과 목소리가 있는지 찾아보고, 있다면 그 실체의 출발지나 발원지가 어디이고, 특히 60년대 문삼석의 등단 초기에 동시 문단과는 어떤 관계가 있는지 자세히 살펴보고자 한다.

2. 동시인 문삼석의 동시문학 특성 검토

엄만
내가 왜 좋아?

—그냥…….

넌 왜

1 그동안 문삼석이 펴낸 동시집으로는 『산골물』(1967), 『가을 엽서』(1978), 『이슬』(1983), 『바람 하늘 산』(공저, 1983), 『별』(1988), 『빗방울은 즐겁다』(1990), 『아가야 아가야』(1992), 『바람과 빈 병』(1992), 『우산 속』(1993), 『도토리 모자』(1997), 『엄마랑 읽는 아가 동시』(1999), 『1학년이 읽고 싶은 아주 특별한 동시』(2001), 『엄마랑 종알종알 말놀이 동시』(2002), 『흑염소는 까매서 똥도 까맣다』(2009) 등 14권이다.

엄마가 좋아?

—그냥…….

—「그냥」 전문

동시 「그냥」은 문삼석 자선 동시 100선집 『그냥』(2013)의 표제작이면서 20년 전에 발간한 동시집 『우산속』(1993)에 실린 작품이다. 어머니와 자식 간의 생각, 감정 또는 오가는 정, 쌓인 이야기 등은 장황한 논리가 필요하지 않을 것이다. 평범한 시적 상황 속에서 돋보이는 것은 가족의 따뜻함, 인간적 신뢰감 등이다. 직관적으로 단숨에 써 내려갔을 것 같은 작품이지만 읽는 이마다 가슴에 와닿는 것은 2, 4연 '그냥……' 속에 숨겨진 제각기 다른 빛깔의 감동일 것이다. 요즘 말로 정의한다면 독자 맞춤형 동시인 것이다. 한마디로 동시 「그냥」은 문삼석 동시 문학의 전형성을 지닌 대표적 작품이다. 쉬운시, 동요시, 맞장구시(=대구법을 활용한 동시), 간결시, 단형시(=단시) 등 문삼석의 동시문학 특성을 보여준 동시라는 것이다.

여기서 이와 관련하여 1980년대 후반 이후 동시문단에 나타난 놀라운 현상은 문삼석 동시문학의 전형성이라고 일컫는 연작시, 쉬운시, 동요시, 맞장구시, 단형시, 간결시 등이 부지불식간에 동시 문단 전체에 번져 시대의 일정한 트랜드가 되었다는 사실이다. 즉 1990년 이후 많은 동시인들이 창작 발표한 작품들이 쉬운시, 맞장구시, 간결시 등의 경향을 보였다는 것이다. 한편으론 문삼석 동시의 아류 작품이라는 부정적인 이미지에서 벗어나기 힘들지만 다른 한편으론 이런 맞장구시, 쉬운시 등이 전반적으로 동시의 수준 또는 작품성을 일정하게 끌어올리는 역할을 톡톡히 수행하였다고 할 수 있다. 말하자면 동시인 문삼석이 현대 동시문학의 시대적 흐름을 주도하고 바람직한 방향으로 바꿨다고 할 수 있다. 이제는 문학을 통해 동심을 표현한 미적, 예술적 작품이어야 한다는 동시의 본질적인 면에서 문삼석의 맞장구시, 쉬운시 등은 시대의 거대한 물줄기를 형성하고 있다고 할 수 있다.

이런 문삼석의 문학적 영향력에 대하여 특히 아동문학가나 아동문학 평론가들이 매우 긍정적인 평가를 하고 있음에 필자는 주목하고자 한다. 몇 명의 글을 옮기면 다음과 같다. 먼저 유경환은 "가장 두드러진 특징은 말을 아끼는 절제성인데, 과단성 있게 절제하여 구사하는 시어에는 그만큼 농축된 의미가 담길 수밖에 없다."[2]고 하였고, 이재철은 "표현의 간결성을 추구하여 4행 2연시의 형태나 대구법 구사 등을 통해 전통민요나 동요의 율조를 동심적 차원에서 현대화하는 등 시의 음악성을 중시하고 있다."[3]고 평가하였다. 그 뒤 최명표는 문삼석을 "한국어의 고유한 소리결을 빛나게 하는 시인, 우리 동시에 적합한 운율을 실험하고 있는 시인이다."[4]라고, 이준관은 "그의 동시의 가장 큰 특장은 표현과 형태의 단순미에 있다. 그는 최대한 언어를 절제하고 압축하여 짧게 표현한다. 그의 동시는 단순한 발상, 쉬운 표현, 간결한 형태를 지향한다."[5]고 하였으며, 이준관은 또 다른 글을 통해 "본격적인 연작시를 써서 우리 동시에 연작시의 물줄기를 튼 시인, 유아동시를 심화 발전, 단시 형태의 시를 일관되게 썼다. 그처럼 고집스럽게 단시 형태를 쓴 시인은 드물다. 요즘 시가 길어지는 경향이 있는데 그는 시의 본령인 압축과 절제의 미덕을 철저히 지키고 따른 시인이다."[6]라고 하였다. 최일환은 "짧은

---

2 유경환, 「함께 자랑하고픈 시 작업」, 문삼석 『별』 발문에서, 1988.
3 이재철, 『세계아동문학사전』, 계몽사, 1989, 111쪽.
4 최명표, 「한국어로 짠 아름다운 소리무늬」, 『아동문학연구』 13집, 서울, 한국아동문학연구회, 1993.
5 이준관, 「형태적 특성과 작품의 함수관계」, 사계 이재철교수 정년기념논총 『한국현대아동문학작가작품론』, 집문당, 1997, 579쪽.
6 이준관, 「맑고 착한 동심의 세계, 그리고 절제와 균형의 미덕」, 『한국아동문학』 22호, 2005, 173쪽.

시형과 감각적인 시어는 현대 한국아동문학에서 독보적인 동시 유파를 형성하였다. 이른바 문삼석류의 동시들이 한국 동시단을 휩쓴 적도 있을 정도였다."[7]면서 '문삼석류'라는 말을 사용하기도 하였다. 신현득은 그의 박사학위 논문에서 "문삼석은 연작시를 중심으로 작품을 실험, 표현의 간결성, 단시적 구성, 대구법 등에서도 개성이 나타나고 있다."[8]고 언급하고 있다. 또한 성현주는 문삼석 동시를 공간구조를 중심으로 기호학적 풀어낸 평론에서 "쉽고도 짧은 동시에서 본질적인 삶의 의미를 되새길 수 있다."[9]고 하였다. 그리고 윤삼현은 60년대 동시문학을 진단하는 글에서 문삼석에 대하여 "동심 본질을 천착하여 정제미와 함께 음악성, 운율적 묘미, 대구와 반복 같은 특유의 문삼석표 동시 상품을 개발한 것이다."[10]라고 정리하였다.

아무래도 문삼석의 문학적 특성에 대하여 가장 깊게 살펴본 이는 아동문학평론가 최지훈이 아닐까 한다. 최지훈은 어린이를 위한 평론집 『동시란 무엇인가』(비룡소, 1992)에서 문삼석의 작품론 「이슬의 노래」를 통해 그의 연작시를 살펴보았으며, 문삼석 자선 동시 100선집 『그냥』(2013) 속 평론 「문삼석 동요시의 동심과 사랑 검토」에서는 1960년대의 동시문학 문단과의 관계 등 그의 문학적 궤적을 추적하였다.

> 그의 존재가 그야말로 부각된 것은 연작시와 쉬운 시운동이 그의 시작 활동에 불길을 솟구치게 한 동력이 되었다. …종래의 동요시와 다른 새로운 삼돌이의 동요시를 일구고 있었던 것이다. …문삼석의 동요시 한 편에 사용되는 어휘수는 20개 미만인 것이 압도적이다. 그의 작품 형태가 보여주는 미학은 지나치다고 할 만큼 간결하게 정리되고 압축된 단순 명쾌한 이미지와 메시지를 보여

7 최일환, 「아동문학변천사」, 전남문학백년사업위원회, 『전남문학변천사』, 한림, 1997, 429쪽.
8 신현득, 『한국 동시사 연구』, 단국대 박사학위 논문, 2001, 233쪽.
9 성현주, 「동시의 기호학적 연구」, 『한국동시문학』, 2004년 여름호, 119쪽.
10 윤삼현, 「한국 동시의 대변혁과 난해성 대두」, 『오늘의 동시문학』, 2010년 봄호.

주는 데 있다. …그는 짤막 깡뚱한 어여쁜 문삼석 스타일의 동요시를 개척해 냈다.[11]

최지훈의 멋진 글을 필자가 입맛대로 필요한 부분만 잘라 옮겨 놓아 매끄럽지 못한 면도 있지만 문삼석의 문학적 특징이 무엇인지 금방 알 수 있을 것이다.

이들의 평가나 분석을 종합해 보면 문삼석의 동시문학적 특징을 몇 가지로 요약할 수 있다.

첫째로 하나의 동시문학의 유파로 갈래지을 수 있을 만큼 4행 2연시에서처럼 맞장구시(=대구법을 활용한 동시)가 많다는 것이다. 앞의 인용 글에서 '삼돌이의 동요시', '문삼석표', '문삼석 스타일', '문삼석류'라는 자극적인 단어들을 쓴 것도 예술의 한 유파처럼 하나의 동시문학의 창작 기법을 일반화하여 거대한 흐름으로 만든 장본인이 문삼석임을 강조한 것이 아닐까. '유파'의 의미를 인터넷 네이버 사전에서는 "주로 학계나 예술계에서, 생각이나 방법 경향이 비슷한 사람이 모여서 이룬 무리"라고 언급되어 있다. 더 찾아보니 국악에서도 기악 독주곡인 산조의 유파를 분류하는 명칭으로 '류(流)'를 사용하고 있으며, '독자적인 연주 형태를 확립한 명인의 이름을 따서' 사용한다는 것이다. 지금까지 문삼석처럼 자신의 동시 창작 기법을 문단 전체에 큰 영향을 끼친 동시인이 없는 것을 보면 '문삼석류'라고 쓴 것도 타당성이 있다고 할 것이다.

이 글에서 쓰인 '맞장구시'라는 용어는 필자가 이 소고에서 처음 쓰는 낯선 용어이다. 감히 이 자리에서 '대구법을 활용한 동시'를, 아동문학에서는 '맞장구시'라고 쓸 것을 제안한다. 예시로 든 동시 「그냥」에서 보이듯이 문삼석의 동시문학은 특히 '대구법을 활용한 동시'들을 통해 동

---

11 최지훈, 「문삼석 동요시의 동심과 사랑 검토」, 문삼석 자선동시집 『그냥』, 아침마중, 2013, 195~202쪽.

시문학의 흐름을 주도하였다. 대구법이란 한시에서나 일반 시문학에서 많이 사용하는 것으로 '비슷하거나 동일한 문장 구조를 짝을 맞추어 늘어놓는 표현법'을 말하는데, 동시문학에서는 당연히 아동문학에 맞는 적당한 용어로 바꾸어 사용할 필요가 있다고 본다. 맞장구는 '남의 말에 덩달아 호응하거나 동의하는 일'이라는 뜻을 지닌 단어로 '대구법을 활용한 동시' 대신 '맞장구 동시' 또는 '맞장구시'라고 쓰면 어떨까 싶다.

둘째 특징은 연작시 형태를 지속적으로 창작하였다는 것이며, 셋째는 단형시(단시) 또는 간결시가 빈번하다는 것이다.

보통 한 작가나 시인의 문학적 특성은 전 생애에 걸쳐 변화해 가면서 완성된다. 시대에 따라, 사회의 요구에 따라 작가나 시인이 변화해 간다. 또한 작가나 시인의 내적 요구에 따라 창의적이고 실험적인 작품 활동을 하면서 개성적인 자신의 문학을 완성해 간다. 어쩌면 생명력을 지닌 작품을 찾기 위해 왕성하게 문학적 변신을 시도한다고 할 것이다.그런 측면에서 연작시, 쉬운시, 동요시, 맞장구시, 단형시, 간결시 등 문삼석의 동시문학 특성은 언제부터 형성되고 완성되었을까?

놀랍게도 동요시집이라고 명명된 문삼석의 첫 동시집 『산골물』(1967)에서 이미 이런 그의 문학적 특성이 모두 드러나 있었다. 필자가 오래되고 희귀한 동시집 『산골물』을 받아보는 순간, 그의 문학적 역량이 축적되면서 1980년대 후반에 가서야 그의 문학적 특성을 완성한 것이 아닌가 했는데, 그 생각이 철저히 틀렸음을 알았다. 한국 현대 동시의 큰 물줄기로 자리매김한 연작시, 쉬운시, 맞장구시, 단형시, 간결시의 발원지가 바로 동시집 『산골물』이었던 것이다. 그리고 그가 왜 자주 문학적 변신을 할 수 없었는지도 해답을 찾아내었다. 즉 자신이 추구한 동시문학적 특성을 독자나 동시인들이 이해할 수 있는 20년 가까운 세월이 더 필요했기 때문이다. 그렇게 문삼석은 세월이 농익어 가도록 기다렸던 것이다. 주나라 문왕을 만나기 위해 강가에서 세월을 낚은 태공망 강상처럼 말이다.

3. 1960년대 동시문학과 문삼석의 위치

문삼석의 등단은 1963년이었다. 문삼석의 문학적 가치를 논의할 때 반드시 1960년대 아동문학을 언급하지 않으면 안 된다. 60년대 아동문학은 문삼석이 끊임없이 천착한 연작시, 쉬운시, 맞장구시, 단형시, 간결시 형태와는 완전히 다른 모습으로 전개되고 있었기 때문이다.

이재철은 1960년대 동시문학을 개관하면서 이 시대를 "본격동시운동"[12]의 시대라고 이름 짓고, 이는 동시사상(童詩史上) 최초의 문학운동이었다는 점에서 하나의 획기적인 신기원을 수립한 연대라고 정리하였다. 50년대 말부터 60년대에 등단한 동시인들 특히 유경환(1957), 조유로(1957), 박경용(1958), 신현득(1959), 김종상(1960) 등이 그 중추적인 역할을 담당하였는데, 이들은 '동시(童詩)도 시(詩)여야 한다'는 주장을 앞세우고 동시의 질을 높이는 문학운동을 벌였다. 60년대 본격동시운동의 실험 양상은 시에의 복귀과정을 통해서 동시의 평면성 극복, 폐쇄적인 시어의 개방, 동심 세계의 확장, 지시적 전달기능의 탈피, 도식적인 교육성에서의 해방 등[13] 다양하게 시도하였고, 이 운동은 주로 〈동시인동인회〉(1966년 결성)를 중심으로 전개되었다. 앞의 다섯 사람 외에 최계락, 이종기, 김사림, 석용원, 이석현, 윤부현, 방극룡, 정상묵 등이 적극적으로 작품 활동에 참여하였다.

그러나 이들이 추구했던 동시문학의 새로운 실험은 나중에 동시의 난해성 논쟁으로 확대되고, 난해시의 부정적인 여파가 1970년대까지 미치

12 이재철, 『한국현대아동문학사』, 일지사, 1978, 539~549쪽.
13 이재철,『세계아동문학사전』, 계몽사, 1989, 466쪽.

게 된다. 아무튼 한국 동시문학에서 1960년대는 서사동시, 산문동시, 동시조 등 영역을 확장하면서 동시문학의 역량이 축적되었던 시기라고 할 수 있다.

문삼석은 '광복 60년의 한국 동시문학' 좌담에서 동시문학 실험의 주축이었던 앞의 다섯 사람에 대해 다음과 같이 수식어를 붙여 정의하였다. "현대시 기법을 동시 창작에 원용한 유경환, 참신하고 세련된 서정의 박경용, 전통과 모성애의 깊은 천착을 보여준 김종상, 다양한 실험을 시도한 조유로"[14]등으로 명료하게 평가하였다.

그런데 60년대 동시문학을 전개하다 보면 반드시 주요 동시인으로 '문삼석'을 거론할 수밖에 없는데 60년대 본격동시운동의 중추적 인물들 속에서 왜 그를 발견할 수 없을까 하는 것이다. 이쯤에서 60년대 본격동시운동과 이 글 전반부에서 드러난 동시대 문삼석의 동시 활동 사이에는 어마어마한 간극이 있음을 발견할 수 있는데, 우선 이 질문에 대한 중요한 해답이 될 수 있는 글이 문삼석 자선 동시 100선집 『그냥』에 들어 있다. 앞에서 언급한 최지훈의 평론이다. 그는 평론을 통해 문삼석을'문단의 기린아로서 아동문학사적 비주류' 또는 '당시 문학과 문단에서 비주류를 넘어서 아예 외톨이'라고 60년대 한국 동시 문단에서의 그의 좌표를 정확히 짚어내고 있다. 언뜻 '비주류'나 '외톨이'는 단어가 주는 어감으로 인해 고개를 약간 갸우뚱거릴 수 있지만 60년대 동시 문단 상황을 이해한다면 문삼석의 좌표에 걸맞는 매우 적절한 표현으로 탁견이라 아니할 수 없다.

> 그가(문삼석) 비주류적 위치에 있게 된 것은 외적, 환경적 요인(=60년대 거의 아동문학 불모지였던 호남 지역. 앞 내용 추가)보다 더 중요한 것으로 그의

14 문삼석, 「우리 동시나무, 그 나이테를 짚어본다」 대담 중, 전병호 외 『한국동시 어제와 오늘 내일을 읽다』, 문학과문화, 2013, 88쪽.

시적 경향에서 비롯되었다고 볼 수 있다. 그의 시적 특성은 문학사적으로 주류의 문학 사조와는 독립적 변수에 해당한다고 할 수 있었기 때문에 태생적 비주류성을 면할 수 없었다고 볼 수 있다.

외적 환경이 주류와 접촉하기 쉽지 않은 상태에 있었다는 것이 어떤 의미에서 당대의 문학적 흐름에 접하지 못하고 독립적 성향으로 발전했다고 볼 수도 있을 것이다.

최지훈이 말하는, 60년대 아동문학사적 주류는 앞의 〈동시인동인회〉를 통해 본격동시운동의 실험에 참여하여 60년대 한국 동시문학의 지평을 확장한 세력을 말한다. 물론 당시 호남 지역에도 문삼석과 함께 앞서거니 뒤서니 신춘문예 당선한 이상현(1962), 김삼진(1967)과 기타 최일환(1963), 박종현(1965) 등이 활동하고 있었고, 이들 일부는 전국 단위 초등교사 모임 〈은방울〉을 통해 아동들의 글짓기 지도에 열성을 다하였다. 그러나 중앙 동시문단과의 교류나 참여가 없었던 지역적 한계성을 넘지 못하고 있었기 때문에 범동시문단에 비하여 비주류에 머물 수밖에 없었던 것이다.

최지훈의 글에서 가장 중요한 부분을 찾는다면 "당대의 (주류) 문학적 흐름에 접하지 못하고 독립적 성향으로 발전했다"는 것이다. 이때의 '독립적 성향'은 주류 동시문학적 흐름과는 관계없는 독자적 또는 자생적으로 형성된 독특한, 개성적 동시문학의 성향을 지칭한다고 할 것이다. 다시 말하면 문삼석류 동시 즉 연작시, 쉬운시, 맞장구시, 단형시, 간결시라는 독창적인 동시문학 세계를 말하고 있음을 알 수 있다. 위에 언급한 문삼석이 참여한 좌담회에서 '1960년대 대표 동시집'을 뽑아 정리하고 있는데 유경환의 『꽃사슴』(1966), 박경용의 『어른에겐 어려운 시』(1969), 신현득의 『아기 눈』(1961), 『고구려 아이』(1964), 문삼석의 『산골물』(1967), 조유로의 『하아얀 칠판』(1961), 『시시한 시집』(1964) 등을 들고 있다. 아동문학사적 비주류에 위치한 문삼석의 첫 동시집 『산골물』이 60년대 대표 동시집으로 자리매김한 것을 보면 "교통이 불편할 뿐만 아니라 문화적 혜택이란 눈을 씻고 보아도 찾을 수 없는 시골학교에서 근무"했던 그의 근무환경을 감안하더라도 그의 '독립적 성향'은 탁월한 개인적 문학 역량에 근거하고 있음을 알 수 있다.

4. 현대 연작시, 맞장구시, 간결시의 발원지 『산골물』

이 소고는 1967년에 발간된 문삼석의 첫 동시집 『산골물』의 작품을 분석하고 감상하는 서평적인 성격을 가진 글은 아니다. 현대 동시문학의 거대한 물줄기가 된 연작시, 맞장구시, 간결시의 발원지답게 어떤 모습으로 처음 존재하고 있었는지 확인하고자 할 뿐이다.

첫째, 문삼석의 연작시 사랑은 참으로 유별나다고 할 수 있다. 그는 이제까지 수많은 연작시를 발표하였는데 첫동시집 『산골물』에도 「산골물」연작시 20편, 「누군지 나를 아니?」 연작시 10편, 「시골수첩」 연작시 10편, 「그림시간」 연작시 5편 도합 45편이나 실려 있다.

세수라도
했나 보지?

맑게
맑게
맑게
맑게

흐르는 걸
보니.

잔치라도
있나 보지?

급히
급히
급히
급히

달리는 걸
보니.

—「산골물 20」 전문(1967)

둘째, 문삼석의 맞장구시(대구법을 활용한 동시)는 그의 동시문학에서 가장 중요하게 다루어져야 할 창작 기법이며, 한국동시문학이 존재하는 한 앞으로도 화려하게 꽃피워질 표현법이라고 할 수 있다. 맞장구 기법(대구법)의 역사성은 한시로부터 시작하며, 현대시, 산문 등 문학적인 글뿐만 아니라 일상생활에서 자주 사용하는 속담 등에서 계속 발전할 수밖에 없다. 첫 동시집 『산골물』에서는 몇 편을 제외하고는 대부분 맞장구 기법을 사용한 작품들이다.

아기 봄은

뜨락 밑에 숨어서

손만 내놓고,

—바람 손님 지금쯤
갔나? 안 갔나?

살래 살래 손가락을
흔들어 보고.

아기 봄은

가지 끝에 올라가
눈만 내놓고

—나비 손님 지금쯤
오나? 안 오나?

뚜릿 뚜릿 사방을
살펴 보고

—「아기 봄」 전문(1967)

셋째, 문삼석의 간결시는 극도로 절제된 시어, 압축된 시상, 간결한 전개, 음악적 리듬감을 통해 동심을 절묘하게 표현하고 있다.

왜
나오지?

깊은
산골에서……

왜
흐르지?

어둔
밤중에도……

—「산골물 3」 전문(1967)

구름배
타고,

산골물은

골
짜
기
를

건너요.

구름배
타고,

산골물은

한

나

절

을

건너요.

—「산골물 17」 전문(1967)

5. 나오며

시골학교 난롯가에는
뜨거운 김이 무럭무럭 납니다.
드럼통으로 만든 시골학교 난롯가에는
뜨거운 냄새가 무럭무럭 납니다.

순복이 자리에선
산냄새가 뜨겁게 나고,
복돌이 자리에서도
뜨거운 산냄새가 나고,
무럭무럭 김이 오른 순복이 바지에선
동뫼산에 오른 산냄새가 나고,
무럭무럭 김이 솟는 복돌이 양말에선
뒷동산에 오른 산냄새가 나고,

—「시골학교 난롯가에는」 1, 2연(1963)

문삼석의 신춘문예 당선작인 「시골학교 난롯가에는」의 1, 2연이다. 이야기가 담긴 산문시, 장시이다. 이 작품을 보면 지금까지 논의되었던 연작시, 맞장구시, 간결시, 단형시 등과는 또 다른 그의 면모를 발견할 수 있다. 즉 장시나 산문시에도 출중하다는 것이다. 이준관이 "그가 짧은 시 뿐 아니라 긴 산문시에도 특출한 재능을 갖고 있음을 확인할 수 있는 작품이 많다"[15]고 상기시킨 것을 보면 문삼석의 문학적 능력을 장님 코끼리 만져보기라는 속담처럼 일면만 보고 과소평가한 게 아닌가 생각된다. 이준관은 "동시집 『빗방울은 즐겁다』(1990) 후반부에 나오는 민속과 세시풍속을 소재로 한 산문시와 동화적인 발상으로 쓴 동시집 『바람과 빈병』(1992)" 등 구체적인 작품집을 예로 들면서 특히 "『바람과 빈병』에 실린 시들은 장면마다 흐뭇한 정경이 펼쳐지는, 동화적인 분위기가 잔잔히 풍기는 한 편의 동화 같은 작품들이다."라고 하였다. 연작시, 맞장구시, 간결시라는 문학적 광채 때문에 놓치거나 보지 못한 그의 산문시, 장시적 경향도 문삼석 문학적 특성의 한 줄기로 자리매김되어야 한다고 생각한다.

"문삼석은 동요시인이다 그것이 문삼석 문학의 브랜드다"라는 최지훈의 평가에 동의하면서 문삼석의 등단 50년은 불모지와 다름없었던 연작시, 맞장구시, 간결시라는 씨앗을 처음 뿌린 후 이제야 그 달디단 열매를 맛보게 된, 기나긴 투쟁(?)의 기간이라고 요약할 수 있을 것 같다.

15 이준관, 앞의 글 「맑고 착한 동심의 세계, 그리고 절제와 균형의 미덕」 '4. 동화적 발상과 산문시' 중에서.

해남시파(海南詩派) 윤삼현의 동시문학

1. 펼치며: 자신의 영혼을 위한 30년

휘—익
별똥별 하나
흐른다.

한 순간 온 몸을 사루어
환하게
빛을
뿌리고

한 순간
사라져
간다.

—「별똥별」(1987) 전문

윤삼현(1952~)하면 떠오르는 동시는 꽤 많다. 그 중에서 그가 추구하는 문학의 본질을 고려하면 「별똥별」은 그를 표현하는 적절한 동시가 아닌가 한다. 이 작품에 대하여 김관식은 "간결미와 압축미를 극대화한 수작으로 인간의 존재, 즉 삶과 죽음에 대한 메시지를 30자 안팎의 짧은 언어로 적나라하게 표현하고 있다. 인간의 삶은 우주론에 입각하여 볼 때 한 순간이다. 이러한 인간의 존재에 대한 깊은 성찰이 시가 시로서 가치있게 하는 것이며, 시를 쓰는 기쁨을 느끼게 하는 일일 것이다."라고 하였다. 윤삼현의 동시문학을 '간결미와 압축미'로 특징지을 수 있다는 것이다. 물론 이것은 그의 동시문학 전체를 관류하는 특성으로 말할 수 없는 것은 당연한 것이다.

그의 문학적 특성을 언급하려면 먼저 그의 문학적 발자취부터 살펴볼 필요가 있다. 윤삼현은 1981년 『새교실』지에 시 추천을 받고 등단한 후 1982년 광주일보 신춘문예에 동시 「뻥튀기」가 당선되고, 1983년 동아일보 신춘문예에 동시 「달이 그린 수채화」가 당선되어 본격적으로 동시 창작에 몰입하였다. 그는 1987년에 『시조문학』지에 시조가 천료되고, 다시 1988년 광주일보 신춘문예 동화 「달을 타고 온 동이」가 당선되어 동시, 시조, 동화 등 문학 영역을 확대해 갔다. 문학 활동 34년째가 된 윤삼현이 현재까지 발간한 동시집은 의외로 적어 모두 3권뿐이다.[1] 동시집 『유채꽃 풍경』(1987), 『엄마 휘파람새』(1996), 『겨울새』(2003)가 그것이다. 그 외에도 수필집 『백두산 가는 길』(1992), 동화집으로 『눈사람과 사형수』(2004), 아동문학 이론서 『아동문학창작론』(2005), 그림동화집 『붕

1 이에 대하여 동시인 전병호는 「화해와 공존의 열린 시 세계」(『국제 펜 광주』 제3호, 광주펜문학상 수상 특집, 2005)라는 글에서 "중견 시인으로 자리매김한 그에게 동시집 3권은 결코 많은 분량이라고 할 수 없다. 한마디로 과작의 시인인 듯싶다. 그러나 문제는 작품의 질이며 수준이지 작품의 양이 아니다. 그도 역시 불완전한 언어를 재료로 순진무구의 동심 세계를 완벽하게 그려내고자 어느 누구 못지않게 많은 불면의 밤을 지새웠으리라. 과작의 시인이기에 작품 한 편 한편마다 더욱더 혼신의 힘을 기울였으리라."고 하였다.

붕이의 여행』(2009), 시조시집 『뻐꾹소리를 따라가다』(2009)가 있다.

아울러 그의 문학 활동 중에 빼놓을 수 없는 중요한 것 중 하나는 광주·전남을 터전으로 삼는 동시문학 모임 〈별밭〉 동인으로서 1983년 창립 때부터 참여하여 지금도 왕성하게 활동을 하면서 동인지에 작품을 매년 7편 이상 지속적으로 발표해 오고 있다는 사실이다. 윤삼현의 동시문학 세계를 깊게 살펴보려면 반드시 1996년 이후 발간된 〈별밭〉 동인지(제10집~제27집)들을 숙독할 필요가 있다. 그것은 제2동시집을 발간한 1996년 이후 동인지에 실린 작품들을 지금까지 따로 모아 작품집으로 발간하지 않았기 때문이다. 사실 2003년 간행된 제3동시집 『겨울새』는 그 사이에 간행된 동시집이긴 하지만 새에 대한 연작시만 실려 있다. 그러므로 앞의 동시집 3권 외에 100편 이상 되는 그의 작품들이 실린 〈별밭〉 동인지를 결코 소홀히 다루어서는 안 된다는 것이다. 어쩌면 〈별밭〉 동인지를 그의 제4동시집으로 불러야 하지 않을까 싶다.

그동안 윤삼현의 동시문학에 대한 연구를 한 이는 대표적으로 최명표와 전병호 등이 있다. 최명표는 제1동시집 『유채꽃 풍경』을 중심으로 쓴 「뭍과 바다의 변증법」(『문학춘추』, 1993년 여름호)의 글에서 "윤선도를 비조로 삼아 이동주를 거쳐 형성된 해남시파의 구성원"이라고 윤삼현을 자리매김하면서 해남시파(海南詩派)를 "아마 처음으로 불리게 될 이 시파는 땅끝의 서정성이 낳은 이 나라의 서정적 지역주의"라고 정의하였다. 해남시파에 속하는 현대 시인들을 열거하면 이동주, 김남주, 황지우, 박성룡, 윤금초, 이지엽, 노향림, 고정희, 김준태, 박문재, 윤삼하, 윤삼현, 손동연 등 참 많은 시인을 들 수 있다. 한국시단을 대표하는 이 쟁쟁한 시인들이 해남 한 지역 출신이라는 사실에 그저 놀라울 뿐이다. 최명표는 이 글에서 "(제1동시집은) 철저한 역사적 상상력에 터한 시쓰기"이면서 "그가 숙고하여 마련한 유채꽃 풍경의 공간은 그 색채의 특징과 더불어 하나의 상징적 공간으로 승화되어 맺힌 한을 화해로 풀려는 노력의 소산이리라. 이것은 서정의 지역화 현상이라 부를 수 있는바, 동시문학의 정서적 토양을 기름지게 할 것이라는 기대에서 순기능적이다."이라고 하였다.

또 최명표는 제3동시집 『겨울새』의 해설편 「비상, 회귀에의 욕망」에서 "그의 시적 관심이 예전에 비해 훨씬 심화되었다는 징후를 도처에서 목도할 수 있다. 그는 겨울새 연작에서 순정한 세계를 시화하였다. 1편의 비상에서 출발하여 70편의 재비상으로 마감되는 이 시편에서 그는 겨울 철새의 삶을 재미있게 형상화하는 데 성공하였다."고 하면서 "저마다 한 컷의 필름처럼 연쇄적으로 구성되어 있다. 그것은 시인의 섬세한 마음씀씀이를 짐작"할 수 있다고 하였다.

전병호는 '윤삼현의 인간과 문학'이라고 부제가 붙은 평론 「화해와 공존의 열린 시 세계」(『국제 펜 광주』 제3호, 2005)에서 "흔히 그의 시 세계를 말할 때 민족의식 이외에 자연에 대한 사랑도 거론하게 된다. 그만큼 자연에 대한 예찬의 시도 많은 분량을 차지한다. 그렇지만 이때의 자연은 있는 그대로의 자연이 아니라 국난극복 의지를 유감없이 표출해낼 수 있는 제재로서의 자연이다."라고 하면서 "그는 역사적 제재를 통하여 사상을 획득하고자 할 때에는 주로 직관적 방법을 사용한다."고 윤삼현의 문학적 특성을 찾아내었다.

문섬석, 손광세, 김몽선 등도 여러 지면을 통해 윤삼현의 문학에 대하여 말하였는데 최명표, 전병호를 포함하여 이들이 언급한 윤삼현의 동시문학 특징은 대체적으로 치열한 역사의식의 발현과 뛰어난 서정성 내포, 두 가지로 요약하였다. 이 소고에서는 이들의 성과를 바탕으로 윤삼현의 동시 작품 속에 담겨 있는 특징 중 울림을 주는 감수성, 꽃향내 짙은 서정미, 기발한 반전(反轉), 치열한 역사의식, 느림의 동심 등 다섯 가지로 나누어 살펴보고자 한다.

2. 울림을 주는 감수성

윤삼현 동시문학에는 남을 향해 쏟아내는 시끄러운 목소리는 별로 없다. 남을 감동시키기 위해, 자신만이 가진 특유의 문학적 소양을 내보이기 위해 쓰는 글이 아니라는 것이다. 그는 내부지향적이다. 자기만의 내밀한 공간을 만들어 놓고 자신의 영혼과 끊임없이 대화를 한다. 그래서 그는 1987년 제1동시집에서 "어린이를 위해 시를 쓴다는 생각보다는 자신을 위해 글을 써 왔다는 생각에 변함이 없다"고 하였고, 그로부터 17년 후 2003년 별밭 동인 20주년 기념 동시집에서도 "고독과 외로움에 지친 나의 영혼을 글쓰기를 통하여 따뜻이 어루만져 보자는 생각에서다. 나의 영혼이 위안과 위로를 받는다면 필시 다른 독자의 가슴을 겨냥해서도 충분히 울림을 갖게 되리라는 믿음 또한 뒤따르게 된다"[2]고 하였다. 자신의 문학이 스스로를 위로할 수 있다면 다른 사람의 영혼도 위로하고 구제할 수 있다는 것이다. 이런 창작 태도는 문학에 대하여 철저하게 자기 검증 과정을 거친다는 것을 의미하며 자가 치유 문학이 곧 독자 치유 문학이 될 수 있다는 것이다. 그만큼 예민한 문학적 감수성을 지닌 시인임을 알 수 있다.

시인의 문학적 감수성은 작품 속에서 발현된다. 그것은 소재 선택, 시적 화자의 선택, 비유, 표현 방법 등 작품을 통해서 보통 간접적으로 그 특성을 드러낸다. 그런데 윤삼현의 경우 특이하게도 동시 속에 시적화자 입을 통해 직접적으로 자신의 문학적 감수성을 보여주고 있다. 또한 문학적 감수성은 일반적으로 시인의 문학 활동 시기에 따라 변화하기 마련인데 윤삼현도 등단 초창기와 2010년 이후 최근 활동기와는 상당히 차이가 있음을 발견할 수 있다.

---

2 별밭문학동인 20주년 기념 동시집 『산에는 작은 바람이』(2003. 제17집)에서 윤삼현의 '나의 동시관' 일부임.

그냥 그 하늘일 뿐이야
가끔씩 몇 장의 구름이 밀려가고
산새 몇 마리 날개 퍼득여 헤엄질하거나
낮달이 엷은 제 빛살을 풀어내리거나
은빛 여객기가 번뜩
화면에 떠 흐르다 사라질 뿐

그러다가 또 텅 빈 하늘
그냥 그 하늘이라구

그런데 이상한 일이야
마주하다가 갑자기 그렁한 눈물이 고이는 것
괜스레 쭈뼛 머리카락 일어서는 것
저 푸르름에 화들짝 부끄럼에 젖어 버리는 것

하늘에 뭐가 있길래.

—「하늘에 뭐가 있길래」(1996) 전문

윤삼현의 초창기 작품인 「하늘에 뭐가 있길래」를 읽고 있으면 앞에서 언급한 그의 고백이 저절로 떠오른다. "고독과 외로움에 지친 나의 영혼을 글쓰기를 통하여 따뜻이 어루만져 보자"라고 했지 않는가! 고독과 외로움에 지친 자신의 영혼을 위해 노래하는, 놀라운 한 시인의 감수성을 지금 이 작품을 통해 찾아볼 수 있다.

이 동시에는 중요한 등장인물이 한 명 있다. 그는 '텅 빈 하늘'을 쳐다보고 있는 시적 화자이다. 얼핏 보면 어른인지 또는 어린이인지 명확하지 않다. 물론 「하늘에 뭐가 있길래」가 동시이므로 당연히 시적 화자는 어린이라고 할 수 있다. 그러나 작품 내용 전개상 연령대를 추측한다면 이성적 판단력이 거의 형성된 소년 이상의 청년이다. 윤삼현이 어떤 연유로 시적 화자를 어른에 가까운 청년을 삼았을까 하는 의문이 생기지만 그건 성장기 한때 독특한 감성적 경험을 작품화한 것으로 추정한다면 「하늘에 뭐가 있길래」는 감수성이 예민했던 소년 윤삼현의 자기 고백적 작품이라고 할 수 있다는 것이다.

이 작품의 핵심은 시적 화자 소년이 하늘을 보다가 왜 3연에서 갑자기 그렁한 눈물이 고이고, 괜스레 쭈뼛 머리카락 일어서며, 화들짝 놀라 부끄럼에 젖어 버렸는가 하는 것이다. '눈물'은 소년의 외로운 처지로 인한 과잉 감정 표현인 것처럼 보일지 모른다. 또 이 작품의 분위기도 전체적으로 정적이고 고요하며 애상적이라고 할 수 있다. 그러나 3연 마지막 행 "저 푸르름에 화들짝 부끄럼에 젖어 버리는 것"을 살펴보면 '부끄럼'의 원인은 한 가지, 하늘의 '푸르름'에 있음을 알 수 있다. 즉 푸른 하늘을 보니 '그렁한 눈물'이 고이고 '부끄럼'에 젖는다는 것이다. 이때의 '눈물'은 자연에 대한 경외감 때문이라고 말하기는 어렵다. 잡티가 하나 없는 코발트색 하늘을 쳐다보면서 흘리는 '눈물', 두려움 뒤에 몰려오는 '쭈뼛함', 황홀감에 빠져버린 자신에 대한 '부끄럼', 이런 내적 감응을 보인 시적 화자는 대단히 예민한 감수성의 소유자라는 것을 알 수 있다. 현실적으로 이런 정도의 감수성을 가진 시인이 과연 얼마나 될까?

결국 눈물→머리카락의 쭈뼛함→부끄럼으로 변화하는 내부지향적 모습에서 젊은 날 윤삼현의 문학적 감수성이 얼마나 깊고 견고한지를 발견할 수 있을 것이다. 이 작품의 근본적인 질문인 '하늘에 뭐가 있길래?'에 대해 표면적인 대답으로는 '푸르름'이라고 할 수 있지만 내부적인 것은 자연에 대한 뜨거운 감응이며 감수성이라고 할 수 있다. 이런 시적 화자를 통한 간접적인 감수성 표현은 동시문학에서는 흔치 않는 일임을 강조하고 싶다.

꽃상여가 황톳재를 마저 넘던 날

할머니는 찬 밤하늘
어느 별로 떠올랐을까

슬스리 슬렁 물레소리
함께 데리고 가셨을까

긴 겨울 돌아나와
청보리 물결을 타고 온
뻐꾸기 울음소리

할머니 생각을 전해주네.

—「뻐꾸기 울음소리」(1987) 전문

하얀 눈 내린
겨울날
할아버지는 돌아가셨다.

벚꽃 하얗게 핀
봄날
집배원이 건네 준 우편물 한 장.

지난 해 맞춘 안경
잘 보이느냐고
안경가게에서 할아버지 앞으로 보낸 엽서.

엽서를 읽다가
하얗게
하얗게 지워지는 내 마음.

텅 빈 백지처럼.

—「엽서」(2010) 전문

「뻐꾸기 울음소리」와 「엽서」 두 편의 동시는 죽음이라는 동일한 제재로 쓴 작품으로 전개 양상이 비슷하다고 할 수 있는데 「뻐꾸기 울음소리」는 윤삼현의 초기 작품이며, 「엽서」는 앞 작품보다 23년 뒤인 최근의 작품이다. 이 두 작품을 비교해 보면 윤삼현의 감수성도 시대에 따라 변화하고 있다는 것을 알 수 있다. 「뻐꾸기 울음소리」에서 가족에 대한 그리움을 '할머니 죽음→별→뻐꾸기 울음소리'라는 이상화 과정을 거쳐 표현했다면 「엽서」에서는 그 그리움을 '할아버지 죽음→집배원→엽서'로 그 시적 대상이 현실적으로 바뀌고 있다. 「뻐꾸기 울음소리」에서는 돌아가신 할머니가 밤하늘의 '별'로 승화되고, '뻐꾸기 울음소리'로써 할머니에 대한 그리움을 재생시키고 있다. '뻐꾸기 울음소리'는 할머니에 대한 간절한 그리움을 청각적으로 표현하고 있으며, 향토성, 서정성과 추상성이 강한 편이다. 이와는 달리 「엽서」에서 겨울에 돌아가신 할아버지를 회상하게 만드는 것은 집배원이 배달한 안경가게 '엽서'이다. 집배원이나 엽서는 지극히 현실적이고 구체적인 존재이며, 세련된 도시적인 느낌이 든다.

정리하자면 윤삼현의 문학적 감수성은 초기에는 향토성과 서정성 쪽에 강한 반면 최근에 들어서 생활성과 도시성이 강하게 묻어나는 쪽으로 변하고 있다는 것이다.

바다,
그 커다란 거울에
나를 비춰 본다

왜 그리 좁기만 했을까
이 너른 세상 앞에서 가슴 하나
툭 트지 못하고

마음은 마음대로
몸은 몸대로 조붓해져서
물소리같이 깨어 있는
시 한 편 건져 내지 못했구나

얼굴도 늘
환하게 펴고 살진 못한 것 같으다
군데군데 그림자가 묻어 있는 것 보면

바다,
그 커다란 거울에
나를 닦아 본다.

—「바다」(1996) 전문

바다는 온종일
빨래하느라 정신없다.

주물럭주물럭

거품 일으키며
주물러 짜고
헹구어내고
탈탈탈 털어내고

고개를 살래살래
아직 땟국이 멀었네.

물 속에 넣고
짜고
헹구고
털고

짜고
헹구고
털고

—「바다는」(2010) 전문

'바다'라는 동일한 제재로 창작된 「바다」와 「바다는」도 앞의 두 작품과 같이 비슷한 변화 양상을 보이고 있다. 「바다」와 「바다는」의 창작 시기도 15년 정도 차이가 난다. 「바다」는 바다를 내면의 거울로 삼아 문학적 역량을 의심하고 조바심 내는 자신을 성찰하고 다독이는 작품으로, 자기 영혼을 위한 윤삼현의 고백적인 초기 작품의 경향을 그대로 보여주고 있으며, 「바다는」은 반복적으로 파도가 치는 단순한 바다의 속성을 세탁기에 비유하여 전개한 작품으로, 생활성과 도시성이 강한 최근의 경향을 그대로 보여주고 있다. 윤삼현의 문학적 감수성도 추상의 '바다'

에서 현실의 '바다'로 시대 흐름에 따라 변화하고 있음을 알 수 있다. 「바다」에서 윤삼현이 추구한 문학의 지향점이 '물소리같이 깨어 있는/ 시 한 편'에 있다는 것을 발견할 수 있는데 동시문학에 불면의 밤을 지새웠을, 젊은 시절 윤삼현의 풋풋한 패기가 눈에 보이는 듯하다.

3. 꽃향내 짙은 서정미

윤삼현의 동시문학 특성을 말하면서 서정주의(lyricism)나 서정성을 빼놓을 수가 없다. 서두에서 언급한 「뭍과 바다의 변증법」의 글에서 최명표는 "그는 이 나라의 가장 밑둥(=해남)이 삶의 뿌리를 굳건하게 내려두고, 그 고을의 바닷내음 나는 삶의 단편들을 서정적 음조로 노래하기에 온힘을 기울이고 있다."고 하면서 일군의 해남 지역 출신 시인들의 특성을 "땅끝의 서정성이 낳은 이 나라의 서정적 지역주의"라고 명명하였다. 윤삼현의 동시문학에서의 서정성은 개인적인 자질을 바탕으로 해남문학의 역사적 흐름과도 무관치 않음을 알 수 있다.

보통 서정성(抒情性)은 시적 대상에 대하여 내면의 세계에서 느끼는 시인의 주관적인 감정과 정서의 표현 또는 분위기를 말한다. 윤삼현의 서정성은 주로 초창기에 발표한 작품에서 많이 드러나 있는데 작품마다 꽃향내가 짙게 배어 있어서인지 코끝에서 향기가 진동하는 것 같다.

달빛 마냥
꽃 향내가 스며든다.

고향이란 이름표를 달고
고만큼씩 키로 자라서

포근히 살빛을 내미는구나

논두렁에 서면 노랗게 발목이 젖고
말간 마음자리로
꽃물이 출렁인다.

꽃잎들을 스치는
바람도 순하기만 하다
바람의 숨소리까지 유채꽃을 닮아갈까

저리 환한 꽃물결은 또
누굴 보고 손을 흔들어댈까.

—「유채꽃 풍경」(1987) 전문

「유채꽃 풍경」은 남도의 유채꽃이 만발한 들판의 풍경을 노래한 작품으로 제1동시집 표제작이면서 꽃내음 향기가 짙은, 서정성이 잘 나타난 작품이라고 할 수 있다. 남도에 봄이 찾아오면 노란 유채꽃이 논과 밭마다 만발한다. 봄들판에 펼쳐진 이런 남도의 유채꽃 풍경을 윤삼현이 놓칠리 있겠는가. 유채꽃 향기는 은은하다. 그래서 내면의 세계에서 그가 찾아낸 색깔은 '달빛'과 '살빛'이다. 1연의 "달빛 마냥/꽃 향내가 스며든다"에서 유채꽃 향내가 달빛 같다는 표현은 너무 진하지 않고 그윽한 유채꽃 향의 특징을 드러낸 것이고, 2연의 "고향이란 이름표를 달고/…/ 포근히 살빛을 내미는구나"에서는 남도 땅에 자라는 유채 줄기를 그 황토와 같은 살빛으로 표현한 것은 '땅끝의 서정성'의 한 예라고 할 수 있다.

이 작품에서는 후각의 시각화(달빛 마냥/꽃 향내가 스며든다), 시각의 촉각화(노랗게 발목이 젖고), 촉각의 관념화(꽃잎들을 스치는/바람도 순하기만 하다), 촉각의 시각화(또/누굴 보고 손을 흔들어댈까), 청각의 시각화(바람의 숨소리까지 유채꽃을 닮아갈까) 등 여러 공감각적 심상, 복합적 심상 등이 이 작품의 서정성을 더욱 높이는 구실을 하고 있다. 시각, 촉각, 후각, 청각 등의 감각, 그리고 관념까지 동원해 서정성을 극대화하고 있다. 환한 원색에 가까운 유채꽃 색깔이 눈에 띄지만 대부분 연하고 밝은 파스텔 톤 색감의 은은함이 돋보인다. '달빛', '살빛', '말간', '순하기만 하다', '바람의 숨소리' 등과 같은 시어들이 그 역할을 충분히 하고 있음을 알 수 있다.

이 「유채꽃 풍경」은 크게 눈에 띄거나 감동적인 작품은 아니지만 윤삼현이 첫 동시집의 제목으로 삼을 만큼 그 자신의 초기 서정적, 해남의 향토적 특성을 잘 보여주는 동시라고 할 수 있다.

햇발이
산에 들에
덧칠하는 망종께

다독다독
남풍 한바람에
보릿대 서걱일 때

몇 개
오색 빛깔로
구르다 부서지는
다박솔밭 장끼 울음
(아래 줄임)

—「여름 오는 소리」(1987) 1~3연

서편 하늘은
오늘도 꽃축제가 한창이네요

히야, 꽃물 한번 달콤하다야
크으, 꽃향내는 또 어떻고

옷자락에 발간 꽃물이 들도록
꽃구경 바쁜 아기새 형제

어, 벌써 날이 저문 거야?
부랴부랴
엄마 아빠 품으로
되돌아 오네요.

—「겨울새 33」(2003) 전문

접시꽃, 옛 친구를 만나듯 반가웠어
똑, 똑 그 손길이 가슴팍에 부딪쳤어
초여름 이르다 싶게 피어난 연분홍 접시꽃.
분홍 접시에서 푸른 바람 몇 올이 빠져나와
목덜미에 감겨들어 간지럼 태우는 걸 참았지

소박한 향내와 불그레한 빛깔일 뿐인
접시꽃 앞에서
방방 뛰던 내가
순순히 얌전해져 버린 건
하나의 물음표였지.

—「접시꽃」(2011) 전문

「여름이 오는 소리」, 「겨울새 33」, 「접시꽃」은 초창기부터 2010년대까지 시기별로 뽑은 작품으로 윤삼현의 특유 남도 서정성이 잘 나타나 있다.

「여름이 오는 소리」는 초창기 특징을 그대로 보여주는 작품으로 따가운 햇살에 보리가 누렇게 익어가는 남도 들판의 풍경을 그리고 있다. 특히 "몇 개/오색 빛깔로/구르다 부서지는/다박솔밭 장끼 울음"의 3연이 눈에 확 띄는데 그것은 '장끼 울음'을 '오색 빛깔'이라고 시각화한 것도 신선하지만 거기에 덧붙여 '구르다 부서지는'이라는 역동적 모습으로 중첩 시각화하고 있어 여름이 오는 들판의 풍경을 강렬하게 잡아내고 있다. 「겨울새 33」은 하늘로 비상하는 철새들과 붉은 노을이 잘 어울리는 해질녘 풍경을 그린 작품으로, 노을을 붉은 꽃으로 비유하여 '꽃축제', '꽃물', '꽃향내', '꽃구경'으로 화려함을 나타내었고, 미각, 후각적 심상으로 철새들의 멋진 모습을 포착한 동시이다.

「접시꽃」에서는 접시꽃과 시적 화자의 관계를 눈여겨볼 필요가 있다. 천방지축 덤벙거리며 '방방 뛰던' 시적 화자가 접시꽃을 보고 순해진 것은 '소박한 향내와 불그레한 빛깔' 때문이라는 것이다. 그리고 이 작품 중에 가장 서정성이 뛰어난 시행은 "분홍 접시에서 푸른 바람 몇 올이 빠져나와/목덜미에 감겨들어 간지럼 태우는" 부분이다. '분홍 접시'(시각)에서 올라오는 '푸른 바람'(청각의 시각화)이 시적 화자인 '내'의 목덜미에 달려들어 '간지럼 태우는'(촉각) 것이다. '불그레한 빛깔'을 가진 접시꽃에서 피어나는 '소박한 향내'가 스멀스멀 코끝으로 밀려오는 상황을 감각적으로 표현하고 있다. 여기서 우리는 윤삼현의 서정적 상상력이 어느 정도인지 가늠할 수 있지 않을까 한다.

4. 기발한 반전

반전(反轉)은 소설에서 사건의 흐름이 전혀 예기치 않은 방향으로 급전직하하거나 전환하여 독자를 놀라게 하면서 주제를 강조하는 기법이다. 운문에서도 어떤 복선이나 특별한 문학적 장치 없이 활용되는 기법이며 독자들에게 놀람이나 낯설음을 안기면서 기발함, 참신함, 독특한 감동 등의 문학적 향기를 발산한다. 동시(童詩)에서 반전의 묘미는 갑작스런 변화나 예상을 뛰어넘는 기발한 결말에 있다. 하지만 이런 반전의 묘미를 던져주는 동시 작품은 그리 흔하지 않다. 동시인 누구나 반전의 기법을 활용할 수 있는 것은 아니기 때문이다. 반전의 상황이 참신해야만 그 작품이 생명을 가질 수 있다고 할 수 있다. 그런 측면에서 윤삼현 작품에서 보이는 반전은 참으로 탁월하다.

지구가 자꾸만
뜨거워진다지
온도계 눈금이
쑤욱 쑥
오르고 있는 중이라며

히말라야 만년설도
녹아 내리고
북극의 꽁꽁 언 빙산도
녹아 내리고

그렇담, 딱 좋은 일이 있어
그 뜨거움으로

녹여 버리는 거야
세상의 모든 총알 말이야.

—「잘 됐어!」(2005) 전문[3]

「잘 됐어!」는 반전의 기법을 사용한 비교적 모범적인 작품이라고 할 수 있다. 마지막 행 "세상의 모든 총알 말이야"를 읽는 순간 이 작품의 첫 행에서 예상한 작품의 결말이 보기 좋게 빗나가고 말았다는 놀라움을 안길 수밖에 없다.

1연에서 지구 환경 문제나 지구 온난화 문제를 제기한다고 느낄 수 있을 것이다. 2연에서도 마찬가지로 녹아내리는 만년설이나 빙산의 모습을 보여 줌으로써 지구 환경의 심각성을 고발하는 것으로 유도하고 있음을 보고 예상대로 흘러간다고 할 것이다. 하지만 3연의 '총알'은 말 그대로 독자의 가슴에 강렬한 충격을 주는 반전의 소재가 된다.

이 작품은 결국 지구 환경 문제가 아니라 전쟁, 무력, 폭력 등 인류의 어둡고 부정적인 현상의 제거라는 조금 무거운 주제를 표현하고 있다. 단순히 온도계의 눈금을 올리고, 눈과 얼음을 녹인다는 지구의 온난화 문제라는 수준으로 끝내지 않고, '총알'이라는 인류 파멸의 도구를 소멸시키는 고차원적인 수준으로 끌어올리고 있는 것이다.

내일 중서부 지방은 눈이나 비가 내리고
기온은 영하로 떨어져
눈과 진눈깨비가 얼어붙으면서
미끄러운 출근길이 예상됩니다.

---

3 밑줄은 인용자, 이하 같음.

대설경보가 내려진 강원산간과 동해안 지방은
많은 눈이 내려
무릎이 풍풍 빠질 정도의 적설량을 보이겠습니다.

남부지방 역시 기압골의 영향을 받아
한 두 차례 눈이 내리겠습니다.
이러한 꽃샘추위는
모레까지 이어질 것으로 내다 보입니다.

여기까지였다.
끝내 북한은 눈도 오지 않았고 비도 오지 않았다.
맑음도 흐림도 추위도 풀림도 없었다.
지도의 절반은 텅 비어 있었다.

—「일기예보」(2001) 전문

「일기예보」도 앞의 작품처럼 마지막 행에서 반전의 모습을 보여주고 있는, 일기예보를 활용한 남북한 화해나 통일에 대한 희망을 노래한 작품이다. 이 동시의 각 연과 행들은 마지막 4연의 마지막 행을 위한 방편일 뿐이다. 지은이는 일기예보를 통하여 우리들의 아픈 분단의 현실을 날카롭게 꼬집고 있다.

1연에서는 중서부 지방에 대한 평범한 일기예보이다. 오히려 운문적 요소가 부족하고, 개성적인 표현도 없다. 2연에서도 마찬가지이다. 강원산간과 동해안 지방에 대한 사실적인 일기예보이다. '풍풍'이라는 시어 이외는 어떤 시적인 표현이 없다. 3연도 남부지방에 대한 단순한 일기예보이다.

여기까지 읽으면 나열된 각 지역 일기예보에 대해 실망하거나 의아할 것이다. 하지만 마지막 4연을 읽어보면 1～3연을 간단하게 해석하고 처리해야 할 것이 아니라는 사실을 발견하게 될 것이다. 지은이의 치밀한 구성에 따라 열거된 세 연인 것이다. 지은이는 1연부터 3연까지 계속 독자들의 시적 긴장감을 해제시켰다. 그러다 느닷없는 야간공습처럼 4연에 독자들에게 긴장감을 한꺼번에 쏟아부었다. 효과의 극대화를 위한 시적 전개였던 것이다.

4연 1행 "여기까지였다"는 보통 예사롭지 않다. 2행의 '끝내'라는 시어 속에는 서운함과 배반감 같은 감정이 섞여 있다. 당연히 4연에서는 북부지방의 일기예보가 나와야 하는 것이다. 결국 나오지 않았으므로 3행까지 우리들 모두의 마음을 아프게 찌르고 있는 것이다. 이제 남한 국민들부터 고정관념을 깨야 한다고 지적하고 있다. 마지막 시행 "지도의 절반은 텅 비어 있었다"에서 드디어 텅 빈 우리의 머리에 충격을 주고 있는 것이다.

「일기예보」는 직접 남북한 민족 화해와 통일을 노래하고 있지 않다. 한민족 통일이란 무거운 주제를 결코 무겁게 풀지 않고 있다. 또 너무 가볍게 처리하지 않고 있다. 「일기예보」는 북부지방의 일기예보를 하지 않는 것을 비판하면서 자연스럽게 민족 통일 문제를 접근하였던 것이다.

뉘집에선가
수탉이 목을 빼
새벽을 깨웠다.

읍내 가는 첫차일까
고동소리를 지르며
다릿목께를 돌아간다.

슬슬
창문이 밝아오고 있다.

아, 잠들지 않고
무거운 몸을
또 한바퀴 돌린 지구

늘 열심이다.

—「이른 새벽에」(1987) 전문

어린 나무 한 개가 늘면
그래, 파란 꿈 한 개가 더 느는 거다
꿈, 꿈을 먹고 살아야 해
산은 곰곰이 생각에 잠긴다

여기 빈 터엔 어떤 나무로 채운담?
저기 패인 자리엔 어떤 나무를 앉힌담?
때늦은 태풍이라도 덤벼들어
나무들이 상처를 입으면 어쩌나
말이 없으면서도 산은 신경을 곤두세운다.

이럴 때, 산은 꼭 아버지 같아.

—「아버지 같다」(2000년) 전문

갈대숲에서
푸드득 새가 날아오른다.

그 옆, 그 옆, 그 옆, 그 옆, 그 옆…
일제히 날아올라
새까매진 하늘

하늘이 휘청댄다.

—「겨울새 29」(2003) 전문

「이른 새벽에」, 「아버지 같다」, 「겨울새 29」도 역시 마지막 연에서 반전의 기법을 사용하였다. 하지만 반전의 형태가 앞 작품 「잘 됐어!」나 「일기예보」와 사뭇 다르다. 앞 작품들은 예상치 못한 주제 제시형의 반전이라고 한다면 이 세 작품들은 마지막 연에 채워질 시상 내용을 과감히 줄여 한 행으로써 전체를 마무리 짓는 시상 축약형의 반전이라고 할 수 있다.

각각 마지막 시행에서 시적 전개를 단단하게 마무리 지으면서 주제를 제시하고 있음을 볼 수 있는데, 「이른 새벽에」에서는 우주 섭리에 따른 지구 자전의 무생물성을, 충실한 삶을 사는 인간의 속성에 빗댄 반전의 시구 "늘 열심이다"에 끄덕이고, 「아버지 같다」에서는 산의 배려 깊은 묵직함을, 가족에 대한 아버지의 자애로움에 비유한 반전의 시구 "이럴 때, 산은 아버지 같아"가 기막히고, 「겨울새 29」에서는 비상하는 철새들로 인해 하늘에 빈공간이 없음을 무게감으로 계량화한 반전의 시구 "하늘이 휘청댄다"가 기막히다.

마지막 연을 느슨하거나 안이하게 마무리 지음으로써 작품의 질을 떨어뜨리게 하는 동시인들이 무수히 많이 있는 현실을 볼 때 윤삼현의 신선한 반전 기법은 매우 모범적인 것이라고 할 수 있다.

5. 치열한 역사의식

바람은 눈에 보이지 않게
나뭇잎새를 흔들며
지나가고 있습니다.

그렇게
보이지 않는 역사의 바람은
쉬지 않고
과거에서 현재를 지나
미래 쪽으로 흘러갑니다.

동시집 『유채꽃 풍경』 제1부 머릿글에서 윤삼현이 언급한 말이다. 그의 역사에 대한 인식의 일단면과 동시문학에서의 역사가 왜 필요한지를 운문 형식을 빌어 역설하고 있다.

윤삼현의 역사의식에 대하여 언급한 이들이 꽤 많다. 첫 동시집 『유채꽃 풍경』의 머리말에서 이재철은 "강한 역사의식이 바탕에 깔린 작품들로 역사적인 사건이나 인물들을 소재로 쓴 동시가 많으며 민족의식이나 전통의 문제 혹은 시간의 문제를 다룬 작품이 많다"고 하였다. 그리고 김종헌은 1980년대의 전반적인 동시의 경향을 개관하는 글[4]에서 동시문단의 특징을 네 가지로 정리하였는데 첫째 이창건, 김숙분, 이화주 등의 '고향의 서정과 동화적 상상', 둘째 임길택, 정두리, 전병호, 김은영 등의 '리얼리티와 서정적 회감', 셋째 권영상, 신형건 등의 '동시의 남성성과 일탈의 동심', 넷째 박성만, 윤삼현, 이정석, 신현배 등의 '역사의

4 김종헌, 「시대정신 표출에 한계 지녀—1980년대 동시를 중심으로」, 『오늘의동시문학』 31호, 2010년 가을호, 10~31쪽.

식과 율격의 계승'으로 압축하였다. 그중 윤삼현 등의 동시에서의 역사의식은 "1960년대부터 지속적으로 이어지고 있는 장동시와 연작동시의 형태를 빌려 활발하게 창작되었다"고 하였다. 또한 최명표도 앞 글「뭍과 바다의 변증법」에서 "윤삼현의 시를 읽는다고 할 때, 그것은 역사책을 보는 듯하다. 그의 시가 철저한 역사적 상상력에 터한 시쓰기"라고 하면서 역사적 소재에 대해 표까지 만들어 윤삼현의 '역사적 상상력의 시적 발현'을 강조하였다. 전병호도 앞의 글에서 "역사적 상상력을 발휘하여 민족의식을 표출해내는 시들이 윤삼현의 시 세계를 가장 특징적으로 보여주"고 있다고 하였다.

이처럼 윤삼현의 동시에서 가장 강렬하게 나타난 특징이 치열한 역사의식이라고 할 수 있다. 특히 제1동시집에 잘 나타나 있는데, 그의 역사적 상상력은 백의민족의 영산 백두산 천지에서부터 백제, 조선, 동학혁명, 4·19혁명까지 종횡무진하다.

남 앞에서
우쭐대기 싫어하는
흰옷의 할아버지처럼

소리없이
밤사이에만
내려쌓인다.

—「눈은」(1987) 전문

초복 더위께
경포대 골짜기를 들어섰다.

가슴 철렁하도록
속시원한 물소리가
튕겨 나왔다.

정신이 번쩍 나게
왕인 박사 글 읽는 소리도
섞여 나왔다.

—「월출산 물소리」(1987) 전문

아빠 엄마는
어디만큼 왔냐 물음에
늘 당당 멀었다.
새우한테 침 맞을까 봐
붕어한테 뺨 맞을까 봐
서둘러 온 게 이모 고모네 집.

우리들은
똑같이 입을 모아
어디만큼 왔냐
철조망을 넘었다
어디만큼 왔냐
압록강 철교도 보인다.
어디만큼 왔냐
고구려 땅에 왔다.

—「어디만큼」(1987) 전문

「눈은」, 「월출산 물소리」, 「어디만큼」에서는 윤삼현의 역사적 상상력이 매우 자연스럽게 녹아들어 있다. 자연 풍경을 노래하거나 일상생활을 표현하면서 슬쩍 역사적 인물이나 사건, 지명을 끼워 넣어 작품의 내적 공간을 통시적 역사 공간까지 확장시키고 있다. 이런 작품들이 그의 제1, 2동시집에 꽤 수록되어 있다.

「눈은」에서는 겨울밤에 몰래 조용히 내리는 눈의 속성과 우리 민족의 겸손함을 동일하게 처리함으로써 독자의 상상력을 역사 쪽으로 확장시키고 있고, 「월출산 물소리」에서도 월출산 경포대 물소리 속에 백제 영암 출신 일본 아스카 문화의 원조인 왕인박사의 '글 읽는 소리'를 슬쩍 끼워 넣고 있으며, 동요 '어디만큼 왔냐 당당 멀었다'와 관련된 「어디만큼」에서도 화자의 마음 발걸음이 휴전선 '철조망'을 넘고, '압록강 철교'을 밟은 뒤 만주 발해나 '고구려 땅'까지 내 땅 내 조국 마냥 내달리고 싶은 목마른 소망을 보이고 있다.

초여름밤
가득한 개구리 울음소리

수삼년 내리 풍년 들녘에서
시원시원 가락을 짜내고 있다.

그 옛날 갑오년
고부땅 논 개구리들은

까칠한 흙바람을 마시며 또
어떤 모습으로 울고들 있었을까.

—「개구리 울음소리」(1987) 전문

올봄도
소리없이 온 산을
물들였구나

슬픔을 먹고
환하게 살아난 꽃

그날 형은
서울에서부터
하얀 상자 속에 담겨
동구를 들어섰다.

내밀던 동화책 대신
사월의 용기를 자랑하듯
검은 사진틀 속에서 웃고 있었지.

해마다 봄이면
형이 잠든
해피골짝 참꽃은
빛깔을 더해
붉은 입술을
내밀고 있다.

—「참꽃」(1987) 전문

「개구리 울음소리」나 「참꽃」은 우리나라 근·현대사에서 중요한 사건인 동학농민전쟁과 4·19혁명을 배경으로 전개한 작품이다. 「개구리 울음소리」에서는 현재 풍년 들판의 개구리 소리와 갑오년 고부땅 개구리 소리를 절묘하게 대비시켜 당시 착취당하는 농민들의 고통과 슬픔을 그리고 있다. 개구리 소리가 수많은 농민들의 절규로 들리는 하는 것은 4연 시어 '까칠한 흙바람'이다. 「참꽃」에서는 4·19혁명 때 희생된 시적 화자의 형을 직접 등장시켜 전개하고 있어 더욱 생생한 역사적 현장감을 느낄 수 있다. 이렇게 사건과 직접 관련 인물을 시적 화자로 등장시켜 진술하게 한 것은 윤삼현의 역사의식이 그만큼 뜨겁고 치열하다는 것을 의미한다.

윤삼현의 역사의식이 과거 쪽으로 향해 있는 것은 아니다. "과거에서 현재를 지나/미래 쪽으로 흘러갑니다"라는 그의 노래처럼 미래에도 관심을 두고 있다. 바로 민족의 통일 문제로 역사의식을 확장·발전시키고 있다는 점이다. 앞 꼭지에서 제시된 「일기예보」가 그 좋은 예라고 할 수 있다. 〈별밭〉 동인지 23집(2009)에도 미래의 남북통일에 대한 희망을 노래한 작품이 있다. "세모, 네모, 마름모/퍼즐 조각을 맞춰나가듯//한반도를/그려간다면//잘못 맞춘 조각은/얼른 바꾸면 될 게고//흐트러진 모양을/끙끙대며 꿰맞춰 나가면/이윽고 제 모습 드러낸 한반도//퍼즐 맞추기 하듯/통일은 안되나?"(「퍼즐 맞추기」 전문) 마지막 행의 '통일'은 너무 직설적인 시어이긴 하지만 미래를 향한 윤삼현의 역사의식의 한 단면을 볼 수 있다.

6. 닫으며: 느림의 동심

윤삼현은 서정적 지역주의라는 아름다운 색체를 지닌 해남시파의 일원이다. 특히 그는 서정적 지역주의 중 원색에 가까운 강렬한 색채를 발산하는 문학가라고 할 수 있다. 그는 이런 꽃향내 짙은 서정미 외에 울림을 주는 감수성, 기발한 반전(反轉), 치열한 역사의식, 느림의 동심 등의 문학적 특징을 지니고 있다.

여기서 윤삼현의 문학을 마무리하면서 그의 삶과 관련된 특징으로 느림의 동심을 살펴보고자 한다. 윤삼현의 일상이나 성격은 다른 사람의 그것과 비교할 때 비교적 느린 편에 속한다. 그러다 보니 그런 모습이 여유와 느긋함 또는 아량으로 보이기도 하고, 흔들림이 없는 과묵함으로 느끼기도 한다. 윤삼현 동시문학의 특성인 느림의 동심은 이런 그의 일상과 성격 속에서 배태된 것인지 모른다. 느림의 동심은 서정미, 감수성, 반전, 역사의식과는 다르게 그의 일상적 삶과 밀접한 관련이 있다고 할 수 있다.

바위섬을
파도가 덮친다

단정한 옷차림을 흐트리지 않는
물새들

잠깐 튀어 올랐다
다시 느긋하다.

가파른 세월 속
흰 물새들

저렇듯 끈덕지고
변함없이

제자리 지켜
살아 왔구나.

—「흰 물새」(1987) 전문

들소떼를 쫓느라
사자는 헉헉 숨이 가쁘다
치타한테 쫓기느라
얼룩말은 숨이 턱에 찬다
이들은 늘 속도 위반이다

하지만
늘보는, 늘보는
쫓느라고 눈에 쌍불을 안켜도 되고
쫓기느라고 헐떡일 필요가 없다

오늘도 자기만의 속도로
느릿느릿 나무를 탄다.

—「늘보 원숭이」(2000) 전문

「흰 물새」와 「늘보 원숭이」는 윤삼현의 성격을 엿볼 수 있는 작품이라고 할 수 있다. 느긋하게 제 자리를 지키는 '흰 물새'나 느릿느릿하게 일상을 보내는 '늘보 원숭이'의 모습에서 그와 유사한 점을 찾아낼 수 있다. 「흰 물새」와 「늘보 원숭이」에서 그 느림의 동심을 보여주고 있다.

특히 「늘보 원숭이」은 약육강식의 인간 사회를 우화적으로 질타하면서 바삐 사는 인간들에게 느림의 미학을 들려주고 있다. 이 작품은 동물들의 관계를 통해 궁극적으로 인간과 인간의 관계를 이야기하고 있다.

강자와 약자의 관계인 사자와 들소의 관계나 치타와 얼룩말의 관계를 말하고 있는 것이 아니라 바삐 움직이는 이 동물들과 느림뱅이 늘보의 관계를 말하는 것이다. 늘보의 느린 생활은 신의 축복이다. 쫓지도 않고 쫓기지도 않는 느긋한 늘보는 분명 하늘의 은혜이지만 인간의 입장에 보면 여유와 느림은 인생사를 배울 수 있는 중요한 대상인 것이다. 인간 사회에서 얼마나 많은 속도 위반과 추월 등이 벌어지고 있는가. 빨리 성공하기 위해 어릴 때부터 영재 교육과 과외, 조기 유학, 부정 입학을 서슴지 않는다. 고속 승진을 위해 비방, 모함, 투서, 비리를 끊임없이 저지른다. 매스컴에서 21세기는 초고속, 초전도, 초고층, 극미세, 극대화, 고밀도, 고소득 등 빠르고 거대하며 접근하기 어려운 것들의 시대가 될 것이라고 구미에 당기는 예측을 목이 쉬도록 외치고 있다. 정말로 우리들은 얼룩말보다 더 빨리 쫓기고 있는지 모른다. 치타보다 빨리 그 무엇인가를 쫓아가고 있는지 모른다. 옆이나 뒤를 돌아볼 시간이 없는 것이다.

윤삼현은 '자기만의 속도'를 강조하고 싶은 것이다. 느림은 인간이 가졌던 근원적 행동 방식이다. 느림 속에서 철학이 나오고, 여유 속에서 예술이 나오고, 너그러움 속에서 문학에 나오는 것이다. 느림은 자아에 대한 확실한 인식 속에서 나오는 것이다. 그는 늘보 원숭이를 통해 인간의 여유와 너그러움을 이야기하고 싶은 것이다. 느림은 반문명적인 도발이 아니라 자연순응적이고 자연친화적이며 가장 인간적인 양식이라고 할 수 있는 것이다.

원문 출처

제1부 현대 동시문학의 특성

동시에서의 분단문학 양상: 『열린아동문학』 60호, 2014년 봄호.

동시문학의 교훈성: 『아동문학평론』 104호, 2002년 가을호.

동시의 전통문화 수용: 『2013 가을 문학세미나』 자료, 한국아동문학인협회, 2013.

불교적 상상력과 동시문학: 『아동문학평론』 119호, 2006년 여름호.

차안과 피안의 세계: 『아동문학평론』 87호, 1998년 여름호.

소리, 그 울림의 끝자락: 『아동문학평론』 144호, 2012년 가을호.

동시문학 속 노인의 삶과 죽음: 『아동문학평론』 141호, 2011년 겨울호.

사회현실과 동시문학: 『아동문학평론』 145호, 2012년 겨울호.

시대의 아픔과 문학적 감수성: 『열린아동문학』 62호, 2014년 가을호.

현대 동시문학에서 '달'의 형상화 방법: 『열린아동문학』 63호, 2014년 겨울호.

제2부 현대 동시문학의 기법

낯설게 하기: 『한국동시문학』 4호, 2003년 겨울호.

반전의 의미: 『아동문학평론』 117호, 2005년 겨울호.

동시 제목에 대하여: 『아동문학평론』 122호, 2007년 봄호.

동시의 시적화자 분류: 『아동문학평론』 142호, 2012년 봄호.

동시의 은유: 『아동문학평론』 103호, 2002년 여름호.

언어유희 기법: 『열린아동문학』 61호, 2014년 여름호.

제3부 한국 동시문학의 산맥을 찾아서

한국 최초 동시 「별」과 「해에게서 소년에게」의 비교: 『오늘의 동시문학』 31호, 2010년 가을호.

시와 동시의 경계, 그 역사적 고찰: 『시와 사람』 66호, 2012년 가을호.

목일신의 「자전거」와 그의 동요문학 특성: 『아동문학평론』 150호, 2014년 봄호.

동시의 난해성 문제: 『오늘의 동시문학』 30호, 2010년 여름호.

제4부 현대 동시문학 작가 탐색

김종상 동시문학의 특성 고찰: 『아동문학평론』 152호, 2014년 가을호.

문삼석 동시집 『산골물』의 가치: 『아동문학평론』 148호, 2013년 가을호.

해남시파 윤삼현의 동시문학: 『시와 동화』 69호, 2014년 가을호.

찾아보기